ツ、イ、ラ、ク

姫野カオルコ

角川文庫 14581

目次

ツ、イ、ラ、ク

第一章　予　鈴

体育館の裏で女子の粛清がおこなわれようとしていた。

椅子が七脚。

一脚のまわりに六脚。

「かごめかごめ」のかたちに、六人がひとりを取り囲んですわっている。

籠《かご》のなかの鳥はうつむいている。

うつむいた頭の髪はピンク色のゴムでポニーテールに束ねられている。

「頼子《よりこ》ちゃん、あんた、自分の罪がなにかわかったる?」

頼子の真正面にいる統子が訊《き》く。うつむいた頼子の頭が左右にゆれる。

罪。おおげさに統子は言うが、頼子はなにも悪いことなどしていないと、みなわかっている。

〈ちょっと、みんな。これから体育館の裏に集まって。頼子ちゃんのことで話があるさかい〉

五時間目の終わったあと統子が教室の戸口に立って命令したから、ここに来たのである。

戸口で統子は頼子の腕を卍《まんじ》にかためていた。腕をとられた頼子はうつむいて、統子は顎《あご》を上げて、ほかの五人はうつむくほどではないが前を見るほどでもなく、七人でぞろぞろとここに来た。廃棄処分にされた古い椅子と机が積み上げられた体育館の裏。

市立長命《ちょうめい》小学校二年二組。

統子は女子のなかで六番目に背が高い。頼子は三番目に高い。隼子は二番目に高い。一番うしろの京美は飛び抜けて高い。一番前のハルは飛び抜けて低い。

ヒトが集まるところ、常にグループができる。身長で。成績で。住所で。性別で。群れなすヒトの社交によってグループ分けされたものがサロンである。別名、村。サロンは、小学校から会社まで、六大都市から長命市まで、学生から役人からサラリーマンから自由業者まで、変わりはない。社会というサロンがあり、その中に学校というサロンがあり、その中にクラスというサロンがある。

「頼子ちゃん、あんたの罪は京美ちゃんをさしおいて、あつかましいことしたことや」

どの規模のサロンにも、さらにまた派閥がある。2―2女子サロンの最大有力派閥は京美を長としている。すっくと背の高い岩崎京美《いわさききょうみ》は彫りの深い顔だちをしている。落ち着きもあり、中学生にまちがわれることがたびたびある。

「太田くんは京美ちゃんとデキたるんや。あんた、それ知ってるやろ?」

太田比呂志《おおたひろし》は2―2男子サロンの最大有力派閥の長で、男女の長同士がデキているとおふれを出しているのは統子だ。

「な、そやろ、みんな？」

統子の言うことはなににでも肯定しなくてはならない。デキているのだと統子が言えば、そうですねと、みな肯《うなず》くことになっている。それがサロンの社交だ。

裕福な商家の子らしく鷹揚《おうよう》な京美を近藤勇《こんどういさみ》とするならば、統子は土方歳三《ひじかたとしぞう》。派閥の実権をにぎっている。土方、統子に命令されたら、いやでも隊士は服従しなくてはならないのである。

土方、統子が「ちょっと、みんな」と言ったらつぎには「命令」が来る。「ちょっと、みんな。昼休みには先生の肩たたきをひとり二十回ずつやで」と言えば、みな、叩《たた》かなくてはならない。「ちょっと、みんな。今日は鉄棒で逆上がりの猛練習や」と言えば、みな、鉄棒をしなくてはならない。「ちょっと、みんな。明日からハイソックスをはいてくることにしよ」なら、穿《は》いてこなくてはならない。ハイソックスを持っていない者は、帰宅するなり急いで親に買ってもらわねばならない。

「せんどしてる（疲れている）ねん」「鉄棒はせえへんわ」「はかへんわ」と、近藤、京美にかぎってはことわる権利がある。だが、「今はちょっとせんどしてるねん」「今日は鉄棒はせえへんわ」「もうちょっとしたら、はくわ」と、あくまでも土方をたてたことわりをする。するとこに、なっているサロン。

「今日の昼休み、頼子ちゃん、あんた、太田くんに色目を使《つ》こたやろ？」

色目をつかう。統子はこういうことばをナチュラルに口にできる小学二年生である。

「そういうあつかましいことは、京美ちゃんに対する裏切りやと、うちは思うねん」

そろそろ「ちょっと、みんな」が出るころである。

「ちょっと、みんな――」

出た。

「――頼子ちゃんの足踏み」

全員いやだった。

「ハルちゃんから」

統子に睨《にら》まれたハルは、そうっと足を頼子の甲の上に乗せた。ほかの者も、ハルがしたように、かたちばかり足を頼子の甲に乗せた。

統子は満たされない。

「ちょっと、みんな。つぎは、頼子ちゃんの背中から、砂を入れ」

統子は地面の砂利をひとにぎりすると、頼子のトレーナーの首のうしろから入れた。

「さあ、そっちから順番に入れるんや。頼子ちゃんは太田くんに色目を使《つ》こて、太田くんのニンジャマン消しゴムと自分の香水入り消しゴムを交換してやったんやで。そんなん、京美ちゃんしか、したらあかんことやんか。なあ」

なあと言われた京美は、五粒ばかり砂利を頼子の背中に入れた。

京美がやったからには、ほかの者もしないわけにはいかない。近藤の愛妓《あいぎ》を落籍させるための金を経理操作で不正に着服したかどで河合《かわい》耆《き》三郎《さぶろう》を粛清せよとの土方の指示に、納得のいかぬまま涙ながらに従った新撰組隊士のように。

統子から着せかえ人形を借りていたわけではない。統子に宿題をしてもらっていたわけでも、桜の木の枝を折った現場を目撃されていたわけでもない。彼女になにか弱みがあったわけではないのに、四人の小学生隊士は、暗い気分でひとつまみずつ砂利を背中に撒《ま》いた。

歳三の目は銀狐のようだったと言われているが、統子の目つきの形容としてもあてはまる。相手の感情を、トリモチの接着力でがんじがらめにしてしまうのである。細い三日月眉《まゆ》と細い目のあいだにすきまがないから凄味《すごみ》もある。

ところが、河合耆三郎の粛清中に脱走隊士が出た。

「やめる」

二番目に背の高い隼子だった。

かすれた声だったが、たしかにやめると言った。歩きだした。まさしく、わなわなと怒りにふるえる統子に背を向けて。

「なんやて!?」

隼子のランドセルからぶらさがる給食用のカップを入れた巾着袋《きんちゃくぶくろ》を、統子はひっぱる。

「なんやて隼子ちゃん、あんた、なんでやめんの？」

「おもしろないさかい」

びくついてはいたが、このひとことの後に、あとの隊士も脱走した。

「そや、こんなん、おもしろない」

「あほらしいわこんなこと」

「やってる意味がないわ」

「なんや、わけわからへんもん」

「やめよ、やめよ」

つぎつぎと脱走した。

「べつの遊びしょうな」

粛清は鬼ごっこにかわり、そこは小学二年生、すぐに過去を忘れるのである。十秒前のことでも。よって、子供は純粋だと信じる一部の大人は、小学二年生とまったく同じに過去を忘れる力が優れているのかもしれない。

鬼ごっこに興じる女子たちは、隼子が先に帰ったのには気づかなかった。

※

長命市の人口は四万。田んぼの多い土地である。

あちこちの田んぼで稲の刈り入れがなされている。

秋の帰り道で、森本隼子《もりもとじゅんこ》はようやく胸をなでおろした。

膝《ひざ》のふるえもようやくおさまった。

さっき、やめると言ったとき、じつは、彼女の腋下《えきか》は冷や汗でびっしょりだった。赤の12番。ルーレットで言えば、一点に自分の首を賭《か》けていた。アタリなら36倍。ハズレなら首が飛ぶ。統子に睨まれたら最後、二組では村八分である。

頼子を救わんとする正義感というよりは、したくない砂利入れをさせられるのがいやだった。が、それよりも賭けるという行為への誘惑が彼女に、やめると言わせた。隼子自身は意識できていないが。

賭ける。この行為は、アタル確率が低いほど配当金が高い。だが、この行為に魅了される人々は、おそらく配当金そのものより、この行為自体に痺《しび》れるのではないか。

アタル確率の低い賭けをするとき、腋下は濡《ぬ》れる。ハズレたときの腋下で冷える汗は気持ち悪いが、アタったときには痺れるように気持ちいい。

あぜみちに毛虫草が生えている。先が毛虫のようになったきみどり色の草。この草の根本に毎日、菓子くずをやると（置いておくと）十日間でほんものの毛虫になると、太田派の富重昌浩《とみしげまさひろ》から聞いた。帰り道でたまにいっしょになると、そのときだけ彼は教室では口にしないおもしろげなことを話してくれる。空飛ぶ円盤に乗せられた人の話や、湖にいる怪獣の写真を合成して作る方法や、アリクイの一生や。

給食のパンを必ず毎日残す隼子は、【真珠のしあがり　クリーニングは絶対マエカワ】という宣伝の貼られた電信柱わきのひとかたまりの毛虫草から一本を選び、ほかの子にわからないよう茎の下のほうに赤い毛糸を結んで目印にし、ローリスク、ローリターンの賭けとして、十日間、富重の言ったとおりにした。が、毛虫にはならなかった。

午前中の雨がみずたまりになっている。みずたまりにガソリンが浮かんでいる。七色に反射している。TV番組『マジック・ミスティ』のはじまりのようだ。

『マジック・ミスティ』。主人公のミスティくんは魔界の王子で、人間界にやってきて、人間世界を勉強している。ミスティくんを家に住まわせてやっているのは新聞記者のケン。アムステルダム支局と東京を行き来している。ミスティくんはどうでもよかったが、ケンが見たくて毎週欠かさない番組だった。

ひとりきりの帰路は、アムステルダムへの滑走路になる。空想は滑走路を動きはじめ、速度を増し、飛び立つ。飛び立てば、心が身体から抜け、隼子はどこにでも行ける。だれにでも会える。

ケンとはアムステルダムで会う。アムステルダムがどういうところなのかは知らない。『マジック・ミスティ』に街中のシーンは出たことがない。彼と会っていることは秘密にしなくてはならない。秘密にする理由はわからない。ケンが秘密にしなくてはならないと言うから秘密にしている。

世界のあらゆる場所に飛べ、あらゆる人に会える下校路を、「いっしょに帰ろう」とだれかに誘われるのは、隼子がいちばん迷惑とするところだった。誘われれば、ことわりはしない社交性は持ち合わせていたものの。

※

「いっしょに帰ろう」

椿統子《つばきとうこ》はげたばこで隼子を呼び止めた。

翌日の放課後である。

「ちょっと、あんた。今日はこれから、あんたとこ遊びに行くわ」

朝からそう決めていた。今日は逆らわせない。じつは、統子は二十四時間前のことを忘れてはいなかった。鬼ごっこをする十秒前のことは忘れたが、隼子の脱走はおぼえていた。

「ええけど……」

脱走隊士が恐縮するのは統子にとって、自分の地位をたしかめられる至福である。

「ほんま、うれしい」

隼子の家に行けるのがうれしいのではなく、隼子にうんと言わせたのがうれしいのである。

「な、あんたの家、どんな家？」

お誕生会やクリスマス会などで、京美の家にはなんどか行ったことがあるが、隼子の家には行ったことがない。

「京美ちゃんとこみたいにデラックスな家？」

「ふつうの家」

気の抜ける答えだった。

長小からの児童下校路は、三つある。校門を出て、左と右と前。左は農家の家の子。右は商店街界隈《かいわい》に住む子。前は、あまり家のない界隈に住む子。あまり家のない界隈、というのは新興住宅地である。

元朝日町《もとあさひちょう》といって、長命市よりは大きい中宮市《なかみや》あたりの本家から分家してきた家が多い。町名に「元」がつくのは、十年前に「新」のつく、新朝日町ができたからだ。小高い雑木林の一帯を宅地開発する市の予定が頓挫《とんざ》したまま、まだすがたをとどめている雑木林の中に、ぽつん、ぽつん、と家が建っている。

校門を出て前の道を統子と隼子は歩いていった。そのうち、「石山」とみなが呼んでいる場所に出る。いつからか、なぜそうなっているのか小学生たちは知らないが、田んぼ二反ほどのスペースに石がうずたかく積み上げられ、大、中、小とみっつの山になっている。小山でさえ、小学生にはかっこうの「登って遊べる」高さだ。

石山のぐるりが元朝日町。元朝日町に入ったところで、ある道をゆくと、四つ角に出る。大型の郵便ポストがある。ポストから東が新朝日町だ。ポストを右にまがるあんばいで、なだらかな勾配《こうばい》のある雑木の中を抜けたところが隼子の家だった。

本人が言ったとおり、ふつうの家だった。ただ、まわりにほかの家がないぶん、大きく見えた。そして、

「屋根が三角なんやね」

それが統子には、とくに目をひいた。

統子の家は五軒ならんだ家の屋根が、みなひとつづきになったうちの一軒で、自分の家だけを見ると、屋根はひらたく見える。

玄関はない。トキワ商店街の通りに面した引き戸を開けると、すぐに茶の間で、茶の間の奥が台所、台所の奥がトイレ。風呂《ふろ》は、裏口から出て数十メートルのところにある「トキワ湯」に、一日おきに行く。

トイレの横の三畳間が長兄夫婦の寝室で、三姉と夜中にときどき覗《のぞ》く。暗くてよくは見えないが、次兄が読む（見る？）本の写真のことをしているのはわかっている。次兄は裸の女の写真ばかり出ている本を、いつも茶の間に放り出したままにしている。裸の女はよく自分の指をあそこに当てている。三畳間を覗いた日は、写真の女と同じことをしてしまう。したあとは傷つく。ずいぶんな数の女子小学生の指も各々のそこに当てられる時間があることを、統子は知らず、自分ひとりが悪い人間だと宣告されたようになり傷つく。

長兄夫婦が寝ている部屋より、京美の家の玄関は広かった。屋根に三角になったところがみっつもあった。TVの時代劇に出てくるお侍の家のような家だった。

はじめて京美の家に行ったときには、すべてに羨望《せんぼう》した。

〈岩崎はんとこは分限者《ぶげんしゃ》や。手広うやってはんがな。ほら金、ぎょうさんあるで〉と父や兄、姉たちが言っていたとおり、それはまさしく「分限者」の家だった。

部屋が何室もある。ピアノもステレオもある。ほんものの犬と同じ大きさの、ほんものの犬のようなぬいぐるみのダルメシアンもあった。

着せかえ人形も、京美は何体も持っていた。少女モデル、湯川アリサちゃんの写真のついた、人造ルビーのはめこまれた小さなトランクに入った、紫苑《しおん》お子さまお化粧セットも持っていた。フリルのついたワンピースがタンスに入れずに扉にかけてあった。蓋《ふた》を開けるとお姫さまがくるくるまわるオルゴールが「応接間」というところの戸棚に置いてあった。

　妹の里美ちゃんの部屋には赤い、京美ちゃんの部屋にはラベンダー色の、しかくではなく、柱がでっぱったところ、へこんだところにちゃんと寸法をあわせて敷いてある絨毯《じゅうたん》。ベッド付属の枕元の棚にチューリップの花の形をしたランプ。羨《うらや》ましかった。

　そしてお母さんは、遊びに来た全員に、紅茶とエクレアを出してくれた。ひとり二個ずつも出してくれた。エクレアが二十個もずらりと机にならんだ光景を、統子は生まれてはじめて見た。

　隼子のお母さんはなにを出してくれるのだろう。

　期待して統子は隼子のあとについて、玄関のドアのうしろにいた。

「ちょっと待ってて」

　隼子はランドセルをおろし、蓋を開ける。

「なにするのん？」

「鍵《かぎ》」

「鍵？」

「鍵、開けんと」

　ランドセルの中から出した鍵を、隼子は玄関の戸のノブに入れた。子供のくせに、なぜ鍵を開けて自分の家に入るのだろう。

「あがって」

うすぐらい玄関だ。ドア正面の台に菊が活けてある。へんな台。花飾るんやったらげたばこの上に置いといたらええのに。京美ちゃんとこの玄関みたいに広うないんやし。

「こんにちはー」

統子が大きな声を出してもだれも出てこない。しいん、という音が聞こえそうな家だった。

「お母さんは?」

「関川の工場に行ってはるの」

長命の北のはずれに関川町というところがある。森本縫製所。そこが隼子の「家の人が仕事してはるとこ」なのである。

しいんとした廊下を抜け、隼子のあとについて、彼女が「勉強部屋」だと言う車庫を改装した部屋に、統子は通された。

「寝るときは二階やのん。洋服とか布団と、勉強のもんをいっしょにしとかんときて、家の人が」

二階の和室にお父さんが、ごく小さい洋室にベッドだけを置いて隼子が、お父さんの寝ているちょうど真下にお母さんが寝ていて、一階の隼子の「勉強部屋」の向かいは、お父さんの「しょさい」なのだと説明された。

しょさい、というのがなになのか統子にはわからなかったが、訊《き》くのは癪《しゃく》だった。

「なんもないんやね」

ぶしつけに感想を言ってやった。

隼子の部屋で、統子の目についたものといえば、京美の家の「応接間」に置かれていたソファの、長いほうのやつの、古びたようなものと、窓に面した小さな本棚付きの勉強机と、灰色のコンクリートの壁に面した大きな机だけだった。ピンポン台を机にしたのだぞうである。それらは統子にとってうらやましいものではなかった。大きな机のすみっこに、小さな箱が置いてあった。お弁当箱くらいの、しかくい小さな箱。間がもたなくなって、しかたなく統子は訊いた。

「あれ、なんやの？」

「細工箱。箱根の細工箱やの」

隼子は箱を統子にさわらせ、開けてみろと言い、統子が開けられないと自分で開けてみせた。なかは空《から》だった。

「な？　すごいやろ？　細工の謎を解かんと開けられへんのん」

箱根の土産だというその箱のしくみを隼子に説明され実演されて、統子は退屈だった。

こんな箱がどうしたんいうの？　古くさい、まるでおばあさんが入れ歯をしまうような地味な箱やんか。こんなもんいらん。

統子の家は分限者ではないが、父母も兄も姉たちも、ひとり年の離れている統子には、統子がねだればたいていなんでも買ってくれる。ピアノやほんものの犬のようなぬいぐるみやチューリップの形をしたランプが売っているような店に、統子は行ったことがなかったからねだらなかっただけだ。

へんな部屋である。きらきらしたものがなにもない。

倉庫のような隼子の部屋にはぬいぐるみも人形も造花もなく、本棚がある。畳一枚くらいを縦にしたようなスチールの大きなものだ。そこには教科書ではない本が入っている。畳のような大きな本棚のある部屋というものが、統子には異様だった。京美の家の「応接間」にあったように百科事典がきちんときれいにならんでいるのではない。体裁かまわずごちゃごちゃと、漫画やふつうの本が入っているのである。へんな部屋。

「京美ちゃんの持ってはったような紫苑お子さまお化粧セットは持ってへんの?」

近藤勇の威を借り、統子は隼子に知らしめたかった。脱走隊士は局長とは格がちがうのだと。自分の命令にそむけるのは京美だけなのだと。

「お子さまお化粧セット? そんなん京美ちゃん、持ってはった?」

隼子が、京美の家で見て興味津々なものは、お父さんがみんなの歌を録音してくれた機械である。すごく小さくて、新聞記者が持つような最新の機械だった。

「持ってはった」

ふん、と統子はソファにすわる。羨ましかったくせに、とぼけて。エクレアも食べんと。統子は癪にさわった。

京美の母が出してくれたエクレアを、隼子はひとくちしか食べず、あとはぜんぶ残した。食べへんなら、それちょうだいと言えなかったのが癪にさわる。いつでも自分のおやつはエクレアやから飽きてしまったと自慢したかったのにちがいない。

「お菓子は？」

そんなにデラックスなおやつを毎日食べているのなら、自分にも出してもらおやないの、そう思い、統子は要求した。

「お菓子出してくれへんの？」

「お菓子食べるの？」

「お客さんが来《き》はったんやさかい、お菓子を出すんもんとちゃうの？」

脱走隊士には、それ相応の詫《わ》びも入れてもらいたい。

「お菓子……」

隼子が困っているようすが統子にはたのしい。してやったりと思う。お母さんが留守のときの子供にお菓子が用意できるはずがない。

「ちょっと待ってて」

隼子は「勉強部屋」を出てゆき、しばらくするとデパートの包み紙がかかったままの箱を持ってきた。

「これ、お菓子やてお母さんが言《ゆ》うてはった」

御礼・厳島洋治。熨斗《のし》紙がついたままの箱を、隼子は破る。

「なんやろ」

統子は隼子とともに、破られた紙から出てきた箱を見た。三角帽をかぶった、尖《とが》った靴をはいた小人が、切り株にすわっている影絵のついた夢みるような箱。箱には『北国の恋人』と書かれている。

「ホワイト・チョコレートやて」

小冊子を読みながら、隼子は箱を統子の前にさしだした。

「食べて」

統子はひとつ食べた。箱に描かれた影絵同様、夢みるように甘くてとろけた。

「おいしい」

二十四時間前の脱走を、統子は仮釈放とした。

「ほんま?」

隼子の口にもホワイト・チョコレートが入る。すぐに出る。口から出したものを、隼子はさっき破った包装紙をちぎって、そこに捨てた。

「なんで捨てるのん？」

「……うん、と……え、と……」

うん、と……それからなんなのだろう。統子が不審に思ったとき、窓のほうで音がした。

ざりざり。お化けが窓の向こうにいるような音だ。

「なに？」

統子はホワイト・チョコレートの甘さもよそに、身をかたくする。

「なに!? あの音、なに!?」

「音？」

ざりざり。

「ほれ、いままたしたやんか」

「ああ、木《きい》」

「木《きい》？」

「木がガラスを擦《こす》る音」

隼子はティッシュで口を拭《ふ》いている。怖いやんか、とは、統子は癪で言えなかった。隼子に負けるのはいやだ。

「統子ちゃん、これ好き？」

『北国の恋人』の箱を指さされる。

「うん。おいしい」

「そなら、みんな持って帰って」

「うん……。おおきに」

へんな勉強部屋にいる隼子は、どこがどうしてなのか理由は不明だが、統子の癪にさわり、さわるがホワイト・チョコレートをぜんぶくれると言うので、統子は隼子に文句が言えなかった。

※

統子が帰ったので、隼子はほっとした。ひとりになるとほっとする。

〈なんで捨てるのん?〉

口からホワイト・チョコレートを出したとき統子から訊かれたが、統子がおいしいと言っているのに、まずいとは言えない。二十四時間前の脱走を、隼子も気にしていたのである。

エクレア、アイスクリーム、ホットケーキ、クッキー、メレンゲ、タフィ、ミルクキャラメル、クリームマフィン、クリームソーダ、クリームパフェ、クリームシチュー、スパゲティ・カルボナーラ、それにとくにモンブランケーキが隼子の嫌いな食べ物で、今日、新たに『北国の恋人』が加わった。

「いちばん嫌い。モンブランより嫌い」

と、思った。

〈これはお菓子やさかい、だれかお連れが家に来《き》はったときに出したげ。あんたこういうもんは食べへんやろし〉と母から言われていた包みだった。ぜんぶ持って帰ってくれた統子がありがたい。

口をすすいでから、壁に面した大きな机で、統子が〈そんな子供っぽい遊び〉と言ってやりたがらなかったピンポンをした。少女漫画誌『みるく』の付録のボール紙のラケットで。『みるく』の付録は品質が高く、付録目当てに買っている女子が多かった。「ピンポン球を買ってきて使ってネ♡」とただし書きがついていたボール紙のラケットも、充分に壁打ちに使えた。

ピンポンのあとは同じ机の上で竪琴《たてごと》を弾く女の人の絵を描いた。睫毛《まつげ》が長くて、瞳《ひとみ》のなかに星がまたたいているような竪琴奏者やバレリーナや妖精《ようせい》の絵を描くのが、隼子はとても好きだった。本棚に入れたスケッチブックの中に、隼子のきらきらしたものはみな入っていた。

※

「こんどはうちの家に遊びに来て」

翌日、統子から言われた。

行きたくなかった。学校が終わったら、隼子はひとりでいたいのである。きれいな女の人の絵を描いたり、雑木林や田んぼのあぜみちを歩いていたいのである。

「ほんま、おおきに」

だが、サロンの社交をした。

商店街にある統子の家には門がなく、「椿」という薄いプラスチックの表札の下のガラスの引き戸を開けると、上り框《かまち》もなく、すぐに茶の間だった。

「へえ」

昼間なのに茶の間には電灯がついているのがふしぎだ。猫が二匹いて、猫のトイレが茶の間に作ってある。へえ、へえ、と隼子はなんども言った。

「ちょっと、あんた」

電灯をつけた茶の間の、布団のかかっていないホームこたつの上に紙と鉛筆を置いた。

「さあ、描き。あんた、絵、うまいやろ。なにか描き」

　さあ、と鉛筆を隼子ににぎらせる。

「うん……」

　しばらく考えてから、隼子は鉛筆を紙に走らせた。そうだ、だれかに見せるときはいつもバレリーナをめざす少女を描いている（竪琴や妖精の羽は描くのにすごく時間がかかる）から、今日は先生にしよう。ここは一条バレエ学校。そのレッスン場で、一条先生が春風澪菜ちゃんに個人レッスンをしているところ。そう空想して、隼子は描いた。いつも京美やハルに描いてやる、髪をりぼんで二つにくくっている春風澪菜ちゃんとはちがい、一条先生は髪をアップに結い上げている。黒いミディ丈のレッスン着にショールをはおっている。来るバレエ発表会についてものおもいをしている。

「できた」

　紙を統子にわたした。

「わあ」

　見るなり、統子は言った。

「これ、バーのマダム？」

　バーのマダム……。それは隼子が、絵のなかの人物に就業させたことのない職業名だった。バーのマダム。バーのマダム。耳のなかで統子の声がこだまする。バー、と言うときのねばり。マダムというときの秘密っぽさ。マダム？　と、語尾をあげるとき、統子は流し目をした。

「あんた、絵、うまいなあ。マダムの絵、もろてええやろ」

隼子の答えを聞かず、統子は紙を持って、とても幅の狭い、とても勾配《こうばい》の急な、短い段数の階段を、とんとんと上がっていった。

「バーのマダムの絵、お姉ちゃんもじょうずやて言うてはる」

やがて統子は、眼鏡をかけた三姉と、眼鏡をかけずにパーマをかけた次姉とともに階段を下りてきた。

「そやね、じょうずやわ。大きいなったら漫画家になれるんちゃう？　今からバーのマダムがこんなにじょうずに描けるんやったら」

統子姉ふたりも、あの絵をバーのマダムだと思っている。隼子はどう訂正したらいいのかわからない。

「バーのマダム……」

ただ復唱した。

「待ってな、今、お茶、入れたげるわ」

パーマ姉が台所に立った。

「ありがとう」

話題がバーのマダムから逸《そ》れたことにほっとして隼子の声は大きくなった。

「そやけど、どうぞ、かまわんといてください」

「あはは、ええのんよ、そんな遠慮せんでも。統子がいつもお世話になってるし。これからもどんどん遊びに来てね」

パーマ姉は、ちりめんじゃことお茶を出してくれた。

「おいしい」

『北国の恋人』より十倍、ちりめんじゃこはおいしい。

「うちんとこは、この子だけ、年が離れてたなあ」

統子には兄と姉が五人いる。長姉が結婚して家を出たが、長兄も結婚したので義理の長姉ができ、五人という数は変化しなかった。義理の長姉は真向かいの焼肉屋に勤めていて、ちりめんじゃことお茶を出してくれたパーマ姉はスーパーマーケットの「スピガ」の二階にある洋服屋に勤めている。今日はスピガの定休日なので家にいる。眼鏡姉は中宮商業高校の三年。次兄と父は長距離トラックを運転しているため、あまり家におらず、長兄は「とびしょく」とのことだった。「とびしょく」というのがどういう職業なのか隼子にはわからなかった。飛んでいる職業のようだから、危険な職業なのだろう。

「お母ちゃんは、夕方からパートへ出はるねん」

隼子はうなずく。統子の母のパート先が「寿司喜世《すしきよ》」であることはクラス内の公然の秘密事項である。「寿司喜世の二階で……」と、みなひそひそ話す。ハルの母も、統子の話題が出たとき「あ、寿司喜世の……」と言いかけてやめた。寿司喜世は長命銀座の入り口にあって、通りから隼子が見たかぎりでは、ただの、あまり流行《はや》っていなさそうな寿司屋である。それなのになぜ「寿司喜世の二階」と、「二階」がつくとみな、ひそひそ声になるのか隼子にはわからない。わからないが、大人には理由を訊《き》いてはならない気配があるのはわかる。とにかく「寿司喜世の二階」は秘密事項なのである。

「うちらはいっつもお母ちゃんに遊んでもらえたけど、この子だけは生まれてすぐに、うちらにしか遊んでもらえへんかってん。そやさかい、お父ちゃんもお母ちゃんも、かわいそやて、ものすご、かわいがらはるねん。大きい兄ちゃんも、次の兄ちゃんも、大きい姉ちゃんも次の姉ちゃんも、それにうちもな、やっぱり、年がこの子だけ離れたあるやろ、そんでつい、なんでも言うこときいてしもて」

眼鏡姉が説明する途中で、統子が制した。

「そんなことないやんか。小さいお姉ちゃん、こないだかて、うちにあのカチューシャ、貸してくれへんかったやん」

姉のカーディガンの袖《そで》をひいた。

「やめて、統ちゃん。のびるやんか」

姉は統子の鼻をつまんだ。鼻をつままれた統子は姉の鼻をつまみかえした。神秘的な光景だった。実のきょうだい同士は鼻をつまみあうのか。

「この子はな、ひとりっこやねん」

統子から指さされた。

「そうやてな、あんたの話はときどき聞いてるわ。よう、この子、あんたの話をするんやで」

ひとりっこだからわがままだ。末っ子もわがままだ。だからわがままな者同士、仲よくしないといけない。それがパーマ姉の結論だった。

「バーのマダムの絵を、また描いたってな」

戸口でパーマと眼鏡の姉ふたりにそろって頭を下げられ、隣家五軒がずっと屋根のつながった統子のへんな家を、隼子は後にした。

※

破風が三ヵ所ある京美の家に、また大勢で行くことになった。

「ちょっと、みんな、明日は勤労感謝の日やさかい、京美ちゃんの家に遊びに行こ」

統子が決めたのである。勤労感謝の日の前日だと、なぜ京美宅を訪問するのかは不明だった。だが、

「そやな、そうしょ」

京美本人がそう言うので、隊士たちは池田屋事件のあと三条小橋を凱旋《がいせん》するようにぞろぞろとトキワ商店街の目抜き通りを歩き、通りから奥まったところにある、京美宅へ行った。

「えらいまあ急に来たんやね。どうしょかな、出したげるもんが店の残りもんしかないけどかんにんしたってな」

ピアノのある応接間のソファにぎゅうぎゅうづめですわる全員に、京美ちゃんのお母さんは、経営しているベーカリーから持ち帰ったクロワッサンと、チーズかまぼこを大皿に盛って出してくれた。

「ありがとう」

まず、頼子が礼。統子に背中から砂を入れられた彼女は、アリサちゃんリップクリームを統子にプレゼントすることで、隊士資格をとりかえしていた。

「そんなら、まあ、ごゆっくりな」

京美母が応接間から出てゆくと、くるりと統子が隼子を見た。

「なあ、隼子ちゃん、あんた、太田くん、どう思う？」

明るくて統率力のある太田は、男子にも女子にも、そして担任の小倉《おぐら》まさえにも好かれている。

「どう思うて……」

大きくて、クラスでいちばん勉強ができて、体育もできる。木琴も字も富重のつぎにうまい。みなが思っているように思うだけである。

ケンとアムステルダムで逢瀬《おうせ》をつづけている隼子は、同級の男子などに関心がない。女をレディとしてエスコートできない男は恋愛対象ではない。

雑木林の先の家に、長くひとりでいる子供の体力は、空想を、現実よりもはるかに現実的に見せる。

熱帯密林を探検したり某国の悪の軍団と戦ったりしている隼子は、過去には『宇宙大使』のリックや、『走れエスパー』のエスパーとつきあっていた。彼らは、ちゃんとした女性はレディとしてエスコートするし、会話にもユーモアとウィットというものがある。だが熱愛にはいたらなかった。いたったのは現在のアムステルダムにいる恋人、ケンだけである。

「太田くんはクラスをまとめる力があると思う」

ケンのことはひた隠し、太田についてだけをコメントした。

統子はぱっと頼子のほうに向きを変えた。癪《しゃく》にさわる。隼子にまたはぐらかされた。でも、ホワイト・チョコレートも、あんなにじょうずなバーのマダムの絵ももらった。

「頼子ちゃんは、どうや？」

「うん……。太田くんはかっこいいと思う」

これは頼子の、局長＝近藤＝京美への気配りである。

「そしたら、あんたは太田くん好き？」

「う、ううん」

「太田くんとはちがうの？　なら、だれ？」

統子は頼子ににじりよる。

頼子はうつむいて、ひとりの男子の名前を告白した。

「そうか。頼子ちゃんはあの子か」

ここでまた、「ちょっと、みんな」だ。

「ちょっと、みんな。二学期もここまで来たんや。クラスの男子で好きな子を言い（言え）。そやな、そっちの端から」

命令されて、ソファの左端から派閥員は告白をしていった。いいひん（いない）と答えた子も、もちろんいた。隼子もそのうちのひとりだった。

京美は上座にすわっていて、最後だった。当然「太田くん」と言うものとみな思っていたのに、彼女の口から出たのは、

「富重くん」

だった。

「えーっ」

統子とハルが叫んだ。

「そやかて、京美ちゃんは太田くんとちがうのん？　太田くん、どうなるの？」

ハルが訊く。

「ほんでもまあ、富重くんは2―2でも、ううん二年の男子のなかでもいちばんハンサムやんか」

統子が意見を言う。

「うん、富重くんハンサムやね」

頼子が統子に気をつかう。

「うん、ハンサムやろ？　富重くん」

京美は頼子の発言に気をよくする。

「頼子ちゃんは、ちょっと黙っときいな」

統子は出戻り隊士に役職はやらない。

「太田くんのことは今も好き。けど、富重くんはハンサムやし、なんでもよう知ってるのにえらそうやないし、やさしい雰囲気があって、ええなて思うねん」

京美はさらりと言ってのける。

統子はねっとりとコメントする。

「いやあ、スキャンダルやわ、これは」

スキャンダル。隼子はどきんとした。富重がハンサムだろうが京美が彼も太田も両方好きだろうがかまうことではなかったが、統子の発したスキャンダルという語にはどきんとした。スキャンダル。人目を忍ぶ恋。自分とケンとの恋こそそう呼ばれるのではないか。

「ちょっと、隼子ちゃん」

「な、なに？」

「あんた、今、好きな子はいいひん、って言うたけど、ほんまか？」

「う、うん。い、いいひん」

チーズかまぼこを嚙《か》んでいたところだったので、くぐもった声になった。

「どうも信じられへんわ。あんたがうちの家に遊びにきたとき、次のお姉ちゃんも小さいお姉ちゃんも、あんたのこと〝あの子はそうじゅくや〟て言うてやったで。そやのに、いいひん、なんてこと、おかしいんちゃう？」

トリモチの視線が隼子を拘束する。助けてと、もがけばもがくほどトリモチはくっつく。

「そやけど、ほんまにいいひんのやもん……ク、クラスには……」

クラスにはいないがアムステルダムにはいる。隼子はチーズかまぼこを呑み込んだ。喉《のど》につまりそうだった。

「ほんまにか？」

「うん……」

声は小さくなり、頭は下に向いてゆく。アニメーションではなく実写の『マジック・ミスティ』では、ケンを佐多真樹という俳優が演じている。

〈こん人はクォーターで、六本木のプレイボーイや。歌手のKANAとか、ずいぶん女、泣かしてはるで、ほら〉

そう評したのは、関川の工場の若いお姉さんだった。祖父母の所有する工場に行ったとき、忙しかった彼らのかわりに、お姉さんがふたり、TVのある休憩室に隼子を連れていってくれた。〈女、泣かしてはるで〉とは、お姉さんが隼子にではなく、もうひとりのお姉さんに言ったのを、聞いただけである。芸能ニュースになった佐多のこれまでの女性遍歴を、ふたりはたのしそうに話していた。〈ハイカラでキザや〉〈それにヤらしそうやん〉〈ほんでも女がなびくのもようわかるわ〉。佐多真樹は、ふたりの話すような、そのとおりの外見をした俳優だった。

そういう男は危険だから近寄らないようにしようと思っていたのに、罠《わな》にかかった。『マジック・ミスティ』の放映される木曜になると隼子は、放映時間は夜七時なのに、朝からそわそわする。六時にもなろうものなら、髪を丹念にとかし、TVの前に、TVと向かい合うようにすわってケンの出番を待つ。出てくると、どっきん、と心臓が大きく動く。放映中はストーリーを追っている。放映後に心が身体から抜ける。抜けた世界で、ミスティくんとたまたま同級生だった隼子は、ミスティくんの家に招かれた。そこでケンと知り合い、互いになにかを感じて、新聞社でアルバイトをするようになり、禁じられた恋に落ち、アムステルダムの風車小屋に隠れて暮らしているのだ。なにを禁じられているのかはわからない。禁じられた恋という語感とアムステルダムという地名は合うのである。

ケンは「せつない」という感情を、隼子にはじめて教えた。恋のてほどき。これを受けるなら、六本木でプレイボーイだった彼は最適である。リックやエスパーが「あそび」なら、ケンは「真剣」だった。隼子はケンと熱愛中だった。

「クラスにはいいひん、っていうことは、よそのクラスにはいるっちゅうこと?」

「それは……あの……」

弱々しくなった隼子のすがたを見ると、統子はアレをしているような気分になった。家人の目を盗むには困難な狭い家の、それでもだれの目もないときにおこなうアレ。なんだか知らないがいつも癪にさわる隼子がこんなになっているのは愉快でしかたがない。

「隼子ちゃん、ちょっと、いっしょに廊下へ出よな」

統子は急にやさしい声を出した。

「な、出よ」

隼子の手を引き、ソファから立たせ、無理やり応接室から連れ出す。

「ほんまは、いるんやろ? うち、だれにも言わへん。そやさかい、ないしょでうちにだけ教えて」

廊下の壁に隼子を押しつけ、隼子の口に耳をつけて訊《き》いた。

「ほんまに？　ほんまにだれにも言わへん？」

「言わへん。言わへんて」

復讐《ふくしゅう》が成就した気分だ。やさしそうなくせに油断のならない、いつも自分をはぐらかして烟《けむ》にまいて陰で舌を出しているようなこの子が、今、びくっとして潤んでこちらを見つめている。

「ぜったい？」

「ぜったい、言わへん。そやさかい、だれ？」

「……ミスティくんの大家さん」

だれにも打ち明けたことのなかった真実のうちひとつを隼子は、ついに他人に告白した。

ケンという名を直接口にすることは、恥ずかしくてとてもできなかった。

ちなみにもうひとつの真実は、〈近視でしょうから眼鏡をかけたほうがいいかもしれません〉と目医者から言われ、父母から与えられた眼鏡の上に、かけるのがいやさにソファから飛び下りてわざと壊したことである。

「ミスティくんの大家さん？」

ミスティくんといえば『マジック・ミスティ』しかない。統子もときどきは見る。大家というのは、ミスティくんを家に住まわせている新聞記者のことか？

「ケン、たらゆう人か？」

肯《うなず》く隼子。

「ケン⁉」

統子は、廊下どころか、応接間にいるみんなどころか、奥の部屋にいる京美の母や妹にも、全員に聞こえるくらいの大声で言った。いや、絶叫した。

「ケンがあんたの好きな人やていうのかあっ⁉」

統子に絶叫され、隼子は裏切りを全身に感じ、すぐに自分の秘密が洩《も》れたことに対して羞恥《しゅうち》した。頬が真っ赤になり、耳まで燃えるようになっているのがわかる。

「うちを馬鹿にするのもええかげんにしいや。ちょっとホワイト・チョコレートをくれたとおもていい気になってんとき！」

隼子がふるえながら真実を告白したのに、統子は怒った。人にとって、自分が待っている真実だけが真実なのである。待っていない真実は嘘なのである。

「そんな子供だましの嘘で、うちをだませると思わんといてッ」

そして、応接間で、統子はみなに命令した。

「ちょっと、みんな。そっちからひとりずつ、隼子ちゃんの足を踏み」

にわかな、わけのわからない命令を出されたみなは、怪訝《けげん》な顔で形式的に隼子の甲に足を乗せていった。

第二章　本　鈴

プレゼント。しかくい箱がつるつるしたグリーンの紙につつまれている。箱には赤いりぼんが結ばれている。りぼんにはカードがはさまれている。カードには「ｆｏｒ　ｙｏｕ」という金文字。

プレゼントの箱。それはいつも人の瞳《ひとみ》を輝かせる。すなおな者はなにかしらと頰をゆるませてりぼんをほどき、悲観的な者はどうせたいしたものではないと自分を諫《いさ》めながら紙を破る。いずれも、期待はしているのである。多少の差はあれ。

転校生は、りぼんのかかったプレゼントの箱のようなものだ。転校生。この存在はものがたりを人に喚起する。

三学期の最初の日。二年二組の全員が、教室で期待していた。多少の差はあれ。

転校生がやってくるのである。

今日はあまり天気がよくない。空はいくぶん曇っている。

がら。引き戸が開いた。三十六人はいっせいに、赤いりぼんのかかったプレゼントの箱を見る。

「今日から、このクラスのおともだちになってくれはる、辰野《たつの》みゆきちゃんです。みゆきちゃんは家の人のお仕事の都合で、いままでいろんな町で暮らしてはりました」

担任の小倉先生はプレゼントの箱のりぼんをほどいた。

「みんな、仲良うしたってや」

生徒たちは、あまりそろってはいなかったが、とにかく「はあい」と返事をし、箱の包み紙を破った。

箱から出てきた転校生を、隼子は見た。

彼女はうつむいたまま、先生の背後に立っていた。

「そしたら、みゆきちゃん、みんなに、ちょっとだけご挨拶《あいさつ》してくれる?」

先生は、転校生のうしろにまわり、肩を押して、教壇のまんなかに立たせる。

背は、前から四番目といったところで、髪はおかっぱというか、短いというか、ざくざくと鋏《はさみ》でてきとうに切って、肩にかからないようにしたくらいの長さ。セーターから出た手や手首も、ボックス・プリーツのスカートから出た毛糸のハイソックスを穿《は》いた足も、白い粉がふいたようにかさかさしている。じっさい、膝《ひざ》は、そこで黒板消しを叩《たた》いたのかというように白く粉っぽい。

「な、みゆきちゃん、ご挨拶してくれる?」

小倉先生は、前歯のはしっこのほうにひとつある金歯を光らせたが、辰野みゆきちゃんはなにも言わない。うつむいたままだ。もじもじしているというかんじではない。ただ、うつむいている。

「太田くんと京美ちゃん、あんたらふたり、ちょっとここに来てんか。みゆきちゃんのとなりに立ったって」

先生は、太田と京美を呼んだ。

「みゆきちゃん、クラス委員の太田くんと京美ちゃんやで。ふたりは給食をようけ食べるさかい、見てみ、こんなにいかい」

先生に言われ、太田が、おどけた顔をする。生徒たちが笑う。

「このふたりがいっしょやったら、安心やろ。みゆきちゃん、こんにちは、て、みんなに言うてくれる？」

だが、辰野みゆきちゃんは、うつむいたままだった。といって、みなに顔を見せまいとしているふうでもない。粘土でなにかを作るさい、はじめに芯《しん》となる型を針金で作るけれども、あの針金の芯のように、さいしょから「人がうつむいているところ」という型として、芯が通っているように彼女はうつむいている。うつむいて、ひとことも声を出さない。

「はじめてで、こんなにようけの子の前でなんか言うのは恥ずかしいかな？　な、みんなかて、そうやわな？　こんな前のまんなかに立って、なにか言うの恥ずかしいもんな」

間のもたなくなった先生はそう言って、転校生の席を決め、そこまで辰野みゆきちゃんを、太田と京美に連れていかせた。

一時間目の算数がはじまった。

算数のあいだじゅう、辰野みゆきちゃんは、机に抱きつくようにうつ伏していた。二時間目の国語のあいだも、三時間目の社会のあいだも、四時間目のあいだも五時間目のあいだも。

恥ずかしがり屋なのだろうという想像が成り立ったのは初日ないし翌日だけである。彼女は、信念をもって口をきかなかった。すくなくとも隼子にはそう見えた。ずっと、机に抱きついてうつ伏したまま、顔を上げない。先生があてても、ぜったいに上げない。図画工作の時間も、音楽の時間も。

体育の時間は運動場や体育館には行かず、教室に残っている。給食の時間も上げない。配膳《はいぜん》された給食は、アルマイトの盆の上で手つかずに冷めきって、給食の時間が終わると、小倉先生が下げる。

「食べへんの？」

最初のうちこそ、そう訊《き》いていた先生も、そのうち、匙《さじ》をなげた。

「針金のように、あんなに細いのんは、どこの学校でも、ああして給食を食べやらへんかったさかいにやろう」

ハルが推理した。

彼女が顔を上げるのは休み時間だけ。休み時間になると、二学年上の教室から姉がやってきて、

「みゆき」

と、かぼそい声で呼ぶ。呼ばれて、妹ははっと顔を上げ、廊下に出ると姉と抱き合い、ふたりはどこかへ消える。

「どこへ行かはるんやろ」

京美も統子も、太田も富重も、頼子もハルも、そして隼子もほかの生徒も、教室の戸口から、ひとつのかたまりのようになって、小さくなっていく姉妹を見ていた。ついて来るな!! 姉妹からは、無言の、そんな意思表示がオーラのようにたちのぼり、とても追ってはゆけなかった。

こんな具合だったから、節分のころには、辰野みゆきちゃんは「ここにはいない子」だと認識されるようになった。先生も、そう取り扱っていた。

ひなまつりの日。

掃除の時間。

掃除の時間には、机と椅子を、まず後方へつめ、床を掃いて拭《ふ》き、つぎは机と椅子を前方へつめ、床を掃いて拭き、それから元の位置にもどすのだが、掃除の時間にも、辰野み

ゆきちゃんは机にうつ伏したままだから、彼女の机だけ動かせない。しかたなく、そのまま、ぐるりと周囲を掃いていた。

箒《ほうき》を持つ隼子と京美の袖《そで》を、統子がひいた。太田の袖も富重の袖もひいた。

「ちょっと、みんな。みんなで起こしてみような」

統子は、うつ伏している人間を指さす。

「えー、そやけど……」

隼子は京美を見、京美は太田を見、太田は富重を見た。

「んなもん、あいつは起きよらへんで。金城鉄壁、面壁九年、馬耳東風や」

博聞、博識、博雅の富重は、あかんあかん、の動作で手をふった。

「そやけど、なんや、今日は死んでやるみたいやもん」

統子が辰野みゆきちゃんのほうに一歩近づく。

「まさか……」

「息してやる？」

隼子と京美は、箒を持ったまま、その場で身を硬くした。

統子と太田と富重が、二歩、三歩と動かぬ人間に近づいてゆく。三人のうしろに隼子と京美もつづいた。

「息しとるか？」

まず三人がかわるがわる肩に手をかけ、ゆすった。顔を上げない。

「ちょっと、なあ、みゆきちゃん、ちょっと、掃除の時間くらい起きてえな」

統子と太田が右側から、富重が左から、名を呼びながら、彼女の顔を机からひきはなそうとする。うんしょ、うんしょ、と力をこめて彼女をひっぱるのは、息をしているのかという心配もあっただろうが、もっと純粋な感情に満ちていた。「いったいどんな顔でうつ伏しているのだろうか」という探究心である。

「ちょっと、ふたりも手伝うて」

統子に言われ、隼子と京美も、彼女のかぼそい肩に手をかけた。しかし、そのかぼそい肉体からは想像もつかない強靭《きょうじん》さで辰野みゆきちゃんはぎゅううっと机を抱きしめて摑《つか》み、よりいっそう、富重ふうに言うなら鉄心石腸として、うつ伏してしまった。そのため机と彼女は一体になって、ずずと動いた。

五人は、あきらめた。

二年生が終わる終業式の日の朝、小倉先生は言った。

「みゆきちゃんは、また転校しはりました」

朝の会での小倉先生のコメントは、じつにあっけなかった。

※

さざなみの古き都に　萌《も》える木々
光みつるみずうみの　ほとりの学舎《まなびや》
はずむ声　つどうわれらよ
ああ　長命小学校

体育館。新学年がはじまって二度目の朝礼で校歌をうたう隼子は、三年一組の女子列の、またうしろから二番目にいた。京美はまた一番うしろにいた。
担任は小倉先生から結城《ゆうき》先生にかわった。よく忘れ物をしてそのたびにあっはっはっはーと笑う、こまかいことをとりきめない男の先生である。一組には太田も富重もいた。女子列一番前にはハルもいる。

手をつなぎ、輝くわれらよ
ああ、長命小学校

「まくるぞ、まくるぞ」

二番を歌っていると隼子のスカートがひっぱられる。男子列の三番目の塔仁原だ。校歌斉唱のあいだに勝手に前からうしろにちょろちょろ移動してきたのである。いつもなにか悪さをする塔仁原である。始業式の日から、教卓の上に教師用の椅子を置き、そこから床へ飛び下りる遊びをしていて椅子を壊し、〈こらあ！　塔仁原ぁ〉と結城先生に怒鳴られた。結城先生は、一日一回は〈こらあ！　塔仁原ぁ〉と大声を出さなくてはならない。

「まくるぞ、まくるぞ」

塔仁原は京美のスカートもひっぱる。

「やめえ」

太田が塔仁原の襟をひっぱった。塔仁原は、児童会長の塔仁原の弟だ。「塔仁原贈答品店」は長命では知らない者のない有名な家である。西本町にある。お父さんは市会議員。伯父《おじ》さんは県会議員。

「おい、今日は一組に、転校生が来《き》よるんやぞ。知ってるか」

襟をひっぱる太田に塔仁原は教える。西本町には最近、白い出窓が各部屋についた三階建ての病院ができた。「佐々木産婦人科医院」。その病院の子が転校してくるのだという。

「そらよかったな。前にもどれ」

転校生に太田は興味を示さない。

「そや、あんたの場所は前から三番」

京美も塔仁原の背中を押す。

「ほんまか、塔仁原？　転校生が来《き》よるんか？」

だが塔仁原に訊《き》いた者がいた。

「そや、今日、来よるんや」

「なんで、知ってんねん？」

「昨日、うちのお父さんに用事があって、結城せんせが来はったもん。そのときしゃべってはったん、ぼく聞いたもん」

「へえ、佐々木医院なあ」

「すごいで。横浜から来はった医者さんやで」

「わあ、横浜。そりゃごっついわ」

「横浜やて」

横浜。佐々木医院。伝播《でんぱ》されてゆく。期待しているのは元2―2以外の者だ。辰野みゆきちゃんを知らないから期待するのだ。

「早《は》よう、もどりい」

隼子は京美に加勢してガツンと塔仁原のアキレス腱《けん》を蹴《け》った。

「痛ッ、おぼえてえや、森本隼キチ」

校歌三番がうたわれるあいだに塔仁原は前から三番位置にもどった。もどると一番前のハルのおさげにした三つ編みをひっぱった。

「やめて」

ぷんと怒る。三好温子《みよしはるこ》の、この即座の反応が塔仁原にはたまらない。またひっぱる。

「ん、もう、やめて」

この「ん、もう」がたまらない。またひっぱる。ハルは塔仁原の手を叩く真似だけをする。いきなりアキレス腱を蹴るような女子とは大違いや、かわいー!

校長先生の話は長かった。ハルは「休め」の足をなんども交代させた。塔仁原はうるさいが、三年で一組になったことをハルはおおよろこびしていた。統子が三組に行ったのである。やれやれ、やっと、あの「ちょっと、みんな」から解放された。バンザイをしていた。たぶん二組に行った元2―2の女子もバンザイしているはずだ。

ハルは、統子の「ちょっと、みんな」にも辟易《へきえき》していたが、なにより、彼女がいつもいやらしいことを言うのが大嫌いだった。統子の言うことはよく意味がわからない。わからないが、それがいやらしいことなのだということだけはわかる。塔仁原に髪をひっぱられるほうがましだ。小西にスカートをまくられるほうがましだ。正体不明のいやらしさはぞっとする。

「今日な、転校生が来よるんやぞ」

塔仁原はハルにも教えたが、辰野みゆきちゃんを知る元2―2のハルは校長先生のほうを向いていた。

※

塔仁原の言ったとおり、結城先生は教室に男子を連れてきた。佐々木高之。黒板に彼の名前が大きく書かれる。

「さざきたかゆきくんです。今日から、このクラスのおともだちにならはります。わからんことようけあるやろさかい、みんな、教えたってや」

中肉中背。男子列の「まんなかへん」のちょうどまんなかといったところ。彼の服装に、全員がざわめいた。短いズボンを穿《は》いていたのである。長小の男子が短いズボンを穿くのは、六月、七月、八月、九月。いっせいにそろえて穿くわけではないが、だいたいこの間の暑い季節だけで、あとは長ズボンである。四月なのに短いズボン。それにハイソックス。白いハイソックス。それに野球帽。帽子には外国語が記されている。whales。

「佐々木くんは、横浜に住んではりました。みんな社会の時間にも聞いたことあるな。地図帳で調べてみ。大きい大きい町やで」

横浜。横浜。横浜。横浜。朝礼のとき以上の、尊敬の伝播が教室中になされる。

「ほなら、まず席を決めようね」

結城先生の視線はうしろのほうから前へと移動して、ある場所でとまった。前から三番目に空席がひとつあったのである。

「あそこ。あそこがあいたるさかい、佐々木くん、あそこへすわって」

それはハルのとなり。目の悪い隼子のうしろだった。

「さて。校長先生の話、長かったなあ。みんなせんどしてしもたんちがうか。そやけど校長先生の言わはるとおり、〝石山〟はたしかに危ない。みんな、ようのぼって遊んでるようやけど……」

結城先生がそこまで言ったときだった。

「なに、それ？　イシヤマってなに？」

ごくわずかに金属っぽい、よく通る声だった。となりのハルはびっくりぎょうてんした。前の隼子もびっくりした。太田、富重、京美も、元2―2の生徒は全員がびっくりした。

しゃべる転校生もいるのか！

この転校生は、転校生なのに、初日から声を出したではないか。辰野みゆきちゃんとはちがう。

しかも、そのイントネーションは西のものとは、完璧《かんぺき》にちがう。横浜のことば。東京のことば。都会のことばだ。

「いや、かんにん。佐々木くんにはわからへんことやったな。通学路に〝石山〟て呼ばれてる場所があって……」

石山の説明を結城先生はした。

「なんだ、石材所のことか。いきなり石山っていうからなんのことかと思った」

ハルはすぐとなりで、隼子はすぐ前で、佐々木が言うのを聞いた。佐々木高之は、ひとりごとまで都会のことばだった。

佐々木は勉強ができた。みなりがきれいだった。体育もできた。家は病院。そのうえ横浜だ。当然、太田派閥入りした。whalesの帽子もすぐに虎のワッペン付きのものに変わった。「佐々木やん」でも「タカっちん」でもなく「佐々木」もしくは「佐々木くん」と呼ばれるようになった。「佐々木くん」ではない。「佐々木くん」だ。字で書くと同じだが、さいしょのほうは、標準語の佐々木くんで、あとのほうは関西イントネーションの佐々木くんである。標準語は「レ、ファ、ファ、ファ」。関西弁は「ド、♯ファ、♯ファ、ド」。

ド、♯ファ、♯ファ、ドの佐々木くんだったが、その横浜のアーバンな威力も、太田にはかなわなかった。

「背が高《たこ》うないといやや。やっぱり太田くんがいちばんかっこええわ」

と、京美がさらりと言うのはかまわない。が、

「佐々木くんもなかなかやけど、そらあんた、太田くんのたくましいワイルドな魅力にはたちうちできひんで」

と、わざわざ三組から一組に来て、統子が大人の女の人のように言うのが、ハルは気持ち悪かった。

※

気持ち悪い。隼子は、佐々木のことばづかいをそう思っていた。

(子供のくせになんで標準語を)

大人が子供のきぐるみに入って子供に化けてしゃべっているようなかんじがして気持ちが悪い。隼子にとって、標準語は大人が使うものであって、ケンや、カークが使うものである。それからカークと会うときの自分が。佐々木のような半ズボンを穿いた子供が使うものではない。

『マジック・ミスティ』の放映終了とともに、隼子は興味をカークに移していた。アメリカのTVドラマ『探偵カーク』。

心がわりは、『マジック・ミスティ』の放映終了によるものではなく、一年、年をとったためだろう。若い生命体は、一週間で、いや三日で、ステージを進んでゆく。一年の月日は、もう隼子に「午後七時からの番組」には没頭できなくさせた。『探偵カーク』は土曜の夜十時からの放映である。

　それでも、佐々木が標準語を使うのに違和感をおぼえながら、佐々木と同じ年齢の自分が、日本語吹き替えのカークと話している空想時には、ごく自然に標準語を使っている矛盾に気づかぬところがまだ小学三年生だった。

　話し方が気持ち悪いという以外には、佐々木というのは太田や富重たちと同じように、ただの同級生男子でしかなかった。

　彼の前の席である隼子の机は塔仁原とくっついている。塔仁原はしじゅううしろをふりかえってハルにいたずらをする。あー、うるさいやつ。塔仁原については、これしか感想はない。

「うちは、統子ちゃんのほうがうるさい。なんで三組やのに、一組に来《き》やんのや。やめてほしいわ。春休みの告白なんか、ほんま、まいったわ」

　給食当番のさい、いっしょに配膳《はいぜん》していたハルは隼子に言った。春休みの告白というのは、ハルと隼子だけが統子に呼び出された日におこなわれたものである。

〈だれにも言うたらあかんで。トップシークレットや。京美ちゃんには悪いけど、うち、太田くんのこと好きやねん。そのうち、りゃくだつしよと思《お》もてる〉

　統子の告白を、隼子もハルも懇請したわけではない。〈急用やさかい、ぜったい来て〉

と、スピガの四階にある「くつろぎスペース」に呼び出され、聞かされた、「ちょっと、みんな」の一種だった。無理やり告白されたのだった。

※

夏休みに近い放課後。

統子は三組から一組へと向かっていた。

彼女が一組に行くのは、隼子とハルには秘密を打ち明けているからである。ハルと隼子なら自分のものをとらないにちがいない。

京美のことを、長兄は〈べっぴんや〉と言った。次兄は〈ひひひ〉と笑った。だが、ハルのことはふたりとも〈チビちゃん〉と言っただけだったし、隼子のことは〈ようないわ、ありゃ、ようない〉と言った。次兄など〈子供のくせにどこ見とるかわからんで気色《きしょく》わるい〉と言った。

次姉と三姉も〈煮ても焼いても喰《く》えへん子や〉と言った。

〈油断がないわ。顔はハルちゃんほどガキっぽうはないけど、どっちかてゆうたら子供っぽい顔やん。トウちゃんのほうが全然、大人っぽいで。あんな顔して、しゃべりやることが大人やんか。ごっつ早熟やで。そやさかいトウちゃん、カチンとくるんちゃうの。そや

けどな、ああいう子は有能な駒や。仲良うして味方にしとかんとあかんで〉

隼子の脱走を、まだ完全には許していなかったし、これからも許さないだろうが、ならば、利用させてもらう。統子自身は意識していなかったがどこかでこう思っていた。

「ちょっと、隼子ちゃん。話、あるねん」

統子は一組から出てくる隼子をつかまえた。

「あんな、作戦があるねん」

あたりをみまわし、耳打ちする。

「作戦？」

「太田くんと京美ちゃんってアイアイガサはまだ書かれてやらへんやろ。京美ちゃんの一方通行で、意外にデキてないのかも」

「……う、うーん……」

アイアイガサの落書き。あれはいったいだれが、いつ、書くのだろう。単独犯なのか、複数犯なのか。あるときは壁に小さく、あるときは黒板にでかでかと、校内のあちこちにアイアイガサは落書きされる。カサに名前を入れられた者たちは「好きなもん同士」という公認になる。

「京美ちゃんは女王さまや。なんでも自分の思いどおりになると思《お》もてはる。そやから太田くんが、自分には気がないかも、とは想像できひんのや」

「……う、うーん……」

「ちょっと、あんた。これからな、うちと太田くんのアイアイガサを、このあたりの壁に書いてくれへんか」

「えー、そやけど、それは……」

いつものことながら隼子は返答に困る。ときに、自らリークしてアイアイガサに自分の好きな異性を書く子がいるらしいとは聞いたが、その場合は、ぜったいに浸透しない。書かれるから公認になるのではない。公認だから書かれるのである。役所に届けを出すわけではない。公認は、きわめて自然に、確実に浸透する。だから公認なのである。

「そんなことをしたかて……」

あいまいな隼子の返事は統子を苛々《いらいら》させた。

「今や」

廊下にだれもいなくなったところで、隼子に鉛筆をわたした。

「さあ、書き」

バレエ教師のバーのマダムの絵を描けと命令したときのように、統子は隼子に鉛筆をにぎらせた。鉛筆を持った手はささっと壁を動いた。

太田比呂志／椿統子。

「ふふ、ええわ。ええやんか」

太田と自分の名前がならんでいる。太田とデキている。なんてロマンチックなんだろう。

「もう帰ってええわ、あんた」

その夜、統子は二段ベッドの中で指を使った。しかし、アイアイガサは、翌日にはさっさとだれかに消されていた。

※

消したのは隼子である。

校門を出て右の道に行く統子に手をふってから、前の道をしばらく歩き、田んぼのあぜ道を迂回《うかい》するように校門にもどり、もどってからは走って3―1の教室までもどった。

「落書きをしてはいけません」という校則をやぶって先生に注意されるようなことになれば、父母の耳に入る。

隼子は父母の実子ではなく、隼子が生まれてほどなく火事で死んだ、母の妹夫婦の子である。実父がひどい風邪をひき、うつるといけないからと実母が祖母に隼子をあずけていた夜の火事だった。新建材が燃えるさいの煙にやられた。

養女であることを隼子がかなしんだことはない。ものごころついたころから自然に自分が養女であることは認識し得ていたし、実父母の記憶はまったくないし、現父母のあいだに実子もできなかったから、実子と養女の差を感じる機会もなかった。ほかの子に比べておこづかいもたくさんもらっている。だから学校で問題を起こすようなことはしてはならない。迷惑をかけてはいけない。見放されれば路頭に迷うおそれに近い気兼ねが無意識にはある。

なんで統子ちゃんは自分にこういうことをさせるんやろ。あの目の力で三組でも女子はだれかて統子ちゃんの言うことをきくやろに。なんでわざわざ私に。隼子はアイアイガサをけしごむで消した。

翌日、壁の一部分だけが白くなっていることには、結城先生も一組のだれも気づかなかった。ほっとしていた一時間目の終わり。二時間目とのあいだの休憩時間。

「ちょっと、みんな、聞いて」

まさか統子だけが気づいて文句を言いに来たのかと、ふりかえった。

「今日、3—1が校内放送するんやで。今、階段の踊り場で先生がしゃべってはった」

が、声の主は京美だった。

〈いやー、うっかりしてましたわ。そういやそうでしたな。今日でしたわ〉と結城先生が、二組と三組の先生の前でしきりに頭をかいているところに、京美は出くわした。夏休みまでの二週間、三年生と四年生が、クラスごとに昼の校内放送で自分たちのクラスのことを発表することに決まっていたのを結城先生は忘れていたのだ。

〈しゃあない。こうなったら、朗読させますわ。なにか短い話を。ちょっと今から図書館行ってさがしてきまっさ〉と、結城先生は図書館へ行きかけ、〈ちょっと二時間目ははじめるのが遅れるかもしれへんけど、みんなにおとなしゅうするように言《ゆ》うといてんか。とくに塔仁原に〉と京美に言ったという。

「そんでな、その朗読、佐々木くんと隼子ちゃんにするて、結城先生、山下先生と長瀬先生に言うてはったで」

「聞きまちがいやろ」

声が小さいで。結城先生からいつも言われる。二年生のときも通信簿には、声が小さいので家庭でも指導乞《こ》うと、毎学期書かれていた。そんな自分が朗読の役をまかされるはずがない。

「高倉純子ちゃんのことやわ」

「ちがう。たしかに聞いたもん。どんな漢字にもつまらへんのは森本と佐々木やろな、て結城先生が言うてはるの聞いたもん。ジュンコちゃんにするて言うてはらへんかったもん。森本にするて言うてはったんやもん」

京美がそこまで言ったとき、うしろに塔仁原が来た。

「ほんまか、それ？」

「ほんまや」

京美は塔仁原をふりかえる。

「昼の校内放送、ヨコハマと森本か」

うっひょー。塔仁原は奇声をあげた。

「アベックで朗読や」

アベック。アベック。塔仁原はくりかえす。太田も混じった。アベック。そのことばは湿り、ぷんと田舎くささを匂わせて、教室の机間通路にしばらく浮かんでいた。キンコン、カンコンと二時間目を告げるチャイムが鳴り、図書館から結城先生が教室にすがたをあらわしても。

※

二時間目、社会の授業を結城先生は早めに切り上げた。運動場をめざして、みな我先にと教室を出て行く。

一時間目と二時間目、それに三時間目と四時間目のあいだの休憩時間は五分だが、二時間目と三時間目のあいだは、中休みと呼ばれる、十五分の休憩時間になっている。

晴れた日の中休みには、ドッジボールを「したがる」ことが小学生の社交だ。とくべつドッジボールが好きでなくても、あるいは、たとえドッジボールが嫌いでも、「ドッジボールができる状況によろこぶこと」「よろこんで見せること」が、小学生のたしなみである。大人の社交が、サッカーがとくに好きでなくてもサッカーの世界的試合のチケット入手にやっきになったり、「やっぱ、ナカタはすごいぜ」と言ったりすることであるように。

隼子と佐々木だけが教室に残された。

「急ですまんけんど、今日の昼の校内放送で、佐々木と森本に、この本を朗読をしてもらうことにしたんや。ここや、ここ」

『ミミとタロウの旅行』。先生は大判の絵本をふたりに示した。

「ぜんぶ朗読せんでええんや。こっから、ここまでをな、ふたりで読んでほしいんや」

先生は、鉛筆で絵本に線をひき、佐々木が読む部分には㊧、隼子の読む部分には㊍としるしをつけた。

「はじめに佐々木から。それから森本。かわりばんこにな、ここまで読むだけや。簡単やろ？　佐々木は横浜の学校で読んでたみたいに読んでくれな。森本もそれできるやろ。国語の時間、森本の朗読はいつでも横浜の子みたいにできとるがな」

中休みのあいだに練習しておけと、先生は職員室へ行った。

だれもいなくなった教室にふたりだけが残った。

「ずいぶん急な話だなあ」

そして、このあと佐々木は隼子をまごつかせた。

「じゃ、きみの席で練習しようか」

きみ。その人称代名詞は関西地区の小・中学生には決して存在しないものだった。だが佐々木に、その代名詞はよく似合っていた。隼子は肯《うなず》いた。

ふたりは『ミミとタロウの旅行』を読みはじめた。

「ミミとタロウはつぐみの兄妹です……」

それはシベリアで生まれたつぐみの雛《ひな》が飛べるまでに成長して、渡来の季節に日本に向かう物語だった。

「こわいわ、タロウ。助けて、タロウ」

「がんばるんだミミ」

二羽の小鳥は、嵐にあって仲間とはぐれそうになる。さいしょのうちは、先生のしるしにしたがって交互に音読していたが、そのうちにふたりとも物語の展開のほうに気を取られ、黙って読了してしまった。中休みは終わった。そして、昼休みも、とくにどうということなく終わった。

結城先生について放送室に行き、マイクの前に立ち、放送部の六年生のお姉さんに〈はい〉と言われて、絵本を読んだだけだった。どんなふうに放送されているのか、自分たちには聞こえないし、教室にもどっても、みな、食べ終わった給食の食器をかたづけたり、さわいだりしているだけで、ふたりの放送を聞いていたようにも見えない。どうということなく、朗読は終わったのである。

　それよりも隼子は「遅うなったさかい、給食は、食べられへんかったら残してええで」という先生からのお墨付きがうれしかった。お墨付きを楯《たて》に、パンを一枚食べてお茶を飲み、あとはミルクもおかずも残した。給食は嫌いである。そのことは両親にも先生にも同級生にも隠している。大人が好きな子供というのは、勉強ができる子ではなく、体育と給食の時間が好きな子供である。こういう子供を大人が望むから、子供もこういう子供を「正解」とする。

　ふたたびふたりだけしか残っていない教室で、ふきんとカップをしまった隼子の前に佐々木が来た。

「ぼくは、三ヵ所も読みまちがえた……」

「え、そうやった？」

　気づかなかった。六年生のお姉さんの指導事項が新鮮だったからである。マイクの前で絵本を開くのではなく、腕をのばして、マイクをはさむようにして開いて読んでください。六年生のお姉さんは指導してくれた。あっ、そうか、こうしないとマイクを絵本で塞《ふさ》いでしまうことになるからか、なるほど。はじめて知ることは新鮮だった。

「きみは、一ヵ所もまちがえなかった」

「そうかな。私もまちがえたような」

佐々木のことばづかいが微妙にうつっている。

「いや、きみはまちがえなかった。なのにぼくは……」

「私が気づかへんかったんだから、だれも気づかなかったって」

「気づかれなくても、自分が気になる……」

「佐々木くんのとこは難しいとこやったけど、私のとこはかんたんなとこばっかりやったから」

「そうかなあ……」

佐々木はうつむいた。隼子はカップをしまった巾着袋《きんちゃくぶくろ》の紐《ひも》を指でとらえ、またはなした。

〈自分が気になる〉。彼の落胆はわかった。わかったから、

「つぎ、体育やで」

こんなことを言うしかできなかった。

「体育か」

ぷいと佐々木は隼子の席から離れ、昼休み終了が近づいた予鈴が鳴り、ドッジボールに興じていた子たちが教室にもどってきた。

ふたりきりで教室にいた現場を、二度も他者に目撃されていることに、ふたりは気づかなかった。

※

ハルの後方から、その横浜語は聞こえてきた。

「あ、出ちゃった」

体育の時間。「前にならえ」をしていたときである。

女子列の先頭で、ハルは両手を腰にあて、首は男子列のほうに向けていた。声は男子列のまんなかのほうからした。授業中なのでふりむけない。

「おしっこが、出ちゃった」

塔仁原がちょこちょこと動いているのだけが、ハルの位置から見える。

「保健室に行きなさい。保健の先生に言うて家の人に電話してもらって、着替えを持ってきてもらい」

真ん前に立つ結城先生が言い、そのあとハルが目にしたのは、校舎のほうへ走っていく佐々木だった。

男子のだれもがひやかさなかった。ただ、はは、と軽く笑っただけだった。

小西くんがおしっこをもらしたとき、男子たちは、容赦なくなじり、祭りのようにはやした。藤間くんのときもそうだった。岸くんがうんこをしたときは、ちゃんとトイレでしたのに、学校でうんこをしたと数日間にわたってひやかしていた。うへえ、しょんべん、出てもうたー。小西くんは、そう言ってもらし、藤間くんは、泣いたまま不言実行だった。なのに、佐々木くんは「あ、出ちゃった」である。横浜から来た人はおしっこのもらし方まで田舎の子とはちがう。ハルは感心した。

「どうも、ごめんどうをおかけいたしまして……」

運動場に現れたお母さんは細くて高いヒールの靴をはいていた。着替え終わった本人はといえば、体操服のみならず、ソックスも運動靴も、そして当然のことながら短パンも、内部のパンツもおそらく、青白く蛍光するくらいまっさらだった。颯爽《さっそう》としていた。

「じゃ、ママはもう帰るからね」

ママである。長命市四万人世帯のうち、佐々木の家以外には、一軒たりとも、母親のことをママなどと呼ぶ家庭はない。横浜はすごいなあ。ハルは感心した。

横浜がこんなにすごいなら、東京はどんなにすごいのだろう。東京には湯川アリサちゃんが住んでいる。『みるく』のモデルだけでなくタレント活動もはじめた湯川アリサの写真付き下敷きを、ハルは四枚も持っていた。

京美ちゃんはちょっとアリサちゃんに似てる。背が高《た》こうて顔がかわいいから大好き。隼子ちゃんも足が長《な》ごうてかっこいいから好きやけど、ただ、ちょっと、こう言うたらなんやけど、ときどき班の団体行動を乱すのをやめてほしい。そやから、いちばんきれいで大大好きなのは音楽の黒木《くろき》先生。

たのしい夏休みが来ようとする午後の風がハルのまるい、広めの額にそよいでいた。自分の額がいつも隼子に劣等感を抱かせていることを、ハルは知らない。ハルは貴公子から選ばれることをほかの少女たちも許す「正解の少女」であり、未来への門は、ハルには順につぎつぎと問題なく開かれてゆくだろうという劣等感を。

午後の風の中で、隼子は佐々木の気の病み方に共感していた。朗読で三ヵ所読みまちがえたことを、佐々木はおしっこをもらすほど気に病んだのだ。

人は敏感である。人は鈍感である。敏感であり、鈍感であるのである。鈍感であり、敏感であるのである。

※

給食前の手洗いのために水道の前に塔仁原剛《とうじんばらたけし》はならんでいた。

自分も横浜から長命に来たのだったら……。

彼はしょんぼりと思う。

ヨコハマ＝佐々木はなにをやっても女子のためいきを奪う。

自分の前に立っているハルもきっと。ハルのとなりにいる隼子はぜったいだ。

「おい、森本隼キチ、席替えでアベックの相手と離れてさびしいか？」

まず隼子に訊《き》いた。無視された。

「おい、ハル、席替えでヨコハマから離れてさびしいか？」

こんどは本命のハルに訊いた。さびしいと答えられないように、ハルの三つ編みをひっぱりながら。

「やめて。りぼんがとれるやんか」

ハルが腕を叩《たた》く。

「あいつ、今週、給食当番やぞ。いっしょに当番できんで、さびしいやろ」

「なんでそんなことでさびしがらなあかんの。けったいなこと言わんといて」

ちょっとほっとしたが、塔仁原はまだ安心できない。もっと徹底的に否定してほしい。

ハルが佐々木には興味がないと確信したい。

「おい、ハル、知ってるか？最近、あいつの家ではな、犬、飼いはじめよったんやぞ。その名前はフェアリーやったんを、呼びにくいうて、あいつがシロに変えてしまいよったんやぞ」

あのことでも、このことでも、なんでも、いっさいがっさいを教えなければいけない。ハルがそのすべてに、興味を示さないという否定を見なければ、塔仁原は安心できない。

「へえ、犬、飼《こ》うてはるの？　それ、どんな犬？」

ハルがふりかえったのは、塔仁原には激しい落胆だった。やっぱり。やっぱり女子は佐々木に気があるのだ。

「シロっちゅうんやさかい、白い犬やろ、ほら」

塔仁原はかなしい。

「へえ。白い犬か、かわいいやろなあ」

「ぶっさいくな犬やったぞ。家、隣やしな、見たことあるけど、ぶっさいくな犬やった」

かなしい塔仁原の頭の中で、小型のむく犬のシロはぶさいくなすがたに変貌《へんぼう》する。

「ぶっさいくな上にすぐ噛《か》みよりそうな犬や」

「なんや、そうなん。それやったら怖いなあ。撫《な》でさせてもらえへんわ」

ハルの興味が失せたのが塔仁原を励ます。ハルは隼子に、昨夜TVで見た湯川アリサのことを話しはじめた。

「おい、森本隼キチ、おまえのアベックの相手のママさんはミズホっちゅう名前やぞ。えいぶんかっちゅうとこを卒業しはったんやぞ、知ってるか？」

依然として無視された。

「そいで、お姉さんはナホコっちゅうんやぞ。長中の一年やぞ。もうブラジャーをしとるんやぞ」

隼子の無視を無視して塔仁原は訊きつづけた。

「知ってるか？　レースの白いブラジャーやぞ。干したるの見た」

甲斐《かい》あって本命のハルが反応した。

「静かにしてえな。隼子ちゃんとわたしが、そんなこと知ってるわけないやろ。いやらしいこと言うのはやめて、もう、塔仁原くんはあっち行ってえな」

「手、洗うのにならんでるんや。列は離れられへんわ」

給食前には手を洗いましょう。学校のきまりである。水道は各階に二ヵ所しかないから、列ができる。

「けーっ、静かにして、やて。ほんまはヨコハマのこともっと知りたいくせに」

ほんとうはハルに近寄りたかったが、どうせ拒否されるなら隼子のほうが救われる。心のどこかでそう判断した塔仁原は隼子の袖《そで》をひっぱった。

「隼キチ、あいつのママは女やのに夜になるとワインを飲まはるんやぞ。パパはナポレオンやぞ。ブラジャーしとるお姉さんは京都のバイオリン教室に通《か》よてはるんやぞ。送り迎えはな、ママが車でしはるんやぞ」

ぐいぐいとひっぱった。

ようやく隼子がふりかえった。

「塔仁原くん」

「なんや」

「御親切にいろいろ教えてくれてありがとう」

塔仁原の手をはたいてふりはらい、隼子は列から離れて歩き出した。

「隼子ちゃん、どこ行くん？」

「下の水道」

ふりかえらずに隼子は階段のほうへ向かっていった。

追いかけようとするハルを塔仁原はひきとめた。

「おい、ハル、知ってるか？　放送室の前の壁にはな、ヨコハマと森本がアイアイガサを、でっかいもんに書かれとるで」

書いたのは塔仁原である。彼はハルが好きだった。ハルに佐々木を見てほしくなかった。彼女に彼を近づけたくなかった。

「ほんま？」

「嘘やない」

そや。嘘やない。嘘なんかつかへん。佐々木と森本はぜったいなにかある。自分にはわかる。自分が書かへんでも、いずれだれかが書きよることや。

落書きは正当なものだと、塔仁原は落書きをした行為を許した。彼には佐々木と隼子は似て見えた。それが「なにかある」と感じさせるのである。

佐々木は、隣家である塔仁原宅に来ても、兄と話があう。兄どころか父とも伯父《おじ》とも話があうらしい。彼ら大人の話に、佐々木はてきとうに相槌《あいづち》を打っているだけにしか、塔仁原には見えないのだが、〈佐々木先生の息子さんだけあって、高之くんはたいしたもんや。利発なことには舌をまく〉と彼らはさかんに褒める。

塔仁原は兄が好きだ。佐々木も好きだ。ふたりといると刺激がある。兄からの刺激と佐々木からの刺激はすこしちがう。兄からの刺激はストレートにおもしろい。佐々木からの刺激は、塔仁原が、父母や伯父にはむろん兄にも、人にはぜったい、自分自身にすら隠しておかなくてはならない部分を知らないまに覗《のぞ》かれているような、びくびくしてしまうようなものがある。それでいて、もっとびくびくさせられたいような、なにか外国の薬のようなものがある。しかし、こうした感覚をすべてひっくるめて、小学校三年の塔仁原の語彙《ごい》では「気取っている」にしかならない。

ちょっと横浜から来たと思って。佐々木のことは好きなのに、塔仁原はどこかでいつもそう思う。

ハルが好きな、塔仁原も大好きな、湯川アリサの『マドモワゼル』。湯川アリサと岩崎京美の顔はちょっと似ている。が、その歌は森本隼子に似ている。

勉強はつまらないわ
シャンゼリゼにあそびにゆきましょう

みんなでみんなでシャンゼリゼ
おひさま燦々《さんさん》、シャンゼリゼ

そうだな。勉強はつまんないな。シャンゼリゼってスピガの四階みたいなとこなんだろうな。遊びにゆくんだな。たのしそうだな……。

共感しながらきいていると、不意にアリサは〈そのあとなら、させてあげる〉と意味不明のことを言うのである。この部分、中学三年生の湯川が歌うには不適切だと、教育団体から抗議が出て、歌詞を変えさせよと事が進んでいたが、アリサの所属する芸能界最大手プロダクションは「前後の歌詞からして、宿題をうつ〝させてあげる〟という意味だ」と反論しているところだったのを、まったく知らない長命在住の小学生塔仁原は、兄に訊いた。〈なにを、させてあげるっちゅうとるんや?〉。兄は弟の頭を小突いた。〈そら、キスやないか、あほんだら〉と。

頭を小突かれても、塔仁原は合点がいかない。落ち着かない。歌詞の意味のわからなさに落ち着かなくなるのではない。そのフレーズが出てくる、その「不意さ」に落ち着かなくなるのである。不安にさせられるのである。自分をそうさせる不意さが隼子に似ていて、佐々木にも似ている。

塔仁原の手をふりはらった隼子は一階まで下りた。

※

低学年は四時間目で帰るクラスが多いからすいているだろう。そう思って一階の放送室の前を通りかかり、落書きを発見した。

腹を立てて3―1の教室までもどった。腹を立ててふでばこからけしごむを取り出し、腹を立てて階段を下り、腹を立てて落書きを消した。けしごむの滓《かす》が廊下にたくさん落ち、ますます腹が立つ。朗読をいっしょにしたからアイアイガサだと短絡的に判断した書き主に。

恋愛感情と、共感に基づく友情の区別もつかないのかという立腹であったが、その感情を的確に表現できるまでの語彙はまだこのときの年齢の隼子にはなく、

「ったくもう、だれがこんな」

壁に向かってそう言いながら、せわしなく手を動かした。まずは佐々木高之の部分が完全に消えるように力をこめて消していた。

「なんや、なにをしとるんや、森本」

うしろから言ったのは結城先生である。

「あ、アイアイガサやな。だれと書かれた?」

「……だれでもありません」

「だれでもないことないやろが。そないにむきになって消さんかてええがな。森本がビジンっちゅう証拠や」

わっはっはっは、と結城先生は笑い、あとはせんせが消しといたるさかい、もどっとれ、もう給食やで、と隼子を教室へ返した。

※

教室では、結城先生が来るのを待っているところだった。配膳《はいぜん》をすませた給食当番はエプロンや衛生帽を脱いでいるところだった。

自分の席にすわろうとして、隼子が椅子を下げたとき。塔仁原が前に立った。そして、いきなりなにかを口に当てた。

なにかは、さいしょわからなかった。いくぶんざらついて湿った布。白い。塔仁原の手。

「チュッ」

塔仁原の擬音。

つきとばす。がた、と机と椅子が動く音。

塔仁原が隼子の口に押し当てたものは、マスクだった。

「佐々木、返したるわ」

塔仁原は、こんどはいきなりマスクを佐々木の口に押しつけた。

「キスや！　キスや！」

鳴るような男子たちの歓声。口笛。

佐々木はマスクを持ち、途方にくれたように、そのまま突っ立っていた。エプロンと衛生帽の白さが、彼の頬の赤さを強調した。

隼子も途方にくれ、机の横につっ立っていた。はやし立てられる羞恥《しゅうち》よりも、唇に残った湿った感触のほうがはるかに強かった。鏝《こて》を当てられたようだった。佐々木と目が合い、すぐに逸《そ》らせた。

佐々木を愛してなどいない。だが、唇に残った、なまあたたかな感触は、たしかに隼子に肉欲の快楽を教えた。

七月の空は明るく、のんきに澄んでいる。

「こらあ、塔仁原ァ」

結城先生が来て、ようやく塔仁原は、キスや、キスや、というはやしの音頭とりをやめた。

長小では、地区別に集団登校することが規則になっている。新朝日町には隼子ひとりしかいないので、雑木林を抜けたポストのところで、元朝日町の集団登校列が来るのを待ち、すでに動いている汽車のデッキにぽんと乗り込むように合流して、いつも学校へ行く。

※

翌朝も、隼子はこうして学校に向かっていたが、石山で、列の歩みがとまった。石山は、西本町方面から長小に向かってくる道とぶつかる所で、西本町の登校列と、この朝は鉢合わせをしたのである。

「西本町」と記された旗を先頭でかかげる児童会長の塔仁原（兄）は、「元朝日町」の旗を見るなり、列全体の歩みを止めた。つられたのか元朝日町の地区長も、歩みを止めた。

「森本隼子」

塔仁原（兄）が大きな声を出した。そして自分の列のうしろに向かって、さらに大きな声を出した。

「おーい、佐々木、おまえの女や」

元朝日町の列の者全員が隼子をふりかえる。西本町の列も乱れ、塔仁原（弟）を中心に数人が飛び跳ねるように佐々木の肩や背中を叩く。口笛。歓声。

隼子はうつむいた。恥ずかしさで顔が焼けそうだった。学校まで顔をあげなかった。いまいましかった。塔仁原（兄）の大声も、自分に注がれた視線も。なにより、〈佐々木、おまえの女や〉というひとことを耳にしたとたん、唇に昨日の感触がよみがえり、それが気持ちのいいことが、いまいましかった。

ずっとうつむいていた。校門をくぐっても、げたばこで靴をはきかえても、階段をのぼっても。

教室に入って、ようやく顔をあげたが、ぜったいに佐々木のほうを見なかった。

※

さざなみの古き都に　萌《も》える木々
光みつるみずうみの　ほとりの学舎《まなびや》
手をつなぎ　輝くわれらよ
ああ　長命小学校

長命小学校の校歌。北海道の某小学校を出た者も、東北の某小学校を出た者も、関東甲信越の、近畿の、中国の、四国の、九州の、沖縄の某小学校を出た者も、ふしをつけて歌えそうな校歌。どこにでもありそうな長小校歌は、ただ、出だしが「さざ」だった。それだけで佐々木は替え歌を作られた。

さざきの名　たかゆき横浜　いい男
女にもてるキス　される　ほてりの学舎
手つながれて　気取る男よ
ああ　二枚目はつらい

（作詞・塔仁原剛）

うるさい塔仁原は、右脳の感覚で今日を生きる天才詩人だった。キス。ほてり。いやそれよりも「二枚目はつらい」の部分。佐々木が美少年だったという意味でではなく、二枚目という、単純にすぎて滑稽《こっけい》な語句と佐々木の屈託はパラドキシカルに合致している。「ああ」という詠嘆まで、彼のアーバニティを掬《すく》いとっていた。

黒板に、廊下の壁に、机に「佐々木高之／森本隼子」のアイアイガサが書かれ、塔仁原（弟）作詞の替え歌は、一組のみならず学年すべての児童に普及した。結城先生や山下先生や長瀬先生にも、音楽の黒木先生にも普及した。その年のレコード大賞新人賞を受賞した湯川アリサの『マドモワゼル』よりも。

「やめろよ、もててなんかいないじゃん」

横浜のイントネーションで佐々木が抗議すればするほど普及した。女慣れしているとも普及した。関西の人間には、男の話す標準語はそれだけですけこましのしゃべりに聞こえるのである。

「へえ、ああいうのんが、あんたの好みのタイプやったんか、なるほどなあ」

統子は三組につくった、新たな「お付き」をしたがえて一組にやってきて、隼子に言った。

「ちがう。なんでもない」

なにもない。自分と佐々木のあいだには愛などない。隼子が否定すればするほど統子はアイアイガサを信じた。

「へえ、なんでもないときたわ」

まるで西陣の古い呉服問屋の姑《しゅうとめ》のようないやみな笑みを浮かべる。

「愛のない……やとでも言うん？」

〈愛のない〉から〈やとでも言うん〉のあいだ、統子にはことばはなかった。かわりに、小指の先と小指の先をくっつけてみせた。そういう隠語の動作が、統子は板についている。

「それは……」

たしかに自分の肉体が、佐々木の人格とはまったく無関係に、あのマスクの湿り気となまあたたかさをよろこんだことを認めている隼子は、認めているゆえに、統子には隠そうとした。それが統子には、ますます閨房《けいぼう》の官能を匂わせてしまうしぐさになるとは気づかず。

「いやあ、真っ赤になって。人間、嘘はつけへんもんやなあ」

小学生の呉服問屋の姑は、お付きのふたりに同意をうながした。

「そや。そや」

「そら、そうや」

お付きは、しきりに統子に同意する。

ちょっと、いいかげんなことを。反論しようとするが、どう言えばいいのかわからない。うまくことばが出てこないのがじれったい。

と、急に統子の態度が一変した。

顎《あご》をひき、上目づかいにぱちぱちとまばたきをし、まるで、はじめて舞踏会に出たヴェルッナー侯爵令嬢が髪にかざったフリージアのブーケをうっかり落として困っているかのような態度になった。TVのチャンネルをまわしたように、ほんとうに一変した。

「？」

ぽかんとして隼子は、しばらく統子を見ていた。

＊

「お、なんや、お統、なにしてんのや、一組で」

隼子の頭をとびこして、太田の声が自分に投げかけられ、統子の胸は高鳴った。クラスがかわっても、かわらず彼は自分を〝お統〟と呼ぶ。

「ドッジボール、行くん？」

なよなよと腰をふっている自分を、あさましいとは思う。だが、太田を前にすると、自然に腰がふれてしまうのである。

「そや。お統も混じるか」

「いやん。男子のキツいボール、うち、受けられへんもん」

「いや、お統やったら、受けられるわ。おまえには男子もかなわへん」

「んもう、いけず」

顎をひき、キッとした目で太田を睨《にら》む。〈トウちゃんは、とくに目が大人っぽいさかい、上目づかいで男子を見たら、見られたほうの男子はドッキンや〉という次姉のアドバイスを思い出し。

「お統、もうブラジャーしてるんやろ、かなわんで、男子は」

「んもう、いけず」

太田に乳房をさわられた心地がして、さらになよなよと、統子のウエストから臀《しり》にかけてがゆれる。自然にゆれるのだからしかたがない。

「ほなな」

切り上げるのは今だと隼子は思った。

そうっと後退りして、一組の教室の、自分の席にもどった。そして決意した。

（こんりんざい、ぜったいに話さない）

佐々木とは話さない。佐々木のほうは見ない。隼子は徹底的に彼を避けた。

※

佐々木もまた隼子を避けた。

休み時間はもちろん、給食の時間にも、掃除の時間にも。授業中でさえ、両者は決して接触しようとしなかった。

校内放送で朗読するために読んだミミとタロウの物語。なんだつまらない話だったよね、低学年向きの童話だったねと、同じ感想を洩《も》らしたふたりきりの教室。そのあとの失禁と、失禁への深い共感。

隼子は佐々木となら話ができると思った。長命の学校で、長命の家で、長命の町で、ずっと頑丈な箱に入れて蓋《ふた》していたものを、ほんのすこし取り出しても許されるかもしれないと思った。

しかし、塔仁原はクーピド役にはあまりに性急だった。小僧のいたずらによる時期尚早のキスが、そのまま互いの接近の機会となるほど、隼子と佐々木は、健全ではなかったのである。さすがは天才詩人の感知は正しく、ふたりは似た人間だった。自由なる詩人は、同極が離れようとすることがわからなかった。自由なる次男には、長男長女の、あらかじめ枷《かせ》をはめられた不自由さがわからなかった。次男にはむしろ、「ヨコハマ」と「そのあとなら、させてあげる」は、自分よりも自由に映っていた。

詩人がよけいなことをしなければ、根底が不自由な長男長女ふたりは、やがて恋に落ちたかもしれない。「はじめに肉体ありき、追って愛の花咲きぬ」。このことわりのように。だが、それは仮定でしかない。ミルクはもうこぼれてしまったのだ。

かくして隼子と佐々木は、互いに避けつづけ、ずっと口をきかなかった。四年になっても口をきかなかった。

三年の三学期の時点で、彼らのアイアイガサは、黒板から消え、壁から消えた。五年生になるとアイアイガサだけでなく佐々木本人も長小から消えた。ミズホママは高学年になった長男を、京都にあるミッション系の名門私立大学、路加《るか》学院の付属小学校に転校させたのである。

さざきの名　たかゆき横浜　いい男
女にもてるキスされる　ほてりの学舎《まなびや》
手つながれて　気取る男よ
ああ　二枚目はつらい

替え歌だけが残った。

すがたが見えなくなれば、ハルも、統子も京美もみな、日、一日と、佐々木を忘れた。隼子も彼の顔を忘れていった。

ただ、ずっと。ずっと彼女はあの日のキスを忘れなかった。実際に唇と唇を接触させた後年のキスよりも、あのマスクは彼女に「初体験」を刻印した。

さざなみの古き都に　萌《も》える木々
光みつるみずうみの　ほとりの学舎
はずむ声　つどうわれらよ
ああ　長命小学校

この本歌を、やがて京美もハルも統子も頼子も太田も富重も塔仁原も小西も、そして隼子も、卒業式で歌った。みな、替え歌のほうの歌詞を頭のどこかに浮かべ、替え歌がヒットした時間は、すでに過去へと吸収されてしまったのだと懐古するまでに成長していた卒業式。

ちなみに隼子は五年生の三学期に、京美は一学期に、統子は二学期に、意外にも一番前のハルは四年生の三学期に、頼子は卒業式前日に、初潮を迎えていた。

第三章　授　業

四月七日。花冷えのする夜だった。

食器をすすぐ隼子に、箸《はし》をふきんで拭《ふ》きながら母親は言った。

「夕方、スピガで塔仁原さんに出よたんやけど、息子さんが法蓮高校に受からはったそうや」

息子さんというのは、塔仁原（弟）ではなく、塔仁原（兄）のことである。

「法蓮高校て全寮制で大阪にあるんやて。寄宿舎に入らはるらしいわ」

市立中学の入学式を明日に控えた娘の母親は、塔仁原家が、明価会という戦後設立の仏教系宗教の熱心な信者であることはひとづてに聞いていたが、法蓮高校が明価会経営の学校であることまで塔仁原（母）から教えてもらうほど、塔仁原家と懇意ではなかった。もちろん新中学生でしかない隼子も、学校法人の経営の詳細を知らなかったが、大義名分をもって大きな町にとび出せた塔仁原（兄）の幸運を羨《うらや》んだ。

市のはずれにある中学校に、隼子は期待がなかった。そこに通うことで自分がなにか一段階進むような感覚があまりない。

もしかしたら何人かの男は、女が初潮を境に急に変化すると思っているのかもしれない。もしかしたら何人かの女はブラジャーに大人の女の証《あかし》を幻想していたかもしれない。だが体験してわかる。月経とはただ毎月出血するだけで、ブラジャーはたんに衣類だと。隼子も京美もハルも、もっとも初潮の遅かった頼子も、ブラジャーを小学校五年の途中から使用する肉体の変化をとうにとげていた。統子にいたっては肉体が変化する前から、まず形から変化に入る方式をとっていた。「少女から女へ」とは今なおわりに使われる半ば慣用句的言い回しであるが、ならば、彼女たちは全員、中学に入る前に女に変化していた。

明日から長命中学に行く隼子は、花冷えのする夜、いつものように食器を洗った。洗って、「勉強部屋」でFMラジオを聴いて、風呂《ふろ》に入り、いつものように二階の寝室で子鹿のめざまし時計を巻いて寝た。小学校三年生のとき〈トリオでいっしょの時計にしよう〉と京美が提案したので、ハルといっしょにお年玉で買ったスケルトン・グリーンのディズニーの時計。

それが七時になると起きて、父親に朝の挨拶《あいさつ》をしに奥の間に行き、玄関を掃き、コーンフレークにミルクをかけた朝食を食べ、歯をみがき、皿とスプーンを洗い、雑木林をポストのほうに向かって、いつものように歩いていった。

いつもとちがうことは、家を出た時刻、まあたらしいセーラー服を着ていること、鞄《かばん》を背負わずに手からさげていること、ポストを右へ曲がったこと。

中学校は小学校とは反対の方向にある。徒歩二十七分ないし二十九分。前とは三倍の距離だ。「自転車通学は徒歩三十分以上かかる者にかぎる」という規則だった。自転車に乗って通学するには、あと一分ほど、隼子の家は学校に近すぎた。

トキワ商店街から出てきた道が四叉路《さろ》とぶつかるところで、ハルと京美に会い、三人で登校した。

※

一年一組。

それが京美がふりわけられたクラスで、隼子とはいっしょだったがハルとは別れた。ハルは四組で、そこには太田がいた。塔仁原も頼子もいた。

「よかった、統子ちゃんは二組やわ」

かねてより統子を避けているハルが隼子に言っている。あ、それはよかった、と隼子も言っている。

京美は彼女たちほど統子がいやではなかったが、家に来るたび、〈これ、ちょうだい〉と言っては、文房具や人形をもらってゆくのには閉口している。いちどだけ、勝手に持っていったことがあった。

統子と自分が同じクラスでなかったことより、統子が太田と別のクラスだったことが、京美にはなによりだった。

クラス表を見れば、四組と二組には、長小で親しかった者がずいぶんいる。一組には、親しいとなると隼子と富重だけだなと思ったとき、どんと上腕を押された。

「どかんかい」

ひとりの男子が教室に入っていった。こんな無礼を男子からはたらかれたことは、六年間、いや、幼稚園のころから数えて九年間、いちども京美にはない。

「痛《い》た、ちょっと、なにすんのん」

抗議したときにはもう、彼はべらべらとなにやら大きな声でべつの男子数人としゃべっていた。そのグループはみな、はじめて見る顔。長小ではなく、長命東小学校、略して東小出身者だ。

東小は、もともとは長命市ではなく、富樫郡だった一部が、長命市に統合された地域にある小学校である。

急ピッチで地域開発がおこなわれたせいか、〈住んではる人が気ぜわしいて、東小から来た子は総じて乱雑でことばづかいが荒いっちゅうのが長中のせんせらの意見や〉とは、春休み中に、父母や、父母が懇意にしている塔仁原の父から聞いていたが、なるほどと思う。なんとなく気分の悪いまま、午後は、いく品かの文具を隼子といっしょに買いに行った。

翌日のオリエンテーションでもずっと隼子といっしょにいた。

もとはこのあたり一帯の死人はみなそこに埋めたという広大な墓地だった場所に、戦後すぐ建てられた広大な校内を歩きまわるあいだ、みどりの藻の浮かんだ汚い屋外プールを見ても、幽霊の出そうな理科室を見ても、ほとんど本のない図書室を見ても、隼子はほかの生徒のように、キャアともワアとも言わなかった。蠟《ろう》引きの床の古い体育館に入っても、そこで先生が部活動の紹介をしても、ぼんやりと窓のほうを見ているだけで、新生活にも好奇心を抱いていないようだった。ただ、もともと、今していることやしゃべっていることとはべつのことを考えているふうなところが隼子にはあったので、とくに元気がないとは京美は思わなかった。

翌日の日曜日は、母や妹といっしょに家の中で過ごした。

「お姉ちゃん、中学校では、自分のクラスのこととか学級会のこと、ホームルームっていうんやろ」

TVを見ながら里美が言う。

「そうや」

黒いテリアのぬいぐるみの毛を撫《な》でながら京美は答えた。白とペアになっていたテリアだった。白いほうは今はない。〈これ、ちょうだい。な、な、一生のお願い〉と、なんどもある「一生のお願い」を統子にされ、やってしまった。〈そんなになんでもかんでも、よその子に物をあげるもんやない〉と、あとで母に叱られた。

「そな担任の先生は、ホーム先生って言うの？」

「担任は、担任や」

一組の担任は村田郁子《むらたいくこ》という。三十歳。担当は国語。

「やさしい？」

「そんなん、まだわからへんわ」

村田郁子には特徴がない。入学式のあと、校内を見て歩いたとき、美術室にいた先生はすごくやさしそうだった。市会議員を父に持つ情報通の塔仁原の報告によると五十三歳だそうだが、三十九歳の京美の母と変わらないように見えた。〈小山内《おさない》先生、かわいい〉〈きゃ、小山内先生、すてきやん〉などと、多くの女子が美術室を出たあと、担任の名前よりも彼女の名前をおぼえていた。

「あっ、その人、こないだ前川のおっちゃんが洗濯もん持って来てくれはったとき、何年かいな前に北海道から来《き》はったて言うてはった人のこととちがうかな。前川のおっちゃん、でれでれに褒めてはったで」

【クリーニングは絶対マエカワ】の主人の陽気な顔が目に浮かび、京美はおかしかった。

「となりの二組の担任の、伊集院《いじゆういん》先生も前川のおっちゃんみたいに明るそうというか、たのしそうな先生やったで」

統子がいった二組の担任は、花冷えのするこの季節にも汗をかいて太った、でも敏捷《びんしょう》に動く学年主任である。担当科目は社会。

「あと理科の男の先生がすっごいハンサムやった」

まるでタレントに会ったかのように女子がさわいだ。残念なことに彼は上の学年の担当なので一年生は彼の授業を受けることがない。

「三組と四組の先生は怖そうやった」

三組の担任、数学の夏目は、生まれてこのかた一度も笑ったことがないのではないかというくらい怖い顔をした、口の臭い人物だった。

「それに、四組の女の先生はキツかったわ。なんや、なにしゃべらはっても、キーッ、キーッ、キーッって聞こえる金切り声やねん」

彼女は太田の担任だ。中学校でも、学業、スポーツ、課外行事すべてにおいて常に、太田は前とかわらず、先頭をきる男子生徒になることが、京美にはあきらかだった。

※

その太田も、授業が本格的にはじまると、担任の梢美咲《こずえみさき》が発する金切り声には縮みあがった。

四組。朝のホームルームで入室した梢に、開口一番、

「おはよう、せんせ。今日のパンツ、何色?」

と訊《き》いて、クラス(のおもに男子)を笑わせたまではよかったが、梢はいきなり黒板消しで太田の頭を叩《たた》いた。ぷあっとチョークの粉が太田の頭のまわりで散った。

「教師をおちょくってんのか」

ばんばん。さらに二回、黒板消しが頭でジャンプした。

美術の小山内先生より十五歳は若いだろうに、小山内先生が驚異的に若く見えるため小山内先生より老けて見える梢美咲に、太田としては「騎士道精神」の一環で訊いたのだ。どっちかっつうと、訊いてやったのに、なんやねん、このクソババア! 言い返したいのをこらえた。かわいい女が全員、俺にからかわれてなんぼと感謝しとるのに、このブスがなんやねん! 殴りたいのをこらえた。ここでもう一回笑いをとらなければ学年のホープを、幼稚園以来ずっとやってはこれない。太田は、チョークの舞う白い頭をふって、

「金田一耕助、許してつかあさい」

と、おおげさに礼をしてみせた。梢の目はつり上がったままだったが、クラス全員は笑いながら、太田をリーダーと認めた。

梢美咲には、シソ鳥というあだなが上級生からすでにつけられている。夜道を歩く人を

カマを持って追いかけてきそうな、冗談のまるで通じない、いきなり男子生徒の頭を黒板消しで叩くこの女教師の担当科目は、家庭科である。家庭科＝女らしい科目とするならば、太田には一見意外でも、この教科は梢美咲にはジャストフィットしているのである。彼女は女らしい女である。

女と男のもっともなる差のひとつとして、自慰行為について滑稽《こっけい》をもって語らないということがある。嘆息なり挑発なりつまりはそうした二のセンでもってしか語らない……傾向にある。女の自慰には具体性がないため、男たちよりは早くその行為をおぼえながら、自分は自慰をしているという自覚がないことも一因だが、「自らの性」のなかでもとりわけ「自らの性」であるオナニーを滑稽をもって語るには、「自己客観」のなかでもとりわけ「自己客観」の能力を要するわけで、笑いとはこれすなわち客観の能力である。この能力を女は欠いているとよく男は言い、その実、女より女らしい男は大勢いるのだが、性器による性別ではなく、この能力を欠いていることを女らしいとするならば、滑稽をもって自慰を語るはおろか、パンティの色を質問するという教え子の幼い下品を、高級な冗談で諌《いさ》めることもせずに、笑いをすべて嫌悪する梢美咲は、女らしい、い、い、い、いつまでも少女のような教師である。

まあ、このババアに授業を習うことはあらへん。ああ、男でよかった。太田は思った。

なんで女は家庭科で男は技術なんやろ、こんなん不公平や。また背の順では一番前のハルは思った。

※

栄養素の説明をするのも、衣類の発汗性の説明をするのも、家屋における効率的な運動線の説明をするのも、キェーッ！　と怒っているように聞こえる梢美咲の顔は、骨と表皮のすきまにクッション（肉）がほとんどなく、乾燥肌で深い皺《しわ》が多いので実年齢の倍ほどに見える。唇が薄く尖《とが》った八重歯が左右にあるので、

「ベータカロチンは体内でビタミンAに変化すると前回、言うたやろが。キーッ、何を聞いてたんや。キーッ！」

などと頭の上から怒鳴られると、あだなのとおりシソ鳥に襲撃されたような心地がする。

ものを縫ったり調理したりするのが好きなハルは、ずっと家庭科が得意科目だったのだが、今はいちばん嫌いな科目である。

※

自立語の品詞には、活用のある動詞と形容詞と形容動詞と、活用のない名詞と副詞と連体詞と接続詞と感動詞があります。活用があるとは、それだけで述語となることができる用言です。活用がないものには、付属語である助詞の「が」「は」をともなわずに主語となる体言と、主語とはならず修飾語になるものとならないものがあります。なるものは副詞と連体詞で、ならないものは接続詞と感動詞です。ほかに活用のある付属語として助動詞、ないものとして助詞があります……と、村田郁子は、読み上げている。

一組。村田の授業は、手元の指導ノートのただの朗読だ。ずっと国語が好きだった富重だったが、今は嫌いである。

※

a map。two maps。I am Mike。You are Nancy。They are students……と、立川道雄《たちかわみちお》はいまわのきわで遺言を執事につたえる主人のような声で教科書を読む。

身体の大きな生徒がくしゃみをすると吹き飛んでしまいそうに腺病質《せんびょうしつ》なこの教師は、三十四歳なのだが頭髪が柔毛で量も少なく、かぼそい腰を曲げて立ち、授業するのもつらそうである。

ほかの教科に比して、英語だけは教科書にポップな絵が満載されている。中学生になったのだと実感できるもっともなる教科ではあるのだが、「塔仁原さんとこの二階」に通っている者にとって、英語は「中学ではじめて習う教科」ではない。

塔仁原（父）は、自宅倉庫の二階にちょっとした空き部屋があるのを、〈未来を担う子供たちのために開放したい〉と、一枚ビラの『すこやか・ちょうめい』新聞で公言し、ようするに塾にしている。

正確には『メイカ・ホームスタディ』。宗教法人明価会の教育改革部では「英語の早期指導」を重要視して教材を作り、塾を開けるスペースを自宅に持つ会員のところへ教師もいっしょに派遣しているのである。宗教色はなく（というより、このシステムが明価会がかりだとは知らず）、格安月謝だったのと、ものめずらしかったのとで、ここができたばかりの小学校五年生のときから、隼子は、塔仁原（弟）はもちろんのこと、京美とハルと太田といっしょに通っていた。

なので、中学校での英語にものめずらしさはなく、また、アメリカで人気のTV番組の台本を取り入れたりして飽きさせない編集をしている『メイカ・ホームスタディ』のテキストとはちがい、教科書内のマイクとナンシーは、アルバムを見て、犬が一匹いるとか、猫は二匹だとか、これは林檎《りんご》だと言うだけで退屈だった。

通学距離が三倍になったせいなのか、それともたんなる花冷えにやられたのか、入学式以来、集中力を欠いている隼子は、退屈なばかりでなく、消え入りそうな立川の授業を受けると、気力を吸い取られたようにぐったりとした。

自分がポンと「よその場所」にできた点の上に立っているように感じる。なにかに、だれかに、ドンと強く背中を押され、いままで自分が在った線からつきとばされ、いままでとはまったくべつの空間にポンとできた小さな点の上に、ひとり立っているように。早く行かないと……。隼子は急いでいた。どこへ行くのかわからないが、早く、どこかへ行かなくては間に合わない。なにに間に合わないのか、それもわからない。しかし、急いでいた。

※

組み立てキットを用いて二日で建てたような家がずっとならんだ道を、隼子と京美とハルと統子と頼子は歩いていた。

家々の壁の材質、屋根の材質、窓枠の材質、門のかたち、塀のかたち、みんな似ている。ドアにライオンを模したノッカーがついているのも似ている。

校門を出てすぐのこのあたりは、もとは長命市の東のはずれだった。長命市と富樫郡を区切る城壁のように墓地があり、そこを壊して、長命中学は建てられたのである。戦後すぐの建築は、すべてが木造平屋建築である。

五年ほど前に、富樫郡の一部が長命市に統合され、地域開発がおこなわれた。そのため、長命中学そのものは古いが、その周辺は、商店街はもちろんのこと住宅街もみな「急に建てた」ような建物ばかりだ。

「みんな、部活は、なにに入るのん？」

京美が訊《き》いた。

田舎町にある学校の宿命で、敷地だけは広いものの、長中にはそうたくさんの種類の部があるわけではない。野球部とサッカー部は男子のみ。ソフトボール部、卓球部が女子のみ。陸上部、バスケットボール部、水泳部、バレーボール部、それに美術部と園芸部が男女入れる。以上である。校内放送や校内新聞は生徒会が受け持っている。

水泳部はなにも活動していないに等しい。みどり色の藻の浮いたプールを掃除して、夏場のほんの数週間活動するのみで、あとは園芸部といっしょに、校内に数ヵ所ある花壇の手入れをしている。

「うちはバレー部に入ろて思《お》もてるねん。なあ、みんなでいっしょに入らへん？」

統子が言った。

「太田くんもバレーにするて言うてはったで。京美ちゃんもバレーにするのん？」

「うん。バレーにせえへんか、ってわたしが誘《さそ》たん」

「あ、そやの。ふうん。じゃ、うちもバレーにする」

統子と京美はバレーボール部に決まった。

「あたしは陸上部にしとく。月・水・金だけ出るだけやさかい、そのくらいがちょうどいいかと思《お》もて」

ハルが言った。陸上部も人数だけは多いものの、水泳部に次いでたいした活動をしていない。

「うちはもう、園芸部に届けを出してきた。運動は苦手やさかい」

頼子が言った。

「あんたは？」

統子に訊かれた隼子は、あまり考えずに答えた。

「卓球部かなあ」

個人競技だから。小学校のころから「勉強部屋」の大きな机で、ピンポンの壁打ちをしていたから。そのていどの理由で。

「ちょっと、みんな。隼子ちゃんは卓球部にするんやて」

統子が、京美とハルと頼子に伝えた。おりしも四叉路《さろ》に出たところだった。それで決まってしまった。

四叉路で、頼子は左へ、京美、ハル、統子はまんなかへ、そして隼子は右へ進むのがそれぞれの帰宅路である。

ひとりになると、隼子はイアン・マッケンジーのことを考えた。小学校に通っていたときより、滑走路がなにせ三倍の長さになった。

【イアン・マッケンジー／アイルランド、ダブリン生まれ。五歳で母の出身地であるイギリスのグラスゴーに移り、教会の聖歌隊に入らされ、ピアノをはじめる。ここで音楽の才能が萌芽《ほうが》。王立北部音楽院のピアノ科を首席で終え、つづいて作曲の学位も取得。ニューヨーク市に招かれて渡米。リストの難曲と超絶技巧の自作曲でデビューリサイタルを組み、熱狂を巻き起こす。同プログラムで全米ツアーが組まれ、リサイタル録音はそのたびにクラシックジャンルでは異例の売り上げを記録していたが、イギリスに帰って突如クラシックからロックに転じ、自ら率いるバンドで作詞作曲をするかたわら、キャサリン・ジョーンズ、イザベル・ルグラン、アリー・リーといったイギリスとフランスを代表する女優にも曲を贈り、映画の制作、脚本もてがけている才人。三十六歳。（音楽舎『演奏者の横顔』より）】

健全なるひとびとは
他人の不幸に涙し
涙をふりそそいでおのれの幸せを花開かせる

健全なるひとびとは
おのれのわずかな不幸に酔え
他人のワインを樽《たる》ごと横取りして泥酔する
すごいよ、健全
強いよ、健全
きみも健全になりたまえ

こんなふうな歌をうたっているイアン・マッケンジーは、ドラマの中の登場人物ではない。遠い土地に住んでいようが、長命にも新譜はとどくのである。歌詞は日本語に訳されているし、原文も自分で辞書をひいて意味をたしかめられるのである。三十六歳だろうが、音楽雑誌『ｕｐ』に紹介される彼の写真と発言は、憧憬《どうけい》と衝撃をもって共感を与えるのである。マッケンジーは、隼子にとって、自分と同じ時間を、今、ともに生きている生身の人間だ。

マッケンジーのために『四週間で英会話をマスターする』と『英語独習法』を買ってきて勉強し、彼の詞をすべて丸暗記している隼子は、彼と交換ノートをしていた。彼からの往信が新譜の詞。それに返信を自分で綴《つづ》る。それが交換ノート。ああ、まったく中学生だ。ならば力士への、代議士への、歌劇団団員への、あるいは特定製造企業の鞄《かばん》や靴や服への、盲目的な後援や購買は成人だけのアガペーなのか。

「東京には空がない」と、かつて詩人の妻は嘆いた。だが都市には選択肢がある。「田舎には選択肢がない」と、詩人は妻に教えてやるべきだった。

田舎には公立中学しかない。私立中学も学習塾もない。せいぜい「塔仁原さんとこの二階」があるだけだ。学習参考書の種類すら田舎の本屋ではかぎられている。

この環境において、若き情熱を賭《か》けられる授業にアタルことができたなら、彼女も「中学生らしい」夢に向かい、尽力したかもしれない。しかし、数百年来の人骨が地面の下に埋まった広大な長中において、若人に夢を感じさせるものは——さだめし夢も希望もそこかしこにあるはずなのだが——、若人に夢を「明瞭《めいりょう》に感じさせる」ものはなかった。マッケンジーに恋をしていると、しているのだと思うことが、隼子の未来への希望だった。

立川道雄に気力を吸い取られてもなお、未来に希望を抱こうとする架空の恋を、幼いと嗤《わら》う大人は、どれほど彼女の年齢にあったときの自分をおぼえているだろう。中学一年の一学期に、数学の授業で出された問題を例として挙げてみせられるだろうか。

※

（−18）×（−7）÷（−3）＝　。

数学の夏目《なつめ》雪之丞《ゆきのじよう》がヘビースモーカーであることは黄ばんだ白目がものがたっている。うわばみは煙草の脂《やに》が苦手だというが、雪之丞の口臭たるや、一息で八岐大蛇《やまたのおろち》も即死するのではないかというくらいである。口元に絶えず唾液《だえき》がたまっている。

「一問目、藤原」

夏目は出席簿から生徒を指名した。

藤原。藤原《ふじわら》マミ。東小出身。以前よりその名は長小にもつたわっていた。かわいさが「東小ナンバーワン」ということで噂が轟《とどろ》いていたのである。小柄でも乳房と臀《しり》が弾むように張り、髪はくるくるの天然パーマ。それが快活な行動のたびに跳ね、白目の部分がないほどに瞳《ひとみ》は輝いて大きく、そろった小粒の歯が笑うと金米糖《こんぺいとう》のようである。

「42」

マミは脅《おび》えるように答えた。

「ふん、42やて？」

雪之丞は軽蔑《けいべつ》の息をもらした。

シソ鳥以上に女らしく笑いを嫌悪する夏目雪之丞が、稚児趣味の同性愛者だというのは長中では有名な噂だった。

「こんな初歩的な問題ができんとみえる。おまえは学年のチャンピオンや。阿呆《あほう》のな」

噂が事実であることを裏付けるかのように、雪之丞はマミを侮辱した。

マミのかわいい瞳からぽろぽろと涙がこぼれ、彼女の瞳からこぼれれば、涙のつぶさえかわいいと男子生徒ばかりか女子生徒も同情するのだが、雪之丞はマミが嫌いだった。女生徒において、彼が好感を抱く度合いと彼女たちのセックスアピール《異性を感じさせるもの》は反比例している。

かわいさやセックスアピールは、彼にとって、女の持つ許しがたい媚《こ》びに映る。

「三ッ矢、教えたって」

マミの斜めうしろの男子をあてる。東小出身、バレー部の三ッ矢裕司《みつやゆうじ》。顎《あご》と額にふたつみっつできた面皰《にきび》にいかにも十代前半のエネルギーがある。長身に、自分とはちがう世代の新しさがある。当てられて立つ姿勢がやや悪いところがまた、繊細な不器用さをあらわしている。

「えっと、マイナス42」

てれたような三ッ矢の答えかた。ういういしい。こんな生徒が理想的だ。

「そや。ご名答や。三ッ矢はバレーの練習ではりきってるのに、数学もようできる」

自分のお気に入りの生徒は「おまえ」ではなくちゃんと名前で呼び、とりわけお気に入りの生徒は所属する部活動を知っているので、このあからさまな待遇差から、どの生徒も彼の「えこひいきの相手」がわかることを、雪之丞だけがわからない。だから「えこひいきの相手」からも彼は嫌われている。

夏目雪之丞の授業は、女子生徒にとって数学の授業ではなかった。数学という学問を学ぶ時間ではなかった。それは蔑視との戦いでしかなかった。

「なんやの、あの雪之丞の口臭は」

「死神や、あんなの」

「マミちゃん、気にすることあらへんで」

授業のあと、東小時代からマミと仲のよい福江《ふくえ》愛《あい》をはじめ、クラスの生徒は、ひとりをのぞき全員が、かわるがわるマミをなぐさめた。

「ただのうっかりまちがいやろ。そっちかてわかってたやろ」

名答した三ッ矢もなぐさめた。「そっち」「自分」というのは「きみ」という意味である。

「自分、なんや背中に羽が生えたるみたいなかんじする」

富重はこの場に乗じて巧みに自分の好意を告白していた。

なぐさめてやらないではおれない人徳と、なぐさめられればすぐにまた笑顔をとりもどす明朗さに、隼子もひかれた。マミはジャン・クロード・フォレストの描く絵の少女のようだ。

※

トイレに行くから隠すのを手伝って、とマミが頼んできた。

「え？　うん」

なぜ自分に頼んできたのだろうと一瞬、隼子は考えたが、国語の教科書をしまうと、マミが隠すのを手伝った。

隠すのは生理ナプキンである。通学鞄は教室のうしろの棚に一列にずらりとならべることになっている。女子は生理のとき、自分の鞄から生理ナプキンを入れたポーチなり袋なりを取り出してトイレに行く。男子に気づかれぬよう、ささっとポーチを出し、ささっとセーラー服の上着の下にしまい、トイレに行くのである。

小学校のときは、生理のはじまっている女子は、彼女の属する派閥の全員に、ランドセルからポーチを取り出すのをガードされたが、中学になってからは、ペアでガードしあっている。ペアというのは便宜上の呼称。正式な呼称はない。コンビでも相方でもよい。トイレに行くときや体育館や理科室や家庭科室に行くときに、97％の女子には「必ずいっしょに行動する相手」という存在がいるのである。マミのペアは、福江愛なので、一瞬、隼子は「え？」と考えたのだ。が、自分に頼んできた理由を問うほどの作業でもないから、つきあった。

「坂口くん、見てやらへん？」

マミは鞄を開けながら、うしろにいる隼子に訊《き》く。坂口進《さかぐちすすむ》。先週の数学の授業のあと、唯一マミをなぐさめなかった男子。入学式の日に京美に〈どけ〉と言った男子。

「うん……と……」

教室を隼子は見渡す。騒ぎたがりの坂口進のすがたはない。

「だいじょうぶ」

隼子が言い、マミがポーチを取り出そうとした瞬間、突風のように坂口進がマミのうしろ、隼子の横に来た。

「なにしてんねん」

坂口進の突然の出現にふたりの女生徒は驚いた。マミは、あわててポーチを通学鞄の中にもどした。

「なんや、それ？」

覗《のぞ》きこもうとする坂口進。

「きゃあっ」

マミは叫んだ。彼女が叫ぶと、坂口は、なんやなんやとよけいに騒ぐ。彼が騒ぐから、マミはポーチを通学鞄の奥へ入れようとする。ところが、ひらひらしてちまちましてつるつるした女の子らしいポーチは、姉妹のいない坂口の目にはますますミステリアスに映る。

「見せえ」

坂口はマミの手首を摑《つか》む。

「いやがってはるやんか」

隼子は坂口の手首を摑む。

「ち」

舌打ちをして、坂口はテラスに出、「石投げ」にまじった。

全校舎平屋建ての長命中学には各教室にテラスがある。校則では禁止されているのだが、男子たちはテラスからグラウンドに向かって小石を投げ、距離を競って遊ぶのである。小学生のままだ。

「今や。さ、早《は》よ」

隼子はマミに覆いかぶさるようにして、彼女の動作を隠す。マミはポーチを鞄《かばん》から取り出すのはやめ、鞄の中でポーチからナプキンをひとつ出してハンカチでくるみ、さっとスカートのポケットに入れた。

「ありがとう」

「うん、行こ」

ふたりはトイレに行った。

ところが、教室にもどると、坂口は信じられないことをしていた。

彼はマミの鞄を開け、ポーチを出し、ファスナーを半分開けてなかを見ていたのである。

隼子は愕然《がくぜん》とした。他人の鞄から、他人の物を平気で取り出せる彼の幼稚さに。

「やめて」

マミは叫んだ。つぶらな瞳《ひとみ》から、たちまち涙があふれた。

「ご……」

坂口進も愕然とした。マミの涙に。

彼はマミの鞄を、またしても自分で開けてポーチをなかにもどすと、

「ごめん」

机に顔をうつ伏してしまったマミに謝った。

「来《こ》んといてッ」

「そんなに怒るなや、な、マミぃ」

英語のｍａｍｍｙのイントネーションではない。「ぃ」にアクセントがある。ほかの男子がみな、かわいい彼女のことは「マミちゃん」と呼ぶのに、彼だけは同性のクラスメイトを呼ぶように「ちゃん」をつけない。彼がマミに気があるのは一目瞭然《りょうぜん》。東小時代からずっとそうだったのも、日々の挙動でわかる。夏目雪之丞と同じで、彼だけがわかっていない。彼は依然として小学生男子のままで、意中のマミはとっくに熟している。

「そんなに怒るとは思わんかったんや。はながみ入れを見ただけのことで」

はながみ入れ……。

彼の謝罪に、隼子はもういちど愕然とした。ファスナーの半分開いたポーチから見えた

生理ナプキンは、彼の目にはティッシュに映ったらしい。

かねてより同級生男子は幼稚だと思っていた隼子は、とくに坂口は幼稚だと、あらためてあきれた。

幼稚なうえになのか、幼稚だからなのか、自分に注目が集まらないと機嫌が悪くなる。スタンドプレーをする。そのわりに塔仁原のような華がない。だからそうそう注目されない。ますます機嫌が悪くなる。結果、ことあるたびにごねるだけの男子生徒、それが坂口進だった。

「マミちゃん、そろそろ四時間目。先生、来《き》はるわ」

隼子は、マミの背中に軽く手を置くことで彼女に「潮時」を与えた。マミが辰野みゆきちゃん姿勢をやめられる潮時を。

「うん」

隼子の機転をマミはよく理解して、顔をあげた。坂口進はぶすっとして席にもどった。

※

ぶすっとして母は言った。

「……お父さんにはとても見せられへん……どないしたらよいのや、あんた……」

一学期の個別保護者面談のあと、隼子の母親は、通知表を畳の上に開いたままうなだれている。

隼子は食卓に頰づえをつき、母親を見ている。

商店街ですれちがったおばさんが買った卵を落として割ってがっかりしているように、隼子の目に、母は遠く小さく映った。母の落胆は隼子には気の毒に感じられない。

母を軽んじるようなローティーンらしい反抗心からではなく、彼女の肉体の成長は、たいていの事物や人間が「他人事《ひとごと》」に見えるようになることに現れたのである。ずっと住んでいるはずの家も、家の中にある椅子もテーブルも花瓶も時計も、家の中にいる父母も、それに自分自身でさえも、ここに在るのにここにはないもののように感じる。

小学校から家に来る通知表には5という数字しかなかったといっても過言ではない。ほとんどの科目に5がついた通知表を受け取るのは、隼子にとって予定調和だった。学校は彼女の主観だった。勉強も運動会も遠足もテストも、賭け甲斐《かい》のあるルーレットだった。なのに中学校からの通知表には、5がついていたのは美術と英語だけ。体育が4で、あとは3だった。

「……なんでこんなに悪うなったん……」

母親はめそめそと、今にも畳に辰野みゆきちゃんをしそうだが、隼子にしてみれば悪い成績表も、これまた予定調和といえる。いい点をとりたいという意欲そのものが湧かないから、通知された成績は納得のゆくものだった。

イアン・マッケンジーのために英語は勉強しているのだし、「塔仁原さんとこの二階」のテキストもおもしろいし、美術は小山内先生が好きだから好きなのである。

ぶすっとしている母の横で、隼子は黄色い飴《あめ》を舐《な》めた。回覧板をまわしにいってもらった直径5センチもありそうなぐるぐるまき模様の、棒のついた飴。甘味が強すぎてうまくない。舌を出して辛味のあるニッキの部分だけをぺろぺろ舐めていると、母はますます遠景に見える。

せっせと舌を動かす。飴の表面から、ぐるぐるまきの模様が消えた。残りをまるまるごみばこに捨てると、嘆きの母のうしろを通過して、玄関に向かう。

「ちょっと、どこへ行くん？」

嘆きが追いかけてきた。

「反省会」

スニーカーの紐《ひも》を結びながら答える。

「反省会？」

「成績悪かったから、反省してくる。同じクラスの藤原マミちゃんとこで。能勢町二丁目」

「能勢町の藤原さん……。あの、藤原社長さんとこかいな」

「そや」

自転車を門から出した。

能勢町までは漕《こ》げば十分ほどである。能勢町交差点脇のガソリンスタンド。そこがマミの家だ。マミの父は、長命市より大きな中宮市にもスタンドを二つ開いている。

「こんにちは」

「あらー、こんにちはいらっしゃい。ようこそね。マミ、二階にいてるわ」

マミ母は、隼子が家に入るときだけ愛想のいい挨拶《あいさつ》をするだけで、あとはずっと店に来る客の相手をしている。京美やハルの母のように紅茶とケーキを運んできたりしない。そこがいい。

マミには姉と弟がいる。弟は東小の五年で、姉は県立関川高校の三年だ。ミカ。妹とよく似て大きな瞳とハート型の唇。胸と臀《しり》のボリュームに比してものすごくウエストが細い。いつもマニッシュな洋服を着ていて、その体形がなんでもないTシャツの細部を活かしている。その外見のかっこうのよさもさることながら、会話のセンスが高価なアクセサリーになっているようなミカ。マミの家に来ると、ミカと会えるのも隼子にはたのしみだった。マミがいないときでも、ミカに会いにこの家を訪れるくらい。

マミと成績を教えあっていると、ミカが部屋に来た。

「隼子ちゃん、暑いなあ。元気でやってた？」

「まあまあ」

「イアンの新曲、聞いた?」

「うん」

『ミセス・アイスクリーム』という曲が出たのである。

「ブッ跳びにかっこいいやん、あの曲。ヨーロッパもんでは、あの人だけがダントツや。あの歌詞にあの曲やで」

「シンセのピアノで演奏したのをトロンボーンに変換したんやて」

「あ、そんでバックソロなのにあんなふうに聞こえるのか、もうすっごいイイ、イクほどイイ」

ミカとひとしきりイアン・マッケンジーについてしゃべってから、隼子はなにげなく言った。

「ミカさん、ちょっと太った?」

今日はいつもとはちがってふわっとかぶるワンピースを着ているからそのせいかなとも思ったが、顔も全体にふっくらとしている。

「ん? そやね。太ったやろね」

「高三やし、受験勉強で運動不足にならはったかな」

「勉強はしてへんわ。受験、せえへんから」

姉は妹を見た。

妹は隼子を見た。

「ミカちゃん、お嫁さんにならはるの。卒業したらすぐ結婚式やのん」

妹は姉を見た。

姉は隼子を見た。

「そういうことやねん。ほなな」

ミカは部屋を出て行った。

ミカが部屋を出て行ってから、マミは隼子に説明した。

「ミカちゃん、妊娠してはることがわかってん」

「え、そやの？」

「だれにもないしょよ。お母さんとあたししか知らへんことやの。当然、弟は知らへんし、お父さんも。隼子ちゃんにしか教えへん」

「相手の人は？」

「そら、その人は知ってはるわ。そやから責任とって結婚しはるんやんか」

おマセな言い方をしても、マミは統子とは全然ちがう。顔の造りが絶対的に華やかだし、統子につきまとって離れない野暮ったさと澱《おり》がない。映画のなかの子供が「大人が考える子供」であるように、眼鏡をかけて真っ白なソックスを穿《は》いて規則どおりの髪形をしている中学生は「教頭先生が考える中学生らしさ」であるなら、マミは、現役の中学生が中学生らしいと感じる垢《あか》抜けたかわいらしさを持っている。

「関川高校の体育の先生やの。ミカちゃんと結婚しはる人」

相手の職業にあまり驚きはなかった。関川高校の体育教師を見たことはないが、長中の体育教師についてなら、やれと命令されれば、明日にでも全学年の女子生徒全員を妊娠させることもそう不可能ではなさそうである。それより〈音楽の仕事をしたい。音大に行きたい〉と、ずっと言っていたミカが、さっさと結婚することに驚いた。

「体育の時間、隼子ちゃん、いつも中島《なかじま》に足をさわられてるけど、あたしなんか、いつも胸やで。もうゲーや。京美ちゃんはもっと被害大きいけど」

さらに被害甚大の統子は全身くまなくさわられているとの、二組からの報告を聞いたことがある。

「あーあ、体育も小山内先生やったらよかったのに」

マミは美術部である。長中の美術部は伝統があり、個人の部でも合同制作の部でも、全国規模の美術展で大きな賞をなんどか受賞していた。中高校美術の世界においてだけ長命は有名だった。人工透析のために顧問を退いたものの美術主任の松崎先生は、顔を出したおりには本格的な絵の描き方を熱心に指導してくれるし、小山内先生は生徒のいいところをのばすように指導してくれる。部活動はとてもたのしいとマミは言っている。

「体育の時間くらいはどうってことないけど、小山内先生が卓球部の顧問やったらよかったのにて、私は思うわ」

オリエンテーションのとき、シソ鳥が県の卓球連盟の用事で、途中からいなくなったのが運のつきだった。

〈〃梢先生の代わりですが〃て、ちゃんと小山内先生、言わはったやんか。なに聞いてたん〉と京美もマミも笑うのだが、窓の外の景色をぼんやり見ていた隼子は小山内先生が卓球部の顧問も兼ねているのだと思い、『みるく』の付録ラケットから、関川の工場のお古のラケットに、ボール紙から木製へと材質を変えて壁打ちをしていたピンポンへのなじみが加わって、卓球部を選んだのである。部活動所属決定用紙に名前を書いて提出したあとに、顧問はシソ鳥だったことを知った。

〈退部したら家庭を0点にするで！　体育も0点にしてもらうことになったるで！　初志貫徹できんもんは人間のクズや！〉

キエーッと金切り声で言われては退部できるわけがない。これはもう新撰組の局中法度「局ヲ脱スルヲ不許」である。

〈スポーツマン・シップにのっとった行動をせん子は根性が腐ったる。うさぎ跳びで体育館のまわりを三周や〉

これは「士道ニ背キ間敷事」である。士道という、解釈のあいまいなものに背いたという名目で何人もの隊士が切腹させられたように、スポーツマン・シップという、シソ鳥や部長、副部長のその日の気分でどうにでも解釈されるものに背いたと怒られては、日々、部員たちがうさぎ跳びをさせられている卓球部。

昨日などは〈うさぎ跳びは基礎体力作りの効果を期待できないと新聞で読んだが〉と部活録に書いたという理由で、隼子はうさぎ跳びをさせられていた。明日もきっとまたうさぎ跳びだろう。

※

体育館。隼子は辟易《へきえき》しながらボウリングのピンをほそながくしたような木製の物体を振っている。

「ラケットを持つなんてまだまだ早い。一年生のうちは、徹底的に基礎づくりや」

シソ鳥と部長から言われている。ボウリングのピンをひきのばしたような物体が、もともとはなにのための道具なのか卓球部全員が知らない。重さは一キロある。これの細いところをぎゅっとにぎり、わきをひきしめるフォームで三百回素振りをすると、やがて晴れて二年生の夏休みにはラケットを、正しいフォームで、かつ軽やかに扱えるようになる、という理論だそうである。

この謎の物体の素振りと、マラソンと、腹筋と背筋の運動と腕立て伏せと、用具ならびに体育館の卓球部使用部分の掃除と、部活録書き。二年生の夏休みまで、ひたすらこれだけをするのみで卓球はしないのが、長中一年生卓球部というところだった。

ピーッ。シソ鳥の笛が鳴った。

「キーッ、一年生、屋内練習終了！　第三グラウンド、水飲み場前に集合！」

謎の物体を箱にもどし、みな、急いで下靴にはきかえ、体育館を出て行く。

都会育ちの者には想像だにできぬだろうが、田舎の長命中学にはグラウンドが三つある。８００ｍトラックのある第一グラウンドは野球部とサッカー部、つづく６００ｍトラックのある第二グラウンドはソフトボール部と陸上部が使用する。開店休業に近い水泳部が夏期のみ使用する屋外プールと技術家庭科室の手前、ちょうど校舎の裏手にあたるところに、第一と第二よりは小さめの第三グラウンドがあり、そこはバレーボール部が使用している。バレーボール部の練習を妨げぬよう、この第三グラウンドの縁めいっぱいを十周するのが一年生卓球部員の屋外練習日課だ。一周は４５０ｍ。

「根性いれて走るんやでえっ！」

笛が鳴る。みないっせいに走り出す。

七月の空は夕方でもまだ青々として、風に湿気はない。蛙が鳴いている。トロンボーンのようだ。

『ミセス・アイスクリーム』はトロンボーンだけを伴奏にした八拍子の曲だった。

ぼくの部屋から通りを見下ろせば
ミセス・アイスクリームが歩いてる
いつもアイスクリームを食べるから
どこもかしこも肉がつき
アイスクリームみたいにうまそうだ
ぴちぴちのサテンのドレスはおしりのところがやぶけそう
ミセス・アイスクリームに出会ったら、こんど一回誘ってみよう
ミセス・アイスクリームに出会ったらこんど一回誘ってみよう
〈間奏〉
ミセス・アイスクリームに出会ったらこんどアレを一回してみよう
それからアレもさせてみよう

ミセス・アイスクリームというのはどんな人なのだろう。ミセスというんだから、女だろう。ミセスなんだから人妻なんだろう。
アイスクリームばっかり食べているから太っているって言ってるけど、けど、悪口では

ないようだ。おしりがやぶけそうだと言ってるけど、けど、かっこわるいって言ってるんじゃないようだ。誘ってみようって言ってるし。アレって、アレのことかな。それともアレか。それともやっぱりアレかな。アレをしてみたあと、アレをさせようって言ってる。わ、アレをさせるんだ。人妻に。でも、やっぱりアレってなんだろう。

トロンボーンの伴奏にのって、隼子はイアン・マッケンジーの部屋の下の通りを走っていた。イアンが窓を開くのが見える。隼子は片肘《かたひじ》をついている。煙草を吸っているから、かたほうの目がひんがらめになっていて、あまり愉快じゃなさそうにミセスに声をかけている。ミセスは白に近いくらいの金髪をエスカルゴみたいに高く巻き上げている。サテンのドレスは水色で、ベルトは赤いサッシュ。マダムはイアンの部屋に入っていった……。

「速すぎる、森本さん」

袖《そで》をひかれた。一年生キャプテンが脇腹をおさえ、ぜいぜいと息をしている。

いつもならほうほうのていでみなについてゆくのに、ミセス・アイスクリームのことでちょっとイアンともめていたら、あっというまに十周を走り終えていたのである。

「キイ！　森本隼子、あんた、いつも遅いのにこんなに速《はよ》う走れるのは、いつもはなまけてたんやな。あんただけ、第三グラウンドうさぎ跳び一周追加」

マッケンジーの部屋からひきずり出されたあとの第三グラウンドは、一周でも百周のように感じられた。部活動はたのしくなかった。

夏休み。長いこの休みのあいだに、隼子は跳びつづけ走りつづけふりつづけた。マミは父と弟とで他県の保養施設に行った。マミの母はミカの膨らむ腹部を隠すために、娘の制服を大きく仕立てなおした。ミカの胎児の父は同僚の体育教師にだけ結婚が近いことを知らせた。うちひとりにだけ相手を打ち明けた。打ち明けられた体育教師は内心興奮した。彼は暑い中、家族計画をせずに頻繁に妻とセックスをした。妻は村田郁子である。

※

妊娠により、村田郁子は十一月から産休に入った。中宮市の学校から急遽《きゅうきょ》、べつの教師が赴任し、一組の担任になった。

河村礼二郎《かわむられいじろう》という名前が先に生徒に知らされ、みな年寄りが来るものと思っていたのに教室に入って来たのは、大学を卒業して二年目の、早生まれの二十三歳の、痩《や》せぎみの、長い前髪が額にかかる、要はちょいといかしたあんちゃんだった。当然、教室内の85％の女子が騒いだ。男子は95％が騒いだ。男子はいつでもなににでも騒ぐ。

「レイチャン」

いきなり坂口が大きな声で呼んだ。

「せんせのこと、レイチャンって呼んでもええか」

どっと笑い声。

隼子は不愉快になった。なにがおかしいのか全然わからない。教室に入ってきた教師には、「怖い」とか「怒られんようにしなくては」とか、そういった、生徒にとって教師というものが持つ、ある種の高みがまるでなかった。坂口に毛が生えたようなものだ。彼が「いかして」見えなかった、女子の残り15％に属していた隼子には、教壇に立つ人物より、坂口の、自分に注目を集めたくてならない愚にもつかない言動が不愉快である。

入学以来、不愉快。

「ええやろ、レイチャン先生や」

「それはまずい」

「それなら、河村せんせと、平凡に呼ぶわ」

また、どっと笑い声。坂口の発言のなにがおかしい？　だいたい坂口は声変わりをしないのか。

十一月一日。深まる秋の一組の教室で、隼子は廊下側の席の、近眼のために一番前の席にいた。同じ列の一番うしろの京美からおみくじ状のメモがまわってきて、開けると〈レイチャン先生、カワイー〉と書いてある。かわいい？　習ってもいない理科の先生もハンサムだといつも言うし、京美ちゃんこそ前の席に移ったほうがいいのでは。

「前に赴任していた中宮中学では担任をすることはなく、このたびは急なことで、こんな途中の時期から、はじめての担任をすることになり……」

河村は自己紹介をしていたが、隼子はよく聞いていなかった。

うっとうしい前髪……、短こう切ったらええのに。新しい担任についての感想はこのひとつで、ひたすらてのひらを膝《ひざ》に当てて温めていた。秋からきしむような痛みがある。

※

坂口は体操服から学生服に着替える動作をとめた。

サッカー部の部室から、渡り廊下を歩いているマミが見える。美術室からもどってきたのだろう。

「お、藤原マミやんけ」

上級生たちも気づいた。

「それに、あの、おまえに気がある森本もいよるぞ」

「なに言うてん。森本はおまえに気があるんやがな」

「嘘こけ、あいつはおまえに気があるんや」

熱き血のイレブンたちは、隼子の近眼の視線をポジティブ・シンキングしている。

光と影。太陽と月。白と黒。太陰太極図のようにマミと隼子の個性はきれいに構成され、陰が陽を、陽が陰をひきたてていた。

「マミちゃーん」

上級生は部室のドアを大きく開ける。十一月の冷たい風が坂口に吹きつける。

「お絵描き、もう終わりー？」

さかんに口笛を吹き、はやす。坂口は先輩たちの背後で身をひそめる。

「マミちゃーん、こっちにも来てよ」

野球部の戸も開く。数人の男子にはやされてマミは恥ずかしそうに、卓球部の練習をいったん抜けてきた隼子に身をよせる。坂口は急いで学生服のボタンをとめ、先輩に挨拶《あいさつ》もせず、部室を走り出た。

東小の一、二年のころ、坂口はマミとよくいっしょに遊んだ。河原で石を投げ、それが水を何回も切るとマミは感心してくれた。今は彼がなにをしても感心しない。なにをしてもいやがる。なんでなんやろう。そんなにいやがるならもっといやなことをしたる。

晩秋の夕刻、げたばこはうすぐらい。一年一組。女子のハ行はこの列。福江愛の下の下がマミの靴だ。坂口は場所をおぼえている。うすいピンクのスニーカー。色も。彼はマミの靴をかたほうだけ持った。

立ち上がると、となりの列の、ちょうど彼の目の位置にハイカットのバスケットシューズがあった。靴のあいだになにかはさまっている。紙だ。封筒に入ってはいない。名札を見る。ふんと思う。マミと自分をひきはなす原因になった隼子の靴だ。

マミの鞄《かばん》からポーチを取り出せる、未《いま》だ変声せぬ坂口はためらうことなく、隼子の靴のあいだにはさまれた紙を抜き、ポケットに入れた。きっとぼくの悪口を、マミは森本に言いつけとんのや。そう思い。

第三グラウンドを抜ければ、叢《くさむら》の手前にプールがある。水泳部は開店休業中。水のないプールめがけて、マミのスニーカーを投げた。

いまごろ、靴がないとげたばこでマミはあわてとる。まさかからっぽのプールに入ったるとも知らんと。みどりを失いパサパサになった叢をかきわけて道路に出た坂口は、マミと富重がこの週末に二人で中宮文化会館へ長中OBの油絵展を見に行く約束をしていることを知らなかった。

帰路途中の商店街で、彼はポケットに入れた紙を開いた。当然ながらそれはマミが隼子に宛てたものではない。だれかが隼子の靴箱に入れたのだが、坂口は自分の悪口が書かれていると、悪口を書くほどマミは自分に関心があると、東小の低学年のままの期待をしていた。

しかし、開いた紙のどこにも自分のことはなかった。それはただの活字のコピーだった。78、79というページの印刷もコピーされている。

【ないのである。だからポールはもう二度とその夏、決して海へは行かなかった。ロングアイランドの浜辺に人影がなくなるころになると】

という部分から78ページがはじまり、

【ったところで、ほかに方法はないのだ。写真はいつまでもじくじくとポールの胸を痛ませたけれども、ハイウェイに出るまでにはきっと】

という部分で79ページが終わっている。

途中に、レモン色のラインマーカーがひかれた部分がある。

【彼女には鼻の中程から目の下にかけて、ごくうっすらとそばかすがある。潤んだ茶色い瞳《ひとみ》と長い睫毛《まつげ》に、そばかすはよくそぐっていた。きれいだが全体的にはあどけない顔であるのに、そばかすは、それを裏切る憂鬱《ゆううつ》な陰となって、インドシナ半島をフランスが占領していた時代のハノイの郊外で、不幸な境遇を背負って産み落とされた少女の顔の小道具になっているのである。】

ラインマークされた部分のそばの、ページの空白部分に一行だけ肉筆が、鉛筆で書かれていた。

【森本隼子様。Yより】

坂口は「おそうざいのタツヨシ」の、コロッケをあげる蛍光灯でコピーをしげしげとながめた。

「なんや、これ」

広告でもなく、テスト用紙でもなく、手紙でもないその紙は、彼にはまったく理解できないただの紙だった。まるめてタツヨシのごみばこに捨てた。

※

福江愛は職員室で、マミと小山内先生の横にすわっていた。マミの母が車で迎えに来てくれるのをいっしょに待っているのである。

三年男子の吉川《よしかわ》に話があると呼ばれ、美術室を出るのが遅れた愛は、渡り廊下でスケッチブックを小脇にはさんだマミに追いついた。

〈森本さんは？　卓球部へもうもどってしまわはったん？〉

〈うん。シソ鳥、怖いもん。隼子ちゃんも美術部にかえたらええのに〉

愛とマミは渡り廊下から、職員室と放送室の前の廊下を通ってげたばこまで来た。と、マミのスニーカーがかたほうだけなかったのである。

ふたりで職員室に行くと、風紀担当の立川がいたので、靴がなくなったことをつたえた。

〈かわいい色だったのでめだったんでしょう〉

かたほう残ったピンクのスニーカーを見て、立川はしょぼしょぼと言うだけで、さがしてやろう、なんとかこの事態を解決してやろうという気合はまったくなさそうだった。そこへ美術室から小山内先生がもどってきたので、小山内先生からマミの家に電話をかけてもらったのだった。

「立川先生は、かわいいからめだったたって言わはったけど、盗むんやったら両方とも持っていくと思うんです。それをかたほうだけやなんて、いやがらせやないかと思うんです」

「いやがらせというよりは、きっといたずらね」

マミと小山内先生が話している横で、愛は犯人は三ッ矢だと思っていた。マミちゃんは、さっきもサッカー部と野球部の男子からはやされてた。男子はみんなだれかてマミちゃんがかわいいと思《お》もてはる。きっと三ッ矢くんかて。好きな子にほどいやなことをしたがるのが男子やもん。

愛は、幸か不幸か「夏目雪之丞に例外的に好かれている女生徒」である。文理両道。国語もできて数学もできる。が、「集合」は苦手だったのか、｛男子｝⋓｛マミが好き｝とすべきところを、｛男子｝⋒｛マミが好き｝とするミスをおかしている。そのうえ、｛靴をかたほうもっていく｝という集合には三ッ矢裕司ひとりしかいないとするミスもおかしている。よって｛恋は盲目｝⋓福江愛なら成り立つ。

「深いい意味のないいたずらだと思うわ。あまり気にしないようにね」

小山内先生は時計に目をやったあと、愛がさっきマミから見せてもらって持っていたスケッチブックに目をやった。

「あら、すてきな布地の表紙のスケッチブック。それは福江さんの？」

「いえ、これはちがうんです」

愛はスケッチブックをうしろにまわした。

あっ、とマミが、それを受け取った。

「しまっときます」

マミはスケッチブックを鞄にしまった。

「まあ、藤原さんの秘密のスケッチブックなのかしら。なにかしら。見たいわね」

「だめです」

愛は手をふった。

「それは残念ね」

小山内先生はかわいらしくあきらめて、かわいらしく笑い、笑いながら職員室のべつの方向に礼をした。河村が美術室と美術準備室の鍵《かぎ》を持ってきたのである。愛もマミも礼をした。

「十一月から河村先生に手伝ってもらえて助かるわ」

おっとりと小山内先生が言ったときマミ母の車が到着した。愛はいっしょに車に乗せてもらって帰った。

※

夜十時半。中宮市中宮町の部屋で、風呂《ふろ》から出た河村は畳の上に大の字になっていた。高さ180㎝のスチール製の本棚が三つ。机がひとつ。それにTV、冷蔵庫、ラジオなどの電化製品。洗濯機はベランダにある。学生時代に住んでいた部屋にあったものがそのままあるだけの単身者向けのアパートメントだが、もうひとつ六畳間が増えたのは、京都市と中宮市の室代の差である。増えた六畳間に、90㎝の木製の本棚をふたつ置いた。

晩秋。彼は高校三年のちょうどいまごろまで東京都に住んでいた。京都に越したのは、母親が京都に住む寡男《やもお》と再婚したからである。ずいぶん長く雲行きの怪しかった両親の離婚が正式に成立した一年後だった。越した年は、四歳下の弟が典型的な思春期の反抗の態度をとり、母も義父も河村も落ち着かなかった。あわただしいなかで京都の私立大学を受験した。路加《るか》学院、文学部美学科。

河村がひとり暮らしをはじめると、弟はよく彼の住まいに泊まりに来るようになり、母と義父とのあいだに適度な距離感ができたのが功を奏したのか、母にも義父にもちゃっかり甘えるようになった。河村もようやく新しい土地の新鮮さを味わうことができたし、大学生活もたのしかった。講義に対する好奇心は平均的な大学生よりもかなり強かった。家族がそれぞれに落ち着き、自分も書物に耽溺《たんでき》していてよい状況と期間に対する満足感もあったのだろう。

そのまま大学院に進んで講師になれればと漠然と考えていた。教授になりたいとか、あるいは他者に説を唱えたいといった望みではなく、薄給ゆえに講師は気儘なかんじがしたのである。気儘に好きな書物を繙《ひもと》く自由人といったかんじが。だがそんな漠然とした考えは三年までのことで、四年になれば経済的な側面は一気に現実味を帯びる。母を養ってくれている義父にも、自分と弟の養育費を送金してくれてきた実父にも、これ以上、負担をかけたくない。世話になっているという枷《かせ》をはずしたい。

それで、修士、博士の二過程に学費をかけた後に薄給の講師になるというコースはやめ、大学付属高校の教員採用試験を受けた。聖職者の試験に挑んだという思いはなかった。企業の就職試験と同じように受けた。付属高校と企業二社の試験に受かった。

教鞭をとる身に対するドラマチックなまでに厳粛な熱意は抱いていなかったものの、さりとて怠惰な見縊《みくび》りでもなく、大学生は、堅実な選択として教職を選んだのである。

共学の路加学院付属高校に勤務するものだと思っていたが、配属されたのは姉妹校の路加学院付属女子高校だった。

〈ええなあ、女子高生に囲まれて〉などと言う大学時代の友人が多かったが、河村には居心地のいい職場では、まったくなかった。

女子だけが教室にいるという状態が気持ちが悪かったのである。女子生徒のひとりひとりはおそらく明朗で穏やかな十代なのだろうが、異性から切り離された狭い教室で集団となるとき、教壇に向けられるその視線は、異性をあからさまに値踏みする奴隷買いのあぶらぎったものになる。十代特有の分泌物の旺盛《おうせい》な肌や、その旺盛な分泌物が作る、顔や腕やうなじや腿《もも》の赤いできものの散らばりも、彼女たちのたくましいほどのあぶらを感じさせた。新任教師への慣例だろう、好意を告白する手紙は毎日のようにとどき、執拗《しつよう》な待ち伏せもされた。

嫌われるよりは好かれたほうがいい。たとえ、自分を好いているのではなく、新任の男性教師という存在を好いているのだとしても。そうは思うが、集団になると気持ちが悪く、気持ち悪さを感じるのは、河村もまた彼女たちを異性として見ざるをえなかったからではある。

顔のきれいな女生徒を見れば、美人だと思う。乳房の大きい女生徒を見れば、すげえ胸だなと思う。面相のよくない女生徒を見れば、ブスだなと思う。女として見ていなければ、こんなことさえ思うまい。が、こんなことさえ思わぬ教師がいるだろうか。女子生徒は女であって男ではないのだから、男には見えない。異性として見ざるをえなかったというのはこれだけのことである。女には見えるが、だれの胸や足をおぼえているわけでもない。生徒は生徒で、ただそれだけだった。

一年たって、中宮市内にある公立中学へ産休代替教諭として行かされた。教室内に男子が半分いる。ほっとした。彼らは女子高校生に比してはむろんのこと、女子中学生に比しても、自分もかつてはこうだったのかと驚くほど幼かったが、男子生徒と話しているほうが、同性としての共感を持ちつつ年長者として教師として接触できるぶん、話し甲斐《がい》があった。弟のいる河村には、ずっとなじんできた位置関係だった。

学年主任に〈きみ、どや、こっちの教採受けてみたら〉と言われ、産休代替期間中に公立学校の教員採用試験を受けたのは、こうした心情もあったし、公務員の安定性を考えたこともあったし、もうひとつ、これまでずっと人口の多い街に住んでいたので小さな田舎町に住んでみるのもいいと思ったこともあった。

その学年主任に呼び出されたのは、夏休みの終わるころである。中宮市内のかたちばかりの繁華街にある「とっくり亭」に誘われた。ふすまで仕切られた狭い座敷席には市教委の某《なにがし》も待っていた。

〈長命にある中学校なんやけどな、ちょっと困ったことになってんや。一年の担任してはったせんせがな、急なハラボテでな、しかもつわりがひどうなりそうなんや〉

十月からでも産休に入らせてくれ、それがむりならせめて十一月からとの旨、市教委に願いがあったが代替教諭が足りない。そこで河村に長命中学へ行ってくれと学年主任は言ったのである。

〈じつはさっき、試験の結果、調べさしてもろてきたんや。問題ない。合格やわ〉

市教委の某はそう言った。

つまり正式な合格発表と辞令が出るまでは、書類上は産休代替教諭としてひとあし早く長命中学に行き、追って正教諭になってもらえないかと言うのである。田舎町の、一種のサロン操作である。

こうして河村は学期の途中から長中一年一組の担任となった。京都から中宮に部屋も移した。歓迎会も中宮の「とっくり亭」でおこなわれた。

歓迎会では河村のそばにしじゅう、夏目雪之丞がいた。

〈新卒の年はこともあろうに女子高に行かされてはったんやて？　そら、いやなお勤めでしたやろな。女子高校生とか女子中学生というのはタチが悪い。この年ごろの女ちゅうのんは、自意識過剰で、全員が不潔な媚《こ》びのかたまりですよ。そこいくと男子はすなおでいい〉

口臭の強い夏目は泥酔して言っていたが、同意できなくもない。

中宮中学でも長中にうつってからも、うつってまだまもないというのに、男子生徒がよく話しかけてくるし、相談にもくる。大学を卒業後二年目にして、教師になったのだという実感がわいた。もっとも、学年主任の伊集院がやはり泥酔して、夏目は稚児趣味の気《け》があるのだと教えたことを、猪口《ちょこ》につぎつぎと注がれるままの地酒を飲んでぼんやりしていた河村は忘れていたが。

そして会の終わりごろには、夏目から手や腿をしきりに撫《な》でさすられたことは気持ち悪くおぼえていたものの、夏目からそんなことをされるくらい、自分はまだ二十三歳なのだということが、まだ二十三歳の河村はわからなかった。

※

年明けてしばらくしたある日の休み時間。

話したこともない男子生徒からの手紙を、愛からわたされた隼子は、そのまま愛に返した。封を切らないまま。

「だって、この人、知らへんもん」

吉川耕司。封筒に記された名前も知らなかったし、顔は当然、知らない。

「美術部の三年生の人や。森本さん、ときどき美術室に来るやんか。それで向こうはよう知ってはるのや」

たしかに美術室へはよく行く。卓球部に行くのがいやさで、マミや愛に、それにやさしくてかわいい小山内先生にしゃべりに行くのである。なにかと口実をつくり。

「手紙、返されたかて、私も困るわ」

封筒を、愛は、また隼子にわたした。

「わかった」

開けてみると、中には便箋《びんせん》が一枚、その便箋に二行だけ、文字が書いてあった。

「受験をもう間近に控えている三年の吉川ですが、よかったら卒業までの短いあいだだけでいいので交換ノートをしてくれませんか」

交換ノート。それは長命中学における愛のあかし。長小におけるアイアイガサである。じっさいにノートを交換しあうことも指すし、メモ紙をときどきわたしあうことも指す。もっと進むと、キーホルダーとアンクレットの交換。男子が女子から贈られたキーホルダーを鞄《かばん》に、女子が男子から贈られたアンクレットをソックスで隠してつける。キーホルダーにもアンクレットにも、切手の半分ほどの小さな長方形の金属がついている。男は女の、女は男のイニシアルをそこに刻む。

隼子は二行をよろこんだ。嫌われるよりは好かれたほうがいい。が、吉川耕司の顔がわからない。わからない者と交換ノートはできない。二行がうれしかったことをつたえつつ、できないことをつたえる文章を書こうとして休み時間を費やし、あきらめた。

「私、好きな人がいるのん。交換ノート、その人としてるのん」

始業を告げるキンコン　カンコンが鳴ってから愛にことづてを頼んだ。相手はイアン・マッケンジーだとは言えなかった。イアンというその名をだれかの前で口にすることさえ赤面するほど彼に恋していたのである。

「好きな人が……。そやったん……。全然知らへんかった……。わかった、吉川さんにはそう言うとく」

「かんにんな。へんな役をまかせてしもて」

愛にももうしわけなかったが、イアンに対してやましかった。こんなに愛しているのに、顔もわからない男子からの手紙によろこんだりする自分は俗物だ。

そうだ、万引きしよう。

俗物である薄汚れた心に似つかわしい盗人の行為をすることで、自己の俗物性を制裁するべきである。イアンからの制裁を受けなくてはならない。彼の制裁は、これまで規則を厳守するだけの蒙昧《もうまい》な保身だった自分を打破する。俗物、制裁、保身、蒙昧、打破といった観念的な語にうっとりしながら、三時間目、夏目雪之丞の授業中、隼子は決心した。

いつしようか？　いつ？　急がないといけない。

※

同日の昼休み。職員室前の廊下で、河村は坂口から絵を見せられた。

「レイチャン先生は、この絵、どう思う？」

教員の数人で近所の仕出屋からとっている配達弁当を食べたあとの河村に、坂口がつきつけてきたのはスケッチブックというよりは、小さなノートに近かった。

マリー・ローランサン、もしくはいわさきちひろをパクったような絵が数点、描かれている。

「坂口が描いたのか？」

「ちがう」

「じゃ、だれが描いたやつ？」

「それより先にこの絵はどうか言《ゆ》うてよ。レイチャン先生、美術部の副顧問になったんやろ？」

「美学科卒というだけでね。美学科ってべつに絵描く学科じゃないのに」

それだけで河村が副顧問にならざるをえなかったのは、ふたりいる美術教員のうちのひとり松崎が腎臓疾患のため頻繁に休むからである。

「小山内先生か松崎先生に訊《き》いたら？　俺、あくまでも担当は国語なんだし」

「小山内先生も松崎先生も、どっちも女やんか。ぼくは男同士、先生の意見が聞きたいんや。絵には描いたもんの人格が出るんやろ？」

「坂口、俺はさ、占い師じゃないんだから……」

河村はもういちどスケッチブックを繰った。

「……ふつう、なんじゃないか？」

「ふつう？　ふつうって、そんなんではわからへんわ」

「だから、ふつうだよ。ふつうにうまいし、ふつうにへたなんじゃないの？　女？　この絵、描いたの？」

男子中学生がわざわざ美術科目の担当教員でもない自分に、自分の絵や、ましてやほかの男子生徒の絵を見せにくるわけがない。

「女です」

「なら、よけいにふつう」

幻想だよ、坂口。どうせ、おまえが気のある女が描いたんだろうけど、この絵を描いた女はふつうの、ごくごくふつうのやつだよ。どうってことない、ふつうのすなおな絵じゃないか……とは、ナイーブな男子生徒には言えない。

「きっと問題のない子だよ。ふつうの少女」

「そうやろか。ふつうやないわ。藤原マミやで。あいつ、ぜったいにふつうやあらへん」

藤原マミ。自分に話しかけにくる男子生徒のほとんどがその名を口にする女生徒か。

「そう言ったってさあ」

たしかにタレントにでもなれそうな外見をしているが、

「いい子だよ」

と言うしか、ほかにコメントのしようがない。

「ふつうやない。特別なもんがある。もっとよう見てな」

スケッチブックを押しつけて坂口は廊下を走っていった。河村はしかたなくそれを持って職員室の自分の席にすわった。

「お茶、飲まはる？」

夏目が薬罐《やかん》を持って、となりに立っている。

「あ、ご親切にすみません」

いつもやけに親切な夏目が河村はどうも苦手である。茶碗をさしだし、茶を飲みながら、夏目としゃべりたくなくて、スケッチブックに目を落とした。

すとんと紙が落ちた。上に二つ穴のあいた横罫《よこけい》の用紙。四、五枚がホチキスでとめられている。五時間目には授業がなかったので読んだ。

横書きの文章は鉛筆で書かれていた。スケッチブックの絵にストーリーをつけているようでもあり、ようでもなし。アイスクリームマンの未亡人が向こうから歩いてくる話だった。

三十六歳のアイスクリームマンはアイスクリームの食べすぎで死に、十六歳の未亡人は亡夫の不可思議な遺言に従う。ただならぬ遺言は淫《みだ》らで、未亡人の従いかたも淫らである。

坂口はこれを読めと言ったのだろうか。藤原マミが書いたから。としても坂口へのコメントは変わらない。性的な作り話をするのは女子高校生にも女子中学生にもよく見られることである。前の二学校でも、そのような話をしたり、書いてよこしたりすることで、彼の関心というより年長者の関心をひこうとする女子生徒が大勢いた。この学校にも、全校における女子数が減ったぶん絶対数も減ったが、いる。

ただ、その横罫の紙が、いままでに経験したそうした類《たぐい》のものとはちがい、二十三歳の男の関心をわずかにひいたのは、そこに具体的な描写がなにもなかったことだった。アイスクリームマンが遺言書になにを残したか、遺言書に従った未亡人がなにをしたのか、なにをしているのかはわずかしか書かれていない。だがなにをしているのかは如実にわかる。読むうちに公序良俗に反する肉体の局所的反応が起こりそうになるのは、矛盾しているのだが、肉体的にではなく精神的に猥褻《わいせつ》な気配が文の背後に隠れていたからである。この点では、坂口の言うように藤原マミはふつうではない。そう思い、夏目の注いだ茶を飲んでいると、当の女生徒が五時間目の授業を終えて、職員室に来た。

「先生、それ、返してください」

マミはブックエンドの上にぽんと置いたスケッチブックを指した。

「それ、坂口くんが勝手にあたしの鞄から出していったんです」

以前にもティッシュケースを勝手に鞄から出されたりして迷惑しているとのことだった。

「しょうがないやつだな。そんなことをしてなんのメリットが……」

「きっと先生が絵をけなしたら、それをネタにまたあたしに意地悪なことが言えると思《お》もたんとちがうかなあ。程度が低いもん、坂口くん、んまに腹立つわ」

口を尖《とが》らせて横を向き、そのあとそうっと窺《うかが》うように河村のほうに向いた。

「……先生、それ、見てしまいましたか？」

「そうとは知らず、見た。でもなかなかよかったよ。有名な画家の絵を真似するんじゃなくて、今はまだもっと基礎デッサンをしっか……」

「絵じゃなくて……その……」

「あ、あれね。あれか」

藤原マミはうつむいてしまって目を合わそうとしない。

「見ましたか？」

「……見ちゃだめだった、んだよな、たぶん」

キャーッとマミは悲鳴をあげた。職員室中に響いた。

「どうしよう、隼子ちゃん……」

夏目雪之丞がマミを不快げに睨《にら》んだのと、彼女が手を口にあてるのとは同時だった。が、ジュンコという名前と森本という姓を、河村は結びつけられなかった。百人以上の生徒に授業しているのである。

「あたしが書いたんじゃないんです。絵もちがいます。借りたものなんです」

「わかったわかった。これ、返すよ。だれが書いたかも訊かないから。それなら見なかったし読まなかったのと同じだろ」

もう騒がないでくれ。河村はスケッチブックをマミにわたし、せかすようにいっしょに職員室を出た。

※

卓球部の練習が終わったあと、隼子はスピガの菓子売り場に立っていた。

『北国の恋人』はないがカロリング製菓の『クリーム・ロリータ』はある。法事でよく出る大嫌いな菓子。これを万引きすることにする。嫌いなものを盗まなくてはならない。どうやって盗めばいいだろう。手に持った鞄は、教科書の入った革の鞄も、体操服の入った部活用の鞄もファスナーで開閉する。ここでファスナーを開けては怪しまれる。では、だぼだぼしたセーラー服の腹のあたりにさっと隠せば……。月に一回、生理用ナプキンを隠すように……。いや、だめだ。『クリーム・ロリータ』の袋はナプキンよりずっと大きい。

菓子はやめ、三階に行って、文房具にすればいいじゃないか。けしごむとか。けしごむなら手の中に入る。ううん。けしごむはちがう。勉強するのにけしごむは必要な物だ。やっぱり不必要で嫌いな『クリーム・ロリータ』でないといけない。

「あら、隼子ちゃん、買い物やの？」

背後から声をかけられ、ぎくりとした。

「卓球部は陸上部と違《ち》ごて毎日遅いもんまで練習があるんやてね。たいへんなんやてね。温子が言うてたわ」

ロボットのようにふりかえると、そこにはハル母が立っている。

「ええ、まあ……」

「お父さんとお母さん、今晩も帰り、遅いの？　さびしいときは遠慮せんと、うちに遊びに来てね」

「ありがとうございます」

礼をして隼子はスピガを出た。出て、車の走る道路ではなく、住宅の入り組んだ路地のほうから帰った。そこで塔仁原（弟）に会った。陸上部はのんきな練習でうらやましい。でもなぜ西本町とはちがう場所に彼がいるのだろう。すこしへんに思ったが、彼は隼子には気づかず、そそくさと路地を抜けていった。隼子も家に帰った。万引きは未遂に終わった。

＊

塔仁原は隼子に気づいたが、気づかないふりをして小走りをしていた。

あいつ目が悪いんや。うすぐらかったし、どうせわからへんかったやろ。とにかく早《は》よう家に帰ろ。ついにやった。ついに買《こ》うたった。

川添薬局というのが住宅区の中にある。スピガの一階にも店を出しているので、こっちのほうは閑散としている。店の脇に小さな自動販売機がある。「家族計画」。その自動販売機で、小袋六つが入っている品を、塔仁原は買ったのだった。

※

それから数日後。

昼休みに『ｕｐ』を読んでいた隼子は、五時間目になってもそのまま読んでいた。

「起立」

当番が言っても読んでいたので、となりの席から三ッ矢が『ｕｐ』の端をひっぱった。あ、と隼子が起立して、ようやく当番は、

「礼」

「着席」

と言うことができた。

授業がはじまる。『ふるさとの葡萄《ぶどう》』。地元の特産物を活かした産業の発展についての随筆を、河村にあてられた何人かが「起立」して読む。

大学教授の書いたその随筆は、かつて昼の校内放送で朗読した『ミミとタロウの旅行』のように、隼子にはどうでもよい話である。

万引きをするという目標が達成できなかったのは自分に問題がある。俗物性だけでなく、一学期と二学期の成績の悪さからすれば自分はアホ女なのだから、それに似つかわしく万引きをしなくてはならない。なのに万引きするときにためらってしまったのは、アホ女であることを自分が認められないからである。これはプラトンとソクラテスにたてつく傲岸《ごうがん》であり、声変わりもできない坂口進のようなバカ男子と同じ存在である。いくらなんでも坂口進と同じであることに自分を許してはならない。

考えに没頭するときのくせで、隼子の足はずるりと机の下から前に出、口が半開きになり、開いた口の、端っこにシャープペンシルの尖っていないほうを当て、首はだらしなく、ときに窓側に、ときに廊下側にまがっていた。

『ふるさとの葡萄』を、あてた数人に読ませていた河村は、ふと廊下寄りの一番前の席を見た。このあたりに教師の視線が行くことは少ない。教壇からもっとも目に入りにくい席である。

またか。河村は思う。この席にいる生徒はいつも授業を聞いていないように見える。須藤治夫や三組の北条亜紀のように反抗的な自己演出をするわけではないし、坂口進や四組の塔仁原剛のようにめだちたがるわけでもないし、二組の椿統子のようにすでに大人の顔だちをしているわけでもなく、福江愛や四組の太田比呂志のようにもうしぶんのない成績でもなく、どちらかといえば氏家仁や田中景子のように無気力なかんじもする。森本……、なんてったっけ。

印象的な生徒や、とかく男子生徒が口にする藤原マミ、岩崎京美、木内《きうち》みなみのような有名な生徒は名前までおぼえているが、河村は隼子の名前をおぼえていなかった。おぼえていないが「こいつはいつも俺の言うことを聞いていない」という印象はある。縁日に出る綿飴《わたあめ》製造機。あれだよ。あの機械の上で舞っている綿飴の霞《かすみ》。ああいうなにか菓子の粉の向こうにいつもいるようで名前をおぼえていない。

「よしそこまで」

第一章ぶんの朗読が終わったので、河村は著者の大学教授について話し、それから教科書から逸《そ》れた質問をした。廊下のほうを見ると、あいかわらず一番前の生徒は口を半分開けている。馬鹿なのか、こちらを馬鹿にしてるのか。

「森本、聞いてるのか」

なんども言った。まったく返事をしない。いいかげんにしろ。

「森本、聞いてるのか」

隼子がようやく口を閉じ、河村が真正面に立っているのに気づいたのは、彼の大きな声ではなく、となりの席の三ッ矢が肘《ひじ》を下敷きでつついたからである。

「聞いてるのか、と言ってるんだから、まず、その返事」

声が大きいから怒っていることはわかる。だが、なにを怒っているのかはわからない。

「聞いていました」

わからないが逆らわないようにしよう。

「じゃ、ヘンリー・ミラーは？」

ヘンリー・ミラー？『ふるさとの葡萄』というどうでもよい葡萄作りの話の、そのまた抜粋をみんなが朗読していたのではなかったのか？ただ抜粋を読んで、難しい語句の意味を説明して、難しい漢字をおぼえて、「それ」がどの部分を指しているのか調べて、段落分けをしているのではなかったのか？坂口進に毛の生えただけの、このあんちゃんはそんなごたいそうな話をしていたのだろうか。

「授業中なんだ。立って答えろ」

クラス中がざわめいた。河村が怒っていることにざわめいている。レイチャンと呼んでも許されるようなともだち感覚でいた河村は、やはり教師だったのだと知り。

「ヘンリー・ミラーは……」

心配そうな顔をしている三ッ矢の横で、隼子は立った。とりあえずそうした。

「……アメリカ人です」

緊迫のあとの間の抜けた答えに、クラス中が爆笑した。河村は笑えなかった。いっそう馬鹿にされたような気分になった。

「で？」

で？　なにせまったく聞いていなかったのだから、隼子は質問の根底がわからない。

「で……。……読んではいけませんと父から言われましたが読んでしまいました」

うへぇというどよめきが教室中に充満する。隼子の答えよりも、隼子の平然とした答え方に対して。

平然と答えたように見えたかもしれないが、不意にあてられたことであまりにも驚き、たまたま『ｕｐ』でイアン・マッケンジーが『北回帰線』について答えていたフレーズがそっくりそのまま口から出たのである。棒読みで口から出たのが平然と見えただけである。驚きすぎて無表情になっていたのが平然と見えただけである。『北回帰線』を読んではいたが、マッケンジーの父が禁じた、いやらしいから、という理由は実感がなかった。

「ほんとうは聞いてなかっただろ、森本」

葡萄作りの随筆から、河村はスタインベックの『怒りの葡萄』の話をし、それは二ヵ月かけて読みましたと福江愛が答え、スタインベックでほかになにか読んだものはあるか、と訊《き》いていたのだった。ミラーはひっかけだった。授業中に名前を出すのは不適切な作家だったが、出しても不適切だとわかる生徒はどうせいない、どうせ現代にあっては教師も尊敬される存在ではないのだし、とたかをくくった。

「これからは気をつけます。すみません」

よりによって不適切だとわかった唯一の生徒は授業を聞いていなかったことをおとなしく謝った。むかつく態度だった。心のうちではなんら謝っていないのがありありとわかる。

「ほかには？」

河村はあらためて質問する。

「缶詰横町」

ようやく質問の意味がわかり、隼子は小さな声で答えた。

「そう。なかなか趣味がいいよ。いいから、授業はちゃんと聞くように」

声をあらげた収拾をつける潮時だと河村は思った。前髪をかきあげた。

「はい……」

隼子の返答の焦り、河村の潮時の考慮、それらをよそに、三ッ矢は瞠目《どうもく》の息を、ごーんと寺の鐘が響くように長く洩《も》らし、五時間目は終わった。

＊

同じ時間、瞠目の鐘は四組でも鳴っていた。立川が英語の授業をしている教室の、窓寄りの後方の、塔仁原の周辺で。

スリルとサスペンスで「家族計画」から入手した戦利品を、彼は男子大手派閥員限定で閲覧させていたのである。

「あのときは焦ってるさかいな、つけるのが難しいんや」

実戦でそれを使用したとは、塔仁原は言わない。あのときとはどのときなのか、戦利品をはじめて見る者が勝手に解釈すればいいのである。天才詩人のことばの魔術だ。ちなみに詩人は自足自給のさいに、六つのうちのふたつを使用した。

若さを失って、人はつぶやく。なんと一年が早く終わるのだろうと。若き日々、ひとつの季節は、それだけで三年のようだったと。つぶやいて、忘れている。第二次性徴期を、女子は男子よりも早く十歳の終わりに迎え、男子は十三歳の終わりに迎えることを。

一学期、ほとんどの男子は、マミの鞄から勝手に出したポーチの中身をはながみだと思った坂口レベルだった。が、三学期、男子は、依然として坂口のような者と、女子に追いつきそう、および追いついた者とにはっきりと分かれる。

塔仁原は兄を持つ次男である。彼は兄の戦記を熱心に聞く弟だった。

「しょんべんくさいのはあかん。てはじめは年上にかぎるで」

『up』のインタビューでのイアン・マッケンジーの答えをそのまま流用した隼子のように、弟は兄の発言を流用した。

「コンドームをしたるんが男の男としてのスターティング・ポジションやで。これができひんやつは、どんなに女にもてそうでも、女はその場で愛想つかす」

全言流用した。ひとり大都会大阪の全寮制高校寮で暮らす塔仁原（兄）が、じっさいに舐《な》めた辛酸と苦労に、骨身からの共感ができる実体験はないままに。

しかし、若き日の重要な時期に、天才詩人の兄からの流用を聞き、学んだ者は幸いである。出所がどこであろうと、詩人の発言は正しい。コンドームもできないペニスは発泡スチロール以下の屑《くず》ペニスである。言うたれ言うたれ、塔仁原！　きみの発言はインターナショナルに全時代に通じるものだ！　避妊もできない男のチンポなど腐った胡瓜《きゅうり》だ。蛆虫《うじむし》チンポだ。がんばれ、塔仁原！　きみの発言にはヘンリー・ミラーもアーサー・ミラーもグレン・ミラーも土下座する。

「来たな、っちゅうときにコレつけるんは難しいけど、それをやったるのが男の根性や」

ついでにスタインベックも頭を下げる。頭を下げているノーベル賞作家の、ノーベルでダイナマイトな重みを、全世界の女たちもその身にニトログリセリンで固めるようにしかと刻め。若人よ、がんばれ！

塔仁原は五時間目の終わったあと、一年棟にひとつある水道に小西をしたがえて行った。

「しっかりおさえとれや、小西」

大手派閥員ではない生徒を手下にするのが、塔仁原の天才たる所以《ゆえん》である。人を見抜いている。小学校三年時に小便をもらすのはしかたないとしても、〈うへえ、しょんべん出てもうた〉とそのもらし方で、最悪のぶざまをさらした小西は永遠の小便小僧で、狭いサロンでは、一生涯、そこから抜け出せない男だった。

「わかったるて」

蛇口にぴったりと装着したコンドームの口を小西はおさえる。塔仁原は蛇口をひねった。どんどんコンドームは膨らむ。

「まだいけんのかな」

さらに蛇口をひねる。マミ姉の腹のようにそれは膨らんだ。怖くなって、塔仁原は水をとめ、コンドームの先を縛った。表面のぬるぬるした、ビーチボールのような物体が、流しには出現した。

「小西、それ廊下で転がしてこいや。一組あたりで転がしてきたれ。マミも京美もびっくりしよるで」

天才詩人のことばの魔術に、小便小僧の小西はなんの思慮もなく、水入りコンドームを持って四組、三組を通過し、木内みなみのいる二組からマミと京美のいる一組までにかけては、足で転がした。

※

キンコン　カンコンから、つぎのキンコン　カンコンのなるあいだ、本来の使用目的からはずれたビーチボールが廊下を通過してゆくと、まずは四組で歓声が、つづいて三組でも歓声が、二組でも歓声が起こった。

表面のぬるぬるに廊下の埃《ほこり》を貼り付けたビーチボールは、五時間目が終了した一組の、後方の戸から教室内に入り、入ったときに、河村は前方の戸から一組の教室を出た。出て、廊下の途中で出席簿をたしかめた。森本隼子。彼はそのとき彼女の下の名前をおぼえた。そして思い出した。スケッチブックを職員室に取り返しに来たマミが〈どうしよう〉と叫んだときに口に出した名前。そうだあいつはときどき美術室に来る。藤原と仲がいい。あいつがあれを書いたのか。

「男子はほんとに馬鹿だ」

歓声に、隼子は教室のうしろまでゆき、四組の小西がにやにやしてビーチボールを蹴《け》っているのを見るとすぐに、後方の戸から廊下に出た。

濡《ぬ》れた跡のある二組の教室前の廊下に河村がいた。

わずかなあいだである。隼子と河村が廊下で向い合ったのは。

二十三歳の彼は、女を生意気だと思った。たかが中学生の女が、やっと毛が生えたばかりのくせにあんなもんを書きやがって。弟しか持たぬ彼は些《いささ》か暴力的にほんの一瞬、男子になった。

「アイスクリームマンのハナシはたいしたもんだったよ」

たかが十年の時間差で、彼は落ち着きを見せた。

動じるな。彼女は自分に言い聞かせた。こんな程度のやつに見られただけで動揺するのは、万引きができなかったことより恥ずべきことである。自分を諌《いさ》めた。授業中にあてられたときよりほんとうはずっと焦っていたが、あんなものに水を入れて騒いでいる男子たちの嬌声《きょうせい》が、彼女の顔をうつむかせずにすませた。

アイスクリームマンの話は『ミセス・アイスクリーム』をすこし変えただけだ。『ミセス・アイスクリーム』だけでなく『はりきっていこうぜ』と『6ペンスで舐めて』も拝借した。あれはマッケンジーとの交換ノートであって、だれにも見せるつもりはなかったのを、まちがってスケッチブックにはさみ、絵だけを見せるつもりでマミに貸したのである。〈まさか坂口くんがまた鞄から出して、それをレイチャン先生に見せるなんて思《お》ってもみいひんかった、どうしょ、どうしょ〉とマミはしきりに謝っていたが、アレもアレも、それからアレも、具体的に書いてはいないのだから男子なんかに意味はわかりっこない。

「そうですか」

「失礼します」

水入りコンドームを小西はテラスからグラウンドに蹴り出し、それを追って100%の男子と、その反応をながめる70%の女子が消えてしまった教室に、隼子はもどった。

※

三月二十四日。中学一年が終わった日。バレー部の部活も早めに終わった。

部活のあと、京美は太田と下校した。しばらくは他の男子バレー部員もいっしょだった。数人で、校門からの道を行った。四叉路《さろ》に出た。太田も京美も、校門を背にしてまんなかの道を行く方向に家がある。バレー部のうちふたりと、四人で左の道に行った。

「じゃ」

しばらく行ったところで、太田がふたりに言った。

太田と京美は、さらに細い道に逸れた。ほかの部員たちから離れて、ふたりきりになるためだった。そうしようとあらかじめ決めておいたわけではなく、どちらからともなく、自然に、ふたりで逸れた。

細い道を、五、六十メートルほどいくと神社がある。はんげ神社。長命の町のティーンにとって、そこは「ちょっとした場所」だ。都市に住む成人なら、会社の屋上の給湯タンクの陰とか、高層ビルの最上階のラウンジとか。官能の花のブルーミング・スペース。そういう場所である。

このふたり、長い。八歳のころからだ。ずっと好意を抱きあっている。もう五年になる。

当然、はんげ神社に入った。

「買《こ》うたか？」

太田はあえて、ぶっきらぼうに訊いた。

「うん、買うた」

京美は赤と白のギンガムチェックのノートを鞄から出した。

「そ、か」

太田は白紙のノートを繰った。

ふたりは交換ノートをすることになったのである。

交換ノート。これが中学生サロンでいかなる意味を持つか、若さを失った者はもう忘れてしまっただろうか、あの行為の実感を。交換ノート。「ノート」の部分を「指輪」に換えれば過去の実感を思い出してくれるだろうか。

交換とは、じつに発音のとおり、交歓である。指輪よりもノートをかわしあうほうが、「たかだか中学生」だったときのこの交歓のほうが、「たかだか」ではなくなった年齢になっておこなった交歓よりもはるかに熱く官能的だったではないか。

京美はまあたらしいノートを太田にわたした。ノートの端を持ち、腕をさしだし。

「ん、なら……」

太田は、むにゃむにゃ言いながらノートを受け取る。ノートのべつの端を持ち、腕をのばして。

交際五年。ふたりはついに結ばれたのである。ノートをあいだにして。はんげ神社で。

「太田くんから、先に書いて……」

太田がノートを鞄にしまったのを見て、京美もむにゃむにゃ言った。

「そやな、そうする……。そやけどなんて呼んだらええかな」

ｋｙｏｍｉとローマ字でええか。太田は赤くなる。

がらっと社務所の戸が開く音。あわててふたりは、はんげ神社を出た。

細い道を二十メートルほど行ったところで、太田は左に曲がって、自宅への道へ軌道修正しなければならない。京美はそこからさらに三十メートルほど行って左に曲がって軌道修正しなければならない。

よって太田が左に曲がったあと、京美はひとりだった。だが、三十メートル先の道を曲がらずに、十五メートル先を斜めに曲がった。

これは、ごくごく細い路地で、ここを進んでも軌道修正できるのだ。この路地に入ったのは、胸いっぱいにひろがる甘くせつない気持ちをひとりきりで存分に味わいたかったからである。

日は山に落ち、路地は暗かった。

「かずえー、味噌《みそ》汁、噴いとるでー」

マルミ自転車店の台所から、マルミのおっさんの声が聞こえた。マルミのおっさんは、夏はステテコのまま、春と秋はモモヒキのままで自家販売の自転車にまたがりそのへんを平気で乗りまわる人だから、京美は「田舎臭くてヤ」と思っていた。が、この日は、そんなマルミのおっさんの田舎臭い声までOh、Happyと自分を祝福してくれているように感じた。

「おおたきょうみ」

自分の名前の上に太田の名字をつけて、口のなかでそっとつぶやいてみる。自分でつけて自分でつぶやいたのに、自分で恥ずかしくなり、顔を両手でつつんだ。

「やだぁ」

甘くせつなげな声を出した。

そのときだった。

うしろからだれかが抱きついてきた。

甘さとせつなさは一気にふっとび、野太い声が京美の喉《のど》から出た。

上腕から相手の腕が胸にまわり、乳房を摑《つか》んでいる。ちらと見た顔は大きなマスクで隠されていた。自由になる足をおもいっきり膝《ひざ》まであげ、おもいっきり下に下ろし、相手の足を踏んづけた。相手は離れ、サササッと路地を走って逃げていった。

マスクをしていたとはいえ人相や背恰好《かっこう》を追いかけてたしかめておけばよかったのかも

しれないが、そのときは、とにかくびっくりしていたのと、せっかくの甘い気分を台無しにされたショックとで茫然《ぼうぜん》として路地につったっていた。それから走って自宅へもどった。

※

京美が痴漢に遭ったという話は、春休み中に全校生徒に流れた。

小西は坂口に電話した。坂口に電話したあと、自分よりクラス内ポストが下位にある氏家に電話した。

「はじめ痴漢は〈なに泣いてんねん〉て声をかけてきよったんやけど、岩崎がふりかえりよったとき、ぱっと抱きつき、胸をぎゅっとさわってキスまでしようと口近づけてきよったんを、岩崎は背がごっつ高いさかい、タマを蹴飛ばして逃げよったんやて」

＊

統子からの電話で、隼子も聞いた。

「部活のあと、太田くんと京美ちゃんはいっしょに帰ったんやて。ふたりだけでと違《ち》がうで。ほかのバレー部の男子もいっしょや。

四叉路まではふたりとも、そのバレー部の男子がいる手前、和気あいあいっぽくしてたんやけど、四叉路のとこで、太田くんが、長中一年でアイドルを選ぶとしたら一組の藤原マミか二組の木内みなみやと言うたもんやさかい、急にムードが険悪になってしもたんや。そんで、ほかの部員らから離れて、ふたりだけ脇道に逸れたんやて。ふたりともすっごい深刻な顔やったてバレー部の男子、言うてたもん。

四叉路のとこの左側の道を逸れたんやさかい、そりゃ当然、はんげ神社に行くわな。そこで、ついに太田くんが別れ話を持ち出したらしいで。胸の大きい女は趣味やないて。そやさかい、はんげ神社を出てからは京美ちゃんはブルーになって、人目につかへん路地でずっと泣いてて、そのとき、痴漢に遭《お》うてしまわはったらしいで」

＊

富重は坂口から電話を受けた。

「はんげ神社で京美が太田やんに、自分とみなみではどっちが胸が大きいと思うかって訊いて、太田やんがわからんと答えたんで、京美が耳に口よせて太田やんにサイズを教えたら、太田やんがそのサイズ聞いて感激したんで、京美はひとりになったあと胸を張って誇らしゅう路地を歩いてて痴漢に遭うたんや」

＊

結局、全校のニュースとしては、つぎのようなものになっていた。

「一年一組、岩崎京美のバストは94センチGカップで、三学年あわせて、先生も入れても事務の人も入れても学校でいちばんデカイ。あれでは痴漢も目をつける」

このニュース以来、京美にはあだながついた。π《パイ》。

さらに英語の立川道雄にもついた。ヘンタイ。たんに立川の風貌《ふうぼう》が俳優某に似ているために。俳優某が、痴漢、大金持ちの変態性欲者、覗き魔等々の役をよく演じているために。犯人は立川ではないか、風紀担当なのがかえって怪しい、と少年少女探偵が推理したために。

＊

それから新しい校則もできた。

「部活のあと下校するさいには、女子はかならず着替えて帰ること」

痴漢騒動と新校則で、校内のうぶな少女たちもさすがに気づいた。自分の肉体に商品価値があることに。

部活動のあと、着替えるのがめんどうだからと体操服のままで下校する生徒がけっこういたのである。それを新しい校則は、女子のみに禁じたのである。新しい校則について教師たちはなにも説明しなかった。ただ補足した。

「あの短いほうのままで帰ったらあかん」

と。「あの短いほう」とは、学校規定の体育用ブルマーのことである。ポリウレタン含有素材の、臀《しり》にぴったりとはりついてつつむ、臀部《でんぶ》の大きさもかたちも肉の割れかたも如実に露呈する、あのブルマーを、学校というところは、戦後ほどなくから、えんえんと二十世紀末まで、女子生徒に着用を命じてきたのだ。命じておいて「下校時にはかならず着替えろ」と校則を作ったのである。気づくなというほうが無理である。

第四章　弁　当

長中はすべて平屋建築である。

二年校舎は、長い廊下に一組から五組までの教室がある。長い廊下は中庭によって分断される。中庭を抜けるには、簀《す》の子の置かれた、これまた長い渡り廊下を通らねばならない。そして、ふたたび別棟の校舎に入ると、六組と七組がある。

はんげ神社の桜が満開になり、πの京美は二年一組になった。担任は前学年にひきつづき河村礼二郎。坂口、それに統子がいる。五組、伊集院徹のクラスには、富重とハル。六組、梢美咲のクラスには、塔仁原と木内みなみと福江愛、それに氏家。天《あま》の川のように長い長い廊下のつきあたりの七組、立川道雄のクラスには、隼子とマミと太田と三ッ矢、それに小西。

はんげ神社で結ばれた京美と太田は、平屋建築により、一組と七組という遠距離恋愛になった。

「太田くんとは離れてしもたけど、かえってよかった。新鮮さが保てる。スパイスがわりに浮気してもいいかも」

京美は統子に言う。中学生がスパイスがわりの浮気などいかがなものかと顰蹙《ひんしゅく》するのは死を控えた動物だけで、十代とは四六時中性欲があふれているホモサピエンスなのである。性欲という言い方におためごかしな花柄カバーをつけてほしいなら、「恋に恋する」とでもしておく。

「統子ちゃんは前、伊集院先生の受け持ちやったやん。伊集院先生はおもしろいし頼りがいあるし、よかったんちがう？」

「恋に恋する」年ごろの京美は統子に言ったあと、統子のしぐさに驚いた。真っ赤になってうつむいたのだ。

「どうしたん？」

前のクラスの担任が伊集院だった話がなにか彼女を恥ずかしくさせるようなことだろうか？

「……まに……する？」

「え？　なにて？　よう聞こえへんわ」

長身の京美は腰をまげて、統子の口のほうへ耳をよせた。

「うらやましい。京美ちゃんは太田くんと相思相愛なんやね……」

なんや、ひとつ前の話のことをまだ考えてたのか。太田くんのことを。けど、こんな気弱な統子ちゃんははじめて見た。

小学校時代、四年の一学期からだれよりも早くAAカップのブラジャーをつけはじめ、隼子の描いたバレエの先生を「バーのマダム」だと見、六年の修学旅行には焦茶色《こげちゃ》の網タイツを穿《は》いてきて、京美から太田を略奪する露骨なアプローチをしていた統子ならば、「油断してるうちにいい人、寝とられるで。せいぜい気ぃつけんとなあ」くらいのことを言ってもだれも驚かない。それどころか、それが中学生らしいふつうの統子だ。

この人、太田くんのこと真剣に好きなんや。怖い。京美は彼女を恐れた。

※

七組の教室は、廊下のつきあたりにあり、ほかのクラスより広くて明るい。太田は統率力があるので、彼のいるクラスは雰囲気も明るくなる。煩わしい坂口もいない。隼子はせいせいしていた。

膝《ひざ》は痛かった。五月三日。部活動の早朝練習に行こうと家の玄関を出ようとしたとき、激痛が走った。

「じゃ、あんたも、車に乗りなさい。早《は》よう」

すでに車に乗っていた母は、隼子をせかした。両親は工場のある関川町に向かうところだった。

森本縫製所が忙しい時期には、経理のほかに現場も人手が足りなくなり、父はもちろんのこと母も泊まり込んで手伝う。ほんとうは母まで泊まり込むことはないのだが、父の実家に気兼ねして、そうする。先々月からは赤ん坊が父の実家にはいる。

国立病院の事務をしていた母と、母より十八歳も年上の父の縁談は、父にとっては再婚だった。ありていにいえば「そのかわりに」一、父の実家には資産がある。二、母の姪《めい》(つまり隼子)もいっしょに養女としてひきとる。この二条件が互いの利潤の一致を見た。母は、父や父の実家に必要以上に気兼ねしすぎるような気がする。利潤はフィフティフィフティではないだろうか。が、サロンにおいては、嫁の立場にある女は、夫と夫の実家に気兼ねするのである。隼子が実子であろうとなかろうと。

先々月から父の実家に出現した赤ん坊は、父の弟夫婦の子である。叔父《おじ》夫婦は祖父母と同居している。父と前妻のあいだにも、父と隼子の母のあいだにも実子ができず、叔父夫婦のさいしょの子は六歳でチフスで病死し、唯一の孫である隼子は女であるため、祖父母は、森本縫製所を継ぐ者がないと嘆いていた。男子乳幼児を養子にもらおうかという話が出ていた矢先に叔母がめでたく受胎した。母は、弱冠二ヵ月半の御嫡男の世話で手薄になっている工場の雑用のために関川に行くのである。

「はい、これ保険証」

母は鞄《かばん》から保険証と紙幣を出して隼子にわたした。

「診てもらった結果がたいへんなようなら、タクシーで関川まで来なさい」

父は、母が結婚前に勤めていた病院まで隼子を送ってくれた。

彼らは四日間、不在になる。隼子が小学生のあいだは、こうした時期、夜の七時になると工場の若手の職員が軽量トラックで隼子を迎えにきて、関川の家まで連れて行き、朝になると小学校まで送ってくれたが、今回からは隼子がひとりで食事のしたくをし、ひとりで家で留守番することになった。舅《しゅうと》と姑《しゅうとめ》の前で母がかちかちになって遠慮しているすがたを見なくてすむ。せいせいしていた。

「夜に電話する」

車窓から父母に言い、隼子は病院に入った。

診断結果は膝関節炎《しっかんせつえん》。診察後タクシーに乗ったが、行き先は、関川町ではなく、長命中学と、迷うことなく告げた。卓球部退部を決めたのである。

ずきずき痛む膝をさすりさすり、職員室へ行くと、教務主任がひとりいたので事情を話した。

「ほんなら、この用紙に書いて。ほれ、ここに名前書いてクラス書いて、それからここらへんはマルつけて、あとはここんとこに理由書いて。見たらわかるて。書けたら、顧問の先生の机の上に置いといてくれるか。あとでわしから先生につたえとくわ。卓球部やろ。梢先生やな」

「はい。それだけですみますか？」

「うん、それだけや。わしのとなりの机、使い。ゴールデンウィーク中やさかい、あいたるわ。はい、ボールペン貸したろ」

「あ、どうも」

書き終えた用紙と診断書を、隼子は、シソ鳥の机の上に置いた。せいせいした。

だれもいない廊下をのろのろ歩いていると、向こうからシソ鳥がやってくる。気づかれないうちにべつのルートから帰ろうとしたが、膝が痛くて、すみやかな行動がとれなかった。シソ鳥は隼子を見つけた。

「なんや、あんた。着替えもせんと。もう、練習ははじまったるんやでッ、キーッ」

「えーっと、今、退部届けを出したので……」

もごもごと病院の診断結果をつたえると、そうかわかったと言いながらも、シソ鳥はつづけた。

「根性がたるんだるさかい、関節炎なんかになるんや。うさぎ跳びをして根性をシャンとさせたら、そんなもんなおるに決まったるわ」

原因はうさぎ跳びだったが、ひたすら頭を下げた。上げたときにはもうシソ鳥はいなかった。せいせいした。待たせておいたタクシーに乗った。都会の住人になったようで気分がよい。

ただし、膝の痛みはせっかくのゴールデンウィーク中の「ひとり暮らし」のあいだに、町をぶらぶら歩きまわるようなことを隼子にさせてくれず、庭の野菜や缶詰やインスタント麺《めん》で食事をすませ、本や漫画を読んだり、イアン・マッケンジーを中心に音楽を聞いたり、TVを見たり、あと問題集をしたりして英語は勉強した。

マミには会えなかった。ミカの婚礼のためにハワイに行っているのである。ハルとハル母が二回、見舞いに来てくれた。

「温子から、ひとりっきりで留守番やて聞いてびっくりして。それに関節炎やて聞いたさかい、心配になって。いやあ、隼子ちゃんは小さいときからしっかりしてて、えらいわあ。ほんまに温子もみならわなあかんわ」

「いや、そんな、たいしたことないんです」

関節炎のことを言ったつもりだったが、ハル母は、ひとりで三泊の留守番をすることを隼子が謙遜《けんそん》しているのだと受け取る。

「こんな一軒家にひとりでいて、怖《こ》わないか？　さびしない？　さびしいやんか。なあ、うちに泊まったら？」

「ほんまや。隼子ちゃん、うちに泊まってったらええやんか。さびしいやろ、そんな、膝も痛いのにひとりで」

さびしいやろ？　なあ、さびしいんちゃうの？　百回くらい訊《き》く。たった三泊、ひとりで自宅にいることが、この母娘はなぜさびしいと想像するのだろう。そういうものなのか。そういうものなのかもしれないな。母も、父の実家でわけのわからない気兼ねをしているのだし、サロンとはそういうものなのだろう。たぶん。

「いや、どうぞ、そんな、お、お気づかいなく……」

つい、大人用サロンのことばづかいになる。

「そやかて、さびしいやんか。昼間はともかく夜にひとりきりやなんて」

「……夜には工場のスタッフが来てくれることになっております」

しかたがないので嘘もつく。

「あっ、そやの？　関川のほうから？　なら安心やね。そやね。でも、なにか困ったことあったらいつでも電話してね」

「……ありがとう」

だまして帰したようで心苦しかった。

短い「ひとり暮らし」のあいだの訪問客は、この親切な母娘と、五種類のサイズがセットになった特別仕あげのテフロン鍋《なべ》を買いませんかという見たことのないおばさんと、ちょうめい信用金庫の有坂さんだけだった。

電話は、毎晩、九時ごろに関川からあった。それから三日の夜に、三ッ矢からあった。

「総合問題18の、問5の、連立方程式なんやけど……」

電話の内容は数学の問題についてだった。隼子よりずっと成績のよい三ッ矢は、解き方を訊くまでもない。自分で問題を読み上げ、自分で解くのである。電話をかけてくる意味がない。

〈三ッ矢くんは隼子ちゃんが好きなんやわ、それはもうぜったいや。いつも隼子ちゃんのほうを見てやるの、気づかへん？〉

京美に言われたことがある。

たしかに、学校ではなにかの拍子に三ッ矢と目が合うことがよくある。そのたびに彼は真っ赤になる。だが、目が合うと赤くなる男子生徒は三ッ矢だけでなく、ほかにも数人いる。彼らは隼子以外の女子と話すさいも赤くなる。先生にあてられても赤くなる。

【そういう人は「赤面症」という一種の対人恐怖症で、精神成長と肉体成長の勾配《こうばい》が激しい十代の男性に多い】

と、『ふるさとの葡萄』の筆者の大学教授が、新聞の日曜版の悩み相談で答えていた。京美の言うとおりだったとしても、行動として、三ッ矢は目が合うと赤くなるか、教科書の問題についての電話しかしてこないのだから、隼子には、自分のできるリアクションが見つけられない。

三ッ矢からの二回目の電話は、五月四日の深夜にあった。隼子が『往年のアカデミー賞特集』と題されたTVの映画番組を熱心に見ているときだった。

深夜にＴＶを見ることは、両親のいるときにはできない。ひとりきりでいられる深夜という絶好の機会に、夢中になってモノクロのアカデミー賞受賞作品を見ているところにかかってきたのである。

「それから問７の、$2x-\frac{3-2y}{2}=1,\ \frac{-4x+1}{3}=y+1$ なんやけどね……」

またいきなり問題を読み上げ、自分で解きはじめた。そして、急にやめた。

「そっちは今、なにしてたん？」

「映画見てた」

正直さは、あるときには狡猾《こうかつ》である。愛されたいという願望、もしくは、愛されている心地よさへの願望が、無頓着《むとんちゃく》なほど希薄な存在の倦怠《けんたい》は、その存在にひかれる者を巧妙に焦《じ》らす結果となるのだから、本人の思惑から離れて本人は狡猾になる。

「あ、悪い。なら、ちょっと総合問題とはちがうんやけど、あの……あの……俺なんか、そっちにとっては……」

数学の問題から離れて、三ッ矢がなにか言いかける。

「うん、なに？」

聞こうとした。したが、隼子の目はたちどころに画面に奪われる。

可憐《かれん》なジョーン・フォンテーンが窓を見たのだ。いまはもう人がいないはずの部屋の窓。

なにかがサッと動く。はっと隼子は電話口で短く叫ぶ。叫んでしまってから、三ッ矢に聞き返す。

「あ、ごめん。え、と。なんやったっけ？」

聞き返すと、三ッ矢は連立方程式に話をもどす。もどして、また逸《そ》れる。

「で、さっきのことなんやけど、こんなこと訊くのはどうかなと思うんやけど、そっちもこんなこと訊かれてへんなのって思うやろうけど、俺……が、たぶん……、あ、たぶん、って想像するってゆうだけのことなんやけど、たぶん想像するには……」

たぶん何なのだろうと、隼子が受話器に耳をおしつけたとたん、アカデミー賞撮影賞受賞のカメラワークは、隼子の視線を大邸宅の寝室に釘《くぎ》付けにする。

高い天井。潮騒《しおさい》の聞こえるベッド。枕。枕の上にカバー。カバーには、鮮やかに刺繍《ししゅう》されている。

「RW」と。

「レベッカ」

思わず叫んだ。叫んでから、一呼吸置き、受話器に耳をつけなおす。

「あ、それで、第一式と第二式の分母を取り払ったyの値が……」

三ッ矢は連立方程式を解いている。隼子はyの値よりも、映画の展開のほうがずっと気になる。

ああ、あのボートハウスで……。封印された事件の謎に、隼子の心臓は早鐘を打つ。

三ッ矢の心臓も自分の好意を告白しようとして早鐘を打つ。

「たぶん……俺なんかがそっちのことを好きやなんて言うたかて困るだけやろな……」

三ッ矢の蚊のなくような小声での告白は、早死にした美貌《びぼう》の女主人の真相に気を取られていた隼子には、ひとことも聞かれずじまいに終わった。聞かれなかったことに三ッ矢は結局安堵《あんど》した。一九四〇年、アメリカ映画『レベッカ』は名作である。

〈三ッ矢は、トスがあかん。それになんといってもサーブがあかんわ。ミスばっかりや。太田みたいにオールラウンドなことはできひんわ。まあ、背が高いさかい、アタックだけはいけるやろ。スパイクだけさせとけ〉

男子バレー部の部長と副部長がこう評しているのもまた、隼子は知らなかった。『レベッカ』の感想をマッケンジーとの交換ノートに綴《つづ》ったあと、ベッドの宮の抽斗《ひきだし》に隠した写真たてに入った彼の横顔にキスをして布団に入った。部屋が暗くなってからは、ボートハウスで彼とセックスしていることを想像した。三ッ矢の電話のことはとっくに忘れていた。

※

ゴールデンウィーク明けの昼休み。統子は遠路はるばる一組から七組へ行き、隼子を呼び出した。

「……ちょっと水飲み場までつきおうてくれへん。話があるねん」

「いいけど……」

水飲み場。七組と六組のあいだの廊下に、ベランダのようにちょっと飛び出た一角がある。煉瓦《れんが》で囲まれた台座に噴水型の水道栓が付いている。「水飲み場」とみんな呼んでいるが、水を飲む者などだれもいない。水道管は戦後まもない時期からずっと破損したままで、水は出ないのである。町の中ならはんげ神社、学校内なら水飲み場、つまり「そういう場所」である。

「なに？」

呼び出したのだから隼子は訊《き》いてくる。

「ん……」

呼び出しておいて統子は迷う。どう切り出そう。ばらしていいもんやろか……。いいわ、この子なら……。この子なら安全牌《パイ》や。使える駒や。口も堅いし、男には嫌われるタイプや。大きいお兄ちゃんも次のお兄ちゃんも言うてた。坂口くんかてこの子は嫌いやて言うてた。

「ん……。えっとなあ……」

そやけど、どうしよう。小学校のときにアイアイガサを壁に書けっちゅうた命令とは、事の厄介さがちがう。

「理科の榊原先生ってやさしいね」

「習《な》ろたことないのにわからへん」

「習ろたことのうても……廊下で会《お》うたときとか……」

「理科の先生のこと？　話て」

「ううん。あの……のこと……」

なんであの人の名前が口にできひんのやろ。この子なら、さりげなく気持ちを訊き出してもらう役に最適やのに。

「……か……いのこと……どう思う？」

「え？　なにをどう思うて？」

「……わ……のこと。なあ、中庭の花壇にはこれからなにが咲くんやろ。春はいろんな花が咲いてええね」

花壇の話をしてみたが隼子はさっさと無視した。

「なにをどう思うて？」

いややな、この子。前からこういうとこあったわ。不意打ちするみたいな言い方しやるねん。こういう子には弱々しい顔を見せたらあかん。統子はくるりとうしろを向いた。

「なんでうしろ向くの？」

「言いにくいさかい」

こっちを向いたまま言おう。紘子は息を吸い、吐いた。

「河村先生のこと」

「は？」

背後で一瞬沈黙されたのが怖い。本意を了解された。

「びっくりした。いつからまた」

カンのええ子やで、ほんまに。憎たらしいほどカンがええわ。

「……はじめて見たときから……。そんで、そんで……、どう思う？」

背を向けたまま、紘子は問う。問うてはいるが、願っていた。あんた、今、万事承知したやろが。それやったら言うてえな。「私から塩梅《あんば》よう紘子ちゃんの気持ちを先生につたえてあげようか、それとなくふたりでゆっくり話せるように機会をつくってあげようか」とかなんとか、あんたやったら言えるやろが。

だが願いは無残に打ち砕かれた。

「どう思うかて……。なにをどう思うかて言うの？」

「かんじとか……」

「かんじ？」

「うん、かんじ……」

「かんじて……。一部の女子が言うみたいに、かわいいとかかっこいいとかなんとかとは全然思わへんけど」

隼子はただ自分の感想を言った。

「太田くんはかっこいいと思うよ。富重くんとか。女子とも話せる男子やん。頭もいいし。統子ちゃんは太田くんのファンと違《ち》ごたん？」

ここまではまだ隼子の感想だとして百歩譲れても、つぎのひとことは統子を激怒させた。統子には、彼女自身を否定する非情な宣告に聞こえた。

「なんであんな男をまた」

無礼千万に聞こえた。

統子はくるりと向きを変え、眼前の無礼者を睨《にら》んだ。

「あんたになにがわかるの!?」

無礼者の肩をドンと突いた。

「それに先生のこと、あんな男、てなんやの」

「男とちがうの？　女？　あれ」

いきなり肩を突かれて隼子はむっとした。

「男なんていやらしい言い方やと言うてるんや！」

「いやらしい？　そやかて、統子ちゃんは河村に恋愛感情抱いたんやろ？　それは統子ちゃんも河村を男と見てるからこそやんか」

「うわ、ずるい言い方。うちのほうに話、ふってきて。河村先生のクラスになれへんかったもんやさかい、河村先生の美術部に入ったくせに」

「小山内先生の美術部やろ。私、広い七組でうれしいもん。国語も二年になって奥田先生に変わって万々歳」

「嘘ばっかり。さっきから、先生のこと河村、河村って呼び捨てにして、奥田先生と小山内先生にはちゃんと先生てつけるくせに。その差が深層心理や」

「なにがレイチャンやて思うさかいやんか。あんなもん、河村でええわ。坂口くん程度の男子が言いはじめた呼び方されて、学年中に普及したるとこがあの男の精神レベルが坂口くんくらいの男子と同じやていうことや」

「アホ坂口なんかといっしょにせんといて。先生はちがう。ほかの男の人とはちがう。太田くんでもちがう」

「へえ、どこがちがうの？」

「さびしい」

「さびしい？」

「そや、先生はさびしい」

「河村がさびしい？」

いやに落ち着いて、吐き捨てるようなその声。統子は隼子をぶん殴りたくなった。なんやの、この子。だいたい小学校のときから気に入らんかった。その原因がわかったわ。ぽわんとした顔してるくせに、このしゃべり方がむかつくほど生意気やさかいにや。

「禁欲を自分に強いてはるさびしさがあるの、現実を知らんあんたなんかにわからへんわ」

「禁欲？　どっこが。体育の中島と変わらへんで、あんなもん。聞いたけど、統子ちゃん、中島にいっつも身体、さわりまくられてるのとちがうの。その被害者がなにを慈善家みたいなことを」

「なんやてっ！」

統子は水飲み場から隼子を突き落とした。第二グラウンドに面した、整地されぬ地面に。

「あんたなあ、頼子ちゃんの背中に石を入れるのをひとり抜けできたから思《お》もて」

統子は隼子の小学校時代の脱走をまだおぼえていた。

「かっこいいことしたつもりやったん、あれ？　ふるえ声やったくせに」

「もう。頼子ちゃんの話がなんの関係があるの。そんな大むかしの話」

「ある。あんたの裏腹や。あんた、むかしっからそうや。自分も先生にあこがれてるくせに、まるで先生が中島みたいに性欲のある男みたいな言い方してけなして、あこがれてないふりして。裏腹や」

高い位置から、低い位置にいる隼子の、頭と肩を、統子は叩《たた》いた。

「性欲のある男とちがうの？」

隼子は水飲み場に上がった。

「なんにも知らへんくせに！」

こんな子、絶交や。統子は一組に向かって走った。

残された隼子は腹が立った。

人を呼び出しといて、どう思うかて訊いて答えたら怒って叩くて、なんやそれ。ものすごく腹が立った。

水飲み場で上履きを脱ぎ、怒りながら、裏についた泥を落とした。パンッパンッパンッ。煉瓦《れんが》に叩きつけられる上靴の音が六組と七組の教室にまで響いた。

※

しかし統子はもっと腹を立てていた。帰宅しても夜になっても、腹立ちがおさまらない。二段ベッドの中でずっと眠れずにいる。下の段からは三姉の、畳からは次姉の平和そうな寝息が聞こえている。となりの部屋から、長距離運転から帰宅した次兄のいびきも聞こえる。長兄夫婦は一階で寝ている。

トイレの横の三畳間で長兄夫婦がすることを、小学校のころから覗《のぞ》いていた統子にとって情事は日常に近い感覚のものである。次兄が読む（見る？）、裸の女の写真が満載された週刊誌がいつも茶の間に放り出されているように。

「先生は、次のお兄ちゃんが見るような本は買わはらへん人や」

水飲み場で、統子は隼子に言ってやりたかった。あんたは、ようけ本持ってるかもしれんけど、ああいう特別な本は見たこともないくせに。アレするとき、男の人がどうなるのかも知らへんくせに。うちは知ってる。よう知ってる。知ってるさかい、先生はさびしいってわかるんや。次のお兄ちゃんはさびしかったらすぐに裸の女を見るか買うかしはるわ。そやからさびしいなんてことはないんや。

〈なにも知らへんくせに〉と、統子が水飲み場で言ったのは、こういう意味でだった。統子は隼子が、小学校のころからめざわりだった。なんどか遊びに行った家からしてめざわりだった。

京美が痴漢にあったことを電話で教えたついでに遊びに行ったら、小学校のときより本棚が増えていて、もっとめざわりだった。さらに段ボール箱四個には大判の本が入っていた。三箱は上部の段ボール部分が切り落とされ、中身が見えていたが、一箱は閉じられている。

〈これはイアン専用〉

そう言って中を見せてくれようとしなかったのがめざわりだった。『ティーンの告白』

と『ｄｏｋｉ・ｄｏｋｉ』を隠しているのに決まっている。嘘つき。なんちゅう、ごんのわく女や。

※

だが、ごんのわく女から統子は補助を受けなくてはならなかった。

総合体育テスト、という呼び方が長中ではなされているが、学期中盤におこなわれる女子の体育発表会である。一年は跳び箱だった。二年は平均台。ひごろの授業において、体育教師が優秀だと判断した女子生徒に模範演技をさせる。

大がかりな行事ではない。統一アセンブリーの時間を利用して、男子が草むしりをしているあいだに女子だけがおこなう。平均台に両手をつき、すこしとんで片足だけをまっすぐに平均台にのばしてから、平均台にまたがる。またがったらすみやかにうしろに手をついて両脚をあげてＶの字をつくり、ゆっくりと両足をおろし、おろしながら片足をおおきくふって、その反動で平均台の上に立ち、まんなかまできれいに歩いてアラベスクのポーズをする。それから前転をして、もういちどＶ字をつくっておりる。前転のみが危険なので中島と生徒のふたりで補助をする。

「補助、森本したれ」

中島は列の端にいた隼子を指名した。おそらく隼子も、統子と口をききたくなくて列の端にいたのだろうに、よりによって指名した。

優秀な者を選ぶのは中島である。優秀といっても、つまりは中島のお気に入りの女子ばかりであり、これすなわち、男子たちが、はだしにブルマーのいでたちでアラベスクやV字バランスをするのを見たいと願う女子ばかりである。中島のお気に入りでなくてもこのいでたちの女子は男子の視線を浴びるのに、中島厳選の女子が彼らをして草むしりをさぼらせずにいさせるだろうか。さぼった多くの男子が体育館に来ていた。彼らを注意しにきた教師も、純粋に平均台演技を見たい他学年の女子生徒も来ていた。

その中で、統子は平均台の前に立った。隼子も立った。

「補助はいりません」

中島は、そやけど、と言ったが、統子はアラベスクをしたあと、補助を受けることなく前転をした。体育館には感嘆のざわめきが満ちた。

「すばらしい。ようやった」

中島が拍手すると、全員が拍手した。

つぎに演技をした隼子は、統子の補助に誠意がこもっていなかったのか平均台からスプリングに落ちた。どうもないか、どうもないかと、中島が隼子の両足を抱いて、頰をすりよせんばかり、いや、じっさいにすりよせているのを見て、統子はすこし気が晴れた。

三ッ矢は雷《いかずち》の嵐のように、体育館の裏で中島を罵《ののし》った。

※

数日後の四時。

隼子は自転車を漕《こ》いでいた。

木々はみどりにひかりかがやいている。

美術部にはほとんど出ていない。

卓球部のしめつけがきつかったぶん、その反動で、すっかり「帰宅部所属」になってしまっていた。放課後はさっさと下校し、自転車で何キロも、目的地なく走るのである。

河村目当てで転部したと統子は言うが、絵の指導はあくまでも松崎先生（稀《まれ》）と小山内先生で、河村は両先生の補佐をしているだけだから、二年になってから美術室で河村と顔を合わせたことはいちどもないし、広い校舎内では近くで見たこともない。

「ニューヨークに行こう」

自転車を走らせながら、隼子は思う。漠然と思う。ニューヨークじゃなくてもいい。パリでも横浜でも、シドニーでも大阪でもジャカルタでも東京でも。大きな街ならどこでもいい。電車と地下鉄がひっきりなしに動いて、たくさんの人がせわしなく動いて、自分はそのうちの、小さな破片になってしまうような場所。だれも自分をかまわず、自分もだれもかまわない、そんな場所に隼子は行きたいと思う。もちろんイアンのいるロンドンならいちばんいい。

そんな場所には約束がないから。そんな場所では、いつも、「ふと」という気分で動けるから。

いや、これに意味はない
いや、これは愛ではない
荷物になるじゃないか
きみはぼくの知り合い
ぼくはきみの知り合い
いや、ともだちではない
ともだちとして果たせる数には限度がある
ともだちは少ないほうがいいよ
なんでそんなにいちいち電話しなけりゃならない?
ゆっくり話せない電話なら、しなくていいじゃん?
早いのはイヤじゃなかったのか

それくらいのことはわかってる
きみはぼくの知り合い
ぼくはきみの知り合い
舐《な》めてあげるのに6ペンス
舐めていただくのに6ペンス
ワリカンにしとこう
荷物が多いのはごめんです

イアン・マッケンジーの『6ペンスで舐めて』のように、荷物をできるだけ少なくして暮らせる場所、それが隼子の思う都会だった。

関川のあたりまで行って折り返し、自宅近くの石山に停める。隼子も小学生のときにはそうであったように、石山には数人の小学生がさわぎながら登っている。

「森本？」

ぼんやりと小学生を見ていると、名前を呼ばれた。

「あ、副部長」

「やっぱりそうか。私服やさかい、はじめちがうやつかと思《お》もた」

三年の桐野は野球部の副部長である。野球部の副部長が隼子の名前を知っていたのは、美術室に行く渡り廊下の近くに、サッカー部と野球部の部室があるからだろう。マミが渡り廊下を通ると二部の戸が開き、口笛が鳴る。マミはてきとうにあしらう。そのマミのそばに隼子と福江愛はよくいる。それで桐野は自分の名前を知っていたのだろうと隼子は思った。

「副部長ってなんやいな。森本は野球部とちがうんやさかい、そんなふうに呼んでくれんかてええがな。どうせ三年やし、夏にはやめられるやろ。もう荷が重うてかなわんわ」

桐野は頭をかいた。じゃがいも。卓球部の三年女子も、美術部の三年女子も、彼をそう呼んでいる。中肉中背なのだが、顔も身体も全体的にごつごつとしている。髪を坊主頭に刈っているからなおそう見える。彼は、二児の父が休日に着るようなもっさりした服を着ていた。

「なんでこんなとこに。部活は？」

「休んだ。わい、よう休むテキトーな副部長やねん。知らんか」

「はい。知りません」

「そやな。卓球部なんやし」

「やめました」

「やめたん？　なんで？」

「膝関節炎《しつかんせつえん》になったからです」

「そんなら、今は何部?」

「美術部……ですが、ほとんど出席していません」

「さよかいな。で、森本はなにしてんねん? こんなとこで」

「ニューヨークかパリかジャカルタかシドニーか横浜か大阪に住めるとよいなと考えていました」

「その前やがな」

「その前?」

「ニューヨークやかジャカルタやか大阪やかに住めるとよいなと考える前や」

「ずっとそれを考えて、ただ自転車に乗ってました。副部長は……あ、桐野さんは?」

「わいの名前知ってたん?」

「はい。マミちゃんに口笛吹いていらしたので」

「吹いてへんわ」

「そうですか。野球部とサッカー部の人はみんな吹いていますから」

「わいは吹いてへん」

ごつごつした顔に険しい表情が浮かぶ。

「失礼しました」

「あ、あ、そんなふうに謝ってくれんかてええがな。みずくさい」

ごつごつした顔に笑顔が浮かぶ。停電のあとに電灯がともったように、パッと印象が変わった。

「それに野球部やないんやし、部活の後輩みたいなしゃべり方せんかてええがな。みずくさい」

顔にともった照明のまぶしさにつられて、隼子は笑った。

「おう、ええがな。森本は笑うとええのう」

倦怠《けんたい》的な風貌《ふうぼう》は笑うとたちまちにして溶けてゆくクリームのように甘くなることを、隼子本人は知らない。甘さにつられて、じゃがいも桐野はまた笑った。褒められてうれしく隼子もまた笑った。

「そやそや。そうして笑《わ》ろてえ。ごっつキュートやで」

キュートという形容詞は、じゃがいものような桐野の口から発音されると、きゅうと、と聞こえておかしい。笑っているうちに、ふたりとも、みっつある石の山のうちの、ひとつのかたちがおかしくなり、もっと笑った。

「わいな、この上原石材所の事務所に用事があってん」

「ここ、ちゃんと名前があったの？」

「そらそやがな。わいとこ、表札とか燈籠《とうろう》とか、石のもんの卸ししてんねん。そんで上原はんに、ほれ、この封筒を持ってけて親に言われて、そんでとどけにきたら、ここは石が積んであるだけで、事務所はべつんとこやいうことがわかって。そやけど、その場所がわからへんでどっち行こかて思《お》もてたとこやった。森本、わかる？」

「上原石材所……。虎吉石屋ならわかるけど」

「それや。上原虎吉いう名前や。どこ、それ？」

「秀徳寺のほう」

「あの幽霊寺のかいな。それなら知ってるけど、自転車やったらけっこうあるがな」

「ううん。方向として。あそこまでは行かへん。もっと近く。フードセンター、わかる？」

隼子は右腕をあげて方向を示した。「長命フードセンター」は、スピガに買い物に行くのにはすこし遠い農家のためのこぶりのスーパーマーケットで、そのあたりの集落をさらにずっと行くと田んぼのなかにぽつんと、秀徳寺という門札が朽ちてはずれかけた廃寺がある。

「フードセンターのちょっと先の坂道をあがっていったとこと ちがうかな」

やや自信がない。石材所に用事のあることがいままでいちどもなかった。

「フードセンターなあ。そんなもんあったか？　わい、小学校までは中宮におったさかい、ちょっとようわからんわ」

「先に行く。あとからついてきて」

隼子は自転車にまたがった。

※

坂道だと隼子は言ったが、フードセンターの先は、勾配《こうばい》の急な石階段だった。

「おおきに、もうええわ、ここで。この階段をあがったとこなんやろ、虎吉石屋は」

「たぶん」

隼子は自転車からおり、階段をのぼりはじめている。

「ええて、森本はもう帰ってくれたかて」

鍵《かぎ》のチェーンを車輪に巻きつけながら桐野はことわったが、隼子はほんとうに虎吉石屋はここなのかを気にしてか、上ばかり見ている。

桐野は隼子のあとについて、階段をのぼった。

お、ええのう。膝上《ひざうえ》丈のサイクリング・パンツからのびた隼子の足を見て思う。

「よかった。合《お》うてた。ここ、虎吉石屋」

階段の途中で隼子はふりかえり、看板を指さした。

「ほな、この封筒、わたしてくるさかい、森本、ちょっと待っといて。いっしょに帰ろ」

桐野は隼子を追い抜いて階段をかけあがり、上原虎吉の妻が〈ぶうでも飲んでゆきなはれ〉とすすめるのをにべもなくことわって、隼子のところまでもどった。

新緑の季節の五時はまだ陽光に赤みがない。やわらかく爽《さわ》やかな木洩《こも》れ日を受けて、隼子の茶色い髪と、虹彩の薄い茶色い瞳《ひとみ》と、すべすべした頰と、整列した歯と、体育の授業中に被害を受ける長くかたちのよい足が、きらきらしていた。校内で見慣れた重たいセーラー服ではなく、細身の白地のTシャツは乳房から胴と腰にかけての流線のシルエットを如実にしていた。

「森本はきれいやなあ」

思ったとおりのことを桐野は言った。

と、たちまち隼子の顔から笑みが消え、桐野が目下練習中のギターのマイナーキーが聞こえるような顔だちになる。

「どうしたんや、なんか、わい、悪いこと言うたか？」

あわてて隼子に訊《き》いた。

彼女は否定した。うれしいと言った。きれいだなどと言われたのははじめてだと言った。

彼女の生きてきた時間ではまだ、彼女は知らない。日本の男子というものの大半が、女性の、容貌をはじめとする長所を、本人に向かっては褒めないことを。『北回帰線』も『缶詰横町』もイアン・マッケンジーも、日本男子のこの著しい特徴を彼女に教えなかった。

「なら、もっとうれしそうな顔せえや。かなしそうな顔するさかい、びっくりしてもうたがな。ああよかった、うれしいんで」

隼子がうれしかったのならとてもうれしいと桐野はよろこんだ。〈マミちゃんに口笛吹いていた〉と隼子に言われ、じつは吹いていたのだが、吹いていないと嘘をついたことをやましく思いながら。

だが、吹きたくて吹いたのではないのである。野球部のサロン外交として吹いたのである。タレントの湯川アリサが町を歩いているのを見たら、成人男性もふりかえるだろう。それとほぼ同じ。二年女子ベストスリーのひとりであるマミには、男子は口笛を吹く。一年と三年のベストスリーにも吹く。湯川アリサ的なる存在には吹くのが男子サロンなのである。

「きれいや言うて、森本がうれしいんやったら何回でも、わい、言うたるわ。そのかわり、笑いや。ええか、行くで。森本はきれいやなあ」

きれいやなあ。きれいやなあ。言うと、隼子は恥ずかしそうに笑ってくれた。

「ありがとう」

「そや。その調子や。いっつも笑《わ》ろてえや、森本。な？」

ふたりは階段を下りた。

※

隼子はスピガで買った家族共用の自転車に鍵をかけていなかった。

桐野はマルミ自転車店で買った変速機付の自転車にチェーン式の鍵をかけていた。

「私に鍵、開けさせて」

彼がチェーンに手をかけたとき、隼子は頼んだ。

「なんで？」

理由はない。ただ開けたいだけだ。

「百の位と十の位は教えて」

「２、９」

「２９やね」

隼子はチェーンの数字を左から2と9にあわせ、右端はなにかと考える。２９×。確率は1/10。

「偶数か奇数かも教えたるわ。そのかわりトライは三回までや」

桐野に提案され、うなずく。

「一の位は奇数や」

確率は1/5になった。1を選んだ。開かない。9を選んだ。開かない。5を選んだ。これも開かなかった。

「森本の負けや。7や。ラッキーセブンやったのに」

教えられた7を右端に出すと、かち、と音がしてチェーンがはずれた。

「はずれた」

恍惚《こうこつ》としたような声で隼子は言い、留め金を左右にひっぱった。

「そら、はずれるがな。数字、教えたったんやもん。なにがうれしいんや、けったいなやっちゃな」

桐野はスタンドレバーを蹴《け》り、自転車にまたがる。

「森本、まだ時間、あるか？ あるんやったらどっか行こな」

隼子は桐野につづいて自転車にまたがった。

ふたりは自転車を漕《こ》いだ。

民家のあるあたりを抜け、ずっと行き、もっと行き、田んぼと田んぼのあいだの細い道を入り、秀徳寺まで行った。

夕暮れになっていた。朽ちかけた寺の門札は、夕暮れに見ると幽霊寺と呼ばれるのにぴったりである。白壁の塀も、ところどころが崩れている。あたりは田んぼだけで、門の前にすこしだけ灌木《かんぼく》の茂みのあるスペースがある。

「ここ、だれも住んではらへんのかなあ」

桐野は木戸の割れ目から中を覗《のぞ》いた。

「耳の遠い和尚さんがひとりで住んではるって聞いたけど」

もともと少なかった檀家も、それぞれの家を構成する人間が死に、僧も高齢になり、寺は荒れ放題になっているのだと、だれかから聞いたことがある。

「ほんま？　それ？」

「さあ」

隼子も桐野の横にならんで中を覗いた。沈みかけた陽の光である。だれかが住んでいるようには見えなかった。身体の向きを変え、ふたりはならんで門の敷居にすわった。

「桐野さん、名前はなんていうの？」

隼子は桐野の姓しか知らなかった。

「龍《りゅう》」

「へえ、かっこいい名前」

「お父《とう》が龍之助やさかいや。テキトーやで、一番上が龍一、二番目が龍子、三番目のわいが龍で、打ち止めやと思《お》もてたら、四番目ができよったんで、芳男や。お母《かあ》が芳子やさかいな。そんで五番目が芳美や」

「龍子さんから鼻をつままれたり、桐野さんが芳男さんの鼻をつまんだりする？」

「なんで？」

「鼻つまむ？　せえへん。なんで？」

「なんでと」

統子の家を思い出していた隼子は、ただ笑って首をふった。それから、ふたりは好きな音楽や教科や教師の話をした。嫌いなそれらについてもした。

「ほな、帰ろか。暗《く》ろなってしまう」

桐野が立ち上がったので、隼子も立った。ふたりは自転車に乗って、途中までいっしょに、途中から別々の道に分かれた。乗ったままふたりは言った。

「バイバイ」

※

爽《さわ》やかな風が去り、雨の多い日がつづくころになると、隼子の足首にはアンクレットが巻かれた。桐野の鞄《かばん》にはキーホルダーがついた。アンクレットもキーホルダーも安価なメッキ品だった。アンクレットには「R・K」のイニシアルが、キーホルダーには「J・M」のイニシアルがついた金属の小さな札が付いていた。また隼子の時間割表の裏には3—4の時間割表が貼られ、桐野の時間割表の裏には2—7のそれが貼られた。

裏時間割表。それは学園における「合鍵《あいかぎ》」だ。時間割表があれば、相手がいつ教室から体育館へ美術室へ理科室へ家庭科室へ技術室へ移動するかがわかる。とくに広大な長中では移動は長い廊下を歩くのである。意中の相手を見られるかっこうの時間になる。一組の京美は七組の時間割表を持っているし、七組の太田は一組のそれを、五組の富重は七組のそれを、七組のマミは五組のそれを持っている。互いに写しを交換できる生徒は難なくそれを入手できるが、せつなくも片想いの生徒は人のいない隙をみはからってすこしずつ写してゆくしかない。だれかに頼めばただちに自分の意中の相手が何年何組にいるかがばれてしまう。京美と太田のような公認のふたりはべつにして、マミも隼子も裏時間割表がどのクラスのものであるかを人目にふれないようにしていた。

隼子と桐野のあいだにはノートはなかった。マミの足首にはアンクレットは巻かれていないが、彼女と富重のあいだにはノートがあった。

Ｄｅａｒ，Ｔｉｎｋｅｒｂｅｌｌ．富重からの交換ノートの書き出しは、いつもこのフレーズではじまる。廊下で会うときは、藤原とかマミちゃんと呼ぶ富重は、ノートの中では彼女を、ｂｅｌｌと呼ぶ。

【Ｄｅａｒ，Ｔｉｎｋｅｒｂｅｌｌ．夜中に塔仁原から電話があって、えんえんと担任のシソ鳥の文句を聞かされた。やっと終わったと思って、切ろうとしたら、こんどはえんえんと木内の話。まいった。ｂｅｌｌたちはカテイカがシソ鳥だからたいへんだろうな】

【そーなの。たいへん。いつもキーキーでなに言ってんのかわかんない。でもみんな二年

にもなると聞き流し方をおぼえちゃったみたい】

たいていは、このような類《たぐい》の日常の話題だったが、ノートの中ではふたりとも標準語で話し、その母国語以外での会話は非日常の密室的行為だった。だからｂｅｌｌという呼称も、ノートの中ではマミを面はゆくはさせない。

ｐｉｌｌｏｗ ｔａｌｋとはそうしたものである。日常の、開け放たれた部屋でされたならば、言うほうも聞くほうも、顔がマゼンタ１００％の、厚生省不許可赤色素に染まるくらいでちょうどいいのである。どころか、女子のうなじや背中、それに乳房、乳首、胴のくびれ、臀《しり》、太腿《ふともも》、陰唇、クリトリス、ふくらはぎ等々は、表皮からの分泌液が赤面のために沸点に達して火傷死に至るくらいでようやく淫《みだ》らな反応を示すのである。

なればこそ、マミは、たまに富重がどこかの有名な詩集から書き写してくる文章にうちふるえた。

【小野遠栄という人の詩がある。男の人。福島県生まれって書いてあるけど、（一九二一〜）ってなってるから、すごい長生きな人だね。室生《むろう》犀星《さいせい》に師事。詩集に『広大の群青』『おるがん練習』。この人の詩から、ｂｅｌｌにひとつ捧《ささ》げます。


「少女」

小野遠栄

少女は翔《と》べるのです
水仙の花弁のやうな翅《はね》が、実は背中についてゐるのです

ぼくはさういふ少女のそばで
まだぜんぶ明けない朝の匂ひを嗅《か》ぐ

少女の翅はあえかでこはれやすい
ぼくは少女の背中を、それゆゑにふるへながらさはります

少女の声はオホルリの雛《ひな》のやうに駭《おどろ》いて
ぼくの孤独を癒《いや》しました

仄《ほの》かに
なめらかに
残酷に
少女は逃げやすい

少女はかけひきを知りません
少女は閨房《けいぼう》を知りません
少女は無邪気な秘密だけが好きです
きみが少女だから恋しいのです
少女だからぼくは恋するのです
」

もしノートの中に書き写されたものでなかったら、もし富重がじかに朗読したものだったら、マミはただちに甲高く嗤《わら》って冗談にしてしまっただろう。なに、このおっさん、ロリコン？　英語立川のヘンタイの作？　などと。現実の少女は頻繁に濡《ぬ》れた閨房にいることを、女子である当事者は熟知しているのだから。
妖精ティンカーベルのようなマミは、廊下を歩いている整った顔だちの富重に恋をしたが、富重の書くノートの中にいる彼にはそそられた。

※

六月二十一日。

朝から雨で、昼になっても雨である。

長い通学路を歩いているときから、隼子は頭が重いような気はした。が、たいてい朝は頭が重いのである。

昼食を残した。が、ほぼ毎日残すのである。〈隼一《じゅんいち》さんがそうやった。おいしいもんには目がのうて、毎晩の献立にはそりゃうるさいくせに、ちょっとしか食べてくれはらへんて佳江《かえ》ちゃんが困ってた。やっぱり長女はお父さんに似るのかなあ〉と、小さいころから母は言う。佳江ちゃんとは母の妹。火事で死んだ隼子の実母で、隼一さんは佳江ちゃんの配偶者。同じ火事で死んだ隼子の実父。

北陸の温泉への職場旅行で父母はまた不在になったから、手作りのサンドイッチを弁当にしようと前夜には意気込んでいたのだが、朝早く起きられず、校門のすぐ前にある「文具のコニー」でパンを買っていった。文房具も売っているが、パンと牛乳も売っている店だ。

コニーで買ったパンが、いくら隼子の嗜好《しこう》にあわなかったとはいえ、四分の一も食べられなかったのは、熱がどんどん上がってきていたからだったのだが、体育もない日だったので具合が悪いとは言わなかった。

六時間目、ローマ帝国が東西に分裂したあとの東のほうの国名はなにかと伊集院にあてられたときである。上半身を支えていられなくなった。ばたと机にうつ伏した。

「保健委員、保健室へ連れてったって」

意識はあった。辰野みゆきちゃん状態で机にうつ伏す隼子の耳に、ぱたぱたと保健委員がかけよってくる足音が聞こえた。

「隼子ちゃん、どしたん？　しっかりして」

マミと保健委員ふたりによりかかって保健室に行き、なだれこむようにベッドに倒れた。

「あたし、あとで3—4に行っといたげるさかいな」

マミはそう言って、保健室を出て行った。

「すごい熱。ようここまでがまんしてたね」

冷たい手が額にふれた。保健室の先生の手なのか。すべての音や声が遠いところにゆき、ふたたび目を開けたときは、白衣を着た、白髪のおじいさんが隼子を見下ろしていた。

「注射をしときましたで、これでだいぶおさまるはずです。しばらくこのままここで寝かせて、帰宅させてあげてください」

おじいさんが保健室の先生に言う。保健室の先生はしきりにお辞儀をしている。すぐそこの風景なのに遠い風景に感じられ、隼子のまぶたはまた閉じる。

杉の塀にはさまれた狭い道を箒《ほうき》でしきりに掃いている夢を見た。掃いても掃いてもごみが出る夢。ちりとりの位置がうまく定められず、ごみがちらばってしまうのだ。どうしようかと困って、気がついた。

「起きた？」

「……はい。いま何時？」

「四時半よ。眠ってるとき、同じクラスの藤原さんが来《き》はったよ。なんでか三年生の桐野くんといっしょに」

ふたりは隼子の容体を聞いたあと、あとはこちらでちゃんとするから帰るようにと指示されたそうである。

へんな顔をして寝ていなかっただろうか。桐野にそんな顔を見られなかっただろうか。

私、口をあけて寝てませんでしたかと保健室の先生に訊《き》きたかったが訊けなかった。

「お家の人、連絡つかへんの。担任の立川先生、工場のほうにも電話しはったんやけどつながらへんの」

「工場全部が休みです」

「そういうときの緊急連絡先は？」

「家に帰らないとわかりません……」

父母に連絡されるのは気詰りだからいやだ。嘘をついた。

「しょうがないなあ。なら、ちょっとこれ、腋の下に入れて」

体温計をわたされる。

「まあ、風邪やろね、て校医さんは言うてはった。風邪ってその人の体調が悪いときにかかるからね」

体温を計測するあいだ隼子は桐野のことを考えていた。もういいわ、貸してと保健室の先生に言われ、体温計を腋から抜いた。

「よかった。だいぶ下がってるわ。注射の威力やね。これなら家で寝てれば、たぶんもうだいじょうぶやろ」

「帰っていいですか？」

桐野に電話をかけたい。

「歩いては帰れへんでしょう。車で送ってもらうことにしてあるから」

タクシーを呼んでくれたのだ。隼子は半身を起こした。ベッドの下にちゃんと下靴が置かれていた。

「藤原さんと桐野くんが鞄を車に運んでくれはったの。靴も持って来てくれはった。さあ、立てる？」

ベッドから足を出した。頭が痛いのはなくなったような気がする。痛いかわりにぼーっとしている。靴をはいた。ちゃんと立って帰れる気がする。が、立ち上がるとすさまじいめまいがしてベッドにすわってしまった。

「目つぶって」

保健室の先生が腕を持って立たせてくれた。

「目つぶって、わたしにもたれるようにしてそうっと歩いてきて」

「お金をそんなに持ってません」

タクシー代金のことを心配して目を開けた。するとまたぐらぐらしたので、すぐにまた閉じた。

「お金？　あほやなあ、お金なんか――」

保健室の先生は隼子を支えるために腋に腕をまわしながらなにか言ったが、先生が下を向いていたのと、スカートの皺《しわ》をはたいてくれる音と雨の音とでぐらぐらする頭ではよく聞こえなかった。

「――なんやから、そんなことより自分の身体のこと心配しなさい。いい？　こうしてよりかかったまま歩いてきて」

保健室から、ゴールデンウィーク中にタクシーを待たせていた場所まではすぐだった。車のドアが開く音がした。先生がさしていてくれた黒い傘が目の前でひろがる。しまったとき茄子《なす》色が見えた。茄子色のタクシーなのだと思い、また目をつぶった。

「さ、乗って」

ぐたっとシートにすわった。すわるとめまいはすこしましになった。

「じゃあ、よろしくお願いします」

保健室の先生の声。ドアが閉まる。

「あ、私の家は……」

目を閉じたまま住所を言おうとすると、ドライバーは言った。

「わかってるよ、新朝日町だろ」

まぶたを開けた。タクシーではない。声の主は河村だった。

「だいじょうぶか？」

だいじょうぶじゃないから車で送ってもらうのではないかと、くらくらする頭で思ったが、くらくらするせいか、サイロのある草原を風船がふわふわ飛んでいく風景が夢のように見え、黙って風船を見ていた。

「着いたよ。待ってて、先に家の人に言ってくるから」

留守だと知らない河村は、車に隼子を残した。

「傘を……、傘を置いてってくれんと……」

肩で息をして鞄から鍵《かぎ》を出し、雨を受けながら車から門、門から玄関までをのろのろと歩いた。

「来週の月曜までだれもいないんです。開けてくれますか」

髪と額と肩をハンカチで拭《ふ》きながら鍵をわたす。ドアが開いた。

「来週までだれもいないって、四日間も？　そんな熱あってひとりでいいのか？」

ひとりでいいのか。なぜみんなこんなことを質問するのだろう。本人がいいのだからいいではないか。

「いい」

ぞんざいに答え、鞄を上り框《かまち》にどんと置き、河村がノブから抜いた鍵を受け取ろうとし、受け取りそこねた。

鍵は玄関の床に落ちた。

それを拾おうと隼子はかがみ、それを拾おうと河村は玄関に入り、そのときドアのシリンダーが縮んでドアが閉まり、鍵を拾った隼子は立ち上がり、立ち上がったとたん、さーっと頭から血が下がって谷底に落ちてゆく心地がして、頭からうしろ向きに倒れかけ、倒れかける隼子の左右の上腕を河村が掴み、自分のほうへ引き寄せ、引き寄せられると、そのままこんどは前のほうへ倒れた。河村は彼女を抱きとめた。カシャンと鍵がまた落ちた。そううつむいたまま深く息を吸って、吐いた。なんどもそうした。そうするうち、らくになってきた。

花の匂いがする。隼子が学校に出たあと温泉に出かける前に、母が活けたのだなと思う。ずいぶんらくになった。玄関に満ちた濃い香を味わえるほどに。首をまげ、なんの花かたしかめられるほどに。ああ、百合なのかと芳香のもとをつぶやいたほどに。

だからもう河村は隼子の腕を掴んでいる必要はなかった。隼子も玄関に立ったままでいる必要はなかった。

だがふたりは立ったままでいた。彼の両腕は、彼女の上腕から背中へと移動し、そこで交差し、その中に彼女は立っていた。

気持ちいい。人体の温度が。自分に熱があるからなのか。河村の温度が気持ちいい。だから隼子は下げていた両腕を河村の胴に巻きつけた。もっと欲しい。人体の温度が。どうすればもらえる？　きっとああすれば。だから隼子は彼の襟《えり》に片頬を当てたまま言った。欲しいものをもらうために計算した。しおらしく言わなくてはならない。

「先生……」

そう呼ばれた男はなにも言わなかった。ただ彼女の背中で交差する腕の力は増した。喫煙しない河村には夏目のような脂《やに》の匂いがない。気持ちいい。きつく抱きしめられるのは。かすれた声で先生と呼べばこんなにきつく抱くのなら、なら、ああすればどんなことをするのだろう。見たい。見たくて隼子は、河村の胴にふれている指を、不規則に動かした。ふるえているように。

力を増した男の腕は、力を増したまま、這《は》うように彼女の背中を動き、さらに力を増した。そうしてふたりはずっと立っていた。

こんなことをしているのはよくないことだと隼子は思う。よくないことだと思いながら、ずっと同じ姿勢をとりつづけた。ずいぶんたってから、彼を押し、その腕から頭をくぐり抜かせ、身をうしろに引いた。

「部屋で寝てないと。熱があるから」

倒れかけたときにホックがはずれてはだけたセーラー服のみごろを手でおさえた。

「部屋で寝てないといけない。熱があるんだから」

隼子とほぼ同じことを河村は言った。これで、熱で倒れそうになった彼女を、彼は支えただけのことになった。

※

小さな町には、なにもできごとは起こらず、梅雨が明けた。

三ツ矢は生徒指導室で、三人グループの名前を言った。

「フローレンズ」

ほう、という息を四人の教師は洩《も》らした。

三ツ矢は、〈三ツ矢はなにか好きな音楽とか、あるのか〉という河村の質問に答えたのだった。

土曜日。

放課後の生徒指導室で、四人の教師に囲まれて、がちがちに硬くなっている三ツ矢をリラックスさせようとして、河村は訊《き》いたのである。

「ああ、今、はやってる、あれ」

河村はフローレンズをよく聞いたことはない。が、答えたほうの三ッ矢は、すこしほっとしたようである。

青少年にはふさわしくない雑誌を持っているということで、三ッ矢は生徒指導室に呼び出されたのだった。

四時間目に男子数人が、教室ではなく、プールの裏にたむろしているのを、梢美咲が見つけた。

〈あんたら、なにしてんにゃ!〉

怒鳴ると、彼らは一目散に走って逃げた。三ッ矢だけ逃げそびれたのは、ほかの男子が、やば、と叢《くさむら》に放り投げた雑誌をひろっていたからである。『白衣の天使/悶える当直』『交歓生活』『池上玖留美・まるみえ私刑』。計三冊はシソ鳥に没収された。

最初、梢は「しょうもないもん見て、自習をさぼってんとき」とだけ注意するつもりだった。どうせ水着グラビアが満載されたティーン雑誌だと思ったのだ。

だが、なにげにページを開いて、全裸の池上玖留美(20)が、「コレで、いじめて」というキャプション付で、大きく開いた股の中心を電動器具で隠している写真と次ページで挿入している写真を見たとたん、キエーッ! と、生徒指導熱的憤慨からか、フェミニズム的見地からか、あるいは純正なる興奮からか、とにかく真っ赤になって叫び、ほかの雑誌もぱらぱら見れば、どれもみな、池上玖留美（20）と同じような写真ばかりの、本格的なポルノ写真集である。

〈指導室へ来なさいーッ！〉

梢は三ッ矢の腕を摑み、ひきずるがごとくに彼をこの部屋に連れて来たのだった。

彼女と、担任でもあり風紀委員でもある立川と、学年主任の伊集院と、三ッ矢を心から心配する夏目雪之丞にとり囲まれて、三ッ矢は長い座高を縮こまらせていた。

河村が指導室に来る前にすでに、四人の教師たちは、三ッ矢に質問していた。

こうした猥褻図画をどこで入手したのか。だれが入手したのか。その質問には、

〈四時間目が自習やったから、ほんまはあかんのやけど、みんなしてるみたいに、コニーさんにコーヒー牛乳とパンを買いにみんなでいったら、コニーさんとこの、公衆電話のボックスに袋に入って置いてあったんです。ほんまです。だれかの忘れ物かと思《お》もてなかを見たら、あれやったんで、そのまま持ってきました〉

と、三ッ矢は答えていた。

このあと、彼は「すみません」とでも言ってもじもじとうつむいていればよかったのである。

梢と夏目以外は、たてまえ上はともかく、本音的には同性として理解してくれただろう。

事実、さすがは学年主任の伊集院徹は、おおらかにも教師らしく、たてまえと本音を絶

妙にブレンドして、落ち着いて諭した。

〈女の人に興味を持つのは自然なことや。健康な証拠や。こういうたらなんやけど、わしかて、三ッ矢くらいの年のときは、美術館にあるピカソやったかルノワールやったかの裸婦の油絵見て、美術を鑑賞するっちゅう余裕なかったわ。もう、どきどきしてしもてなあ。そやけどな、今日、梢せんせが没収しはったやつは、ああいうのは女性の人権をふみにじってるもんやで。

三ッ矢は今、中学生や。人にはな、そのときに一生懸命がんばらなあかんことっちゅうもんがある。今は勉強や。そら、もやもやしたり悩んだりするやろけど、この先、大人になって、すばらしい恋をするための準備期間なんやで。せんせな、三ッ矢が将来はごっついべっぴんさんとめぐりおうて、だれからも祝福される恋をしてくれることを期待してるわ〉

すぐに怒るがすぐに忘れる梢美咲は、伊集院徹のすばらしい指導に感動した。

〈そや。伊集院せんせの言わはったとおりや。もやもやしたときはスポーツで解消しなさい〉

三ッ矢を気に入っている夏目は当然、

〈三ッ矢は勉強もようできるし、部活もがんばってる。きっと部活の練習で疲れてたんやろ〉

と、疲れを知らない男子中学生には的外れなコメントながらも、かばった。消え入りそうにやる気のない立川も、

〈そうですね〉

と、自分の噂もどこふく風で同調した。噂とは、春休みに京美に襲いかかった犯人は立川だという噂のことである。

〈これは没収しておくけど、なんで没収されるんかは、わかってくれたな、三ッ矢〉

伊集院徹がまとめに入ったのだ。ここで「はい。すみません」＋「恥ずかしそうにうつむく」＝「解放」である。

ところが三ッ矢はそうしなかった。

〈返してください〉

がんとして言い張ったのだ。

四人の教師は驚いた。

〈返してください〉

くりかえしたあとは、四人がかわるがわる、なだめようが叱ろうが、黙秘権執行だった。

四人は困った。困って伊集院徹が提案した。

〈どや、河村先生と話してみるか？　河村先生なら年齢も三ッ矢とずっと近いやろ。お兄さんに話すみたいに話してみたらどうや〉

それで河村はこの部屋に呼び出されたのだった。

入室するなり、黙秘の三ッ矢から「フローレンズ」というグループ名をしゃべらせたので、四人とも世代差を感じ、

「じゃ、河村先生、よう聞いてやってください」

と指導室を出て行った。ただし没収した品は持って。

＊

「ピカソの女で抜けるかよ」

河村とふたりきりになるなり、三ッ矢は毒づいた。

毒づきの詳細を三ッ矢から聞いて河村も失笑した。

「やろ？　やろ？　抜ける？　あんなんで」

抜くという隠語を相互に理解したことで、三ッ矢は急速に河村にうちとけた話し方になった。

「先生、あれ、返してもろてきて」

「そう言われてもなあ。べつなの買えば？」

これはいかにも大きな街に育った者の発想である。人口の少ない小さな土地では、午前中にだれかがタクシーを呼べば、午後には町中にその者が贅沢をしたことが知れわたる。午後にだれかが牛肉と焼き豆腐と蒟蒻《こんにゃく》と葱《ねぎ》を買えば、翌朝には町中にその者がすき焼きを

食べたことが知れわたる。そんな場所で、三ッ矢のような男子がどうして「べっなの」を入手できるだろう。

「先生、金出してくれるの？　買《こ》うてきてくれるの？」

「う、うーん、それはさあ」

ああいう写真集が高額なのは、大きな街に育った河村も知っている。自分にも金のかかる事情がある。

「あんなもんがそうそう公衆電話に忘れてあるもんやないやろ。やっりーと思《お》もたのに」

「あんなとこで見てるからだよ。家に持って帰ればよかったものを」

と言いつつ、河村は自分も中学生のころ、同じことをしていたのをおぼえている。なぜ男子は、ああしたものを学校で見たがるのだろう。ひとりで手に入れても、自宅でこっそり見ずに、学校に持ってくる。なぜなんだろう。なぜかわからないが持ってきたいのである。

「小西が、これは俺のだ、と言うたんです。氏家も。ならみんなでと、あそこで……」

複数で手に入れたのでも、学校以外の場所で見ればいいものを、学校で見たがる。

「シソ鳥に見つかったのが不運だったな。ま、あきらめろ。こづかい貯めて、また買え。〝中学生らしく〟せっせとこづかい貯めろ」

「あかん。あれやないとあかん。返してもらってください」

「そんなに気に入ったんなら、その、なんだ、おぼえてるだろ？　思い出してヤりゃいいじゃん」

「あかん。あれを持ってなあかん。先生、お願いします。ほかのは没収でええさかい、『交歓生活』だけは、返してもろて。たのむ。あれだけは取り返してきて」

三ッ矢は思いつめた表情になっている。

「あんなもんを、なんでまた」

没収物は、河村もぱらぱらと見た。写真集二冊は、なるほど梢美咲の逆鱗《げきりん》に触れそうな、夏目は不明ながら、ほかの男性二人には、べつの部分に触れそうな、だが、河村には即物的に過ぎてものたりない、そういうレベルの品だったが、『交歓生活』は高齢者（七十代以上）向けとおぼしき、リリカルとさえいえるほどの、昔ながらの官能雑誌だった。

河村は知らないが、統子の愛読している女用のティーン雑誌『ティーンの告白』と『ｄｏｋｉ・ｄｏｋｉ』のほうが、卑猥度でいうなら十倍、二十倍と卑猥だ。

「あれの、まんなかのページ。そこだけカラーの。そこだけでええわ。先生、破って、そこだけ取り返してきてください」

先生だけが頼りです、と三ッ矢は頭を下げる。

「たった四ページや。あそこだけ。あそこだけ返してもろて。あれだけがいるねん」

男と女はちがう、こうちがう、と展開する随筆が、なかば世界の伝統芸的に人気があるから、すでに先人がのたまわれているだろうか。女は下半身の煩悩をほかの女と共感するより、上半身のそれを共感することで友情を感じ、男は上半身のそれより、下半身のそれをほかの男と共感するとき、友情を感じる、と。

「よし、なんとかしてやる」

河村は請け負った。

「だから、伊集院先生たちを呼んでくるから、そのときは、わかりました、すみませんでした、と反省してくれ。それから美術準備室に来い」

「わかりました。すみません」

はやばやと三ッ矢は言った。

＊

準備室に来た三ッ矢に、河村は件《くだん》のモノをわたした。

「急いで破ってポケットに入れたんで、少々皺《しわ》がよったけどさ」

「いいです。ありがとう」

「そんなにいいの？　ちょっと見ていいか？」

いやですよ、とか、先生もまたあ、とか、三ッ矢は言うだろう。ならいいよ、と笑い、それでこの没収事件は終わりにするつもりの、いわば潮時だった。

が、三ッ矢は凍りついたような表情になった。ずいぶん黙ったままでいて、そして、破りとった四ページを、河村にさしだした。

いけない放課後。そう題されたグラビアにはセーラー服を着た、しかしながらセーラー服を着る年齢にはとうてい見えぬ厚化粧の、厚化粧をしても美人とはとうてい言えぬ女が、いかにも連れ込みホテルのベッドで、セーラー服のみごろをはだけさせていたり、スカートをまくって（まくられて？）パンティを見せたりしていた。それだけのグラビアだった。『白衣の天使／悶える当直』と、電動器具片手の池上玖留美（20）を捨てて、こっちを選ぶほどの価値があるような代物ではない。

「字がほしかったんや」

「字？」

写真にはなにか数行、印刷されている。【いけない放課後、いけないことを待っている……】。活字のほうも、どうということはない。写真の光景がどんなシチュエーションなのかを、言うなればポエティックに説明するだけの、ほんの一行か、二行。

しかし、放課後に、いけないことをしていることにされたモデルの名前は隼子だった。【いけない放課後、いけないことを待っている隼子はいけない子】【やめてって言うのにセンセイは隼子のスカートをまくりあげて】。それが一ページ目と二ページ目で、つぎは見開きの大きな写真。黒板の前。教卓の上で女が、変質者じみた風貌の男に身体をさわられている。露出度でいえばおとなしい写真だった。男は背後から、スカートも下着も纏《まと》わぬ女の足をひらかせているが、上半身はセーラー服がはだけているだけで乳首も露出しておらず、教卓の上でひらいた股の中心は、黒い表紙の出席簿で隠されている。ポエティックな説明文は【ごめんなさい。ごめんなさい。これからは、隼子、いい子にします】。

「その名前が、その字やの、めずらしいやろ。そやから欲しかったんや……」

青少年三ッ矢の写真への執着は、下半身の問題ではなかった。上半身の執着だった。

「小西も氏家も、それは本人やて言うた」

三ッ矢がかなしそうに言った。はーっと河村は息を吐く。

「あのさ、こういうもんはだいたい東京で撮影して印刷して発行するのが相場なんだ。こんな長命の田舎町で……」

「そんなこと、みんなわかっとるわ。けど、『交歓生活』やなんて、それだけ古くさかったんで会社の名前が書いたるとこみたら、京都の会社やった。京都やったらありえる」

「あきれた御意見だが、百歩譲って、顔が全然ちがうじゃないか、いくらなんでもこの女はブ……」

「見たらわかるやんか、そんなこと。そやさかい、厚化粧してわざとブスに顔を変えたんやて小西と氏家は言うたんや。そして、その犯《や》ってるのは立川先生やて。やっぱり痴漢の犯人はあいつやて」

「馬鹿馬鹿しい。きみら青少年の飛躍した妄想にはおそれいるよ」

「そやろか。99パーセント妄想やろうけど1パーセントは事実かもしれへんと思うのが、そういう写真を見るやつの夢とちゃうん？」

夢や。くりかえして、三ツ矢はかなしくなる。すぐそばにいるのにはるか遠くにしかないものは夢なのだ。

「こいつ、立川先生そっくりやろ？」

教卓のうしろでモデルの乳房を揉んでいる男を指さす。

「女も、顔をこいつのほうにのけぞらせて、顔がよう見えんようにしとるし、もしかしたら本人かもしれん。そう思《お》もて見てたい。そんなことされとるのを見るのはいややけど、写真なら自分が持ってたい」

だから指導室では、ぜったいに立川とは口をきかなかったと、三ツ矢は本心とも偽悪ともわかりかねることを言う。

「思春期の妄想には俺はつきあってられん。そういうふうに思いたいなら思ってろ。あくまでも夢として、そういうふうに思ってるのならべつにかまわん」

フローレンズ知ってても、先生もやっぱり伊集院先生とかと同《お》んなじ側にいてるんや。こう言ってやろうかと三ツ矢は思ったが、やめた。

「このページを返してきてもろたのはありがたいと思《お》もてます」

河村にはいちおう借りがある。教師に借りがあるのはすごくいやだが、借りは借りだ。

三ッ矢の父も母も教師である。いい先生もいるだろうが、河村はその部類だろうが、教師という立場にいるかぎり、クズだ。私生活はあきれたもののくせに、そういう自分のすがたは見ずに、学校では平気でえらそうにできる。本音とたてまえを使い分けるのはべつにいい。使い分けている自分を見ようとしないのがクズだ。

「先生は、六組の塔仁原の伯父《おじ》さん、県会議員のほうの塔仁原さんの息子さんの仲人《なこうど》しはった府議会議員の娘の、宮古女子大卒の女の人とつきおうてはるんやろ?」

自分には、河村よりずっと深いところまで見えていることがあるのだと三ッ矢は河村に知らしめたかった。

夏目雪之丞の次女は三ッ矢の母親が担任をしている中宮中学に通っていて、長女は三ッ矢の父親が校長をしている関川高校に通っている。父母ばかりでなく親族のほぼ全員が、教員か、市教委か県教委の仕事をしている三ッ矢には、季節の花がつぼみをつけたわねとでもいう話題のように、教師の私生活情報が、聞こうとしなくても入ってくる。

「親しくはしてるよ。学生時代から顔みしりだったからさ。俺も大学、京都だったから」

「そん人のこと、好きなんやろ?」

三ッ矢の質問に、河村は一瞬、迷った。自分から自分への質問として。

「好きだよ」

しかし、一瞬の沈黙は、三ッ矢には、河村が、交際している女がいることを生徒には隠そうとしているように映った。隠そうとしていることが、生徒を、河村とは対等に会話のできない幼い存在だとみなしているように映った。そうみなして、だから、あえて好きだよとストレートに認めることで、自分の年齢の優位を誇示しようとしたように映った。

かっこつけんな。おまえの女なんかに興味なんかない。興味なんかないと知らせなければならない。興味は自分の女だけにあると。

「そやろ？ そやさかい、その人のお父さんのこともどういう人かを知ったんやろ？」

「好きじゃなくても……たとえば男同士でも、つきあいが親密になれば、知るんじゃないのか？」

予想外の答えをされ、三ッ矢はあわてた。十四歳の男子のプライドは、ならば自分の知識をすべて示そうとする。

「森本のこと、先生は表面的なことしか知らへんやろ」

「…………」

「そやろ？」

「……そうだろうな」

指のはらと胴に、先週、雑木林を抜けた先にある家の玄関でさわったものの感触がよみがえり、河村はまた一瞬、返答に遅れた。ぎくりとした河村の表情の変化は、三ッ矢に優越感を与えた。

「そやろ。みんなあいつの表面しか見てへんのや。あいつはな、養女なんや。そこまでちゃんと先生、知ってたか？」

教員の私生活を三ツ矢が知るように、教員一族の情報網は、生徒の私生活を知るのである。三ツ矢は河村に、隼子の実父母のこと、実父母の死に方のことを教えた。

小学生のころから留守番のときは自分の食事は自分で作り、膝を痛めたときでさえたったひとりで家にいて、近所の民生委員であるハルの母がようすを見に行っても、けなげにも笑顔しか見せなかったと、このあたりも教えたが、このあたりを語るときは過剰にエモーショナルだった。

「あいつ、ほかのうるさい女子と違《ち》ごて、すご大人っぽいやろ。あれ、家庭環境の影響や」

「すこしはね」

河村の反応が、三ツ矢は不服である。

「すこしは、て、それどういうことなん？」

「すこしは関係あるかもな、ってことさ」

河村の父母が離婚していることを、

〈それが礼二さんの今の性格をつくってるんやわ〉

そう分析する女がいて、そう言われるとしらけた気分になる。家庭環境は人格に多大な影響を与えるだろうが、だからといって、父母の離婚というたんなる一事実だけが自分の性格を形成したとは思えない。

分析したのは、三ッ矢の言った〈宮古女子大卒の女の人〉だ。宮古女子大文化人類学部心理学科卒。つきあいはじめたのは卒業してからで、学生時代は河村の大学も含め、周辺の他大学の男子学生からは「高嶺《たかね》の花のお嬢様」だと言われ、そんなふうにふるまうのが好きな女である。金のかかる事情とは彼女のことだ。むろん、こういうことは生徒に言うべきではない。

「桐野さんかてこの事情、知らへん思うで。うれしそうに鞄にキーホルダーぶらさげとるけど、あの人」

「桐野？」

「三年の野球部のじゃがいも。いっつもちゃりちゃりキーホルダーの音させて、二年棟までよう来よってからに、ほんま腹立つで」

キーホルダーとアンクレットの交換は、ノートの交換よりも「もっと進んだ」関係だとされているが、「もっと進んだ」段階がどのあたりなのかはきわめてあいまいなために、三ッ矢の煉獄《れんごく》の苦しみがあるのである。

「あいつが大人っぽいのは、家庭環境が複雑やさかいにや。そやけど、それは隠してやっといたらなあかん。それはそやろ、先生？」

「まあ、そういうことはそうだろう」

三ツ矢のエモーショナルな思い込みについて、河村は投げ出した。てきとうに同意した。

「さびしい家庭環境のこともなんも知らんと、小西や氏家が、あいつはきっともう処女やない、桐野さんともヤっとるて、あの噂があの写真でやっぱりほんまやったようなことを言いよったのが腹立って、そやからあの写真はぜったい持ってたかった」

そうなんだろうか。河村はふと疑い、否定した。あの早熟ぶりはそうかもと、小西と氏家のほうをふと信じ、恥じた。

否定は、処女ではないのではという疑惑についてではない。処女ではないのだろうかと疑った自分を否定したのだ。たかが十四歳の生徒ではないか、そのプライバシーをなぜ自分が気にする必要がある。

恥じたのは、小西と氏家の想像に同調したからではない。自分が彼らの年齢だったときのことを思い出せばわかる。ヤりたい。それしか考えてなかった。少年なんてものは、みんなそうだ、ピーターパンも例外じゃない、すべての少年がそうだ。おまんこのことしか考えてない。ヤらせてくれる女がいたらすぐにでもとびかかる。たいていいないから、ヤることばかり考えるのだ。もしヤらせてくれる女がいたら野球部の桐野とやらも迷いなくヤるだろう。そういう年齢なんだから。そんなことはいい。みなたてまえでは言わないが、本音はそうだ。だが、だからといって、たかが……、たかが中三の男子の技巧で早熟になったと、ふと信じた自分を恥じたのである。

「桐野さんのことだけを疑《うたご》うとるならともかく、あいつら、あんななさけないヘンタイの立川ともヤッとるとまで言いよったんや。そやからこの写真は職員室に没収されたままにしとけんかった」

三ッ矢は『交歓生活』の四ページを鞄に入れた。

「そんなことあるはずないだろ。そんな……、そんなこと、立川先生に失礼だよ。そんなことあるはず、ぜったいにない」

河村は三ッ矢を帰らせたが、そんなはずない、とは同僚教師に対する弁護だったのだろうか。

「気にするな」

河村は、廊下を歩いていく三ッ矢の背中に言った。

※

その日の夜。新撰組に多くの藩士を斬られ、新撰組の隊士も多く斬った長州藩の藩邸の跡に建つホテルの734号室に河村はいた。

ふたつならんだベッドのあいだにあるラジオを、貴和子がつけた。イアン・マッケンジーの『はりきっていこうぜ』が流れはじめた。南洋の花の添えられた青い色のカクテルに貴和子は唇をよせる。

「礼二さんは飲まはらへんの？」

「そういうやつ、やたら甘いだろ」

彼女は、河村を〝礼二さん〟と呼ぶ。礼二郎は長いからと。その呼び方にはどこか気取りがあって、知り合ったばかりの学生のころは、やめてくれと頼んだものである。そのころは、河村にはべつの女がいた。それに、貴和子はつきあえない女だった。清純派の知性派にお高くおさまりきっていて、なかなかオトせなかった。そこがよかった。

オトされてからも貴和子は清純派をしている。観光客でもないのに観光ホテルに泊まる無駄。河村の部屋には来ても、ここじゃいや、そんな気分になれないとセックスは拒む。ならセックスするためにだけ入る部屋である。連れ込みならここの三分の一の料金で済むのに。無駄なことだ。

だが、それを無駄とは思わず、当然だと貴和子は思っている。その上っ面の清純は彼を刺激する。やがては征服感を満たすことができるであろうことが暗黙裡《あんもくり》に保証されているそれは、予定調和的な前戯だ。前戯のつぎにすることは決まっている。

貴和子の衣服を脱がせた。彼から衣服を脱がされることにすでに慣れている彼女はさりげなく部屋の照明を、腕をのばして消す。ラジオを入れたように。飲みかけのカクテルをベッドサイド・テーブルに置くように。

「いや。シャワーを」

臀《しり》を上げ、彼がパンティをおろしやすいように協力したくせに、ここで拒むのは、これは婦女というものにだれかがマニュアルをプリントして配布しているのか。

「このままでいい」

ラジオが入っているしるしの液晶ランプだけの部屋で、河村は自分も裸になった。

バスルームへ行こうとする女を押さえつけておきながら、いったん身体を離し、服を脱ぐという、この予定調和。滑稽《こっけい》ではないか。腹立たしい。なぜこんな辱めを受けなければならない。脳裏のかたすみでこう思ったとしても、男はただちに忘れなければならない。勃たなくなる辱めを避けるために、勃たせるための自己鼓舞を課せられる性が牡《おす》である。

女を前にすれば牡は勃つのだと思うのは牝《めす》という性の高慢な幻想だ。勃たなくなる怖《おそ》れなど抱いたことのない男は、それを高慢ではなく誘惑とみなし、勃たなくなる怖れを抱く男はそれに怒り、それを誘惑とみなす男たち以上にそれを愛する。怒りは自己鼓舞に協力してくれる。

少年と、永遠の少年である統子の兄は前者に属し、貴和子を敷いている男は後者に属する。

清純派をしつづけている女の首に唇を這わせ、顎《あご》から頬へ、そして唇に当てる。当てると、女は腕を男の背中に巻きつける。巻きつけながら、なおも湯を浴びたいと言う。いや、と言う。いつもの手順なら、いつくしみだと錯覚させるようにやわらかく乳房にのばす手を、男はいきなり股間にまわした。「あ、いや」。また女は言う。介せず、毛の奥をさわる。イアン・マッケンジーの低い声のつぎは、高い声の日本語の歌だ。「左京区のイソガイタケオさんのリクエストです、フローレンズ、二曲つづけてどうぞ」。なんだこのラジオ番組は、統一のない。女のクリトリスは硬くなっている。さわる。濡れる。「いや、いや」と女は言い、言いながらよろこんで顎をのけぞらせる。男は女の身体から離れた。恥をかくといい。あわてろ。どうしたのと俺にすがれ。

貴和子から離れ、ベッドから離れ、窓の前に立って河村は外を見た。半分はかんちがいによるものであってさえもお高くとまっていることを全国民に許された京都という街の光が花壇の花のように咲いている。

背中に女の髪の感触がした。乳房が当たり、腕が腹の前で交差した。

「どうしたん?」

背後から聞こえた小さな声に、みずみずしい怒りは性欲に満たされる。向きを変え、彼女の顎を掴んだ。

「いやだと言うからやめたんだよ」

「いけず……」

摑んだ顎がねじれる。

「やってほしい?」

「いけず、いけず」

女は全身を男にすりよせてくる。

彼は彼女を抱き上げ、窓に沿って置かれた長いテーブルの上にすわらせた。

子供向けの絵本に描かれた天使のように、女はちょこんとテーブルの上にいて、腕で胸もとと股間を隠している。両手を上にあげさせた。

泣きそうな顔で、だが、彼女は乳房を彼のほうへ突き出す。突き出したように見える。暗い部屋の中でも唾液で光るのがわかるまで彼はそこを舐め、硬くなったクリトリスを擦ると、舐めてはいないのに彼女の性器は濡れて光り、かすれた息を洩らした。さらに乳房を突き出す。

大きいのが自慢なのだ。いつも俺と会う日は胸ぐりの深い服を着てくる。なのに、そういうことになる前には必ず拒む。とりすましてんじゃねえよ。

女の身体の向きを変え、背中から抱き、彼女の両の膝《ひざ》の下に、自分の両の腕を入れ、大きく足をひらかせた。窓に向けて。恥ずかしいと女はまた言う。予定調和である。恥ずかしいと言うが、彼が開かせ、拡げさせた性器に、彼の指が挿入されるのを拒まない。

同じかっこうをしていた。

黒板。教卓。男はうしろから女の足をひらかせていた。

三ッ矢の後生大事な『交歓生活』のグラビアがいきなり思い出された。グラビアの男の顔はもう忘れた。女の顔も。ごめんなさい、ごめんなさい、これからはいい子にします。記憶がすりかわり、べつの顔をした女が謝る。げ、なんだよ。なんで今ごろあれを思い出すんだよ。もう処女じゃないってあの噂、そうなのか。馬鹿、なにまた気にしてんだ。今の任務を果たさなきゃなんないときに。今、現実に自分にはがいじめにされ、性器を濡らしている女への欲望を煽れ。自分の掌中にあると確信できる女。彼女を満足させなきゃ。させなきゃ。「恥ずかしい。かんにんして、かんにんして」。嗚咽のようにくりかえしている。今、やんなきゃ。

予定調和である。男はコンドームをつける。あー、これつけるために電圧が下がる。男はひそかに嘆く。

コンドームの材質が男の電圧を下げるのではない。装着作業が下げるのである。しかし、としたら下がっても続行可能な電力があるのが絶倫のあかしではないか。塔仁原兄弟よ、きみらは正しい。タニアも泣いてよろこぶ、もう立派な大人だ。少年ではない。

男が床に女をおろしたのは、電圧低下による冷静な判断である。女をテーブルの上に置いておいては交合できない。男は女の背中を乱暴に押す。電圧を上げねばならない。腰の骨を乱暴に摑んで臀を突き出させる。上げるんだ、電圧を。見ろ、この女のかっこうを。

ごめんなさい、ごめんなさい、これからはいい子にします。思い出すな。なんでまたこのラジオはこんなときに。アイスクリームマン。思い出すな。百合の芳香。思い出すな、思い出すなってば。だが電圧はすごく上がった。男は女を床の上で犯した。激しい挿入の果てに、貴和子のまなじりから涙がたれていた。そのたおやかな女らしさを、河村はかわいいと思う。抱き起こし、ベッドに寝かせた。

「礼二さんのいけず……」

貴和子は河村の裸の胸の上に頭を乗せた。彼女の頭部の重みを胸に感じる彼の耳に、左京区のイソガイタケオのリクエストした歌は不安定に響いた。

信じていた、あの海、きみ、ぼく、約束、めぐりあえたら、昨日、夜明け。腐るほど使いまわしされた歌詞のうざったいフォークソングは、サビの部分で、女の名前を連呼する。こんな歌がなぜ今、流行るのだろう。

「イソガイタケオさんのリクエストで、フローレンズの『Junko』でした」

河村はラジオを切った。

「なんで切るのん、うち、この曲、好きやのに」

「もう終わったよ」

「そやけど……」

「どういう字、書くの?」

「字《じい》？」

「さっきの曲の題」

「アルファベットやわ」

河村の胸に貴和子はＪｕｎ-ｋｏと書いた。

「あいだにハイフンが入るん」

「なんで？」

「さあ」

またスイッチを入れようとする貴和子を抱き寄せる。

「かけなくていいよ」

貴和子の髪を撫《な》でた。

「ふたりきりでいようよ」

気取ったわけではない。赤面のｐｉｌｌｏｗ　ｔａｌｋではない。よけいなものは持っていたくなかった。

※

フローレンズの曲は、窓を開けたマルミ自転車店から洩れて、はんげ神社にも聞こえていた。

「そんな好きなん？　あいつのことが」

太田は統子の頰を流れるものに驚いた。相談したいことがあると電話で言われ、メイカ・ホームスタディに行くと親には言い、塔仁原宅の二階には行かずに、はんげ神社でずっと彼女の話を聞いていたところだった。泣くほど好きになられるとはどんな気分なんだろう。太田は思う。京美は自分を想って泣くことがあるのだろうか。

「うん、こんな気持ちは生まれてはじめて」

統子の答えは太田に焦燥を与えた。この女は自分に気があったのではなかったのか。小学校のときからずっと自分が確保してきた女ではなかったのか。

「本人に言うたか？　ちゃんとお統の気持ち」

「そんなこと、言えるわけが……。先生は禁欲を自分にしいてはる人やもん。そんなこと打ち明けたら嫌われるだけや」

統子はずっと自分には積極的に気持ちを態度でつたえてきていたではないか。同級生なのにずっと大人の女のようだった統子。それがこんなに殊勝に涙を流している。

河村と自分ではなにがどうちがう。路加学院か。俺はノーベル物理学賞とってみせる。けどあいつはもうヤってるだろう。ヤったことがあるかヤったことがないか。これは大きい。そうだ、それが大きい。すごく大きい。最大の山だ。

「かんにんな、こんな夜に呼び出したりして、そやけど、そやけど……」

統子はなにやら女らしいハンカチで涙をぬぐう。ヤってればこんなに女を泣かせられるのか。

「俺はお統にどうしたったらいいのや？」

太田は統子よりも自分に訊く。すべての偉業もまずは第一歩からはじまるのだ。関係代名詞も過去完了も不定詞の形容詞的用法も、ＡＢＣが読めなければはじまらない。

「俺ではあかんの？」

太田は統子の手をにぎった。さっとふりはらわれた。

「太田くんには京美ちゃんが……」

「家が近いさかい、ずっと仲がええいうだけやん。幼なじみや」

交換ノートで話すことも、たんなるよもやま話である。太田は富重ほどには文学少年ではなかった。ふりはらわれた手を、すぐにもういちどにぎりかえせた。

「はなして」

統子の肘《ひじ》が曲がる。手をはなさなかった太田はそのまま統子に近づくことになる。とても近づいた。ブラジャーが見えそうなくらい襟ぐりの大きいＴシャツ。

太田は学力にも運動能力にも社交性にも秀で、サンプルとしては適性を欠く早生《わせ》であるとしても、男子は男子である。男子はどこで学ぶのだろう。

『白衣の天使/悶える当直』の類を学校に持ってくる愚行をしでかすのに、コンドームに水を入れるのに、途中まではずっと女子より精神発育に遅れをとっていたのに、彼らはどこで学ぶのだろう。夜の神社という閨房《けいぼう》でイアン・マッケンジーになれる方法を。

「河村のことなんか、俺が忘れさせたるわ」

太田は統子の唇に自分の唇を合わせた。

それは太田にとってははじめての行為であったが、統子にとってはそうではなかった。父と兄が入り浸るパチンコ屋の店主に小学生のときにされたのをはじめに、最近では義姉の勤めている焼肉店の遅番の店員とよくかわす行為だった。体育教官室で中島にされそうになったこともある。逃げる統子を笑いながら中島は追いかけ、うしろから骨盤を摑み、臀に顔をあて、あてても笑っていた。それでも統子は最後の一線を攻防していた。自分がお嫁さんになる人のために。

太田の唇を受けて、統子は彼の腋下からゆっくりと腕を背中へとまわし、口と口との淡い接触を、濃い接触へと誘《いざな》った。そうした行為こそ、統子にははじめてのことだった。涙があふれた。ずっと大好きだった太田くん。彼は彼女に公約を履行した。

※

フローレンズの曲は愛の部屋にも流れていた。涙は彼女の頰にも流れていた。

今日の放課後、七組の小西が六組に入ってきて、氏家としゃべっているのを、彼女は聞いたのである。

〈おい、三ツ矢、指導室に連れてかれよったで、どうする?〉

三ツ矢という名前に愛は、出ようとしていた教室に残った。学級日誌を見なおすふりをして耳をそばだてた。

〈どうするて。んなもん、あいつが悪いがな。ぐずぐず残っとるさかい。小西やんもちょっと悪いわ。小西やんがあの写真は森本やなんて言うさかい、三ツ矢、むきになりよったんやがな〉

〈あんなに怒りよるとは思わんかったんや〉

ふたりがなににについて話しているかは、愛にはわからなかった。ただ、三ツ矢が好きなのはマミではなく京美でもなく木内みなみでもなく、隼子だったのだと知った。彼女の足にアンクレットが巻かれているのを見たことがあったが、イニシアルの部分を見たことはない。小西と氏家が教室を出たあと美術室に行くと、隼子はあいかわらず欠席だったからたしかめるチャンスはなかった。マミに訊きかけたが怖くなって訊けなかった。

たしかめなくてもいい。愛は思う。自分が好きならそれでいい。ずっと好きならいつか思いは相手にとどくはず。

スピガのアクセサリー売り場で買ったアンクレットを、愛は自分の足に巻いた。金属札には「Y・M」と彫刻刀で彫ってある。キーホルダーと交換する以外にも、長中アンクレット伝説では、それに自分の好きな相手のイニシアルを彫って足に巻いていると思いがつたわるとされていた。

森本さんの足に同じイニシアルが巻かれていたとしても、思いの強さではわたしが勝つ。わたしの思いはきっととどく。いつかとどく。

フローレンズの三人がサビの部分で歌いあげる名前は、愛をさらに泣かせたが、愛は伝説を信じた。

第五章　放課後

期末試験が終わった月曜日、美術室の水道の蛇口に、銀色の金属がひっかかっているのに、河村は気づいた。もう部員たちのほとんどが帰ってしまった時間である。

「あら、それきっと生徒の忘れ物ね。アンクレットだわ」

絵の具のついた手を洗いにきた小山内先生は、上品このうえなくほほえんだ。

これが三ッ矢の言ってたやつかと、河村はその金属を蛇口からとって、見る。

「先生、このアンクレットのことご存じ？」

「ええ、なんとなく聞いてますが」

「わたしが女学生のころもね、似たようなことしてましたわ。変わらないのね」

そして小山内先生は、残っている生徒のほうを向いて訊《き》いた。

「だいじなものが忘れてあるけれど、だれのかしら？　イニシアルじゃ、わからないんでしょ？　自分のを彫るわけじゃないから」

「ああ、それ」

愛が答えた。

「たぶん森本さんのとちがうかな」

「え、森本さん、今日もお休みしてなかった？」

「小山内先生が来る前に帰ってしまわはったんです。ちょっと来て、そこで足洗ってすぐに」

「足？　足をここで洗ったの？」

「メッキなんで、つけてると足首が痒《か》ゆうなるて、それではずして、そこで足首を洗ってたから」

「まあまあ、お行儀の悪いこと……。それでそのまま忘れていくなんて意外にそそっかしいのね。じゃ、福江さん、これ返してあげてくれる？」

「でも……ほかの人のかもしれないし……」

愛はアンクレットを受け取るのがいやだった。受け取ったらイニシアルを見てしまう。

「ちょっと……」

小山内先生は、愛を手招いた。

「福江さんと藤原さんは森本さんと仲よしじゃないの、打ち明けられてない？」

小声で訊く。

「知ってます……」

打ち明けられてはいないが、わたしは知っている。愛は思った。

「でしょ？　見て？　これでいい？」

小山内先生に言われた愛は、河村が持ったままのアンクレットに顔をよせた。愛も河村もイニシアルを見た。R・K。

「なんだ、ちがいます」

なんだ桐野さんだったんだ、やっぱり。心中で愛は思い、わずかに安堵《あんど》した。桐野って下の名前はなんていうんだ。心中で河村は訊き、わずかに焦った。

「あらそう。じゃ、先生、準備室に置いておいてくださいますか」

小山内先生は、愛の〈ちがいます〉をべつの意味に受け取っていたが、イニシアルがちがっていても、愛はアンクレットを隼子にわたすのはいまいましかった。

どうでもいいことだ、こんなもん。河村は思い、準備室の棚のあいたところにぞんざいに小さな鎖を置いた。

※

火曜日は美術部の活動日ではなかった。ひどい雨が降っている。期末試験も終わり、夏休みも近いこんな雨の日には、だれもいないだろうからと隼子は美術室に来た。

描きかけてほったらかしにしたままの、壺《つぼ》と石膏《せっこう》の球体と鉄の造花が布の上に一直線にならんだ水彩の静物画を、ひとりでしあげようと思った。
テレビン油の匂い。粘土の匂い。埃《ほこり》の匂い。雨の日に、それらの匂いは美術室で湿って入り交じっている。うすぐらかったが蛍光灯のスイッチにはふれなかった。だれもいない部屋でしばらく窓の雨をながめていた。

雨雨ふれふれ、母さんが、蛇の目でお迎え、うれしいな、ぴちぴちちゃぷちゃぷ、らんらんらん。小鳩幼稚園のときに歌わされた、あの歌は好きではなかった。雨が降れば家族が子供を迎えに来るのを当然としている歌だ。急に雨になれば、隼子はいつも傘なしで歩いて家に帰った。母が迎えに来ないほうがよかった。養女だと知ってまもないころだったから、気兼ねしていた。

いや、これに意味はない

荷物になるじゃないか

　ワリカンにしとこうよ

荷物が多いのはごめんです

「荷物が多いのはごめんです」
唇だけを動かしてそう言い、準備室の戸を開けた。開けたところに人がいた。

「きゃあっ」

数年ぶりといっていいくらいに叫んだ。幼稚園のころのことや、マッケンジーの歌に、意識が完全に向いてしまっていたので、ものすごく驚いたのだ。

「きゃあっ」

鞄《かばん》を床に落とした。

だれかは見てわかる。河村である。わかるが、あまりに驚いて、叫びつづけた。

「そんなに驚かなくったって……」

「……だって……てっきりだれもいないと……」

隼子の驚きように河村が笑い、自分の驚きように隼子も笑った。

「あっちの戸を開けたとき、だれが来たのかわからなかったけど、おーす、って声かけたの聞こえなかった？」

「聞こえませんでした」

考え事をしていて気づかなかったのだろう。

「ずっとサボりつづけて、活動日じゃない日に来たの？」

「ひとりで描いたほうがいいかと思ったんです」

ロッカーからスケッチブックと絵の具箱を取り出すために、河村には背を向けて言った。

「その、ダサい構図の水彩を？」

「やっぱりダサい？」

途中までひっぱったスケッチブックを抜き出すのをやめる。

「うん、ダサい。なんだよ、それ。ずらっと一列ならびで」

「そうですか。じゃ、やめよう」

隼子は身体の向きを変えた。

「しあげるの、つまらなくなってたから、やめます。火事で焼けてしまいました」

そういうことにする、という意味だった。描きかけたものを途中でうっちゃってはいけませんと、いつも小山内先生が言うから。

火事という語は、河村に、三ッ矢から聞いた隼子の実父母の事情を思い出させた。

「つづきを描くのはやめます」

隼子の臀がスケッチブックを押す。

「つづきしようよ」

彼女の腕がぐいと河村のほうへのびた。左手がスーツの左の袖《そで》を、右手が右の袖を、紙をまるめて捨てるように摑んだ。

「こないだの」

袖を摑まれたまま、河村はためらった。こないだのつづきというのがなにのことかはわかる。だがなかったことにしたんだ。つづきはないんだよ。立場上、よくないではないか。

本気でやばいぜ。あのときは、倒れかけたから支えたんだ。そのあとのことは蒸し暑かったのでちょっと血迷ったんだ。こいつ、いったいどういうつもりでいるんだ。ああ、なんでこんなガキの〝つもり〟を、俺は気にしてんだよ！　けど、どういうつもりなんだ。三年の桐野なんとかより俺のほうに気があるのか、ないのか、あるんだろう、ないはずがない、なかったらあんなことはしない、いつもとはうってかわって、あの日はふるえながら先生なんて言ってしがみつきやがって、ああもう、ったくもう。

隼子を見た。顔が正面にある。そもそもこの顔がよくない。小馬鹿にしながら誘ってくるような目もよくないが、口はもっとよくない。三ッ矢を悩ませる、「きっともう処女じゃない」という小西と氏家の陰口もこの口のせいだ。たかが中学生がと切り捨てようにも、童顔の貴和子よりずっといやらしい口をして、貴和子よりずっと背が高いから、向かい合うとこの顔が正面にくる。正面にくるがやっぱり俺のほうが高い。小柄な貴和子は俺と向かい合うとき、大きく首を曲げないとならないから、結局、真正面の顔を俺は見る。すこし低いだけだと、上目づかいになった顔を見ることになる。

「つづきは？」

袖を摑んだ腕の肘《ひじ》がまがり、河村をひっぱる。隼子とのあいだにすきまがなくなる。……。この口に負けた。河村は隼子の背中に両腕をまわした。

「気持ちいい。こうしてるの」

友情的なる抱擁。ぜったいに詭弁《きべん》だが、この理由にするしかない。頰を擦《こす》る隼子の髪。顎《あご》に触れる耳。首に触れる襟。指のはらが感じるブラジャーの留め金。詭弁だ。河村は腕に力を入れた。問題の口はもうそこにある。行動を進行させるべきかどうか躊躇《ちゅうちょ》したとき、その口は遠のいた。

「戸が開いた。だれか来る」

臂でロッカーに押しもどしたスケッチブックを隼子はさっと抜き出した。

河村には聞こえなかった。

「戸が開いた？」

河村には聞こえなかった。さっき俺が声をかけても気がつかなかったくせに、こんなことをしていながら戸が開くのには気づくのかよ。

隼子は河村から離れ、スケッチブックをひらく。足音がする。

「ほんとだ、だれか来た」

河村はネクタイをデッサン用のガラスの花瓶に映してなおした。

準備室の戸が開く。

福江愛が入ってきた。

「あ、福江さん、どうしたん？　活動日でもないのに」

よくそんな、こざっぱりとした声で訊けるなと河村は隼子を思う。

「森本さんに用事があって。さがしに来たん。〝さっき、美術室の近くで見かけた〟って三ッ矢くんから聞いたさかい」

　愛はつぎに河村を見た。

「先生も活動日やないのになんでいはるの？」

「え？　ちょっと。職員室ではないとこで休憩しようと思って来たんだよ、その、なんだ、じつは、それこそ三ッ矢と先週、いや先々週だったか、相談室で長いこと、その、いろいろとだよ、いろいろと三ッ矢と話してたので、気になることもあって。三ッ矢と話していたことだけじゃないけどさ」

　三ッ矢と、という部分を不自然に強調しすぎたとは思ったが、どうしようもない。もう言ってしまった。

「そしたら森本が来たから、その水彩にケチつけてたんだよ。福江、見た？　それ。すっげえダサいだろ」

「そんなことないと思うけど……。一列にずらっとならんだ静物というのも変わってて。それより森本さん、ちょっと……」

　愛は隼子のそばに寄り、耳に手をそえてなにか言った。河村には聞こえない。それから制服のポケットから封筒を出して隼子にわたした。隼子は、いかにもポンと、それを鞄にしまった。

「ありがとう、わざわざとどけてくれて」

「そしたら、わたしはもう帰るわ」

愛は準備室を出て行こうとする。

「待って、私も帰る。コニーさんまでいっしょに帰ろうな」

「水彩は？」

愛が訊く。

「あんなにダサいと言われたし、もう描くの、やめるわ。先生、さようなら」

隼子がさようならと言うと、愛もくるりと河村のほうを向いて礼をした。

「失礼します」

ふたりの女生徒はいなくなった。

がらがらと戸が開く。がらがらと閉まる音がする前に、ぱたぱたと駆けて来る足音がした。

「あの、昨日、水道のところに忘れ物がありませんでしたか？」

まったくなにごともなかったような口調で隼子は訊いた。

「ああ、あった」

同じような口調で河村も答えた。

アンクレットが河村の手から隼子の手へと移動する。隼子は床にしゃがんだ。

「R・Kね」

それは河村と同じイニシアルでもある。隼子はソックスをおろし、足首に鎖を巻きつける。

「律儀なことだな。奴隷の足枷《あしかせ》してる気分がしないか？」

上から投げた皮肉に、女の頭は下を向いたままだ。鎖の小さな鉤《かぎ》を小さな穴にはめるために頭が足首にぐっと近づく。

「はめてやろうか？」

いつも斜にかまえているのが憎たらしい、すこしはオタオタしたらどうだとつい口をついて出た。かなり猥褻《わいせつ》なしゃれだった。しゃがんだままの姿勢で、女は視線のみを上に向けた。

「ええ。いつ？」

腹が立った。こいつは自分を軽んじている。たかが十四歳が。

生きてゆく人間というものは二十三歳ののちに四十三歳になって知る。二十三歳の自分はなんと若く、熱を帯びていたのだろうかと。しかし、やがて五十三歳になって知る。もし自分が今、四十三歳ならなににでも新たな挑戦ができたのにと。そして六十三歳になり、さらに知る。五十三歳の自分は、三十三歳と変わらぬほどに、なんと若かったのだろうかと。

女を見下ろす男は、たかが二十三歳であった。動じるな。たかがこんなやつではないか。

さらに冗談で返す余裕を見せろ。河村は上から返した。

「じゃ、今日」

うまく返せたと青年は満足したが、どうとでも受け取れる巧妙を、隼子は、自分がしても他者には許さなかった。ソックスをあげ、アンクレットを隠して立った。

「夜、十時半。長命東駅に行くんです。雨がひどいので家から駅まで車で送ってくれますか。新朝日町の、雑木林の前のポストの前で待ってる」

そう言って準備室を出た。がらがらと音をたてて戸を閉めた。

※

コニー文具店の前で、愛は隼子に手をふった。愛と隼子の家は方向がまったくちがう。

「なら、ここで」

「うん、さよなら。たのしんできてね、宝塚」

明日の休みには母と伯母《おば》と妹とで宝塚歌劇を見に行くのである。

「清く正しくする」

一刻も早く、隼子から離れたかった。黴菌《ばいきん》がつくような気がする。耳打ちしたのを後悔している。伝染《うつ》ったんじゃないかしら。なのに、隼子に訊《き》いた。

「もう忘れ物、ない？」

意地悪な言い方になっていることは自分でわかる。美術室を出るとき、忘れ物をしたといったんもどった隼子。あんなの、きっと嘘だ。

「うん、ないよ」

やや表情が曇ったように見えたが、基本的にこの黴菌女の顔は陰りがあるのである。こういうところに三ッ矢はひかれるのだろうか。黴菌持ちとも知らず。

「あれ、読まへんかったね」

「あれって？」

「三ッ矢くんからの手紙。なんで読まへんの？」

怒っているのがつたわってしまっただろうか。つたわってしまうと、この黴菌女はきっと自分の三ッ矢への気持ちを見透かす。

「三ッ矢くん、えらい急いではったで。頼まれたからには、なんや責任感じるやんか」

明るく言いなおしたつもりだが……。

「その場で読むのは、三ッ矢くんに悪いような気がして」

「どう悪いん？」

また意地悪な言い方にもどってしまう。また明るく言いなおす。

「わたし、返事聞いてきてって言われてるねん」

嘘だった。黴菌女が三ッ矢をどう思っているのか、三ッ矢が何を書いたのか、愛は知りたい。

「なら、今、読むわ」

傘を自分に持たせ、鞄を開けて、黴菌女は封筒を取り出した。封筒には二つ折りにされたカードが入っていた。カードを愛は覗《のぞ》きこんだ。

「暑中お見舞い申し上げます」

三ッ矢自身の肉筆はなにもなく、ペンギンがかき氷を食べているイラストの上に、印刷された字があるだけだった。安心し、安心したあと中身を知る前よりも暗い気分になった。暑中を見舞うだけの語句に、ほかの意味も含まれていることがわかるなにかが、もう、このふたりのあいだにはあるのではないかと。

「返事はどうしたらいいの?」

「返事て……。同じでいいんとちがうの?」

「同じて?」

「暑中お見舞い申し上げます」

それだけ? わざと素っ気のうして三ッ矢くんもキープしとくの? 言いそうになって愛は口をつぐむ。

雨の音にまじって、コニー文具店のおばちゃんが、内側からガラスにぱんぱんとはたきをかけている音がする。うるさい。雨もうるさいし、ガラスもうるさい。

「森本さん、今日はお風呂《ふろ》に入ってね。中学生は清潔にしておくべきだから」

せいいっぱい皮肉を言ってやった。すこしは気が晴れた。隼子を残し、愛は能勢町のほうに向けてびしゃびしゃと早足で歩いた。

「黴菌！　黴菌！　黴菌！」

ひとりになると、はっきりと隼子を罵《のの》しった。

愛はショックを受けていたのである。とり乱していた。

三ッ矢が好きなのは自分ではないことは知っている。片想いのつらさは前にだって経験がある。自分はマミや隼子のようにきれいではない。そのかわり成績はふたりよりずっといい。東小時代には勉強のできる男子とアイアイガサを書かれたことだってちゃんとある。男子に人気のある女子を妬《ねた》んだりなどしていない。そんな下等な。

とくに隼子には好感を抱いていた。長命あたりの田舎町にはいない垢《あか》抜けた雰囲気に、あこがれさえしていた。三ッ矢が好きなのが、木内みなみのようなカマトトではなく隼子だったことで、かなしいにはかなしいが、三ッ矢を好きになりなおしたふしさえあった。マミとみなみと京美。ベストスリーと男子は呼ぶが、上級生から手紙をもらうのは隼子なのも、どこかなっとくでき、救われていた。

でも今日から大嫌いになった。汚い。さわりたくない。黴菌が伝染る。

愛は見たのである。

やはり隼子は、河村同様、気づかなかったのである。美術室の戸の開く音に。雨の日に電灯もついていない美術室。隼子が入ったというのは三ツ矢の見ちがえではないのかと思い、そうっと戸を開けたのだ。鍵がかかっていないのだから、来たには来たが、またどこかへ行ったのではないか、それとも準備室にいるのだろうかと、そちらの戸も開けようとした。だれかいる。でも、こんなうすぐらいままにしているのはなんで？ 愛は不審に思った。準備室の戸は、戸といってもベニヤ板のまにあわせで、ぴったりと閉まるものではない。すきまがある。そこから覗いた。隼子と河村は立って、抱き合っていた。

ズボンを穿《は》いたほうの脚がスカートを穿いたほうの脚をあいだにはさんでいた。

なにかがサッと動いた窓を見たときのジョーン・フォンテーンのように愛は愕然《がくぜん》とした。早鐘を打つ胸を手で押さえ、足音を忍ばせて、美術室の戸の前まで行った。それから、わざと音がするように戸を閉めて、ふたたびそっと開けて、準備室まで来てノブをまわしたのだ。

「水彩を見てたやなんて。先生はしらじらしいこと言《ゆ》うて。忘れ物をした、ちょっと待っててやなんて、森本さんもしらじらしいこと言うて準備室にもどって……。もどってなにをしてきたんやろう……」

不潔だ。汚らわしい。

「黴菌！」
愛は隼子が許せなかった。

※

福江愛は妙にとげとげしかった。すまない気持ちに、隼子はなった。三ッ矢くんにもあたしにも〈フコちゃんは三ッ矢くんが、六年のときからずっと好きなん。三ッ矢くんにもあたしにもぜったいに言いやらへんけど〉

マミから聞いている。だから愛が、三ッ矢からのカードの運び屋をしてくれてきたとき、彼女のいる前で見たりしないほうがいいと思ったのだ。

しかし。ならばもし自分が三ッ矢に、愛を好きになれと説得したり、ふたりが仲良くなるようにセッティングしたりすれば、それが愛にとって親切になるだろうか。そんなことはしないほうがいい。

が、そんなことはしないほうがいいとすることで、厄介から自分は逃れているのかもしれないとも思う。思うが、すぐに愛のことも三ッ矢のこともどこかに消える。

三ッ矢は繊細ないい人だと思うが、河村のことはすこしも好きではない。〈全然かっこいいと思わない〉。水飲み場で統子に言ったことは嘘ではない。〈体育の中島と変わらへんで、あんなもん〉。嘘ではない。そんな程度の男だ。だから統子にはすまなさややましさはすこしもわかない。ひたすらハレー彗星《すいせい》が見たいのだ。

河村ではない。ハレー彗星が見たいのである。自由の女神像が見たいのである。濁っていてもテムズ河が見たいのである。エッフェル塔が、ランブータンが、馬車が、河原町の「メビウスの帯」が見たいのである。行ったことがないところ、見たことのないもの、食べたことのないくだもの、乗ったことのない乗物、禁止されている店。自分の知らない部屋がそこにあって、ふだんは鍵がかかっていて、あるときそのノブに鍵がささったままになっていたら鍵をまわしてみたい。部屋の中を見たい。どんなものなのか見てみたいのだ。

抱きしめられるのは気持ちがいい。河村じゃなくてかまわない。きっとだれだって気持ちがいい。でも中島は歯をみがいていない匂いがするからいや。なにを食べたか献立までわかる。歯をみがいていない匂いと、揚げ物と煙草とワッフルの匂いはいや。いやな匂いはいや。

桐野……。桐野と抱き合うことなど想像すらできない。大好きなのにいやだ。なぜなんだろう。わからない。わからないのはいや。都会なら選択肢がある。でも今、自分が住んでいるのはロンドンではない。ニューヨークでもパリでも横浜でも、京都でさえない。河村しか、そばにはいないのである。

〈性欲のある男とちがうの?〉。統子に言ったことは嘘ではない。

※

夜には雨はあがった。

九時ごろ、桐野から電話があった。うれしかった。彼への好意がゆらぐ瞬間はまったくなかった。今日の十時半のあとにもきっとない。だからやましさもない。

〈今日はお風呂に入ってね〉。愛は別れぎわに言った。あれはどういう意味だったんだろう。いいや、どういう意味でも。風呂に入ろう。

風呂から上がると、巻いていたバスタオルをベッドに投げて隼子は裸でタンスの前に立った。

パンティは、スポーツメーカーが出している、リブ素材の、グレーの、ビキニ丈ではあるが、なるほどスポーツメーカーの製品なのねというかんじの、いくつも同じようなものがたたんであるなかの一枚を出して穿き、ブルージーンズを穿き、上は、パンティとペアの、同メーカーの、パンティとそろえてつけて体育館にいれば、ああスポーツ用のウェアなのねと見えるようなかんじの簡便なデザインの、これもいくつも同じようなものがたたんであるなかの一枚をつけ、それから、Vネックの、ミカが〈女らしいカッティング〉と評したTシャツを着た。

「……………」

着たが、脱いだ。

脱いで、また着た。

着て、また脱いだ。

短くないあいだ考え、それから決心した。ドアは開くと。開かなかったら開けさせると。

だから、男女兼用のざっくりした、やや硬い木綿の、地味な色合いのマドラスチェックのシャツを着た。それは、ボタンではなくジップアップだ。リングに指をかけて、ジッパーをあげる。リングに指をかけてジッパーをおろしさえすれば、そのシャツはすぐに開く。着ている本人でなくとも。

ジップアップのシャツを着ることにした決心は、当然、隼子に歯をみがかせた。

十時二十六分に、隼子は自分の部屋の窓から家を出て、雑木林を抜けて、ポストの前に立った。確信はない。来ないかもしれない。冗談だったかもしれないし、用事があるかもしれない。もちろん来る気にならないかもしれない。理由はどれでも、結果は来るか来ないかだ。ルーレットなら奇数賭《か》け。確率は1|2。賭けた。

※

なぜ運転しているのか、河村は自分にははなはだしい怒りをおぼえる。こんなに自分はなさけない男だったのか。これじゃヘンタイだ。立川よりさえないじゃないか。たかがあんな……。たかがあんな……。Uターンさせろ。中宮まで引き返せ。先の信号、ちょうど赤じゃないか。道路はがらすきだ。ターンさせろ。させろ。くそ、青になりやがった。

車は信号を通過する。

長命東駅まで送ってくれと言ってたな。また家にひとりでいるのか。なら長命東駅から両親のいる工場に行くのかもしれない。それなら送っていってやるのは妙なことではない。いつも自分は十時ごろに風呂に入るのだし、ついでに歯もみがくのだし、それからしばらく起きているのだし、両親に会おうとしている生徒を家から駅まで送っていくのが今晩は加わっただけで、日常だ。持ってる。そりゃ持ってるよ、あれは。俺は貴和子とつきあってるんだから。持ってるのが日常だ。駅に送っていってすぐに中宮に帰る。十二時にはまた日常どおり、さっきまでいたあの部屋にいて、TVをすこし見て寝る。日常なんだ、これは。

車は新朝日町に着いてしまった。ルーレットの目は奇数だった。

※

暗闇の中に隼子は立っていた。河村は彼女を車に乗せた。

「また、家の人、いないの？」

「母はいます」

母は朝五時に起きるから夜は十時に寝てしまう。窓から出たのは念のために。玄関に近い部屋が母親の部屋だから。父親は関川の工場にいる。そんなふうなことを断片的に河村は聞かされたが、長命東駅に隼子が行かなくてはならない理由も、長命駅ではなく長命東駅である理由も、断片のどこにもなかった。

「長命東駅だって？　そこからバスに乗るつもり？　お父さんに届けものでも？」

その質問を隼子は完全に無視した。

「前、行ってください」

「前ね。駅のほうじゃないぜ」

河村はアクセルを踏んだ。わかっている。長命東駅に行かないのなら、もうブレーキはきかない。

「アメリカの、オレゴン州かなんかみたいなところだな、新朝日町というのは。人家なんかまばらだ。オレゴン州に行ったことないけど」

笑わせるつもりだったが、隼子は前を見ているだけだった。

「こないだは、ときどき数日間も家の人が不在になるって言ってたけど、こんなとこでひとりで一軒家で留守番してるのは怖くないか？」

「ほかの町にあるほかの家に住んだことがありません。比較できない」

「あ、そ」

まったく、いちいち生意気な。こんなかわいげのないやつのどこがいいんだよ、三ッ矢。

左へ。まっすぐ。右。そのまま。隼子は低く指示した。いったい何様のつもりなんだ、てめえは。河村はそれでも指示どおり車を走らせた。田んぼの中にぽつんと建つ、暗くてよく見えないが、寺らしきものの前に出た。廃寺なのか、寺門の前には灌木《かんぼく》が茂り、まったく人気がない。

「ここに停めてください」

指示するな。怒りをおぼえながら、車を停めた。

「ここでいい」

隼子は言った。はん、また指示か。河村は彼女のほうを向く。彼女は河村のほうは見ずに、フロントガラスのほうを向いている。

「…………」

なにがここでいいのかはわかっている。そういうことだ。やばいことはわかっている。放課後からわかっていた。いや、もっと前からわかっていたんだろう、たぶん。

キーをまわし、エンジンを切った。日常も切れた。もう停止できない。

「あまり男をみくびるな」

シートを倒し、あの口を獲《とら》えた。

※

関川の工場には金庫がある。父は開けるときには隼子を遠ざけた。子供は見たらいけないと言われ、はい、と父から離れ、音だけを聞いていた。かち、かち、かち、かち、かち、かち、かち。最初は、かち、かち、という音の回数だけを、頭でたし、だれもいないときをみはからって開けようとした。左ききの隼子は、まず左側へ、おぼえた合計数をまわした。開かない。開かないから右に合計数を。それでも金庫は開かなかった。

そもそも金庫の置いてある部屋へ、父は隼子をあまり入らせなかった。彼は子供が金を盗むと心配していたわけではあるまい。金庫の置いてある部屋では仕事をしなければならないから子供の相手をしてやれない、子供にまといつかれたさいに、〝仕事をしているところだからおとなしくしていなさい〟という説明は、子供には理解できるはずがないと、隼子が小学生のころにすでにおじいさんになってしまっていた彼は、自分の子供のころのことをすっかり忘れてしまい、そう思い込んで、だから最初から、そこへはひとりで入ることにしていたのだろう。父は気兼ねしていたのだ。

小学生のころに隼子はほんの数回しか、その部屋には入ったことがない。数回で、金庫は単純に合計数で開くのではないことを知った。ちら、ちらと父のほうを盗み見、開け方を知った。左へ4。右へ9。左へ7。右へ6。左へ1。右へまた6。数字と方向の詳細をおぼえると同時に、金庫を開けた父が自分のほうを見たときに、ちょうめい信用金庫の景品のマスコット人形に興味を奪われているふりをすることもおぼえた。隼子にとって、それはずるさではなく、気兼ねだった。気兼ねだったと隼子自身は認識してはいないが。

めんどうだと隼子は思っていた。お金なんか欲しいないのよ。そう言えば、父は養女だから遠慮させているのかと心配するだろう。金庫の開け方のしくみに興味があるだけだという語彙《ご い》が、子供にはなかった。また、なぜそんなしくみに興味があるのか自分でわからなかったから、説明を考えはじめると、途方もなくめんどうな気分になった。

左へ4。右へ9。左へ7。右へ6。左へ1。右へまた6。そのしくみは隼子をどきどきさせた。こんどこそ開けてみせる。工員たちの目を誤魔化す段階から、開ける作業はスタートしていた。興奮した。金庫の前にすわり、まわす。開かない。そんなはずはない。記憶にまちがいはぜったいにない。開くはずなのだ。だが金庫を開けることが、なかなか隼子にはできなかった。なんども開かずじまいにおわったが、あるとき、かち、かち、かち、というその手応《てごた》えがちがった。開いた。数字と回転方向はやはり合っていた。前にしたときとはどう手応えに差があったのかは説明できない。金は欲しくないと説明できなかったように。ギアに仕組まれた数字が確実にひとつずつ整合してゆく快感だった。それからは工場に行くたびに、金庫を開けていた。札束は見なかった。かち、かち、かち、そして、かちゃっと開く、開く、あの、かちゃっという瞬間がたまらなく気持ちがよかったのである。

＊

河村が口を塞《ふさ》いだときは、金庫を開ける瞬間だった。快感だった。百合が玄関に活けてあった午後に、計算して小さな声を出したのとはちがい、不覚にも、思わず息を洩らした。自分の唇と舌がはじめてさわる他人のそれの感触はこんなかんじなのか。〈喉の奥まで〉。マッケンジーの歌詞で想像してみたことはあったが実感できなかった。こんなかんじなのか。想像以上に気持ちいい。立って抱き合っているだけよりずっと気持ちいい。液体うがい剤じゃなくて、ちゃんと歯をみがいた歯みがき粉の匂いのする息が、耳のそばで、顎のそばで、首のそばでするのは気持ちいい。体温のある指は気持ちいい。濡れた舌は気持ちいい。それらが腰を撫でるのも、腹をすべるのも、背中を撫でるのも。でも、おっぱいを摑んで舐《な》めるのがいちばん気持ちいい。自分じゃ舐められなかったから。ジーパン穿いてくるんじゃなかった。失敗した。スカートにするんだった。あ、でもないか。そうすればいいんだ、なるほど、そうか、着るときにもとにもどせばそれでいいんだから。先生は何回もやったから知ってるの？　けっこうだいじなことなのに、本に出てくるこういうシーンでは読んだことがなかった。こういうシーンではジーパンどころかきついガードルつけてそうな女の人と急にセックスしてるのに、さっさとクリトリスの反応と、その人が男の人のを握らせられる描写になってて、それが克明なばっかりなんだもん。握り方はよくわかったけど、それより前の脱がされ方はどうするんだろうって、そこがいつもわからなかったから、今日わかったから、よかった。気持ちいいよ、先生、すごくいい。先生にさわられるの、舐められるの、すごく気持ちいい。指入れられるの、すごくいい。自分でやるより、ずっといい。曲調が散漫であんまり好きじゃなかったけど『はりきっていこうぜ』はいい歌かも。〈がんばれ、同時に〉〈がんばれ、同時に〉。いいよ、それ。イアン、大好き。世界中でいちばん好き。え？　なんで？　なんで桐野さんのこと訊くの？

河村が隼子の頬を打った。すぐに打ち返した。

なんでそんなこと訊くの。所有物扱いしないで。あ、いやだ、これ。気持ち悪い。げ、ってなる。痛。痛。痛。痛。イタイ。もうがまんの限界。「痛い」。ならそれで。それでする。うん、そのほうがいい。そうして。そうしてて。つぎはちゃんとするから。あれもするから。研究しとく。いっぱいするからいっぱいしよう。

夏には夜毎幽霊が出るとの噂が、秀徳寺にはむかしからあった。周囲の田んぼで、蛙がしきりに鳴いている。夏である。窓を閉め、エンジンを切った車の中は、冷房もなく、暑かった。

*

十四歳をいたわる余裕は河村にはなかった。認めた快感でめいっぱいだった。隠し、誤魔化し、否定し、否定したからには、さらに否定し、否定しつづけていた感情を、容赦なく破壊して認める快感で。欲しかったこの口、欲しかったこの舌、この歯。「アンッ」。ざまあみろ、たしかに聞いたぜ、今の声。この顎も欲しかった。この首も、この胸も。欲しかった。この腋下も足も手も、手の指も足の指でさえ。腰も臀も腹も臍《へそ》も、臍の下もぜんぶ。欲しかった。欲しかった。欲しかった。欲しかった。欲しかった。欲しかった。ずっと。ずっと、たまらなかった。たまらなく俺は、こいつを犯りたかったんだよ！　青少年健全育成条例がなんだ。青少年愛護条例がなんだってんだよ。愛護って……。愛護してやるよ。青少年なんか犯りたかねえよ、俺だって。青少年なんかいらない。こいつが欲しかったんだよ！　貴和子よりとっくに青少年じゃなくなってるよ、こいつは。なんだよこの手つきは。なんだよこの濡れ方は。桐野とはもうヤったのか、え、おい。どうなんだ、答えろよ。

隼子の頬を打った。すぐに打ち返された。

痛え、思いきりひっぱたきやがった。加減しろよ加減、俺は加減して打っただろ。犯られてんだから犯られてるらしくしろ。ったくどこまでも生意気な、こんな、こんな女。こんな……。だめだ。俺、こいつにまいってる。

※

小山内先生はマッチをすり、蚊とり線香に火をつけた。

煙は天井に向かう。風のない夜である。縁側にすわっていても汗が出る。

「扇風機、かけないんですか？」

床に横になっている良人《りょうにん》をふりかえる。良人は掛け布団を四つ折りにし、そのうえに浴衣《ゆかた》の足を乗せている。

「いや、やかましいから、いいよ」

うちわがゆっくりと動く。

関節のあちこちが痛む良人のために冷房機は寝室には取り付けていない。

「あの町なら、夏も過ごしやすいんでしょうか」

「さあ、どうだろう。今はビルもたくさん建っただろうし、あのころのようには……」

「そうね、きっともうすっかりようすは変わってしまったんでしょうね」

中部にある生まれ故郷の町を出たのは小山内先生が十五歳のときだった。それからほぼ四十年が過ぎた。いちども帰省していない。

「ここ長命のほうが、かえってあのころの町に近いくらいかもしれないよ。田舎だもの、ここは」

小山内先生より十八歳年長の良人は、先日、七十二になった。

「あなた、この夏休みくらい、行ってみませんか？　あの町へ」

良人と旅ができるチャンスは、もうないかもしれないのである。今は、夜には関節を痛ませるものの歩けるが、いつ寝たきりになるかもしれない。それどころか、いつ逝くかもしれない。

死は、しかし、小山内先生にとって、十五歳のときからつきまとっていたものである。

「そうだなあ」

「もう、わたしたちのこと、おぼえている人なんかいませんよ」

小山内先生の父母も、良人の父母もとうに亡くなった。どの葬式にも、彼らは出なかった。郷里には帰らなかったから。

「かりにおぼえている人がいたって、名乗らなければわかりませんよ。だって、もうふたりともおじいちゃんとおばあちゃんですもの」

「きみはそんなことな……」

きみはそんなことないよ、と言おうとしたのだろう、良人は咳《せ》き込んだ。

「あなた、だいじょうぶですか？」

縁側から立とうとする。

「だいじょうぶさ。唾《つば》が気管支に入っただけだから。そう心配しなさんな」

「心配しますよ……」

ほっとして小山内先生は笑う。えもいわず優雅である。

中学生のころ、小山内先生は類稀《たぐいま》れな美少女だった。た、と過去形にするのもためらわれる美貌《びぼう》である。小山内先生が洗い髪に櫛《くし》を入れる。色香がたちのぼる。ベストスリーのマミ、みなみ、京美などたちうちできるものではない。時間のルールを無視した色香である。長命中学における小山内先生の人気が絶大なのは、やさしいからではない、この色香のためである。

内面の美という呪文《じゅもん》を、心ある人間ならば嫌悪すべきだ。こんな呪文は広告代理店が女性消費者に向けたおためごかしだ。小山内先生は閉経が近いだろうし、染めているが髪の五割は白髪だろうし、乳房はあきらかに京美より小さく、たるんでいる。彼女には商品価値はもうない。洗い髪を梳《す》く小山内先生に、色香がたちのぼるのは、彼女がそのことを熟知しているからである。牡《おす》にとって自分は〝おばあちゃん〟であることを熟知して、かつ牝《めす》であることを放棄していないからである。だから浅ましさも焦りもない。色気ではなく色香は、年齢には関係がない。

ベストスリーのひとり、たとえば木内みなみが、現在ではなく、小山内先生と同じ年になったときに、洗い髪を梳けば、小山内先生と同じくらい色香がたちのぼるか。内面の美とは、小山内先生くらいの年齢になって、はじめて問題にされるべきことである。

だが、優雅なこの美少女の、内面は鬼のように冷酷だった。

ひとりの女が死んだことにも、何の良心の呵責《かしやく》もおぼえなかった。

死んだ女は、現在の良人の前妻である。

中部地方のある町で、良人は教師をしていた。小山内先生は彼の教え子だった。

やはり肌の熱き血汐《ちしお》にふれもみで、さびしかった倫《みち》を説くきみを、細君から略奪したのは虫も殺さぬような可憐《かれん》な美少女で、彼女にとって前妻は、ただ勝手に死んだ女でしかなかった。小さな町の一大スキャンダルになった。

妻を自殺させた教師は、教え子と大きな街に逃げた。スキャンダルからできるだけ遠ざかれる外地。それが北海道だった。

〈湿気が少なくて涼しいのはあの町に似ている〉

虫も殺さぬような可憐な顔で美少女は教師に旅券を手配させ、伝統のある私立の男子高校に職を決めさせ、住まいすら自分で見つけてきた。

〈おたくら、ずいぶん、年がちがうんだねえ。駆け落ちの男女にはよく、おたくらくらいのがいるもんだけどねえ〉

当時は、店子《たなこ》の素性を大家はこまかく知りたがった。ふたりの年齢差にスノビッシュな好奇の目を向けた。

〈わたしは早くに父をなくし、今の主人を仲人《なこうど》さんから紹介されたときは、頼れる父というものはこんなものかと思い、うれしゅうございました〉

年の瀬の救世軍鍋《なべ》には自分の食べるべき食料のことすら忘れて全財産を放り込みそうな顔をした美少女は、いけしゃあしゃあとでたらめを話した。涙ぐんで大家は、仲むつまじい新婚夫婦に部屋を貸した。しかも家賃を格安に下げて。

広さのわりに安いその部屋で、ふたりきりになったときだけに、美少女は、自分が他者からむしりとってきた男に命令した。

〈わたしを見ながら、そこでオナニーしなさい〉

と。男の胴を、柱に縛りつけて。

小山内先生は、男がオナニーするすがたを見たかったわけではなく、ただ、男がぶかっこうに苦悩するすがたを見るのが、とても好きだった。

「麦茶を召し上がる？　もう冷えていると思うのよ」

今でも平素は、どこかの被災地へ何十万円と寄付しそうな、事実、寄付する、慈愛に満ちたたたずまいだが。

「そうだね、喉が渇いた」

「今、お持ちしますわ」

外地に移ってからそこで夜間高校に通い、通信大学講座で美術教師の資格を取った小山内先生は、長いあいだ良人の勤務校に近い場所にある中学校で美術を教えていた。良人が退職してからも。

長命に来たのは、五年前。良人の健康には、温暖な地方がいいと思ったからである。

外地にいるときは、苛《いじ》められそうな男は、もっと正確に言うならば、苛めてほしそうな男は、年端もゆかぬ者から、良人より年上のものまで、すべてを喰ってきた。十五歳で人非人と言われて、ひとりの女を死なせた小山内先生は、情事が世間にばれぬようにする術《すべ》を知っていた。

自分より十八も年上の良人は、自分を残して先に逝くと、十五のときより覚悟している。死の予感は、三十九年前から彼女の傍にあり、だから彼女は喰えるものは喰った。

爛《ただ》れた情事は、彼女の優雅を損なうことなく、むしろ助長した。最愛の男がだれか、それについて彼女は迷うことも悩むことも微塵《みじん》だになかったから。

「うまいな」

半身を起こし、良人は麦茶を飲む。きゃしゃな肩、ものやわらかな話し方、この繊細な男のどこに、小山内先生の内心に潜む、コールタールのように粘着質の加虐を受け入れる力があるのだろう。

「あなた、元気でいてくださいね」

小山内先生は心から言うのである。ははは、そうするよと良人は心から、命令に応《こた》えようとするのである。

「どうだい、学校のほうは」

「かわりなく」

「なんといったかな、こないだの日曜日にうちに来た子はどうしてる?」

先週、木内みなみが訪れていた。塔仁原から電話がしきりに来て困るという相談、もとい自慢だった。

「かわりなく」

一学期末の、みなみの美術の成績を、小山内先生は一段階下げて担任にわたしていた。嫌いだったから。それだけの理由。

「貧乏くさくて」

「ひどいなあ、いつもながら。なかなかかわいい子だったじゃないか。挨拶もしっかりしていたよ」

良人はみなみをそう評した。

「てかてかした合成レザーの丸椅子がカウンターに置いてあるような安いスナックでバイトしているようなかんじがしていやですわ」

わずかな隙に他人の鞄から財布をすりぬきそうな目。荒い息を小刻みに出すような上を向いた鼻。巨大な乳房。すぼんだような小さな顎。もはや皺の浮いた首と目元。小山内先生の酷評に、良人はひさしぶりによく笑った。

「でも、その店では人気ナンバーワンといったかんじじゃないか」

「まあ、あなたったら」

こんな話題で笑っているとはとうてい想像できない上品な息を、くつくつと小山内先生は吐く。

「じきに夏休みになりますわ。帰ってみましょうね、あの町へ」

麦茶のグラスを盆に載せた。

※

「あんた、なにしてるん?」

母が声をかけてきたとき、隼子はとびあがるほどびっくりした。きゃあという声も出なかった。デンヴァー夫人に背後から声をかけられたジョーン・フォンテーンのようだっただろう。

「寝てたんとちがうの？」

そう言えたのは、一呼吸どころか、二呼吸も三呼吸もおいてからだ。

用心に用心を重ねて窓から抜け出、河村の車からポストの前で降り、畑のほうから庭にまわり、また窓から自分の部屋にもどった。

「寝てたんやけど、暑うて、喉が渇いて起きてなあ」

それで水を飲みに台所に来たのか。

台所につづく勝手口に隼子はいた。洗濯機を使っていたのである。

「なにしてんの、こんなとこで」

「あ、ちょっと……」

暑かったために母親は喉が渇いたのである。もし、もうすこし前に母親が起きていたなら不自然ではなかった。もうすこし前、隼子は風呂場にいたから、このときに母に出くわしていたなら、暑かったために喉が渇いて起きた母親のように、暑かったためにもう一度風呂に入ったと言えばすんだ。

だが、母が起きてきたのは隼子が湯を浴びたあとである。風呂場で湯を浴びたあと、隼子はパンティとジーンズを風呂場で洗う必要があった。手で洗う必要があった。血液は洗濯機では落ちない。洗って、それを勝手口にある脱水機にかけようとしていた。そこに母が来たのである。

洗濯機を風呂場のそばに置く家は多いが、隼子の家は排水口の関係で、洗濯機は勝手口の脇に置かれている。暑い深夜に風呂に入りなおすのは不自然ではないが、暑かったからといって深夜一時近くに、洗濯をするのは不自然である。

「急に、生理になって……。汚して……。それで洗濯を……」

「着替えてへんかったん？」

隼子が持っているバケツに入っているのはジーンズとパンティだ。パジャマではない。

「……明日、休みやから、もうちょっと起きてようかなと思《お》もてて……」

「短いスウェットをはいてへんかった？」

「あ、その……、蚊……。蚊がいたさかいジーパンを」

「そうか。そやけど、あんまり遅うまで起きてんときな」

母は冷蔵庫のほうへ歩いていった。ほっとした。

「うん、もう寝る」

バケツの中のものを入れ、脱水機の蓋《ふた》をした。がたがたと音がなりはじめる。

知らなかったことを知ったから、よかった。痛いのだとはさんざん読んでいたから覚悟していた。だがコンドームがあんなに気持ちが悪くて臭いものだとは思わなかった。往復されると死にそうに痛かった。そのうち慣れると河村は言ったが、気持ちよかったよ、指は挿入されても。なにがちがうの？

　そういうわけで、途中からコンドームは除去され、ほかの部位での往復手段がとられ、そういうわけで、隼子は、血液のほかに他者の体液のついたジーンズとパンティを洗っていたのである。飛び級で三学年ぶん進んだかんじだった。

　脱水機が静かになったころ、中宮市で河村は、車床にちらばった紙類をごみばこに捨てていた。そこに見た赤色は淫行という二文字で彼を脅かし、勝利感も与えた。

　悪いな三ツ矢、あの正真正銘でたらめだった噂は、俺がさっき本当のことにしちまったよ。彼が嘯《うそぶ》いてみせたとき、隼子はイアン・マッケンジーにキスしてベッドに入った。七月十九日。

※

　十九世紀の七月十九日、禁門の変で長州藩を敗走させた薩摩藩であったが、のちに翻り、長州藩と同盟を結ぶ。薩摩藩の九州男児は、朝、遅刻しそうになりながらトーストをくわえて走っている、聖フレンド学園とか聖ニコル学園とかの女の子だったわけである。

　エロスという坂本龍馬《さかもとりようま》により、隼子と河村はこの日をひぎりに連日のように会いつづけた。すぐに夏休みに入った。ふたりはほとんど話さなかった。話すのももどかしく、彼らはヤった。服を脱ぐのさえもどかしく、彼らは犯った。ヤって犯ってヤって犯ってヤッて犯ってヤって犯ってヤって犯ってヤッて犯ってヤって犯ってヤって犯ってヤッて犯ってヤって犯ってヤって犯ってヤッて犯って彼らはヤって犯ってヤって犯ってヤッて犯ってヤって犯ってヤって犯ってヤッて犯ってヤって犯ってヤって犯ってヤッて犯ってヤって犯ってヤって犯ってヤッて犯ってヤって犯ってヤって犯ってヤッて犯ってヤって犯ってヤって犯ってヤッて犯ってヤって犯ってヤって犯ってヤッて犯ってヤって犯ってヤって犯ってヤッて犯ってヤって犯って、生理中でさえコンドームを必要としない機会とみなしてヤって犯った。ヤって犯ってヤッて犯ってヤって犯ってヤって犯ってヤッて犯ってヤって犯ってヤって犯って、ブレーキは完全にいかれていた。ヤッて犯ってヤって犯ってヤって犯ってヤッて犯ってヤッて犯っている自覚さえなかった。十九世紀の八月に四カ国連合艦隊が、長州下関を砲撃したよりも激しいくらいヤッて犯ってヤッて犯ってヤッて犯ってヤって犯ってヤッて犯ってヤッて犯ってヤッて犯りまくった。河村4kg、隼子3kg、体重減。

隼子は父母に変速機付の自転車と麦藁《むぎわら》帽子をねだった。幼いころから物をねだることが皆無に近かった娘がねだったので、父母はよろこんだ。物質をねだられ、物質を与える。この行為ほど要求された者にとってわかりやすく、実行容易な幸福はない。マルミ自転車店でらくらくと入手したぴかぴかの自転車で、隼子はいつでも五十分先の中宮市に行くことができた。彼女にとっては都合よく、関川の赤ん坊が食中毒にかかった。親族一同、彼の看病に総出だった。「ひとり暮らし」が夏休み中にたびたび訪れた。

河村は、学生時代と変わらなかった部屋にセミダブルベッドを買った。車の中は暑く、連れ込み宿は田舎町には少なかった。どちらも隼子はすこしもいやがらなかったが、話すのももどかしいのに、さがすのはもっともどかしく、犯るほうの河村は暑いのはいやだった。隼子は当然のことながら貴和子とはちがう女だった。ヤる場所にレースのフリルや花束がつくのを嫌悪した。食事はかならず自分の分を自分で払った。もっとも話すのももどかしく会っていたから、たいしたものは食べなかったが。

隼子の好きなものは心太《ところてん》とくだものとコーンフレーク。日本に輸入されてまもない実やかたちの変わった実を食べたがった。コーンフレークには砂糖はかけない。食べたらただちに歯をみがく。ぴかぴかの自転車にとりつけた籠《かご》にはいつも歯ブラシと歯みがき粉が入っていた。彼女は夏目雪之丞を、彼が女子生徒に浴びせる蔑視《べっし》ではなく、口臭により憎悪していた。

モンブランケーキを出してやったことがある。買ったのかと訊かれ、隣室に新しく越してきた住人からもらったと答えてわたした。わたすやいなや、〈いらない〉とごみばこにばさっと投げ捨てた。〈嫌いだもん〉。見向きもしなかった。思わず殴るところだった。

心太の味は河村が教えた。隼子の家では心太に黒蜜《くろみつ》をかけて食べるのである。それを、『北国の恋人』もモンブランも嫌いな隼子は好まなかった。京都に越して来たばかりのころ、黒蜜をかける心太に驚いた河村は三杯酢を調合する方法をおぼえた。ヤって犯ったあと、はじめて隼子に出してやったとき、心太の代金を払ってから、それを食べ、ショーウインドーに飾られたいちばん大きな人形を買ってもらった小学生のような顔で〈おいしい〉と言った。

授業は聞いていなかったくせに、閨房では河村の言うことをよく聞いた。体育の中島なら、平均台で補助なしに前転をした椿統子も木内みなみもさしおいて、5をつけるだろう成績のよい生徒だった。

百合が活けられた玄関のある新朝日町の家に送った日よりずっと前に、河村は平均台に立つ隼子を見たことがある。足。隼子の足。それはたんに、長いとかかっこうがいいとかいうだけでなく、それだけならほかにもそんな足を所有する女は、河村の知る中にも、数は少ないがいて、そういうことだけでなく、隼子のふくらはぎのまるみから足首の細さへ移動するカーヴには、見る者を不安にさせる閃《ひらめ》きがあった。頰をすりよせていた中島の心情に共感できた。

夏目雪之丞を嫌うように隼子はコンドームを嫌った。だが、本来的使用理由に加えて、彼女の肉体的構造理由により、使用しないわけにいかない。希有《けう》な構造による電圧の過度上昇を防ぐために。

〈一ヵ月ほどシンガポールに行くん〉と言った貴和子に〈気をつけてね〉と河村は言った。

〈一週間は父の秘書として。それから母と合流するん。別荘を買《こ》うたん〉。河原町の「メビウスの帯」にはテンポの遅いテナー・サックスの曲がかかっていた。〈ずいぶん長いこと会えへんようになるわ〉。誘っていることはわかったが〈待ってるよ〉としか言えなかった。その夜、貴和子を抱ける体力には、陰気な心理効果による自信があったが、貴和子に、背中や腕、胸の傷を見せることははばかられた。隼子には嗜虐《しぎゃく》の傾向があった。手すら、河村は貴和子に見せようとしなかった。消防法に抵触するぎりぎりの照明にした「メビウスの帯」はありがたかった。

〈そろそろ受験勉強に本腰入れんとあかんのや〉と言った桐野に〈うん〉と隼子は言った。〈えらいようけ着込んで、暑うないんかいな〉。はんげ神社で、タートルネックのサマーセーターの上に長袖のシャツを着てジーンズを穿いていた。首も上腕も胴も腹も腿《もも》も鼠蹊《そけい》部も外には出せなかった。〈どないしたんや、それ、蚋《ぶよ》にでも刺されたんか〉。桐野はサンダルをはいた隼子の足を指した。耳なし芳一のように一カ所、忘れていた。服で隠した部分と同じように、足の甲から足首にかけて赤い斑《まだら》が無数にあった。かたほうの足首は蚯蚓《みみず》腫《ば》れになっていた。アンクレットのメッキにかぶれたのだと嘘をついた。嘘にはやましさはなかったが、〈そないなんやったら無理してつけてんでもええがな〉と言われたとき、かすかなやましさを感じた。

それはスピガで売られている、桐野からもらったものと同じ鎖で、同じR・Kだったが、さいしょのものとはべつのものだった。さいしょのものは、赤い斑が残るような行為のさいにひきちぎられ、べつのR・Kが買いなおし、つけるさいにさらに赤い斑が増える行為になってしまったものだった。

八月三十日に鞍馬《くらま》山に行った。貴船《きふね》神社なら知り合いに会うことはないだろうという河村の判断だった。鞍馬はもう涼しく、川床で食べる素麺《そうめん》もうあまりうまくなかった。河村がなんと言っても隼子はワリカンを死守した。

その日、はじめてふたりは手をつないだ。道を歩きながらよく話した。その夜、はじめてふたりはいっしょに泊まった。木屋町の小さな日本旅館で。

桂小五郎《かつらこごろう》が新撰組の追手をまいて逃げた抜け道が掛け軸のうしろにある部屋の、となりのとなりの部屋に、河村が風呂に入っているあいだにアルバイトの大学生が布団を敷きにきて、隼子に言った。

「雰囲気からすると宮古女子大？　夏休みはいつまでやのん？」

と。小山内先生とその夫が北海道で部屋をさがしたときとはちがい、私服の隼子と河村はならんでいてすこしも奇妙ではないふたりだった。

「鋏《はさみ》、貸してもらえますか？」

大学生に隼子は頼んだ。

夜明け前——幕末から明治への過渡期を指す形容にしばしば使用されることばであるが

――隼子は、二回の射精の果てに眠り込んでいる河村の前髪を切った。

夜が明けて鏡を見た河村は、新撰組が来たという知らせを聞いた桂小五郎よりも驚いた。

「な！」

鏡からしりぞく。

「な、なんだよ、これ！」

布団のほうをふりかえる。

寝起きの隼子はきょとんとしていた。

「……短こう切ったらええのにて、はじめて教室に入ってきたときから思《お》もてたさかい」

ああもう、ったくもう。海苔《のり》と生卵と塩鮭と味噌《みそ》汁の朝食を食べながら、河村は憮然《ぶぜん》として隼子と口をきかなかった。ティッシュにつつんだ彼の前髪を、隼子はぽいと鏡台の横に置かれたくずばこに捨てた。

旅館を出るとすぐ河村は床屋に行き、隼子は電車で長命に帰った。隼子は京都駅の改札を抜けた時点で、河村は理容師に〈どないしはったんどす、このめちゃくちゃな切り方は〉と訊かれた時点で、もう、会いたい、と思った。

新学期、クルーカットにした若き男性教師のヘアスタイルは、前にもまして女子生徒に好評だった。レイチャン先生はきっと失恋しはったんやわという噂とともに。

※

ふたりは広大な校内で顔を合わせぬよう、校外でしめしあわせた。生徒が更衣などで級友の目にふれる部位に形跡が残らぬよう、先生は新学期から注意を払った。隼子は貴和子を知らないが、彼女のシンガポール土産の線香はコンドームのラテックス臭を誤魔化すのに多大な貢献をしていた。

公明正大にして完全なる神は、もしかすると偏愛ではないのかと不完全な民が錯覚してしまうほど、あるいはカタストロフィの前兆なのではないかと危惧《きぐ》しながらも不完全なるゆえにいともたやすく危惧に蓋《ふた》をしてしまうほど、彼らは溺《おぼ》れた。幸福というものに。いかにしめしあわせても、同じ墓地跡に通う以上、そこで会ってしまうのである。会うように、動いてしまうのである。顔を合わせぬように持った裏時間割表は、結局、合わせるように動く羅針盤になってしまう。合わさざるを得ない行事や課外活動もある。

『高瀬舟』の学年読書会が、九月の下旬におこなわれた。場所はほとんど本のない図書室。司書も配置されぬ、中央玄関と放送室と保健室の上に位置する、長中唯一の二階の、雨の日には青頭巾《あおずきん》の僧侶のすすり泣きがするという怪談のある、開閉に一苦労する重い窓のある部屋で。隼子は七組から出席した。

ふたりは顔を見ないようにした。それは読書会会場の窓の開閉よりも苦労した。弟の自殺幇助《ほうじょ》をした主人公の心情を考察する余力は隼子に残っていなかった。生きているたのしさを全身で感じているときに。

「高瀬川て、京都のあのにぎやかな通りにある、加茂川まで行かへんほうの、あの浅い川やろ。むかしは護送して漕《こ》ぐほど水があったん？」

五組から出席した富重が、司会の国語担当教師である奥田に訊いた。

「あったんや。むかしはざぶざぶ流れとった」

奥田が言うと、富重が、せんせ、そんな見てきたようなことをと返し、六組から出席した木内みなみが玉のころがるようななまめかしい笑い声をあげた。一組と四組から出席した男子がでれでれし、二組と三組から出席した女子が眉《まゆ》を顰《ひそ》め、自分への敵意を感じ取ったみなみは、

「河村先生は髪が短いほうがよう似合うわ、そう思わへん？」

と話題を、副司会である河村に変えて自己防衛し、自分を幇助してくれる人間は隼子だとめざとく判断し、

「な、そやない？　短いほうがずっとええやんかなあ、森本さん」

全員にわかるように肩をゆすって同意をうながした。

大義名分を得て隼子と河村は視線をあわせた。禁じられた的中の疼《うず》くような甘み。

ができない。河村は咳払《せきばら》いをして言った。

「うん、そやね」

『高瀬舟』だけが印刷された小冊子で口もとを覆ったが、小刻みにゆれる肩は覆うことができない。河村は咳払《せきばら》いをして言った。

「森鷗外《もりおうがい》の評伝のプリントを配る」

ホチキスでとじられた三枚の紙を、だれかひとりにわたして順に送ればいいものを、わざわざ生徒ひとりひとりに配ってゆき、隼子が受け取った直後、つぎの生徒に配る寸前、彼女の背中をこぶしの中指の骨で小突いた。背中が彼女のサムソンの髪の毛であることを彼は校外でつきとめていた。つきとめられたことを彼女は校内で知らされた。

読書会終了後、窓を閉める作業を数人で分担するさいには、あらかじめのしめしあわせなくふたりはひとつの窓に寄り、他者の目を盗んだ。他者のいない場所と時間を記した紙片が指から指へわたった。体育祭が近づいていた。

※

体育祭のあとかたづけをしていたとき、京美は統子の足にアンクレットが巻かれているのを見た。統子のほうへ顔を向けたときに彼女はソックスをたくしあげなおした。あきらかに京美の視線をみはからい、故意にソックスをなおした。

イニシアルをたしかめるわけにはゆかない。自尊心が許さない。

太田の、交換ノートの文章量は夏から減っている。夏休み中は部活を理由に休みになっていたし、二学期からもノートが向こうに行ったきり、催促しないとなかなか京美に返らない。

バレー部の練習後に太田と統子が話しているところを見かけたことはある。くねくね腰をゆすってにじりよる統子に太田は鼻の下をのばしていた。しかし統子という女は、めぼしい男子にはすべてそういう態度をとるし、太田は、体育の中島が気に入るような女子生徒には全員、気があるのである。いちいち嫉妬《しっと》していたら彼と交換ノートなどしていられないし、そういう太田だから、ほかの男子とは比較にならない大人びた魅力があるのである。また太田も、多少のことには目をつぶる京美の自信ゆえに、彼女をカノジョに選んだのである。

こうした立場にある女が目をつぶれなくなるのはなにか？　どういうことを太田がしたときか？　それはこれである、とマークシート方式のテストのように示せたら、世から痴《ち》話《わ》喧嘩《げんか》は消える。

つぎの項目の中で、あなたのパートナーが、あなた以外の異性とおこなう行為として、あなたが許せるものをチェックしてください。鉛筆はFかHBを使用してください。

1□道であったらお辞儀をする

2□ことばをかわす
3□複数で食事をする
4□一対一で食事をする
5□手をつなぐ
6□腕をくむ
7□キスをする（舌ナシ）
8□キスをする（舌アリ）
9□胸をさわる（さわられる）
10□性器を舐める
11□性器を挿入する（される）
12□精液を飲む（飲ませる）
13□妊娠する
14□出産する
15□出産された子供を認知する
16□月々の養育費を支払う
17□あなたの目の前での交合行為
18□あなたも参加しての交合行為

マークシートで質問されれば、人は言う。「そんなもんじゃないだろ、そういうことじゃないだろ」と。にもかかわらず、人はおうおうにしてマークシート用紙になりさがる。〈挿入してなきゃ、それはセックスしてるとはいえない。ごくごく精液を飲んでたって、その女とはヤったとは言えない〉と、にこにこしながら断言した男性通産省省員がいたし、18番に「✓」をためらいなく入れながら、ぜったいに10番だけは、相手の男が自分以外の女におこなうのを許さないスチュワーデスがいたし、6番はパーティや会食時の男性の基本的エチケットだが5番は世界でただひとりの男性とだけおこなうものであると、6番と5番に歴然たる差をつけた女性作家がいたし、16番さえ避けてくれればあとは善処すると背筋をのばして言った男性貸ビル業者がいた。人は機械ではないゆえに、機械の明快性に目をくらまされるのであるが、それゆえに「そんなもんじゃないだろ、そういうことじゃないだろ」という不明快性が、人を人たらしめる所以《ゆえん》である。機械は自尊心を持たないが、人はそれを持つ。

京美は遠路はるばる七組までゆき、隼子を呼び出した。夕焼ける水飲み場で訊く。

「太田くん、キーホルダーを持ってやらへん？」

「見たことない」

「注意して見てて。もし持ってやるのを見たら、そのイニシアルを調べて」

そして翌週、京美は隼子からの、遠慮がちな調査報告を聞いた。

太田は七組の自分の席の机の中にキーホルダーを持っていた。とくに隼子が山崎烝《やまざきすすむ》隊士のようなことをするまでもなく、掃除の時間に彼は〈隼キチ、桐野さんとうまくいってるか〉とちゃりちゃりとそれを片手でもてあそびながら、隼子の肩に、いつもの彼のしぐさらしく顎《あご》を乗せたのだった。イニシアルはT・T。

即刻、京美は太田を見限った。彼女は物質的にも精神的にも不自由なく育ち、今後も不自由をするつもりはまったくなかった。

同様に、貴和子も河村を見限っていた。〈これ、シンガポールのお土産〉と彼に包みをわたしたあとも、彼は彼女を誘わなかった。べつの女ができたと貴和子は直感したが、自尊心により、訊かなかった。複数いる崇拝者のひとりである男にそんなことを訊く必要はどこにもない。

（注／山崎烝……新撰組で密偵として活躍した）

※

愛は、三ツ矢を見限れなかった。思いはかならずとどくという祈りが彼女を彼に執着させた。両手を組み、窓辺で祈る、その動作が。体育の時間に背の順にならぶと、愛はまんなかより三人前で、その身長から97をひいた数字の体重である。ティーンエイジャーの時期、愛くらいに脂肪がつく女性は大勢いるどころか、むしろよくみられることである。また、ティーンエイジャーにもティーンエイジャーを過ぎても、女性の肉体に脂肪のまるみを求める男性もよくいるどころか、むしろ一般的である。コーカソイド、ネグロイド、モンゴロイドともに。

胴のくびれは体重や脂肪よりも遺伝子に負うところが多い。モンゴロイドの骨格はコーカソイド、ネグロイドに比してきゃしゃである。粘土で立位像を作るとする。芯《しん》に細い針金を使えば、胸部と臀《でん》部《ぶ》だけに粘土を多くつけることはできない。胴をくびれさせるのは難しい。細い針金は粘土の重量を支えきれず、立位が保てなくなる。細い針金を芯にする場合は粘土の量も減らさねばならない。減らさないなら、胴から臀につけて、脚を短くし、ふくらはぎを太くする。いっぽう、芯に太い針金を使えば、胴を細くして胸部と臀部に多量の粘土をつけることができる。むろん、限度はある。大量に粘土を使って、しかも立位を保とうとするなら、胸から臀の部分を林檎《りんご》のような球体にすれば、脚はそのまま長くしておいても、太い芯は球体の重量を支え得る。

三ッ矢が奪還した『交歓生活』の写真に添えられた活字のようにポエティックに言うならば、愛はモンゴロイドなる大和撫子《なでしこ》である。

∠Cと∠Fが90度の、三角形ABCと三角形DEFがあり、これらが相似であると証明をしなければならないとき、∠C＝∠F＝90度であることは「前提条件」である。前提条件を、人は当人に教えない。言えない。「夏目雪之丞」に特例的に愛される女子生徒」が愛の「前提条件」である。ネオテニーの一種であるモンゴロイドであっても、さすがに十四歳にもなれば坂口進でも言えない。子供の男は残酷だが、成熟した男はやさしい生物である。だれも愛に、前提条件も前提条件の意味もつたえなかった。

愛という命名のとおり、愛の父母は彼女を愛《め》でて育てた。褒めることほど才能をのばす教育はない。結果、愛は自分を、美人ではないがかわいいと思っていた。自信は明るく彼女を照らし、勉強にも励み、励みの結果はテストの点数にちゃんと出した。

小学校時代、勉強ができることは武器で士族のあかしで、愛は活発な少女だった。マミとならんでめだつ少女だった。アイアイガサはそんな時代のヨハネの首だった。

しかし坂口進でさえマミのポーチをはながみ入れだとはもう思わなくなる十四歳になると、かつての武器は、鳥羽・伏見の戦いにおける刀である。幕府軍は薩長軍の銃の前にひとたまりもなかった。夜明け後は、外見と色気が西洋列強式武器となったのである。

おでこの広いハルは、美人ではないがかわいいと自分で思ってはいなかったが、美人ではないがかわいいとよく人が言った。ハルは明るさとすなおさで男子にも女子にも人気があった。頼子は、美人でもないしかわいくもないけど、とよく男子から言われたが、ハルより男子に人気があった。美人でもないしかわいくもないけど、のあと男子たちはつづけた。でもなんだかいいと。自分を熟知している頼子には花散里《はなちるさと》のようなあたたかさがあり、自分にとっての光源氏である塔仁原の気持ちを、いつのまにか木内みなみからもハルからも逸《そ》らせて自分に向かせてしまった。詩人は頼子に癒《いや》されていた。

銃は武器であるが、銃がなければ毒を使えばよいのである。中毒という毒のほうが銃よりも敵を服従させる場合もある。銃がないと嘆くことなかれ。神はやはり公明正大な方である。人を機械のようには創造されなかった。

求めよ、されば与えられたであろうものを求めない者は戦を放棄する。戦を放棄した女たちは性欲をどのように処理するか。答え。同性愛という名の異性愛の覗き魔になるのである。少年と少年、青年と青年、少年と青年が愛し合う物語に耽溺《たんでき》する。そこには、裸体がある、肉欲がある、嫉妬がある。羞恥《しゅうち》がある。そこには閨房がありながら、自分は閨房に入れない性別にあることで、自分が閨房を獲得するレースの、不戦敗者であることを「見ずにすむ」。

愛は、初夏の雨の日に準備室にいた隼子と河村を覗いてしまったが、同性愛の覗き魔にはならなかった。彼女は自尊心の強い女だった。

愛の悲劇は、さっさと大政奉還した徳川慶喜《とくがわよしのぶ》を見限らず、変わる時勢に背を向けて武士という名に自尊心をかけたことである。新撰組のような女である。

祈り。両手を組んでぬかずく儀式的な行為は、愛に、宗教的免罪符を与えてしまった。これだけ祈っているのだから「そなたはけなげに努力している。美人ではないがかわいい女であるぞよ」という許しのロザリオを、儀式は愛に与えた。

神がかりに自己肯定するブスほど怖《おそ》ろしいものはない。京美にとっての統子など問題にならない。統子は全身が是《こ》れ色気のかたまりであるから、美女に属するのである。美女は、ほかの美女と対立はしても排斥はしない。あたたかで客観性のある花散里が美女からも敬われているかたわらで、神がかりなブスは、美女を排斥するのに全身全霊をかたむける。ロザリオにより、ここに、末摘花《すえつむはな》の外見の六条御息所《ろくじょうのみやすんどころ》が出現してしまった。

愛の成績は学年で三番（一番＝太田比呂志、二番＝鈴木明、三番＝福江愛、中略、八番＝富重昌浩、中略、十番＝三ツ矢裕司）であり、隼子が長さに挫折《ざせつ》した『怒りの葡萄《ぶどう》』を、ほんとうは二週間で読了したのに、二カ月かかりましたと、京都以上に京都式の偽謙遜《にせけんそん》のできる、高度なサロン外交テクニックを駆使できる頭脳の持ち主だった。

愛はマミを遠ざけ、隼子を憎んだ。文部省選定映画と全国中学推薦図書しか、見ず読まなかったといっていい彼女にとって、雨のふる準備室での光景は、自分の純潔をふみにじられたような不潔だった。不潔ゆえに目撃したことを口外しなかった。

六組は七組のとなり。

三ツ矢が愛を水飲み場に呼んだ。

【Ｍｅｒｒｙ　Ｃｈｒｉｓｔｍａｓ】

まだ二週間先の、その西洋の記念日を祝うカードを、オレゴン州のとうもろこし畑で働く農夫のように純朴に、三ッ矢は出した。

「部活に行ったときでええさかい、これ、わたしてくれへんか」

「森本さんに？」

わかっているが確認してやる。三ッ矢の肯定のうなだれは、免罪符を与えられる前なら愛をかなしませたが、今は彼女の憎しみを勢いよく燃え上がらせる。

「レイチャン先生に頼んだら？」

「こんなこと、先生に頼めるかいな」

「仲いいんとちがうの？」

「先生の中ではいちばん好きや。借りがある」

愛の質問を、自分と河村のことだと思った三ッ矢は言った。

「理由は言えへんけど、あいつだけはええやつやと思う」

以前からあまり教師のことはよく言わない三ッ矢が意外にも河村を褒めたので、末摘花（外見）の六条御息所（性格）に、さらにルクレチア・ボルジア（技術）が加わった。愛は三ッ矢が自分の質問をかんちがいしたことを訂正しないことにした。切り札はもうすこしあとかなと。

「早すぎるんとちがうの？　こんなカード。もっと二十四日が近《ちこ》うなったときにしたら？」

とりあえず無難な話題を。自分の札《カード》も早すぎないように。

「ええんや、それで。あんまりタイムリーにせんくらいで。そのほうが、なんやろ、って思うやろ。それでええ」

「〝いい人〟してるのにもほどがあるわ」

「いい人でええやないか。いいおともだち、それでええんや。桐野さんのことが好きなんはようわかったる。それやったらそうでええやないか」

「桐野さんも三ッ矢くんと同《お》んなじくらい、いい人や。上に馬鹿のつく」

「いい人を好きになっとんのやさかい、ええやないか」

うつむく三ッ矢。ちょっと足が長いからといって、ちょっと男子上級生にウケがいいからといって、汚い黴菌《ばいきん》が三ッ矢をうつむかせる権利があるだろうか。そんな不条理がまかり通っていいのだろうか。そんなことが通るなら、ヘレン・ケラーは、ナイチンゲールは、華岡青洲《はなおかせいしゅう》の妻は、山内一豊《やまのうちかずとよ》の妻はなぜ賛美されるのだ。カミュの不条理など、サガンのセンチメンタルなど、末摘花＝六条＝ルクレチアは、ぜったいに許さなかった。

「小西くんから聞いたわ。森本さんはもうヤってるって。ヤられまくってるって」

「小西の言うことなんか……」

三ッ矢は愛を睨《にら》む。

「わたし、見たもん」

「見たて、なにを？」

「その証拠を」

今だ。リーチだ。

「三ッ矢くんは知ってんの？　相手を？」

「相手？」

「そや。相手」

冷たい風吹く水飲み場で、愛は切り札を出した。

「森本さんがヤられまくってる相手は河村先生や」

「なんやて？」

「あれ、聞こえへんかった？　ならサービスでもう一回言うたげる。森本さんがヤられまくってる相手は河……」

「嘘や……」

「嘘やないもん。わたし、先生と森本さんが美術準備室で抱き合ってるとこ、ちゃんと見たもん」

末摘花＝六条＝ルクレチアの勝負札のひとことは、三ッ矢にはこう響いた。敵は本能寺にあり！

「森本さんの裏時間割表かておかしいわ。ふつう横は曜日で縦は時限で、枡目《ますめ》のなかは科目のはずやのに、あの人のは枡目のなかがただの数字や。あの数字、きっと河村先生の授業担当のクラスや」

「嘘や……」

「嘘やと思う？　思《お》もたかて信じざるをえへんようになるわ、クリスマスまでには」

サンタクロースの印刷されたカードは、だれもいなくなった水飲み場にしばらくあったが、風に吹かれてソフトボール部が練習しているほうへ飛んでいった。

愛は悲劇のヒロインである。彼女のとったような手段は、その男に、その男が愛していた女を憎ませたり、その女の相手に怒りをおぼえさせることはあっても、その男の気持ちを、このような手段をとった女に向けさせることは決してない。愛の愛は絶たれた。

※

クリスマス・イブ。終業式でもある。

二学期の中間試験での隼子の成績は学年二十三位に上昇した。期末試験は十八位だった。前学年に比してはるかに上がった。

セックスの体験は成績に現れた。テストの神聖なイメージに縛られ、答案用紙に向かうと、ぜったいにミスは許されないと神経質になり過ぎてケアレスミスばかりしていた彼女は、セックスを知ることで、テストが神聖ではないと見なす余裕を得たのである。

隼子にとってセックスはすでにものめずらしさに依《よ》る行為ではなくなっていたが、校内における彼女は以前となんら変わるところがない。更衣室や家庭科室で、女子もまた、男子とはちがう猥談《わいだん》をすることがあったが、そのようなさいにも隼子はハルとともに決してまじらないから、お堅い印象を抱いている者さえ多かった。

「あんた、ちょっと」

マミと美術室に行こうとしていた隼子を呼び止めたのはシソ鳥である。

「指導室に来てくれへんか」

いつになく静かに言う。

「藤原さんは部活へ行き」

マミを制止し、シソ鳥は先を歩きはじめる。なんだろうと、中学生らしく隼子は思う。桐野の受験勉強の邪魔もせず、美術部にも、河村と会わぬように月曜と水曜日にきちんと出席している。指導室に呼ばれるような心あたりはない。

「せんせ、すみません。おつきあいしてもろて」

指導室には小山内先生もいた。

「いいえ、わたしはかまわないんですけど。でも、なにかしら?」

小山内先生も用件を知らないらしい。

「森本さんはどこにかけてもらいましょう。ここがいいかしら」

自分の横の椅子をひく。

「ね、ここ。ここにおすわりなさいよ」

小山内先生に頭を下げてから、隼子は彼女のとなりにかけた。机をはさんで前にシソ鳥。

「こんなもんが来たんや」

バインダーからシソ鳥は封筒を出す。切手が貼ってあるのが見えた。

「昨日、郵便で来たんやけどな」

封筒から便箋《びんせん》を抜き、隼子に一瞥《いちべつ》を与えてから、小山内先生のほうにシソ鳥はわたした。

「手紙？」

あどけなく老眼鏡をケースから出して小山内先生がかける。それから折りたたまれた便箋を開いた。一枚きりだった。椅子と椅子のあいだが離れているので、隼子に文面は見えない。

なんだろう。前髪から全体に、すべてうしろに梳《す》いて首のつけ根でまとめた小山内先生の横顔はいつもとかわらず上品で、ほのかな笑みさえ浮かべているように見える。そんなに悪い内容を読んでいるようには……。

そう思いかけたとき、くすくすと小山内先生は笑った。

「森本さんにも見せますね、いいでしょう？」

「……そやな、そうせんと話が切り出せへんな」

　隼子は便箋をわたされた。

　字は大きさがまるでふぞろいだった。字の色もふぞろいだった。あちこちの印刷物から切り取った活字が貼り付けてあるのだ。ときどきTVドラマで見かける誘拐犯人からの脅迫状のような手紙である。

【2―7　森本隼子さんと河村先生はデキている。抱き会ってるのを見た】

　椅子にかけていなければ、隼子は青ざめて後退りしたかもしれない。その反応を訝《いぶか》しいとシソ鳥は感じたかもしれない。椅子に身体を支えられていたために、身が硬直したことをシソ鳥に見せずにすんだ。「デキている」という言い回しはもう、かつて小学校の廊下や体育館の裏で、統子から聞かされたときのような抽象性を失っていた。

　具体的に、肉体の、具体的な部分の記憶がよみがえる。イアン・マッケンジーの『はりきっていこうぜ』が内耳に鳴る。〈がんばれ、同時に〉〈がんばれ、同時に攻めろ〉〈両方の穴を〉。すべて具体的によみがえる。〈喉の奥まで深く〉。口に挿《い》れた感触も、そのとき自分の上方から洩れる息も、明瞭《めいりょう》に耳によみがえる。欲しい、先生の。慎みなくはしたない自分の声も。昨夜、手を踏みつけたときの、その指の骨の硬さも、足の裏に感じる。

「どや？」

　シソ鳥が訊く。どや、って……。踏みつけてほしそうだったから……。

「見たゆうのんも、内容も、でたらめやろうけんど」

見た？　どこで？　あそこでしたときなのか、あっちなのか。それともあそこでしたときなのか。もしかしたら、まさかよりによってあのときなのか。

美術準備室という発想は、もう隼子にはない。初夏から盛夏から晩夏から初秋から晩秋から冬の現在まで、ずっと日々はデキているのだ。上を向いても横を向いてもこしかけても乗っても膝をついても立っても。時間なら、夜だけでなく、昼もあったのだ。雨の夜も、だいだい色の夕方も、うだるような昼も、肌寒い夜明けもあった。げんに今、自分の乳首は倍ほどに腫《は》れているではないか。

「でたらめのいやがらせでも、そんないやがらせをされるような、誤解を招く態度があんたにあったんちゃうか？　どや？」

どうすれば。どうするとこの場をうまく処理できるだろう。考えようとするがまるで思いつかない。昨夜の……。昨夜は……。貼り付けられた紙片の「デキて」と「見た」という部分はひとかたまりで、偶然だろうがほかの紙片より大きく、活字の無機がよけい追い詰めてくる。

「それ、字がまちがってるわね。抱き合うのアウが。合格のゴウの字が見あたらなかったのかしら」

ほほほと小山内先生が笑わなかったら、隼子はシソ鳥のほうに顔を向けられなかったかもしれない。小山内先生が笑ってくれたので、ゆっくりと顔をあげることができた。それが反応の鈍い生徒の「なんのことかわからない」という表情に、向けられた者には映った。

机の下でにぎりしめられた隼子の手がふるえているのを見て、小山内先生は、今はもう遠くなった日々の清新のときめきを思い出す。

「心あたりないか？」

梢先生ったら……。こんなものを見せられて、心あたりがないかなんて訊かれたってどう答えられるというのかしら。小山内先生はおかしくなる。

真偽がどうであれ、こんなものが梢先生に送りつけられてきたということですでに森本さんはショックだろうに、梢美咲はそういうことがわかる人ではない。おかしくなって、小山内先生の笑い声は高くなる。

「いつの時代も変わらないのねえ。わたしなんかもうこの年だから、センスが古くなってるのではないかしらと、美術教師の立場上、心配しておりましたけれど、心配することありませんでしたわ」

梢に便箋を返す。

「いえね、わたしの若いころも、女生徒に人気があるのは若い男の先生でした。ごらんになったでしょう？　理科の榊原先生の机なんか、今日はクリスマス・プレゼントの山だったじゃないですか。いつの時代も同じなのねえと思っておかしくて……。梢先生は共学でいらっしゃいました?」

「え、そうですわ。大学は女子大学でしたけど。それまではずっと共学ですわ」

「若い男の先生は女生徒に人気がありませんでしたこと?」

「そら、そうでしたわ。うちなんかは、そういうことには疎かったけんど」

そうでしょうね、とまた笑いたくなるのを小山内先生は典雅にこらえる。

「ね。そうですよ。女の子にとっては、同級生の男子なんてねえ。女子と男子の精神発育の差を比べたら……。梢先生だから申しますけど、結婚なんかしても旦那様って奥様がいないとなんにもできないじゃありませんか」

「そうそう、そうですわ。まいりますわ。うちとこは子供三人なんですけど、旦那も入れて四人みたいなもんですわ」

小山内先生が話題を変えてしまっていることに、梢は気づかない。

「でしょう?」

おっとりとあくまでも上品に小山内先生は笑う。

「若い男の先生というだけで女生徒の注目を集めるのに、榊原先生のように二枚目だったり河村先生のようにクールだったりすると、それはもう花の乙女の想像力はふくらんであたりまえですよ」

「それに路加学院ですわ、ハイカラや」

「そうそう」

　梢を持ち上げながら、手紙の主役を河村個人ではなく、若い男性教師という一般的な存在へと微妙にずらす。

「きっとその手紙の主は、河村先生にあこがれてる女生徒ですわ。あこがれてるっていうか恋してるっていうか。でも河村先生のほうは、ほら、先生だから、そんな女生徒の気持ち、知らないでしょ？　かりに知ってても、たとえ告白されても、だって梢先生、教師たるもの、生徒に倫《みち》を説かなくては」

「そらそうですわ。おっしゃるとおりですわ」

「だからくやしかったんでしょうね、きっと、その手紙を作った人。ほら、可愛さあまって憎さ百倍と申しますでしょ？　それで河村先生の評判を貶《おとし》めたくなったんでしょう。だって、そんな手の込んだ手紙を、わざわざ郵便で、梢先生の住所を調べて出すこと自体がもう、どうかしてません？」

　手紙の内容の真偽のほどから、手紙の主の異常へと、巧みに小山内先生は論理をすりかえてしまった。

「気持ち悪いでしょう？　その手紙。肉筆じゃないんですよ」

「そうなんですわ、それが気色悪うて、うちも、なんや、どういうことやて思《お》もて。名前が出たるからには話きいてみよ、思もて。河村せんせには訊けませんわ」

「当然ですよ、そんな失礼なこと。梢先生のような文武両道の精神を心がけておられるご立派な先生が、そんな失礼なことできるはずありませんもの」

「いやいや、そんな」

「また、ご謙遜《けんそん》を。ですからね、その手紙の主はたんに河村先生を貶めたかった、その相手にしたてあげるのはだれでもよかったんでしょう。森本さんを選んだのは、わかるような気がします。だって、わたしから見ても大人びているから、同級生たちからすればもっとそう見えるんじゃありません? 森本さんにしておけば梢先生も信じるだろうって幼い魂胆ですよ。もちろん、梢先生はお信じにはならないでしょうけど」

「そうですな、そら、そうですわ。信じがたいことですわ」

「森本さんにしてみればとんだ災難だわ。お気の毒だったわね」

小山内先生は隼子の肩をぽんと叩《たた》いたあと、不意に頭に手を置いた。

「お気の毒といえば、頭の瘤《こぶ》、あれ、なおった?」

「瘤……」

「ほら、絵の具箱の」

なんのことか隼子にはわからなかった。しかし、ここは話を合わせたほうがいい。でなければ、こんなわけのわからないことを小山内先生は言わないだろうから。

「おかげさまで。なんとか今は腫れはひきました」

「そう、よかったわねえ」

やはり森本さんは並外れて早熟だわ。このカンのよさ。小山内先生は感心すると同時に、どこかさびしいような未来を隼子に予感し、気の毒にも思った。

「梢先生、じゃ、もうよろしいんじゃなくて？　森本さんは部活に行っても」

「そうですな。ほな、行き」

シソ鳥が言うので、隼子は礼をして指導室を出た。

隼子の退室後、小山内先生は嘘をついた。

「梢先生、あのね」

「じつは、ちょっと前に美術準備室に河村先生と森本さんがいて、そのときロッカーの上の段から絵の具箱が落ちてきて、森本さんの頭に当たったたんですの。きっと、河村先生、心配して森本さんの頭を見てあげたんだと思うんですのよ。そこをたまたま目撃した生徒がいたんじゃないかしら」

相手はみごとに信じた。

「なるほど。そうか、そうでしたか。そら、ソレですわ。なんや馬鹿馬鹿しい話ですわ、なんのことはない」

信じた彼女にとって、森本隼子は印象の薄い生徒だったのである。

椿統子やそのグループなら、マセガキのねっとりとした目つきを感じる。いくら男女の機微に疎い彼女にも。廊下や家庭科室で見かけるといつもこそこそと数人でかたまっている。だが森本は椿らとはまったくちがうではないか。いつも素っ気なく、あまり特徴のない、卓球部の練習にもねをあげた、ただの文科系の生徒でしかない。

それに、今担任をしている木内みなみみたいなんやったら、しなしなとおしゃればっかりにかまけているような生徒やさかい、ああいう子やったら若い男の先生の気をひこうともするやろし、火のないところになんとかやろけど、森本隼子ではなあ……。あの子が大人びてるて？　おくてな顔した子やんか。小山内先生の言わはったとおり、ただの誤解やろ。

彼女は思い、笛を首に下げると体育館に向かった。

※

その日は金曜日で、隼子は「美術室には行かない日」としめしあわせていた日だった。しかし、予期せぬできごとから、行かざるをえなくなった。

彼女が来ない日としているから、河村は部活がはじまった時間から美術室に来ており、小山内先生が来ないから一年生徒用のブロンズ粘土を段ボール箱から出してきてやったあと、三年生徒の最終制作である油絵を準備室で見ていた。彼が美術室にはいないことを見て、隼子はマミのとなりにすわり、準備室に自分の絵の具やスケッチブックも取りにいかず、マミの油絵をながめた。

「なんやったん？　シソ鳥の話」

マミは小声で訊いた。

「べつに……」

「べつに、て？」

「なんかかんちがいがあったみたい」

愛が会話に耳をそばだてているのには気づかなかった。マミの絵を見ているだけでは不自然だろうと、とりあえず鞄からふでばこを出した。ふでばこには木炭も筆も入っていない。すべて準備室にある。そこへ行くのはためらわれた。だが、なにか行動をしていないと不自然な気がした。そのとき小山内先生が美術室に来た。

「森本さん」

小山内先生は隼子の背後から小さな声で言った。

「さっきのこと、気にしないようにね。ああいうことをするのはよくない人だわ。そういうことを気にしないように」

やさしくかわいい小山内先生の声は隼子の胸にしみる。

「はい」

「ショックだったでしょうけど、気にしてはだめ。気にするのは瘤のほうよ。頭を打つのはこわいっていうから……」

「はい」

瘤。とにかく瘤ができたことにしなくてはならないのだろう。

「今日はもう描かなくていいわ。ここにいる？　帰る？　好きなようになさい」

「はい」

隼子は肯《うなず》いた。

「なにかあったんですか？」

マミが訊いた。

「誤解なのよ……」

小山内先生はしばらくマミのようすをうかがった。なにが誤解なのだろう、という顔をマミはした。

「まあ、福江さん、この花瓶の陰のつけかた、すごく質感が出せてるわね。うまいわ」

愛の油絵を覗いた。愛はパレットの絵の具を筆でかきまぜるだけで、画布に塗ろうとしない。

「もうしわけないけれど、藤原さんと福江さん、ちょっとだけ準備室のほうに来てくれる？」

小山内先生は、準備室に入ったマミが河村に軽口を叩くのを見た。愛は河村の視線を避けた。小山内先生の感覚は鋭利だった。

「先生、向こうをお願いできますか？」

小山内先生は河村を準備室から出し、マミと愛を残した。

「あのね、前に、ここから……」

ロッカーの上段を示す。

「絵の具箱が……」

そして梢美咲についたのと同じ嘘をつたえた。「河村」の部分を「ある人」と一部変形して。

「それをたまたま見て、誤解して梢先生に言いつけた人がいたの。梢先生も馬鹿馬鹿しいとおっしゃってたけど、気分のよいものじゃないでしょう。すべて解決してますからって、あなたがたどっちか、森本さんに夜にでも電話しておいてあげてね。今じゃなくて」

すこし落ち着く時間も必要でしょうからと、小山内先生は準備室を出た。彼女についてすぐ愛が出ようとするのを、マミはとめた。

「な、な、だれやろ。そんなことチクった人。きっとその男子のことが好きやったさかい、カーッと頭に血がのぼらはったんやわ。な、そう思わへん？」

くるくる動くマミの天然パーマは、愛から落ち着きをなくさせた。

あの日は雨がじゃじゃぶりでうすぐらかった。小さな磨《すり》ガラス窓がひとつあるだけの準備室はもっとうすぐらかった。もしかしたら見まちがえたのかもしれない。裏時間割表……。隼子のそれを愛は見たことなどない。理科の榊原の授業クラス表を持ち歩いている女子は多いから、それからたんに想像しただけだ。とんでもないことを三ッ矢につたえてしまったかもしれない。

「隼子ちゃんの頭を心配しはったのは美術部の人かな。三年生の人やないかな、隼子ちゃん三年生男子に人気あるし。な、どう思う?」

マミがなおも無邪気な推測をするのをよそに、愛は自分が大きなミスをしでかしたかもしれないと怖れた。

※

小山内先生とマミと愛が準備室に来たので、河村は狭いそこから出た。

美術室には金曜日なのに隼子がいた。制服を着ているのがいやだった。昨夜はじめて彼女は崩れた。あの瞬間のかすれた声の記憶は、あの瞬間には彼女以上に彼が崩れるほど彼を刺激したにもかかわらず、制服を着た彼女を見ると彼を暗鬱《あんうつ》にした。制服の生徒は彼にいっさい目を向けなかった。横を素通りして行った。

「小山内先生、やっぱり今日は帰ります」

「そうね、そのほうが落ち着くでしょう」

河村のうしろでふたりの声が聞こえた。

がらがらと戸が開き、がらがらとまた閉まった。一呼吸おいてから、河村はふりかえった。小山内先生がふでばこをわたした。

「忘れものだわ」

河村は、小山内先生が当然のようにそれを彼にわたす不自然さに気づかなかった。自分が当然のようにふでばこを持って美術室の戸を開けたときに、彼女のやさしい眉《まゆ》がかたほうだけぴくりとあがったことにも気づかず、美術室を出た。

小山内先生は生徒に隠れて苦笑した。だれのふでばこだとも言わず、だれもが持っていそうな特徴のない学用品をわたしただけで、彼は一直線に戸まで進み、戸を開け、廊下を歩いていたであろう女子生徒の名前を呼んだのである。

（もっと気をつけないと……）

小山内先生は苦笑も上品である。

※

廊下で、河村は隼子にふでばこをわたした。

渡り廊下から二人の女子生徒が歩いてきた。

「わざわざすみません」

受け取ったふでばこを鞄に入れるとき、夜、電話する、と隼子は低い声で言い、

「失礼します」

と、二人の女子生徒が横を通りすぎてゆくとき言った。

「じゃ」

河村も美術室にもどった。

夜、隼子からの電話はなかった。翌日も、翌々日もなかった。その翌日もなかった。彼のほうから彼女へ連絡する方法は、男子中学生を騙《かた》る以外にはないことを、彼ははじめて知った。そしてそれは、まさかこんな陰気な密告がなされた後だとは知らない者にはできないことだった。

※

ふでばこを廊下で受け取った夜、マミから電話があった。

河村とのことはマミにも言っていない。マミを信頼しているが、屈託のないマミがすな

おに洩《も》らすかもしれないことばの一端から、カンよく見透かす者もあるだろうと用心していた。

「聞いたわ、小山内先生から。絵の具箱が頭に落ちてきたやなんて、あたし、知らへんかった。そんなに大きな瘤《こぶ》ができたん？　だれが隼子ちゃんの頭を見てくれはったん？　三年男子？　誤解した人ってだれかな。きっとその人、その男子のこと好きやったんやわ」

マミは愛にしたような推量を、隼子にも聞かせた。その推量を聞いて、なぜ小山内先生が瘤ができたことにさせたかを理解した。

「たいしたことないの。そやから、気にしてへんかったの……。そやから、びっくりしたん……」

「そらびっくりするわ。そんな誤解でシソ鳥に呼び出されたら。小山内先生みたいな先生が長中にいてくれはってほんまによかったわ」

「そやね……」

小山内先生は洗練された人なのだと、十四歳の隼子は思った。

小山内先生が作り話をしてまで隼子をかばったのは、隼子に対するやさしさからではなかった。自分の気に入る、自分よりうんと年下の女を贔屓《ひいき》するという行為に自己陶酔できるのは美女にかぎられた性癖である。美女の真似をしたい年増の醜女《しこめ》や、同性に嫉妬しないことを異性に訴えたい諂巧《てんこう》の凡人が、希代の美女の真似をして、この行為を衆人の前でパフォーマンスしてみせることがあるが、所詮《しょせん》は猿真似である。よって小山内先生が隼子をかばったのは、美女だけが持つやさしさだといえば、やさしさの一種ではあった。美しい彼女の茶目は、指導室で見た匿名の手紙に好奇心をそそられたのである。手紙が真であるか偽であるかの追及よりも、ひたすら真であることを彼女は望んだ。望み、このおもしろいアフェアーの展開を自分ひとりで鑑賞したかったのである。

小山内先生の望みを、初潮前なら見通せたかもしれない。が、十四歳になってしまった隼子は、しかも肉欲の快楽の只中《ただなか》にあっては、見通す力をなくしていた。

「隼子ちゃん、こんどはいつ泊まりに来れる?」

「明日から二日までは母方の実家へ行って、二日から五日までは関川に行くの。五日のお昼前には家にもどれると思う」

「そしたら五日から六日までうちに泊まりに来《き》いな。ミカちゃんも五日から帰って来はるねん」

「ほんま? 会いたいわ。ミカさん、元気やの?」

「元気や。たのしそうやで」

マミは新妻ミカの近況を教えてくれた。

隼子はミカに音大を断念してほしくなかった。体育教師の精子を受精したモノを産んでほしくなかった。マミ以上に整った顔だちの、蜂のように胴のくびれた、すこししらけたものの言い方をするミカが、隼子はマミ以上に好きだった。

「いいかげんにしなさい。相手の御家族にも迷惑がかかる」

電話が長いと、父親が怒ったので切った。そのあとまたべつの人間に電話をかけるのははばかられた。

第六章　下　校

　そのとき、三ッ矢は教室にいるのである。机の上には教科書。国語。机の中には刺身包丁。これは中宮中学に勤務している母親が、台所の抽斗《ひきだし》に、箱に入れてほかの包丁とは別格にしまっていたもの。正月用の寒ブリをさばくときに使った。

　教育委員長の須貝さんが錦市場でカタマリを買《こ》うて、父親が好む、あぶらの少ない背の、赤い部分を分けてくれた寒ブリ。ぼくは腹んとこの、とろっとしたとこのほうが好きやのに。関川高校で校長をしながら味覚のおかしい父親もクズなら、そんな背中の赤いとこを恩きせがましう三十一日に持ってくる教育委員長もクズや。教師なんかになるようなやつはみんなクズや。おのれがなにをしとんのか、おのれが見えとらんやつは最低や。

　とくにおまえがクズや、河村。クズの中のクズや。いっときでもおまえを認めた自分がなさけない。クズは捨ててええんや。この世にのうてもええんや。迷惑で必要のないもんをクズというんや。

　教壇を見ながら手で机の中をさぐる。タオルにつつまれた、寒ブリの背をさばいた刺身包丁。タオルをほどく。包丁の柄をぎゅっとにぎる。

殺しはせん。殺したら自分も殺人罪や。絞首刑になる。少年法なんか適用せんでくれんでええ。そんな薄汚い卑怯《ひきょう》なことはせんといてくれ。自分の責任は自分でとるがな。河村みたいに薄汚い真似はせえへん。こんなクズを殺して自分も絞首刑になるのは御免や。殺しはせえへん。そのかわり勃たんようにしたる。こんりんざい森本を犯れんようにしたる。

教壇で教科書を開いている標的の下腹部にある、そのまた標的に照準する。てめえがどんなもんを持ってんのか知らんが、そんなクズでてめえがなにをしてきたか教えたる！

包丁を持って立ち上がる。教室全員の視線が自分に集まる。男子の驚嘆。女子の悲鳴。やめて、三ッ矢くん。あいつが止めようとする。ふりきる。まっすぐに前進する。ぶす。包丁が標的を刺す。なにをするんだ三ッ矢という顔をして彼は倒れる。血がどくどくと彼の下腹部からわいて流れる。包丁についた血を、国語の教科書を破ってぬぐう。

「刺される理由はおのれがようわかったるやろが、このインポ」

倒れる彼の顔をガンッと蹴る。敗北の息が足の下から洩れる。

哄笑《こうしょう》とも叫びとも言えぬ息を、三ッ矢は布団の中で吐いた。新春の五日。朝。初夢ではない。三ッ矢はとうに起きていた。起きて布団のなかで、河村を刺す夢を頭に描いていた。布団のなかではいつも実行を決意する。

問題がある。三ッ矢は七組。五組から七組までの国語は河村ではない。

腕をのばし、枕元に常備してある帝国書院発行の地図帳をひらく。硬い表紙の地図帳には、奪還した『交歓生活』のカラーページがはさまれている。それはもう見慣れてしまい、空想への滑走路でしかない。

初雪の朝に彼は倒錯する。とってつけたようにモデルの股のあいだに置かれた出席簿はとりはらわれ、そこには記憶の印画紙から池上玖留美(20)の一部がコラージュされ、某俳優似のセンセイは河村にかわり、福武文庫は長命の本屋になかったから『缶詰横町』は入手できず、新潮文庫なら田舎でも入手できたが『北回帰線』は49ページで挫折したまま、タニアの声はゴールデンウィークに電話で聞いた〈映画見てた〉という声になり、自分の話など豚の鳴き声のように聞き流したその同級生への恨みが爆発し、センセイはシルベスターになり、怒濤《どとう》のエネルギーは摩擦熱を生み、だがティッシュを箱から抜く直前には、三ツ矢は彼の【熱い鉄釘《てつくぎ》(大久保康雄訳・新潮文庫『北回帰線』より)】を、彼女が【いやと言うまで突きまくってや(同訳・同書より)】っているのだった。

※

同訳・同書を高校一年で読んだときはミラーの、都会という場所の暴力的な描写にひかれ、大学三年で読みなおしたときには208ページの【決《イル》して絶《・ヌ・フォ・ジャメ・デスペレ》望してはならない】という一行を信じようとした河村は、十二月二十八日から東京にいた。

都内のマンションの511号室。3LDK。ここに実父と慶子さんは住んでいる。

「狭いところだけど、くつろいでいってね」

二十九日の朝、慶子さんは河村にそう言い、

「礼一郎さん、じゃあ」

父にそう言って、ふたりといっしょに部屋を出ていった。ふたり、というのは河村の弟と、弟の友人である。慶子さんは隣県にある自分の実家へ、弟たちは繁華街へ行くのに、途中までいっしょに出たのである。

〈あいつも連れてくのか?〉

京都駅の新幹線ホームではじめて弟が友人を同行することを知った河村は、友人が階段を上がってくるまでのあいだに弟を咎《とが》めた。

〈知ってるだろ?〉

予備校からの弟の友人と、河村は面識があるのだからかまわないではないかと弟は言った。その彼は大阪の出身で、現在は弟と同じ京都の私立大学に通っている。

〈そんなことじゃないよ。三人も泊めてもらうの、悪いじゃないか〉

〈いいって慶子さんも親父も言ってたもん。俺、ちゃんと電話で言っといたし。だってさあ、慶子さんは実家に帰るんだろ、正月中に親父と兄弟の三人きりになるの、なんかヤじゃん〉

弟の言いぶんはそれなりに正しかった。友人という他人が空間にいることで、年にいちどの実父との対面というか会合というか団欒《だんらん》は例年よりもずっと過ごしやすい。弟たちは朝早くに家を出て深夜に帰って来るため、日中は父と河村のふたりになったとしても。

「礼は自宅から大学に通ってるんだろう？　意外にうまくやってるんだな」

三十日の昼食時、義父と弟のことを、父は言った。

「俺はいやだったけどね。あいつはバイトしたぶんはこづかいに使いたいんだよ」

義父がいやだったという意味ではない。早くひとりで暮らしたかったという意味である。

「向こうは元気か？」

母のことを訊《き》いている。

「元気だよ。これ、うまいね。彼女が作ったの？」

昼食は父が解凍したシチューだった。

「ああ。料理もうまい」

「なんでもできるんだね」

「そうだな。なんでもできる」

慶子さんは父より三歳上で、都内でエステティック・サロンを経営している。取締役のひとりに父も入っている。

彼女と父は二十代からのつきあいだった。彼女は結婚を望まず別れた。商社勤務だった父は部署の先輩から紹介された母とつきあいをはじめ、母が河村を妊娠したので結婚した。が、しばらくして父と慶子さんは関係がもどり、こんなことはよくないと話し合って別れ、しばらくは関係が切れるのだがまたもどり、また別れまたもどり、そうして母の知るところとなり、離婚に至った。

父母の性愛の事情を〈ふうん〉と聞けたのは、それを聞いたとき河村がすでに『北回帰線』を読んでも、さいしょに読んだときのような騒ぎをおぼえる年齢ではなくなっていたからだ。

「ヨガ教室もはじめたんだ」

父の人脈でさるフィットネス・ジムの中にエステティック・サロンを出店し、フィットネス・ジムでヨガの指導もはじめたという。

「二十代のころからずっと水泳のほかにヨガもやっていたから」

「若いもんな。おふくろと同じくらいに見える」

たまに女性雑誌の美容特集でコメントもしていて、その写真などは世の常からすれば不公平なまでにさらに若く見える。

「そうだな。九歳下だけど」

九歳という年齢差は、慶子さんと母の差ではない。父と母の差である。

「おまえは河村さんとはどうなんだ。礼のようにはいかんのか」

河村姓は母の再婚相手の姓である。

「いや、うまくやってるつもりだけど。温厚な人だし」

義父は母より八歳上である。

「世の中にはざらにいるよな」

河村はぼんやりと言った。

「なにが？」

父はぼんやりと返した。

「十歳とか九歳とか八歳、年の離れた夫婦」

「そりゃいるだろう、ざらに。逆は少ないだろうけど」

むしろ、父と慶子さんのような例のほうがめずらしいのである。

「わたしの若いころはまだまだ女は結婚して家庭に入るのがよしとされていた時代だったから」

そのころに結婚を望まなかった慶子さんは、父と結婚したくなかったわけではなかったのだろうと河村は思う。

「もうしわけないことをしたと思うよ。どちらにも」

どちら、というのが、ふたりの女に対するものなのか、妻と子に対するものなのか、河村と弟に対するものなのか、はっきりと父は言わない。河村も訊かない。

「そんなことないんじゃないの」

「ならいいが」

父は食器を流しに運んだ。

「俺が洗っとくよ」

「いいさ、皿二枚だけだし。どうせ礼は夜も外で食べて来るだろう」

「こんな暮れの三十日にあんなとこに行っておもしろいのかな。混んでるだけだろうに」

「そりゃ、おもしろいんだろ。なんだって、どこだっておもしろいんだよ。あのころより
ずっと明るくなったじゃないか、礼は」

あのころというのは、母の再婚が決まって、京都へ越したころのことである。そのとき
弟は中学二年だった。そのときの弟は彼女と比べてなんと幼かったのだろう。

「三ッ矢と比べても幼かった」

「うん？　だれが幼かったって？」

「いや……」

彼女を幼いと思わないわけではない。あきれることが多々ある。

「九歳下で幼いと思わなかった？」

「それは……」

不明瞭《ふめいりよう》な質問の意味を、明瞭に父は悟った。三歳上の女と九歳下の女の比較。

「それは、そういうことになったら年齢はほとんど意味がないだろう」

個体差であり、個体差が年齢差や経済差やその他諸々の冷静な背景より勝るときに、そういうことは起こるのであり、起こった後は閨房でのそれもむろん含めての総合的な相性に依《よ》る、とは父は息子には話せない。血縁とは、むしろ個性が（もちろん生理も）介在する会話を避けるものである。

「この年齢になっても、わたしにも幼いところはあるよ。だからこういうことになってるんだろう」

洗った皿を、父は水切り籠《かご》に入れ、タオルで手を拭《ふ》き、テーブルをはさんで河村の前にすわった。

「ところで、どうなんだ、学校のほうは？」

父は話題を変えたつもりだったが、息子には逆に、話題は奥に進んだ。

「……向いてない気がする」

「向いてない？　問題校なのか」

「田舎だからそういうことは。ただ、なんとなく……」

「こないだＮＨＫの、町を紹介する番組で見たよ、おまえの住んでる中宮ってとこの風景。長命ってとこも出てた。そこの中学校へ行ってるんだろう？　静かできれいなとこじゃないか」

「そうだね、静かなとこだよ……」

今ごろなにをしているのだろうかと、河村は想った。

終業式の日、なぜ美術室に来たのだろう。ようすがへんだった。〈そのほうが落ち着くわ〉と小山内先生は帰宅をすすめていた。なにかあったのか。

電話がなった。彼女からここにかかるはずはないのに、一瞬まさかと思った。だがそれは年の瀬に向けての強力な掃除機を使うクリーニング会社からのセールスの電話だった。

「けっこうです」

即座に切った。中宮にいると、こんな電話がかかってくることはない。長命ならもっと静かである。ちり紙交換車をいちども見たことがないと彼女は言っていた。

「セールスか」

「ああ」

「東京は煩《うるさ》いだろう。いずれは静かな田舎の町で暮らすのもいいなと思うよ」

「そうかな」

大きな街に住みたいといつも彼女は言う。それを幼いと最初は思っていたが、住むうちに閉鎖された土地の煩《うるさ》さを河村も感じるようになっていた。

＊

午前二時に弟たちは帰ってきた。父は寝ていたが河村は起きていたので、泥酔しているふたりに水を出してやり布団を敷いてやった。友人は水を飲むなり布団に倒れた。

「金、ふんだくられた。とられた」

かなりの距離をふたりは歩いて帰ってきたという。

「どこで飲んだんだ？」

「どこでも。これ飲んだだけだよ」

金をとられたので癪《しゃく》にさわり、ズボンのポケットにたまたま一枚だけべつに入れていた千円札でウィスキーのボトルを買い、それをふたりで飲みながら歩いて帰ってきたのである。半分ほど残っているボトルを、弟はテーブルに音をたてて置いた。

「馬鹿だな、強い酒を水もなしで」

河村は風呂場から洗面器を持ってきて、友人の枕元に置いた。

「そのうち吐くんじゃないか。おまえ、だいじょうぶか？」

「俺はあいつほどは飲まなかったから」

「金をとられたって、なんでまた？」

「ナンパしたんだよ。向こうもふたり、こっちもふたりだったから。あいつが胸デカイほうを選んだんで、俺はミニスカのほうをもらって……」

手近な場所に四人で入り、部屋は二人ずつに別れた。弟は風呂場に行った隙に、友人はトイレに行った隙に、財布から札だけをぜんぶ抜き取られて女は消えていた。

「事前？　事後？」

「事後」

「ならあきらめろ」

「高一だぜー。高一の女にしてやられた」

言ったとたん、弟は口を手でおさえてトイレにかけこんだ。吐く音が河村に聞こえた。

三十一日の夕方近くまで、弟と友人は寝ていた。彼らは二日酔いのために、父と河村はめんどうくささのために、夜は蕎麦《そば》の出前をとって男四人はむさくるしくリビングにそろって麵《めん》をすすりながら、紅白歌合戦をながめた。美人の代名詞になっている歌手が出てくると弟は言った。

「この人、ちょっと慶子さんに似てるよね」

「あ、ほんまや。おとうさん、いやー、慶子さんはべっぴんさんでんなあ」

父にというより、昨夜の醜態の照れから河村に、弟の友人は言った。

「こいつ、タイプだってさ」

「なに言うてんねん、そんな失礼なこと、おとうさんの前でめっそうもない」

「だって、おまえ、さっきそう言ってたじゃん」

夕方、河村がふたりの寝ている部屋にようすを見に行ったとき、父はいないその部屋で、彼が〈年増でもあの人なら充分イケまっせ、あの人とならお願いしたいですわ〉と言ったと、弟は河村につたえていた。彼がとくにサービス旺盛《おうせい》なわけではないのだろうが、河村には関西弁を如才なくあやつる友人は剽軽者《ひょうきんもの》に感じられる。

父は燗酒《かんざけ》を飲んでいた。アルコールがまわったのか彼は剽軽者に余裕を見せた。

「きみの言うとおりだ。慶子はいい女だよ。きみもいい女を見つけろ」

酔っていても、血縁は、息子ふたりを前にして、彼らの母より今の妻がいい女だとまでは明言させなかったが。

「あ、これは言われてしまいましたがな。昨夜のやつらみたいなのは最悪でしたわ。ここらで手打とういう志の低さに、バチが当たったんですなあ」

ちらと友人が河村を見た。その視線はかわいらしく、河村は三ッ矢を思い出した。

「うちとこの妹が、慶子さんのこと知っとりました。テレビや雑誌でよう見る言うて、このたび、有名人宅へ泊まらしてもらうの、えっろう羨《うらや》ましがられましたわ」

同じ関西でも、京都と大阪はまるでちがう。雰囲気がちがう。街の色がちがう。動詞の活用もちがうことは彼女から聞いた。〈中宮も長命も、京都の活用と同んな《お》じやさかい、気《き》ぃつけてね〉。「行くことができない」という場合、京都でも大阪でも「行けへん」だが、「行かないか?」という場合は、京都では標準語同様、未然形で「行かへん?」で、大阪では未然形は仮定形と同じ活用のまま「行けへん?」である。地理的に大阪より東にあるぶん、東の活用に近いのかも。そう彼女から聞いたとき、職業上、興味深かった。

〈小さいころ、かわいそうな漫才を見るのがいややった〉。関西の漫才には相方を蹴《け》ったり叩《たた》いたりするものがよくあり、関川の工場の休息室のTVに漫才が映っていると逃げていたという彼女。幼稚園児だったから漫才の演出というものが理解できず、〈ほんまに叩かれてはるんやと思《お》もて、痛そうでかわいそうで、そやのに工場の人はみんなそれ見て笑わはるさかい〉、それがかなしくて園児は逃げていた。

こうした話を彼女としているのは、たとえ彼女が幼くても、河村には、貴和子とかわす会話よりもたのしいと認めざるをえない。それはおそらく波長のせいで、いい女、いい男、というのは波長が決定するものであり、ケルビン温度のように絶対的にゼロ位置を示せるものではない。だってそうだろ、原子と分子の熱運動が完全に静止する状態なんか現実にあるか？　その女はその男にとって、いい女なのであるというそれだけのことだ。そういうことになるとは、そういうことだ。

TVの上に、写真立てが飾ってあった。慶子さんと父が時計台の見える川べりにならんでいる。彼女は父にとって、そういう女だったのだ。

「これ、どこで撮ったの？」

河村は訊いた。

「ロンドン。ずいぶん前の写真だよ」

アルコールがまわっていても、その写真が、息子ふたりの母と離婚する前のものだとは、父は決して言わなかった。

「構図がいいから引きのばしたんだ」

「いやあ、どこのグレース・ケリーかと思いましたがな、この写真の慶子さん」

「言い過ぎだよ、おまえ」

幼い弟と、彼と同年齢の友人はじゃらじゃらとしゃべっている。

写真を一枚も撮ったことがないことに河村は気づいた。いつも人目を避け、いつも帽子を目深にかぶっている彼女と写真を撮る機会はなかった。

声が聞きたい。席を立つ。

河村が寝ている部屋は、父と慶子さんが書斎として使っている部屋で、そこにも電話機がある。

「どこ行くの？」

弟が訊く。

「電話」

「そこにあるじゃん」

弟が河村のすぐ横にある電話機を指して言うと、友人はにやりと笑った。昨夜の醜態の借りがなくなった余裕で。

「新年になろっちゅうときに、野暮なこと言うもんやありまへんがな」

友人の補助で自尊心を捨てた河村は、長命に電話した。ぷるるる、ぷるるる、ぷるるる。呼び出し音が三回なって、かちゃと受話器の上がる音がした。

「森本です」

年配の男の声だった。

「すみません、まちがえました」

できるだけ剽軽者のイントネーションを真似て、河村は電話を切った。

※

大久保康雄訳の新潮文庫を、長中へ上がる春休みに背伸びして読んで164ページの【車椅子に乗ってぞろぞろ通ってゆくあの帰還戦士たち】というくだりがひたすら怖く、長中一年の三学期の授業中に河村にあてられたあと読み返して、猥褻《わいせつ》なセックスシーンなど一字たりともないのに、どこをどう読んでなぜイアン・マッケンジーの父は読むなと禁じたのだろうかと首をかしげた隼子は、十二月二十八日には母方の実家にいた。

ここでは数学や英語の復習もすこしはできたが、二日からいる関川では、祖父母の弟夫婦と、その子の夫婦二組とそのまた子供ら五人と、叔父《おじ》夫婦の赤ん坊が耳をつんざくようにさわぐなかで、母と隼子はずっと食事のしたくをしていた。ほとんど台所にいる。

台所にいないときは赤ん坊を、祖母をはじめとする女の親族であやした。かわいいかわいいと祖母も母も大叔母もその嫁たちも言うが、しじゅう洟《はな》と涎《よだれ》をたらす赤い頬の鼻の低い生物を、隼子はかわいいとは思えなかった。こういうモノを自分の膣《ちつ》から出すのはいやだった。

二十六日と二十七日と二十八日と三十一日と一日と二日に、河村になんどか電話をした。そのたびに呼び出し音を二十回聞いた。三日と四日にも電話をした。呼び出し音がなっただけだった。

十時前。昼食のしたくに台所に立つにはすこし時間があったから、あたりをみはからい、居宅を抜けて工場のほうへ行き、そこから電話をした。だが呼び出し音を聞くだけだった。すぐに台所にもどった。

「おーい、ちょっとお茶を持ってきてくれへんか、隼子ちゃん」

居間から大叔父の声がした。茶筒から急須に葉を入れ、湯をそそぎ、湯飲みを盆の上にならべる。

ふでばこを廊下で受け取った日の夜、隼子は河村に電話で言おうと思っていた。しばらく会わないようにしようと。手紙が気持ち悪かった。用心したほうがいい。冬休みの二週間など、すぐすんでしまう。会わないうちにもうあの遊びを忘れてしまうかもしれない。そう思っていた。

しかし三十日には、十四日間はけっこう長いことがわかった。一日には長いことがわかり、二日にはすごく長いことがわかり、三日にはいやになり、四日にはすごくいやになった。

「はい、お茶」

五日の正午を待つのも、昼食をすませるのも、いやになった。台所に入ってきた母親に盆をわたすとエプロンをはずした。

「マミちゃんとお昼に会うから先に帰る。今日は泊めてもらう約束になってるの」

十時半に自分ひとり先に、長命行きのバスに乗ったときは、もっといやになった。今日と六日と七日。まだ三日間も休みがある。

十一時に自宅から河村に電話した。呼び出し音がなるだけだった。

泊まれる用意をして、十一時十五分に自転車で家を出た。能勢町のほうに向かってスピガを通過し、長命駅を通過するとき自転車から下りた。

駅前には二組の男女がいる。どちらも女性が晴れ着を着ている。隼子も初詣《はつもうで》には着物を着た。

駅前の男女のうち、一組はタクシーに乗った。

「ヨッちゃん、先乗ってえな、わたし、着物やさかい奥につめるの、うまいことできひん」

女性が言ったのが聞こえた。

もう一組は写真を撮っている。女性が襟巻きをなおし、バッグを持つ手を右にするか左にするか迷っているのに男性がシャッターを押した。

「やん、もう。撮るなら撮るでて言うてえな」

気にせんかてええがな。隼子のすぐうしろで男性が言うのが聞こえる。

「すみません、写真撮ってもらえますか」

彼はカメラを隼子にわたし、女性が立っているところまで走る。

「撮ります」

大きな声で言ってから隼子はシャッターを押した。

「おおきに、どうも」

ふたりにカメラを返したあと、つまらなくなった。電話をした。予想どおり、呼び出し音だけを聞くだけだった。切った。

マミにかけた。

「マミちゃん、今、駅やから。これから行くね」

「わかった。ミカちゃんにも言うとく」

切った。そして、またかけた。また呼び出し音を聞くだけの結果だと予想して。

だが、予想ははずれ、男は電話に出たのである。もしもし、というその声に隼子はとまどった。

「あ、あの……ずっとつながらなくて」

「今もどってきた」

東京にいたと彼は言った。

「出るとは思わなくて……森本です」

「わかってるよ」

「あけまして、おめでとう……」

「どこからかけてる？」

「長命駅から。今から行く。中宮に。いい？」

「うん」

うん。その二音で、隼子はマミを忘れた。

「駅だから。自転車じゃなくて。自転車は自転車預かり所に置いてくから。そのほうが早いから」

「うん——」

うんのあとに発音された、待ってるよ。それで桐野も忘れた。

電話を切り、すぐにマミに電話した。ミカが出た。

「隼子ちゃん？　ひさしぶりやね。これから来るんやろ？　マミな、今、ストーブの石油がなくなったさかい、裏に入れに行ってんの、ちょっと待って」

「ええの。ミカさんで。マミちゃんにつたえて。今日は行けへんて」

「あ、そうなん？」

「かんにんなて、ミカさんから言うといて」

「うん、ええけど……」

「ミカさん、頼みがある。きいてください」

「なんやの？　あらたまって」

「頼むから、今日は私はマミちゃんのとこに泊まることにして。そういうことにして」

つぎの電車の発車時刻が気になり、隼子はあわてた。

「……わかった」

「マミちゃんには……その……」

「……そやな、お父さんとお母さんの都合でとかなんとか言うといたげる。またべつの日に遊びに来《き》いな」

「ありがとう。結婚おめでとう」

「……ありがとう。もし隼子ちゃんとこから電話があっても、あたしが出てきとうに言うたげる。あたしの声、マミと同《お》んなじやろ」

「うん」

「ほなな」

「……ミカさん、幸せ？」

「そやね。幸せやわ。すご」

「…………」

隼子の沈黙にミカはうふふと笑った。そして電話を切った。自転車預かり所に自転車を置いて駅にもどると、発車が近いとアナウンスが流れている。隼子はあわててふたつのコインだけで買える切符を買い、改札を抜けて電車に乗った。

※

駅の階段を駆け上がってゆく隼子を、三ツ矢は見ていた。

寒ブリをくれた教育委員長、須貝の家に年始の挨拶に行く両親にいやいや随《したが》ったのちに、長命にもどってきたのである。

ピアノの発表会で着るような洋服を恥じて、両親と姉といっしょにいることを恥じて、彼は隼子のすがたを見たとたん、自分が恥じている三人の大人の陰に隠れた。

（どこに？）

中宮方面に向かうホームに到着した電車に隼子が乗らないことに、三ツ矢は一縷《いちる》の望みを託した。祈った。最後通牒《つうちょう》はかなわなかった。

（やっぱり……）

電車は中宮にだけ停車するわけではないが、彼にとってその電車は中宮に行くためだけの道だった。

※

正午にチャイムが鳴った。河村はドアを開けた。紺色のダッフルコートを着て、グレーとアイスブルーのボーダーのマフラーをした隼子が立っていた。ダッフルコートのポケットにおりたたんだ帽子が入っていた。白いバスケットシューズをはいていた。

ぱたんとドアが閉まる。ぴょん。ほんとうにぴょんと跳ねて、隼子は彼に抱きついた。河村の膝の裏で隼子の足が交差した。首のうしろで両腕が交差した。

彼女の両腕の下から両腕をくぐらせて、彼は彼女を抱き上げ、げたばこの上にすわらせた。すわらせるとさらに、ぴょこんと両足は河村をとらえた。胴で交差する足と首のうしろで交差する腕に力が加わり、顎が左肩に乗った。

「一日に着物を着たん」

和服は好きではないから、父母が作ってやろうと言ってもことわっていた。だが今年は母の従姉妹《いとこ》が〈もう着ないから〉と言って着せてくれた茜色《あかね》の紬《つむぎ》のアンサンブルを来てキツネの襟巻きをして初詣に行ったと、彼の耳のうしろで彼女は言った。

「草履と足袋《たび》が痛かった。もう着とうない」

「そうか」

彼女の背中で交差された彼の腕に力が加わる。

「元旦に、お雑煮のお餅《もち》、何個食べた？」

「みっつ……よっつだったかな」

「そんなに？　甘いのに？」

「甘い？」

関西の雑煮は白味噌《みそ》を使うことが、正月には父と会うので関東式の醬油《しょうゆ》味の雑煮しか食べたことのない河村にはわからない。

「森本は？」

「ゼロ」

「一個も食べなかったの？」

「元旦は。ヤツガシラを食べるとおなかいっぱいになる」

ヤツガシラ。大きな毛虫を河村は想像する。

「それにね、お年玉をたくさんもらった」

「それにね、二学期は成績があがった」

「知ってるよ、續順」

「それにね、国語は5やった」

交差した足がぴょんぴょんと胴を叩く。

「そうか」

河村の笑う振動がダッフルコートをとおして隼子につたわる。

「先生は3しかくれへんかったけど」

去年の三学期、ケアレスミスだらけの隼子のテストの点数からすればぎりぎり4をつけてもよかったが、もうひとりそういう生徒がいて、ヘンリー・ミラーの一件で腹が立ったので3をつけていた。

彼の肩から、彼女は顎を離した。ふたりは向かい合った。こんなふうになるとは、ふたりとも思いもよらなかった。おかしくて笑い、笑っているのにさびしかった。心臓のサイズがひとまわり小さくなったようだった。

〈先生はさびしい〉。水飲み場で統子は言った。〈さびしいのを隠している〉。準備室で三ツ矢は言った。あのときふたりはそれぞれに、彼らの過度の情緒を嗤《わら》ったが、彼らのほうが正しかったのである。人は恋に落ちたとき、相手のどんなに小さなさびしさも見逃せなくなるのである。恋する相手はさびしそうに見えるのである。笑っていても暗殺者のように孤独な表情をそこに見出《みいだ》すために。

彼は彼女の口を見た。さいしょ見たときのように、いつも見るときのように、なにかを一心に考えたり見たりするときには半開きになる口。下唇の左端にあるほくろ。彼女も彼の口を見た。上唇に、前歯に向かっての急な傾斜があるため、真正面から見ると上唇と下唇の厚さの比が一対二に見える口。口角の切れ込みがやや深いために、いつもごくごくかすかに口角があがって見える口。ふたりは口を見た。もうなんども吸った口。なんども吸われた口。なぜヒトだけが口を合わせるのだろう。おかしい。さびしい。ふたりは口を合わせた。こうするときはいつも開いていた隼子のまぶたを、いつも河村は手で閉じていた。この日は閉じさせずにすんだ。げたばこの上にずっと置いておきたいほどさびしい。彼も目を閉じた。

ふたりのいる玄関は静かで、通りを行く者の声の断片がときに聞こえた。キスをやめてもふたりは玄関にいた。

「出かける？」

「初詣、もう行ったもん」

「じゃあ、初詣じゃないとこ」

「人に会ったりしない？」

「しないようなとこ」

＊

北に向かって車を走らせた。

隼子は後部シートに、帽子をかぶってすわっていた。〈だれに見られるかわからないから〉と、いつものように。

「県外だよ、もういいんじゃないか」

いつものようにシートを倒して河村は言ったが、隼子はいつものように信号停止のさいに後部から前部へ移っては来なかった。

「もっと行ってからでいい」

隼子は梢美咲宅に郵送された手紙のことを河村に話した。

「じゃ、もっともっと行こう。安心するところまで」

さびしいと河村は思う。人目をはばかるようなことを、自分は彼女に強いているのだ。初詣にいっしょに行き、草履が痛いと言う文句は聞いてやれない。見せに来た着物を故意にけなして怒らせてもやれない。指導室でかばってやることもできない。

道路は日本海に沿っている。道路標識に示された地名を見て、隼子は信号停止のときに後部シートから移動し、帽子を脱いだ。

「おなか空いた」

ふたりとも昼食をとっていなかった。どこの幹線道路にもあるような休憩用の施設に入った。そこでのサンドイッチとコーヒーの代金をいつものように隼子が支払うと言うのを河村は拒否した。

「そういや」

「お年玉もらった」

「じゃ、俺もやるよ」

自分が支払ったレシートを隼子にわたした。

「お年玉だからいいさ、払わなくて」

隼子の手をとり、食堂を出た。

駐車場から階段を下りた。そこは入り江に面したコンクリートの展望テラスで、鉄の柵《さく》と花壇とベンチがあった。ベンチには一組の男女がいる。女は晴れ着を着ていた。花壇の前に小学校の低学年くらいの子供が三人いる。食堂の売店にいくつもつるしてあった、こぶりのやわらかいボールをひとりが持っていた。色は黄色。

子供たちは花壇をはさんでボールを互いに投げはじめた。ひとりが受けそこね、黄色い球体が隼子の足元にころがってきた。彼女はそれを拾い、追ってきたひとりにわたした。

「ありがとう、おばさん」

男児は言って走っていった。

「おばさん?」

復唱する隼子に河村は苦笑し、

「子供には、大人はみんな同じに見えるんだよ」

隼子の頭に手を置いた。

「あ、二学期の身体検査で背伸《せえ》びてた」

「背が伸びた?」

「うん、一センチやけど」

「そうか」

頭を撫でる。やわらかい、いつも梢美咲から染めているのではないかと注意される茶色い髪。虹彩の色素の薄い茶色い目。笑わないでいるとその表情は倦怠的で、笑ったときと極端に印象がちがうが、キャラメルのような顔だと河村は思う。キャラメルやパフェや『北国の恋人』を、本人は嫌っているが、本人が嫌う生クリーム系の味を、本人の顔だちは連想させる。事実、舐めるとその感触が舌にする。顔を舐めたことはないが。

隼子と河村は柵に肘《ひじ》をついて海のほうを見た。新春の太陽は地平線に近づきつつある。

四時二十二分を指した彼の腕時計の文字盤は、隼子の手によって隠された。

「明日までいられるの。マミちゃんとこに泊まってることになってるさかい」

「また嘘をついたのか」

こういう嘘ばかり、自分は隼子につかせている。

こんなきれいな子ならいくらでも出会いがあるだろう。いくらでも未来の選択肢がある。まだ身長が伸びているのだ。いくらでも未来は拓《ひら》ける。それを自分がつぶしてしまうことはいけないことだ。

「もうすぐ入試がある」

「桐野か？」

河村の問いには答えず、隼子は前を見ている。

「『少女』って詩、先生は好き？」

二学期に、マミからわたされた小野遠栄の詩が書き写されたレポート用紙を、隼子は河村に見せたことがあった。

「なんで、あのとき捨てたん？」

「いやだったから。森本がモンブラン捨てたのと同じだよ」

「なんで？」

「嫌いだから」

「なんで？」

「失礼な詩だから。少女だから好きだなんて人格を無視してる。その少女に失礼じゃないか」

「統子ちゃんに言ったことは訂正する。やっぱりかっこいいかな」

「なにが?」

「先生」

隼子は河村の手をにぎった。河村もにぎりかえした。

「私もマミちゃんからあの詩、見せられたとき、大嫌いって思った」

夕日は海に沈んだ。

「処女膜は三年で再生するんだ」

「またそんなでたらめ」

「ほんとうだよ。四谷圭一郎って民俗学者の本に書いてあった」

隼子の手を引き、抱きしめる。

「人がいる」

「いいよ」

そんなことで隠しているわけじゃない。抱きつづけた。頸動脈《けいどうみゃく》にあたる隼子の額は冷たかった。アツイなあ。アツイなあ。ボール投げをしていた子供らのはやす声が聞こえた。

ふたりは殺風景なビジネス・ホテルに入った。食事はできず、売店もなかった。弟の友人が新幹線のなかでくれた飴《あめ》がポケットに入っていたのでそれを食事代わりにした。林檎《りんご》の味のする飴は一個しかなかった。交互に舐めた。バスタブの栓も欠けていて湯はたまらずシャワーだけしか使えなかった。ドライヤーもなかった。髪を洗った隼子は寒いと言った。髪を洗った河村も寒かった。暖房を強めるとごうごうと音がした。温度が設定できず、しばらくすると暑くなりすぎた。

「寒いよりいい」

ベッドの上に行儀よく正座して、隼子は縁にこしかけている河村に言う。

「いちおう着物姿」

へらへらした素材の浴衣《ゆかた》はすこしも彼女に似合っていない。

「飲む物を買ってくる」

部屋には冷蔵庫もない。廊下にある自動販売機で、河村は無糖コーヒーと、すこし迷ったのちに酒を買った。

部屋にもどってコーヒーをわたすと、隼子は鞄から財布を出そうとする。

「いいよ」

「でも、さっきもここも払ってもらったし」

ビジネス・ホテルは前払い制だった。

「いいから」

声が大きくなる。

「なんで怒るの？」

「怒ってなんかいない」

「怒ってるやんか」

「気にしなくていいことを気にするからだよ」

「気にするよ」

「気にしなくていい。そんなことは気にしなくていいんだよ」

酒を飲んだ。

「中学を出てすぐ美容師になりたいか?」

「え? ううん」

「自動車整備工になりたいか?」

「ううん」

「なにかすぐになりたいものがあるか?」

「考えてない」

「なら、勉強しろ」

「え?」

「まだなにか具体的に目標がないのなら、勉強するんだ」

冷や酒は夕食をとっていない身体にまわった。

「高校へ行かせてくれる経済的余裕がない家じゃ、全然ないだろ?」

「なんで、そんなことを訊くん？」

「そうだろ？」

「うん」

「なら、勉強して高校へ行って、今しかできないことを一生懸命するんだ。数学や物理や英語や歴史や、家庭も美術も今しかできないんだ。今しかできないんだよ」

河村が言うと、ずずと正座したまま隼子は彼の横に移動した。

「どうしたの？　急に進路指導？」

「どうもしない。勉強したほうがいい。勉強して高校へ行って、高校でも勉強して、せめて高校を卒業するまでだれともヤるな」

「よくそんなことが言えるわ」

隼子は笑った。

よくそんなことが言える。くりかえされた。

「わかってるよ」

よくこんなことが言えると河村は隼子以上に思っている。こんなことを言える義理ではないことは充分承知して、それでも河村はそう思った。

「でも、そうなんだ」

「わかったわかった」

わかりましたよ、先生。そう言って隼子は河村から離れ、毛布の中に入った。毛布をまくりあげて、河村は隼子に覆いかぶさった。

「だれともヤるな」

灯を消して彼は言った。

「言ってることとしてることがちがう」

「わかってる」

「なにそれ……」

その夜の営みは別して濃厚であった。どこをどうすればどうなるかを知悉《ちしつ》した、そこをそうするとそうなるように拓いた身体を彼は濃《こま》やかに抱いた。舐めるごとに崩れるように吸うごとに痺《しび》れるように。さわるごとに来るように。溶けるように隼子は撃たれた。しかし河村はさびしかった。心からいとしいと思ったから。これが最後だと知っていたから。獲えるたび攻めるたびに別れを想った。左耳。うなじ。左肩。背中。顔は見えない。行為のさなかにはじめて彼は彼女につたえた。好きだ。彼女は感じた。これが最後だと。胸の前にまわされた両腕を自分の腕でつつみ、背中で彼の体温をたしかめた。

壁の薄い、旧式のラジオが置かれたホテルだった。ただ、窓から海が見えた。

「いちおう海の見えるホテル」

自動販売機で買った、いちおう夜明けのコーヒーを飲んで隼子は言った。

（なぜもっとあとにめぐりあわなかったのだろう）

河村は言いかけて、やめた。

※

駅前で車から下りるわけにはいかない。人通りの少ない道で、

「ここでいい」

大雨のあとの暑い夜に彼の車にいたときと同じように隼子は河村に指示した。

「ずいぶん歩くぜ」

「いいよ」

車から下りた。

歩きかけると河村は窓を開けて隼子を呼んだ。

「勉強するんだ。できる範囲でいい。でもやるんだ。そうすれば……、勉強すれば、今なら……、今なら間に合う。なんにだって間に合う。イアン・マッケンジーにだって会って話せるようになる」

「イアンとならヤってもいいの？」

「高校を卒業したら」

「……これって、もう、今日が最後ってことだよね？」

隼子は事を明確にしたかった。

「……そうだ」

「わかった」

三歩ほど歩いた。ふりかえって言った。

「この遊び、たのしかった。先生は？」

河村はことばを発しなかった。ただ肯いた。

桐野が〈きれいやなあ〉と言ってくれたときの自分は、たぶんこんな顔をしていたのだろうと隼子は、彼の顔を見て思った。

「じゃあ」

身体の向きを変えた。

てくてくと歩いてゆく隼子を、車から河村は見ていた。紺色のダッフルコートがずっと小さくなるまで。角をまがって見えなくなるまで。

明日からはもう彼女はあんな嘘をつかなくていい。日陰者のような真似をしなくていい。明日からはもう制服を着た彼女だけを見るのだ。彼はたじろいだ。自分の目から流れてきた液体に。

どうしたらいいんだ、この車。乗るたびに思い出すじゃないか。まだ二年しか乗ってないのに。どうしたらいいんだ、来年、担任なんかになっちまったあかつきには。どうしたらいいんだよ。

「どうしたらいいんだよ」

手を顔に当てた。

＊

隼子はただ歩いていた。なぜただ歩けるのか、その理由は考えなかった。五日の朝にすこし降った雪は残っていない。よく晴れた空は作物のない田んぼや枯れ木を美しく見せた。ずっと後年である。このとき自分がなぜ、ただ歩けたのか、その理由を彼女が知ったのは。四月生まれの隼子は、十五歳を三ヵ月後に迎えようとしていた。一月六日、三時十三分。

※

同日、五時三十五分。

中宮市内の2DKで、電話がなった。部屋にいた男は受話器をとった。ぷーっという公衆電話の反応音があった。

「もしもし」

言ったが、相手は黙っている。

「もしもし」

「…………」

黙っている人間の、声だけでもと彼は切望する。なにも言わず切ろうとして、切れなかった。

「森本?」

ほとんど息のようにそう言ったとき、電話は突然切れた。

※

六時をまわっていた。

窓ガラスに落書きがしてあるのに隼子は気づいた。

三時過ぎに車から下り、駅まで歩き、自転車でマミの家に行った。

コートとマフラーを脱いだ隼子がマミの部屋に入る前に、ミカは廊下で隼子をひきとめ、スカーフをくれた。〈ついてる、首に〉。だから長居はしなかった。

帰宅するとまだ両親は関川からもどっていなかった。勉強部屋に行き、カーテンを閉めようとして落書きに気づいた。室内は明るく室外は暗いので、さいしょはガラスが汚れているように見えた。窓を半分開け、クリーム色のスケッチブックを窓の外の桟に置き、室内からそれを見た。見て、息をのんだ。不快感のためではなく、恐怖のために。男女の交合を示す記号のような絵。わざわざそれをこの窓にかきつけるために塀か門を乗り越えて敷地内に入ってきた者がいるのである。

無作為に侵入したいたずらではないと直感した。特定の人間に特定の目的を持って描かれたものだと。梢美咲にとどいたあの手紙。自分が隠していることを知っている者が、だれかいる。

クリーニング剤を吹きつけ、それを消し、両親の早い帰宅を願った。彼らにはなにも相談できないことはわかっていたが、ひとりで家屋にいたくないという理由から。

電話がなったのは、隼子が家中のカーテンと雨戸を閉め終わったときである。

なっているその機械をとるのを、隼子はためらう。十回、二十回。電話はなりつづける。両親ではない。両親の知人でもない。こんなに呼び出しつづけるわけがない。マミでもない。もちろん河村ではない。彼はいちども電話をかけてきたことはない。ましてや今日以降、かけてくるはずがない。三十回。まだなっている。

受話器をとった。ぷーっという公衆電話からかかった反応音がした。

「もしもし」

警戒しながら、言った。

「…………」

相手は黙っている。

「もしもし」

「灯《あか》りがついたな。帰って来たんか、中宮から？」

受話器になにかをかぶせてしゃべっているような声だった。だれだろう、この声。知っている声だ。

「だれ？」

「河村です」

「だれやの？」

「ふうん。だまされへんとこみると、あいつの声とちがうて、すぐに区別がついたんやな」

「…………」

「そんだけよう聞きおぼえてる声っちゅうことや」

受話器にかぶさっていたものがはずれた。隼子は相手を認識した。

「三ッ矢くん」

「へえ、俺の声もおぼえててくれたん？　そらめでたいわ。謹賀新年」

「なにが言いたいの？」

「暑中見舞いのつぎは謹賀新年やがな。そっちにはどうでもええんやろけど。俺の言うこ

ともカードも。この電話かて、また映画でも見ながら聞いてたらどや。今はなんの映画を
見とるんや。ポルノ映画でも見とんのか」
十四年九ヵ月の歳月の中で、ひとりの人間をこんなに怖いと思ったことはなかった。変
質的なものを隼子は三ッ矢に感じた。
「福江から聞いてるで。よう男から手紙もらうんやてな。男たらしといて、もろた手紙は
どうしてんねん？　読みもせんでごみばこに捨ててんのか？　俺の暑中見舞いのカードも
いっしょに」
「持ってるよ……」
小学校の体育館の裏で統子の命令に叛《そむ》いたときのように声がふるえた。
「持ってる？　ありがたいことや。涙出るわ、ほんま」
「ペンギンが……」
はじめてそういうことになる八時間前にもらったカード。あのカードを受け取った日。
雨が降っていた。あのときはすこしも好きじゃなかった。桐野にもなんのやましさもなか
った。こんな気持ちになるなんて思わなかった。今日が最後なんていやだ。明日もあさっ
てもしあさっても会いたい。今すぐにも。今、ここにいてほしい。ずっといっしょに。ず
っと。〈でもそうなんだ〉。わかっている。もう会えないのだ。もう叶《かな》わない、叶えてはい
けないことなのだ。〈でもそうなんだ〉。河村の言ったとおりなのだ。会いつづけるわけに

はいかない。〈でもそうなんだ〉。隼子にもよくわかっていた。

「三ッ矢くん……。今でも持ってるよ、ペンギンがかき氷食べてるやつ」

カードは残り、河村は失ったのである。

「そやったら……、そやったらなんで返事くれんかったんや」

「そんなことはできひん」

「なんでや？」

「なんでて、それは……」

福江さんに悪い、と言いたいのを隼子は懸命にこらえた。〈フコちゃんは三ッ矢くんが小学校のときからずっと好きなん。あたしにも本人にもぜったい言いやらへんけど〉。だれかを好きになるということは、だれかを好きになるという気持ちは、とても脆《もろ》くてしぶとくて苦しいことだから、それに軽々しくふれてはいけないのだ。

「森本、おまえは最低の女や。俺がおまえを好きなことくらいわかっとったやろ？ それでいい気分やったか？ それわかってて河村とヤるのはいい気分やったか？」

ひどいことを自分たちは桐野にした。彼の存在は快楽の道具だった。

「…………」

「そやろ？ いい気分で河村とヤってたんやろ？」

「そんなことしてない」

あきらかな嘘をつく以外に、隼子はほかに方法を見つけられなかった。三ッ矢の言うことはすべて真実なのだから。

「三ッ矢くん、聞いて。私は桐野さんが好きでした。先生は関係ない」

それでも嘘をつく以外になかった。河村の立場を慮《おもんぱか》れば。

「桐野さんを今も好きなのかどうかはわからない。入試が近いのでずっと会ってないから」

「じゃがいもの話なんかしてへんわ」

「桐野さんの話やの。三ッ矢くんからカードをもらったとき、私は桐野さんが好きでした。それが三ッ矢くんをいやな気持ちにさせ……」

「ワタシの態度がアナタの気持ちを傷つけたのならゴメンナサイか？　決まり文句で許してもらおて思《お》もたかてそうはいかんわ。先生とヤってることはどうか秘密にしてくださいと頼んでもろたほうがまだましや」

「先生は関係ない」

「向こうは白状しよったがな。さっき、電話したら――」

三ッ矢は河村の応対を隼子につたえた。聞いて隼子は思った。あの馬鹿、ったく馬鹿……。てのひらをまぶたに当てた。うれしかった。さびしかった。頬をつたうものを電話の相手にぜったいに気取られぬよう、流れるにまかせた。大好き。大好きだよ、先生。だれに、どこにそう言えばいいのだろう。言う場所はどこにもない。沈黙している隼子の耳に向かって、三ツ矢は長く河村を罵った。聞くに耐えなく。

「無言電話に向かって、おまえの名前が口から出るか？　なんでもないもんの名前を思い出すか？」

「聞き違いや。三ツ矢くんがそう思い込んでるからそう聞き違えたんや。なんで三ツ矢くんはそんなに先生にこだわるの？　先生と三ツ矢くんはなにかあったのかと私のほうが訊《き》きたいくらい。なにかあったん？」

「…………」

「なにかあったんやね？　そやからこだわってるんやわ。こだわってるさかい聞き違えたんや」

　自分でも驚くほどしらじらしく嘘をつきつづけた。

「…………」

　三ツ矢はずいぶん黙っていたが、思いなおしたように鼻で嗤《わら》った。

「窓ガラス見たか？」

「ええ」

「どんな落書きやった？」

　十四歳の女子には答えられない弱点を、人生でもっとも自意識の強い、繊細で真っ直ぐで潔癖で、そして愚かな十四歳の男子はすばやく発見した。

「見たんやろ？　どんな落書きやった？」

「………」

「どんな落書きやった？」

「………」

「昨夜、河村とやったことの落書きや。思い出すと恥ずかしいか、この穴開き女！」

電話は切れた。

※

七日の午後、三ッ矢は愛の訪問を受けた。

「文集作りのことで相談に来ました」

この口実を考えつくのに、愛は三日かかった。

「どうぞおかまいなく」

紅茶を運んできた三ッ矢の母親に、愛は応接間で頭を下げた。

「急に来てかんにんな」

「べつに……」

「七組では文集委員をふたり選んでたけど……」

「そんなことで来たんちゃうやろ？　早《は》よ、用件、言えや」

「森本さんのこと」

「そやろな思《お》もた」

三ッ矢は紅茶を飲んだ。そのしぐさは、愛が長く好意を抱きつづけた、照れ屋で繊細な三ッ矢裕司ではない。愛の知らない男だ。

「二学期の終わりに、〝明日あたりシソ鳥に呼び出されはるわ〟て、おまえ言うてたけど、そういう話は聞かんかったな。呼び出されよったんか？」

「誤解やったの」

「誤解？」

「みんな誤解やったの」

ロッカーから絵の具箱が落ちてきた話を、愛は三ッ矢にした。もしや家人が聞き耳をたてているのではと気になり膝《ひざ》ががくがくふるえた。

「それだけか？」

「それだけ」

「どうでもええがな、そんなこと」

河村と隼子の関係の真偽はもはや三ッ矢にはどうでもいいのである。隼子が苦しみさえすればそれでいいのである。

　バス旅行での、体育祭での、ホームルーム・レクリエーションでの、隼子が写った写真を、彼はすべて持っていた。学級日誌に隼子が文字を記したページをそっと切り取ったこともある。教室にだれもいないときをみはからい、隼子の机から、文化祭のために彼女が持ってきていた縦笛を取り出し、口をつけたことも、げたばこに置かれたバスケットシューズを撫でたこともあった。塵《ちり》がついていると嘘をつき、隼子のセーラー襟《カラー》についた髪の毛をとって、ハンカチにくるんで持って帰ったこともあった。それは今でも持っている。

　桐野とつきあっているというのなら自分は身をひき、遠くからながめているだけで、それだけでいいと思っていた。自己犠牲的に愛すると決めていた。桐野か吉川か太田か、それとも中島か立川か、あいつか、あいつか、あいつか、あいつか、それに河村か、どれか知らんが、俺以外のやつが好きなんやったら、それやったらなんでや？　なんであの日、あんにうれしそうに笑《わ》ろたんや。〈わあ、ありがとう〉。イアン・マッケンジーの写真がプリントされたTシャツ。『Music　Scene』の読者プレゼントで姉がもらったのをもらい、〈お古やけどええか？〉と隼子にやった。あの日、なんであんなにうれしそうに笑《わ》ろたんや。なんの気もないくせに、なんで。もらうもんだけもろていって、泣くほどのつらさだけしか返してこんかった。あのつらさをあいつも味わうべきなんや。

　昨日の電話はまだまだ三ッ矢には不満足だった。隼子が泣かなかった。それどころかシラを切りとおしやがった。

「福江、しょうもないことといちいち知らせに来んなよ。帰れ」

三ッ矢は立った。紅茶スプーンが音をたてた。愛は絶望した。三ッ矢を怒らせた。なんというミスを自分は犯してしまったのだろう。

「かんにん。かんにんな」

すがりつかんばかりになっている愛に、三ッ矢はすこしも同情しなかった。寄ってくるものは疎ましく、逃げるものに焦がれる。恋するとは、この循環に陥る場合がおうおうにしてある厄介な感情である。

「謝るんやったら、明日、おまえ、ちょっと手伝えや」

「手伝うて、なにを」

「おまえ六組やろが。始業式のあと、俺が合図するまで森本を六組にひきとめとけ」

「なにをする気やの？」

「なんも」

刺身包丁を台所から持ち出すほど、三ッ矢は冷静さを欠いてはいなかった。自分は無傷のまま、相手にだけ痛手を与える方法を彼が考えついたのは、灰とダイヤモンドがどちらも炭素から成るのと同じことである。愛と憎悪は同じ要素から成っている。憎しみによる冷静は、彼を用意周到にさせた。

「なんもせえへんわ。ただ森本と、それから藤原もやな。あのふたりを六組にひきとめといてくれたらええだけや。最後にあいつらが教室に入るようにしてくれたらええのんや」

「なんで?」

「なんでもええがな。心配することあらへん。そないおそろしそうな顔すんな」

「ほんまに? 森本さんに暴力をふるったりせえへん?」

「あほな。そんなあほらしいことせえへんわ。あんな最低の女のために自分の立場を悪うするようなリスクを負う必要がどこにあるねん」

隼子が「最低の女」と呼ばれたことで、愛はわずかに救われた。ひとつかみの綿ほど、ごくわずかに。

愛が帰ってから、三ッ矢は、外出中の姉の部屋に忍び入った。目的のものを盗んだあと、帝国書院の地図帳を取り出した。

※

一月八日。朝、教室に入ったとき、三ッ矢がいないことに隼子は安堵《あんど》した。始業式がはじまっても男子列に彼のすがたはない。

六日の夜も七日の夜もほとんど眠れなかった。体育館の床が足の裏を冷やす。できるだけうつむいていた。

そこにいるのに。

十メートルも走ればそこにいるのに、数十時間ほど前には体内にも皮膚にもその体温が密着していたのに、その全身を見てはいけない。梢と夏目のうしろ、伊集院と奥田のあいだにいる彼を、隼子は見ないようにした。

校長の長い話のあと、六組につづいて七組が教室にもどろうとしているとき、隼子は愛にひきとめられた。

「森本さん、マミちゃんは？」

「今日はお休み。始業式とホームルームだけやからめんどうやって。明日から行くわて、今朝、電話があった」

「あの……」

愛は六組の集団からはずれ、廊下を歩くときも隼子にずっとついてくる。

「あの……。夏休みが近いころ、わたしが美術室に三ッ矢くんからあずかったものをわたしに行ったとき、森本さん、怪我したん？」

手紙は、では愛が梢美咲に送ったのだ。隼子は今、知った。あの雨の日、きっと愛は見たのだ。

「絵の具箱が落ちてきたん。すごい音がした、頭、直撃されたとき。私、倒れそうになって、それを支えてくれはったの。それまであんまり河村先生にはいい印象を抱いてへんかったんやけど、それからはなんとなく感謝してた」

　立ち止まり、つづけた。

「それがそんなに福江さんに誤解を与えてるとは思《お》てもみいひんかった」

　愛は、隼子が手紙の主を悟ったことを悟った。

　隼子は、だまされてくれと祈った。お願いや。お願いやさかい、だまされて。

　ふたりの女子生徒は六組の教室まで来た。

「そんなむかしの……そんなむかしむかしの夏のことはもう忘れて、福江さん」

　隼子が七組のほうへ進もうとする。

「うん……」

　愛はひきとめるのをやめようとし、七組から三ッ矢が出てきたのに気づき、迷ったのちに、隼子の手首にそっと手をかけた。

「うん?」

　隼子は愛をふりかえり、ホームルームのはじまりも気にして七組のほうを見、三ッ矢がいるのに気づき、身を硬くした。彼を避けようとして愛のほうに向き直った。

　隼子が三ッ矢に気づいたことを、愛も気づいた。

「三ッ矢くんは……最近、どうかしてるの。どうかしてる」

愛は隼子を水飲み場に引き出す。

「福江さん、三ッ矢くんに自分の気持ち、ちゃんと話したほうがいいと思う」

「できるわけない。そんなこと。なんでできひんか、森本さんは知ってるやろ」

「私が知ってる?」

わかっとったやろ。三ッ矢も言った。知ってるやろ。愛も言う。

「そんなこと、知らない」

隼子は大きな声を出した。あんな落書きを留守宅の窓ガラスにし、あんな手紙をシソ鳥に出しても、三ッ矢も愛も、本人にはなにひとつ話してはこなかった。

「福江さんが三ッ矢くんを好きな気持ちは、私のもんとちがう。福江さんのもんや。他人がさわれるもんとちがう。さわれるのは三ッ矢くんだけや」

隼子は愛の眼鏡をはずした。

「眼鏡かけてるさかいあかんのやわ。眼鏡はずして、ものがあんまりはっきり見えへんようにして、三ッ矢くんにちゃんと話したほうがいい」

はずした愛の眼鏡を、折りたたんだ。

「それに福江さん、眼鏡かけてへんほうがかわいいもん」

「答えはわかったる」

「状況が変わることもあるわ」

「変わらへん」

「変わらへんうちに、自分のほうが変わってしまうこともある。好きな人には好きやと言《ゆ》うたほうがいい。はい、眼鏡」

愛の手の上に折りたたまれた眼鏡が載った。

「好きな気持ちを胸に秘めてるだけなんて救いがないわ。なんの方法も見つからへん」

隼子はそう言って、七組の教室に向かった。

「森本さん」

愛は眼鏡をかけた。

「森本さん」

愛は隼子を追いかけた。〈眼鏡かけてへんほうがかわいいもん〉と、溶けるように甘い笑顔で言った隼子に自分がなにを感じたのか、愛にはさだかではなかった。ただ彼女が教室に入る前に、たとえ入らざるをえなくとも、ひとこと「入るな」とつたえておかなくてはならないと思った。

だが、遅かった。

隼子は教室に入った。

どっと醜悪な音が彼女を迎えた。それは大勢の人間が嗤《わら》った音だった。嘲《あざけ》りと下品な好奇と妬《ねた》みと誹《そし》りと揶揄《やゆ》と冷酷と暗さのすべてが入り交じった嗤いだった。

三ッ矢に煽動《せんどう》された大衆は、今か今かと獲物を待ちかまえていたのである。

黒板に大きく名前が書いてあった。「河村」「隼子」。矢印が写真の、男と女を指していた。『交歓生活』のグラビアは判型が小さいので隼子にはよくは見えない。女が半裸であることだけわかった。始業式に出なかった三ッ矢が黒板に貼り付けたカラーページを、だが大衆はかわるがわる顔を近寄せて、すでに見ていた。読んでいた。ポエティックな文章を。写真の中の黒板と教卓と教卓の上の痴態を。そしてカラーページの横に画鋲《がびょう》で貼り付けられた、赤い絵の具で一部を汚したパンティを。パンティの横に書かれた「証拠品」という大きな文字を。

写真の女の顔が隼子とはまるでちがっても、そんなことを大衆は無視する。パンティが三ッ矢の姉のものであろうがだれのものであろうが、そんなことを大衆は問題にしない。そこに付着した赤色《せきしょく》が絵の具であろうが血液であろうが、大衆にはどうだっていい。大衆は嗤いたかったのである。だから、写真は隼子と河村の情交の現場であり、父と母という存在を疑うことなく受け入れられる三ッ矢の姉が母から買い与えられたやぼったい下着は隼子が穿いていたものであり、赤色は血なのである。大衆はひたすら獲物を辱めたかったのである。でなければ、なぜだれひとり三ッ矢が黒板に貼り付けた物をはずさなかったのか。三ッ矢が書いた文字を消さなかったのか。

太田はそれらを目にしたとき、河村に嫉妬し隼子に落胆した。

あいつがそんなにいいか。統子も泣いていた。理科ほどではないが京美もみなみもあいつに騒ぐ。そんなにいいか、あいつが。ずっと思っていた。隼子はほかの女子とはちがうはずだったのに、おまえもだったのか。おまえこそだったのか。

ポンペイウスとクラッススの嫉妬と、カエサルの落胆は、多少詳細の差あれ、世界の男子すべてのそれだと言える。

　女子すべてが男子に連動したのは、隼子に嫉妬し河村に落胆したからだ。

　なぜあの人なの。なぜひとりあの人なの。なぜあの人だけが選ばれたの。河村に特別な好意をよせておらずとも、平素は理科の教師を追いかけていたくせに、このようなときには、なまなましいカラーページの触発により河村の性的部分が強調され、女子すべては、このようなときだけに時間限定して即座に彼に恋するのである。ｎｏｂｏｄｙ　ｉｓ　ｐｅｒｆｅｃｔ。了解しながら、このようなときには、このようなとき以外には愛していたはずの隼子の長所は消滅し、短所のみが肥大する。前から思《お》もてた、あん人、協調性がないわ。自己中心的や。いつも妙にお高《たこ》うとまって。十番内の績順でもないくせに。ベストスリーでもないくせに。なんであんな人が。

　世界の女子は、伊東甲子太郎だけが「局ヲ脱スルヲ許サ」れて東山高台寺に移ることも、許した近藤勇も、許さない。北辰一刀流がなんぼのもんや。天然理心流を田舎剣法と見下してんなら斬ったる。

世界中で、個人は大衆になりうる。大衆は愚かである。したたかである。冷酷である。誹りと揶揄を生き甲斐《がい》として、獲物を待っている。暗い油小路木津屋橋に獲物を追い込み、恥部を白日のもとに曝《さら》したいのである。

隼子がここで泣けば大衆はカタルシスを得て許す。泣け、泣け、さあ泣け。恥ずかしさに身悶えして、写真の女と同じような顔をして泣け。泣け、さあ泣け。大衆は隼子の反応を心から期待した。

隼子は黒板に向かって茫然とひとり立っていた。気を失うほどの羞恥に、手も足も首も動かなかった。

隼子を三ッ矢が覗きこみに来た。彼を見た。愛の言ったとおり、それは〈どうかしている〉顔で、卑しい変質者のそれだった。しかしその顔の卑しさが彼女を支えたのである。

怒りが彼女を支えた。

彼女は泣かなかった。泣けば公言することになる。彼の立場を慮《おもんぱか》ればそんなことはぜったいにできない。

賭《か》けた。ルーレットなら黒の1番に全額。確率は1/36。ゆっくりと大衆のほうに身体を向け、顔をまっすぐに上げて彼らを見たあと、三ッ矢に言った。

「三ッ矢くん、妄想はいいかげんにして」

ロッカーまで歩き、教科書の入っていない鞄を持ち、コートを着、ふたたび三ッ矢の前まで歩いた。

「妄想でこういうことするの、やめてくれる？　すご気分悪いさかい帰る」

泣くよりも嘘をつかねばならない。腋下はぐっしょりと濡《ぬ》れている。教室を出ようとした。戸口に愛が立っていた。愛をどかせた。

出て行こうとする隼子に、三ッ矢がうしろから言った。

「一組へ行くんか」

大衆はふたたび嗤った。だがその音にはさいしょのような力はなく、自分たちの私刑の失敗と、私刑に熱中した醜悪を隠蔽《いんぺい》せんとする小心な音に変わっていた。世界中で大衆は個人でもある。個人は脆弱《ぜいじゃく》である。清純である。賢明である。自省と厚情で暮らしたいと願う。

「泣くなら一組で、ってか」

三ッ矢は顔つきだけでなく声音まで変質的になっていた。隼子は怒りでふりかえった。ふりかえるやいなや、大きく腕を動かし、鞄で三ッ矢を殴った。三ッ矢はよけたが、不意をつかれたために、完全にはよけられなかった。こめかみから頬にかけて火花のような痛みが走り、身体のバランスを失って床に倒れた。

「河村先生なんかなんの関係もない」

最後まで嘘をつきとおした。大好きな人を守るために。

すぐに立ち上がった三ッ矢は、教室から出た隼子を追いかけようとする。

「やめて、三ッ矢くん。もうやめて」

愛がとめ、

「やめとけ、もう」

太田も三ッ矢の肩をひいて制止し、愛を助けた。

太田の横で、愛は咳《せ》き上げる。

「おまえが泣く必要、なにがあるねん」

三ッ矢はさびしかった。

＊

渡り廊下に出たところで立川と会った。

気分が悪くなったので早退させてくれと隼子が頼むと、そうですかと担任は弱々しく承認した。

渡り廊下のなかほどで、渡り廊下と90度をなしている職員室からの廊下を、河村が歩いてくるのに気づいた。腕時計を見ていた彼は隼子には気づかなかった。隼子は簀《す》の子から地面におり、センリョウの陰に隠れて、待った。いちばんいっしょにいてほしいときに、いちばんいっしょにいてはならない人間が、一組のほうへ行き過ぎるのを。

センリョウの葉のぎざぎざと赤い実のつぶつぶの、なにも知らなさが、隼子をよけいにひとりきりにした。

＊

立川が七組の教室に入ってきた。愛は黒板に貼られたものを取り、文字をできるかぎり消した。

立川と交差し、七組を出る。愛は長い廊下をつきあたりまで走った。

ホームルーム中にがらがらといきなり開いた戸のほうを、一組の生徒が座席から、河村が教壇から見た。

「先生」

よそのクラスの女生徒が来て泣いている。生徒たちはざわめく。河村は生徒に静かにするよう言い残してから廊下に出、戸を閉めた。

「どうした？」

「これを……」

黒板からとりはずした物を、愛は河村にわたした。

「三ツ矢くんが……」

泣いているため女生徒はうまく話せない。黒板に貼って。先生と森本さんやて。証拠品やて。三ツ矢くんを叩《たた》いて。とぎれとぎれの語句で、しかし河村はなにがあったのかを悟った。女生徒がわたしてきた物を見ればほとんどわかる。

「それで、」

そのあとを口にしかけて河村は胸がしめつけられた。

「それで、森本は？」

できるかぎり冷たく訊く。

「コートを着て、鞄を持って……」

「帰ったのか？」

「そうやと思う……」

「わかった」

河村は長く息を吸い、吐いた。

「福江は早く六組にもどれ。もう泣かなくていい。わかったから教室へ行くよう愛をうながし、戸を開けて一組のクラス委員を呼んだ。男子クラス委員にすこし待っているようにつたえ、女子クラス委員に小山内先生にかわりに来てもらうよう職員室へむかわせ、自分は七組に向かった。

長い廊下を歩くあいだ、二十四歳の青年は、ひとりで道を歩いているであろう少女を想った。歩くときはいつもそうするように、うつむきぎみに歩いているすがたを。

＊

うつむいて隼子は校門まで歩いてきた。コニー文具店のガラスがぱんぱんと音をたてている。

公衆電話。その横に自転車が二台あった。たまに遅刻しかけた、自転車通学を許されていない生徒が乗ってくるのである。一台は鍵《かぎ》がついたままになっていた。『クリーム・ロリータ』は万引きしなかったから、これに乗って帰ろうと隼子は思った。

「あとで返すさかい……」

そこにはいない持ち主に言って、籠《かご》に鞄を入れ、ハンドルに手をかけた。

＊

河村は七組の戸に手をかけた。静かに右へ押す。戸がすこし開く。立川が気づいた。戸を開けたのが河村だと気づいた小西が甲走《かんばし》った。七組はざわついた。

「なにか?」

立川が廊下に出てきた。

「もうしわけありませんが、すこし時間をいただけませんか」

「ぼくが席はずしてたほうがええんかな」

「すみません」

「黒板に先生の名前が大きう書いてあったけど……、さっき森本が青い顔して早退してったけど……、なんやら生徒がみんな……とくに三ツ矢が落ち着いとらんのは、ぜんぶ、なんか関係があんのんやろか?」

「わたしにも、わかりません」

嘘をつかなくてはならない。嘘をつくために七組に来たのだ。

「わからないから来たんです」

ぜったいに嘘をつかなくてはならない。彼女の未来を守るために。

「わからないから生徒に訊き、生徒から質問があればわたしも答えます。わかったらあとで事情は先生におつたえします」

「そうですか。ほなら」

立川と河村は入れ替わって、七組に入った。

「張本人が来《き》よったで」

小西が口笛を吹く。

「それ、どういう意味なのか教えてくれ、小西」

いやというほど意味を知りながら、河村は訊いた。

「どういう意味て……」

〈うへえ、しょんべん、出てもうた〉と長命小学校の教室に小便を五回も六回もしみこませた小西は、塩をかけられたナメクジのように、姿勢を縮こまらせた。

「どういう意味なんだ？」

「先生と、森本隼子が……」

「俺と森本が、なんだって？　ちゃんと言ってくれないか、小西」

世界のユダであり、小早川秀秋であり、ジョゼフ・フーシェであり、世界中の裏切り者から、その頭脳と屈折と品格と情熱と能力をぜんぶ抜いた小西勝博は、指名されて答えた。

「おめこしたんですかー。ショジョ、奪《う》ぼたんですかー」

世界のごきぶりは、間延びした口調で訊いた。

ごきぶりが世界の日常であるように、サロンはごきぶりの次元に自らを落として嗤《わら》い、自らはごきぶりより高次元であると思おうとする。なんという幼稚。わずか十年前、これほどまでに自分も幼かったのか。河村は愕然《がくぜん》とした。

「俺が森本とセックスしたかと訊いているのか？」

セックスという語句のみに反応して女子が嬌声《きようせい》をあげた。男子も大声をあげた。幼い。こんなにも幼い隼子に、俺は嘘をつかせ、あんなことをさせ、あんなこともさせ、あんなことすらした。とりかえしがつかない。

「そうなのか？　小西」

「そうです」

だが、答えたのは三ッ矢だった。

「したんですか？」

三ッ矢、おまえはわからないのか。三ッ矢だけじゃない、おまえらはわからないのか、自分がひとりの女性にした行為の卑しさを。自分で自分をながめられないのか。自分たち自身の卑しさを。

「してない」

自分の嘘を見る。恥ずかしさに自分を殴りたくなる。

「六組の生徒から今朝のことを聞いた。三ッ矢が黒板にこれを貼り付けたことを聞いた」

河村は三ッ矢に、愛からわたされた物をにぎった手をさしだした。

「黙っていてくれと森本本人から言われたからだまっているつもりだった。しかし、そんなことがあったのでは、黙っていれば森本の信用にかかわるから、言う」

大衆をだますには、「全員」が「わかる」ことを言わなくてはならない。全員が涙するベクトル上にあることを言わなくてはならない。彼らが涙するような「わかりやすさ」こそが大衆を導くのである。

「森本は……」

河村は照準を、繊細で幼い三ッ矢に合わせた。

「森本は養女なんだ。実母と実父は火事で死んでる。それで小さいころに、今のお父さんとお母さんにひきとられた」

教室内はざわめいた。

「俺も高校生のときに両親が離婚した。今の父親は継父だ。それをたまたま知った森本は、いままでだれにも打ち明けられずにいた家庭環境の悩みを俺に相談してきた。それが三ッ矢にはなにか秘密めいたもののように映ったのかもしれないが、あくまでも教師と生徒で、それ以上のこともそれ以下のこともなにもない。考えてみてもくれよ、たかが中学生の子供となにをどうするってんだよ」

河村は自己嫌悪で吐きたくなる。

「三ッ矢、おまえは森本の将来をめちゃめちゃにするところだったんだぞ」

したのは自分だ。自分が彼女を犯したくせに三ッ矢を窘《たしな》めている。えらそうに。

「これはどうやって作ったんだ。こんなものを用意しているとき、自分がなさけなくなかったか？」

なさけないのは自分なのに、愛からわたされた物を三ッ矢の机の上に置いた。三ッ矢はうつむいた。机の上に置かれた写真と下着は、彼をようやく恥じさせた。肩がふるえた。

「おまえは森本の悩みを知ってたんじゃなかったのか。それなのにこんなことをしてるから、三年のなんとかに彼女をかっ攫《さら》われたんだよ」

馬鹿だなと言って欺瞞《ぎまん》に汚れた手を三ッ矢の肩にのせたとき、河村は嘔吐《おうと》寸前だった。

ずっと後年である。このとき自分もまた、三ッ矢とかわらぬほどに若く繊細で真っ直ぐで純粋な年齢にいたのだと、彼がふりかえるのは。

「森本が学校に来たら謝れ。三ッ矢だけじゃない。全員が」

七組を出たあと、河村はひとりで吐いた。

判定は白だったが、隼子には首に札がついてしまった。でも、あいつはきっともう処女じゃない。

※

噂とは水面下で浸透するのである。田舎における水面下の威力は、都会のそれとは比べ物にならない。確実に、巧妙に、陰湿に浸透する。水面下であるだけに対処の方法は皆無である。

『北回帰線』には都市が描かれている。ミラーは十九から二十へと世紀が変わるさの都市の頽廃《たいはい》を描くしかなかった。田舎には文化なんてない。ほんとうだ。田舎はそれ自体が美しい残酷な文明で、都会は田舎を陰画する文化なのだから。

たとえば隼子がハンカチを落とした同級生女子のそれを拾ってやる。ありがとうと言って落とし主はよそよそしく受け取る。汚染されたものを受け取るように。たとえば隼子が英語の時間に「6」と発音する。忍び笑いが男子から洩《も》れる。「ｂｅｄ」「ｈｏｔｅｌ」という単語でも、そして「ｔｅａｃｈｅｒ」でさえも忍び笑いは洩れた。

三学期、隼子は頻繁に学校を休んだ。父母が彼女に学校を休むことを許したのは、立川の家庭訪問でのひとことだった。〈養女であることを思春期特有の潔癖さで悩んでおられるようです〉。

一月八日以降、河村と隼子が、電話も手紙も含め、ことばをかわすことはなかった。互いのすがたを見合うこともなかった。裏時間割表はいまこそ顔を合わせぬためのものとなった。隼子は三学期のほぼ半分を欠席し、職員室に行くような用事ができてもほかの者に頼むことで、その部屋に入ることを避けた。

遠くから見たことはあった。

二月十四日の午後、ビーカーを割った生徒がいたので、眼鏡をかけて理科室の掃除を終え、あとはやっておくと隼子がひとりで箒《ほうき》とちりとりを掃除用具棚にもどしたとき、窓から、野球部とサッカー部のわきにある渡り廊下で河村がふたりの女生徒から小さな包みをさしだされているのが見えた。耳から顎にかけての骨の形が鋭利に浮かぶ頰しか顔は見えなかった。河村がいなくなったあとも、渡り廊下に残った女子生徒のそれぞれの手の中には、りぼんをかけた包みがあった。

三月二日の午前、授業のない時間に職員室から中庭を見ていた河村は、窓から、そこをマミと横切っていく隼子を見た。臙脂《えんじ》色の、冬用の長袖《ながそで》の体操服を着てうつむきぎみに歩いていた。マミの腕が上がり、ひとさし指が立ち、桃の木を指す。隼子は顔をあげ、マミの指が指す方向を見、微笑んだ。

語だった。

互いがすがたを見合ったのは三月十三日である。学年末試験の最終日で、最終科目は国語だった。

センリョウの植え込みのある庭をつっきる職員室からの廊下。そこですれちがった。

隼子はひとりで、河村は夏目雪之丞とならんで歩いていた。わずかに一秒、目を合わせた。それが最後だった。一秒。しかし秀徳寺の前に停めた車のなかよりも熱く、交合の絶頂よりも狂おしい時間だった。

それを最後に河村は長命中学を去った。辞表を出したのである。

〈あんな噂は若い男の先生には宿命ですがな。いちいち気にしてたらきりがあらへん〉

伊集院からそう言われたが、こんな噂をされなくなったときは、慣れきってしまったときなのだ。自分のしていることはさしおいて、いつも上から生徒に命ずることに。

〈ロンドンに行きたい〉。隼子の訴えを幼いと思っていた河村は、彼女を切り捨てたのちに、彼女に同意した。田舎とは鈍感なる悪意の策略とたくましい無慈悲に埋《うず》もれた場所である。同時に、田舎にはあたたかな長所が多くあり、教師という職業も社会に不可欠のものので、この職業を熱意をもって遂行している人間には敬意を払う。だが、この場所も職業も、自分には向かないと河村は思った。

授業のない終業式を、当然、隼子は欠席した。同じ体育館に入るのを避けるために。

※

三月二十六日に、桐野は隼子と会った。はんげ神社の桜は開きかけている。

「合格おめでとう」

「おおきに……」

このあとをどうつづけよう。桐野は迷う。

「おおきに……」

同じことを言っている。うつむく。

「関川高校までどうやって通うの？　自転車？」

「そら自転車やろ」

来年、隼子が関川高校に入学したとしても、もうこんなふうに会うことはないと桐野はわかっている。

「森本の績順なら関高を第一希望にするんか？」

わかっているのに訊いている。

「さあ。来年もいまの績順が保てるかどうかわからへんわ」

「保ったらええやないか。さぼってんともっと勉強したらええやないか。森本やったら死ぬ気でがんばったら北濱高校かて行けるんちゃうのか」

「まさか、あんなかしこいとこ。それに遠いわ。早起きするの、苦手やもん」

成績順に頓着《とんちゃく》せず、早起きが苦手で、放課後はあたりを自転車で無目的に漕《こ》ぐ。そんな隼子の気儘《きまま》さは、春には、夏には、初秋には、美しい魅力だった。ブーメランのように中天を遠く飛んでいっても、ふたたび投手の手元にもどってくる気儘さは魅力だった。今は困惑させられるだけである。

寄ってくるものは疎ましく、逃げるものに焦がれる場合もあれば、去るものは日々に疎く、そばに寄り添うものに愛着を抱く場合もある恋とは厄介な感情である。

「坂口に聞いたけど、三学期、よう学校休んだんやて?」

「うん……」

「へんな噂、たてられたんやて?」

「まあ……」

あいまいに答える隼子の横顔に、以前は地団駄を踏みたくなるほど魅了された。自分にはわからないもの、自分の知らないもの、自分が見たことのないものを、わかっており知っており見たことのある横顔だった。今は隔たりだけを感じる。

ちちち、と不意に鳥が啼《な》いた。ふたりは空を見上げた。ふたたび向かいあったとき、桐野は直截《ちょくせつ》に言った。

「あれ、返してくれへんか」

「そやね」

隼子のポケットから金属の鎖が出、それが桐野の手の中に移動する。桐野のポケットから も金属が出、それが隼子の手の中に移動する。

「わいは森本のこと、ごっつ好きやった」

桐野は狛犬《こまいぬ》に向かって小石を投げた。

「へんな言い方かもしれへんけど、ぜったい白いパンツをはいてるかんじが好きやった。そやけど、ちがうんやな、ほんまは」

また小石を投げる。

「あ。うん」

「え?」

「狛犬って、一匹が、あ、て言うてて、もう一匹が、うん、て言うてんの」

「さよか。そういう話をしとったんか、べつのやつとは」

野球部のとなりに部室のあるサッカー部の坂口は、一月八日に2―7であったことを小西から聞いてすべて桐野に話していた。坂口は河村のクラスだった。

「そら、わいではあかんと思《お》もたわ。わいではついてけへんわ、森本には」

手の中の金属を、桐野はごみばこに捨てた。R・K。その文字がごみばこの上で早春の陽光に光っている。

「森本も捨てえや、そんなもん持ってたかて、しょがないやろ」

隼子の手から金属を抜き、それもごみばこに捨てた。

「ほなな」

桐野は自転車にまたがって、隼子をふりかえった。

「バイバイ」

自転車の横に隼子は立ち、口角をあげて唇を開き、整列した歯を見せた。やっぱり白いパンツをはいてるようなかんじがするのに。ペダルを漕ぎだしたとき、桐野も心中で言った。さいなら。

※

はんげ神社の桜が咲き、散るころには、隼子はもう桐野のことを思い出すことはなかった。

はんげ神社の桜の葉が、桐野とはじめて秀徳寺に行ったころのようにみどりになり、茶色になるころには、隼子はもう河村にふれなかった。茶色くなった桜葉が、一枚、一枚と地面に落ち、やがてすべて葉を落とすように、彼のことを落とした。枯葉の敷かれた地面を見ないようにした。

はんげ神社の桜の木の枝に雪が積もるようになるころに、隼子は小山内先生に準備室に呼ばれた。東洋芸術大学付属高校という共学の私立学校名を小山内先生は口にした。

「ちょっと知っている人が、ここの大学を卒業してこないだうちに遊びに来たの。音楽科と美術科があるんだけど、森本さんの場合なら美術科になるかしらね。高校受験では実技試験はなくて、入ってからも美術の時間が普通科高校よりすこし多いくらいで、そんなには普通科と変わらないカリキュラムなんですって。エスカレーター式とは言えない学校なんだけれど――」

三年生になってからも隼子は学校を休みがちだった。そのわりに績順がそんなに下がらなかったのは、大手学習出版社の通信教材を熱心にしたからである。もともと団体行動が好きではなかった隼子には通信教材は最適だった。

田舎町には学校を休んだ十代の人間を誘惑するような場所も人も物もなく、あったとしても狭い土地では学校のある時間にそこをぶらつけば名前も身元も、見かけた者は知っており、ひとり家にいるのは退屈で、通信教材で勉強するくらいしか暇つぶしがない。幼少のころ箱根の細工箱や工場の金庫を開けるのを愉《たの》しんだように、ゲームをする感覚で隼子は通信教材に没頭した。これは定期考査時よりも模擬試験時にとくに効果を発揮し、関川高校を第一希望にしてよしと立川から先日言われていた。結果的に〈勉強するんだ〉を、隼子は守った。

「――だから、高校を卒業するころに、森本さんがここの芸大じゃなくてほかの大学に行こうと思えば、そのときはそうしたらいいし、そのまま付属の大学に進もうと思えばほかの高校から受験する人といっしょに受験すればいいのよ」

小山内先生は隼子にこの町を離れてほしかった。この町を離れたいと思っているのならそうしてほしかった。東洋芸術大学自体は東京にあるのだが、高校は東京校と大阪校がある。

「大阪のほうは全校で三百人くらいで小さくて、東京校とちがって寮があるの。お家から通えないこともないけれど、寮に入ったらどうかしら。森本さんには向いているように、わたくしには思われるの……」

「噂を知っている人がいないところに行ったほうがいいということですか?」

「そうね。そうじゃない?」

「そうですね」

「森本さんの成績ならだいじょうぶだと思うわ。わたくしが立川先生に言って、ふたりでお家の方にすすめてあげられるから、はっきり気持ちが決まったら言って」

「ありがとうございます」

準備室を出ようとしてノブに手をかけた隼子に、小山内先生はうしろからつづけた。

「責任をとられたのね」

だれがとった責任なのか、何の責任なのか、小山内先生は言わなかった。

「森本さんにとって最良の道が開かれることをなによりも先にお考えになったのだわ」

「……そう思います」

「森本さんがちゃんとそう思う女性だと思われたのだと思いますよ」

「……はい」

＊

はんげ神社の桜がもういちど咲きかけるころ、隼子は長命中学を卒業した。

第七章　道　草

はんげ神社の桜が、それから八回目に咲いたとき、長命中学は鉄筋三階建ての校舎になった。

十二回目に咲いたとき、スピガは敷地面積を倍近くひろげて改装され、フードセンターはコンビニエンスストアと室内プールになった。石山の石は、とうに二回目に咲いたときに、取り払われていた。

ロンドンにもパリにもニューヨークにもジャカルタにもシドニーにも東京にも大阪にもあるハンバーガーとフライドチキンのチェーン店が長命駅前にあるのが、住人にとって見慣れた平凡な風景になったのは何回目に咲いたあたりからなのか、もうさだかではない。

はんげ神社には、十九回目の桜が咲いていた。

四月初旬。快晴。午後四時十分。

もとは石山のあった場所である駐車場に、小さな子供を連れた母親があらわれた。

「どうも、奥さん、お呼び立てしてもうしわけありませんなあ。これなんですわ」

警官は母親にバイクをゆびさす。

「ママ、おにいちゃんを迎えに行くとき、アイスクリーム買《こ》うてくれる？」

警官から示されたバイクを母親が見ようとしているのに子供は彼女の腕をひっぱる。

「はいはい。ちょっとしずかにしてて、アリサちゃん」

ふくよかな頰と胸線を持った女は、シルクのブラウスの上に薄手のカシミヤのカーディガンをはおったいかにも裕福な家のやさしくもたのもしい母である。

「アイスクリーム買《こ》うてくれるの？」

アリサと呼ばれた女児は、なおも母の腕をひいて問う。

「ママ、買うてくれはるて。そやからちょっと待っててな、おじょうちゃん」

見知らぬ警官に声をかけられてアリサはびくっとし、母のうしろに隠れるように身をひいた。母はバイクを見た。

「ちがいます。うちのバイクではありません」

「おたくんとこのお店の人のもんともちゃいますか？」

この駐車場と、スピガに出店しているベーカリーと、スピガ正面の駐車場と、旧フードセンターの一部の土地にあるプールの所有者の名義は、アリサの母と祖父母である。

「ちがうと思います。店の子らにはちゃんと車置くとこや自転車やバイク置くとこ、用意してますし」

「ほな、これはやっぱり盗難車やなあ。おとといから、こんなとこに置いたままやもんやさかい、この7番さんの人が、邪魔やどけてくれいうて電話がありましてん」

7番駐車場の月極めの借り主がなんという名字なのかアリサの母は知らない。店や土地家屋の名義人に名前を連ねてはいるが、彼女は子育てで手一杯である。

「そうですか。そらお手数かけました。もしなんかありましたら、また電話ください。こっちのほうにくれはるかな……え、と」

「あ、紙ですかいな。ほな、これに」

警官は母親に紙をわたす。紙の上をボールペンが動く。岩崎。07……。アリサの母、京美は、京都の商社に勤める四歳上の男と二十七歳で結婚し、ふたりの子供をもうけた。姓は変わっていない。

「母屋のほうに電話かけてくれはるより、こっちにかけてもろたほうがええと思いますわ」

もとの母屋のほうに京美家族が住み、離れのほうに父母が住んでいる。父母のほうが暇なのである。こんな連絡は父母のほうにしてもらいたい。

警官にお辞儀をして京美はアリサを車に乗せ、途中でアイスクリームを買ってやり、スイミング教室にアリサの兄を迎えに行き、家にもどると、ふたりの子供を父母の住まいである離れにいかせ、クローゼットに入った。

「えーっと、えーっと、どこにしもたんやったかいな」

クローゼットのなかを歩く京美は喪服をさがしている。

ちょっと待ってよ。ああいう場合のお通夜って喪服で行ってええんやろか。

これから通夜に行くのである。男女が死んだ。ふたりとはずっと親交があったとは言えない。スピガなどでときおり見かければ会釈をするていどだったのだが、岩崎の家から通夜に行くとしたら京美以外にはない。

棚から『現代の冠婚葬祭』という新書と『ヤングミセスのためのエチケット辞典』という大判の冊子を抜き出した。

【通夜に喪服で行くのは、急死された方の場合、不幸な事態を予感していたような意味になりますから、避けましょう】

新書にはそう書いてあった。

急死？　ああいう自然死は急死になるんやろか。自殺しはったほうは急死やろけど、あういう自殺はどうなるんやろ……。

大判の冊子にはこう書いてあった。

【ものごとにはやはり礼節がありますから、時間の許すかぎりそれなりの服装で行くのがいいでしょう。時間がないときは黒か紺のスーツで。アクセサリーははずしますが小さな真珠ならだいじょうぶです。口紅は地味な色を】

冠婚葬祭の書物には「自然死と、自然死した人のあとを追って自殺した人の合同の葬式の場合」という項目はなかった。

こないだ上原さんとこの虎吉さんが亡くならはったときは、お通夜やけどほとんどみんな喪服で来てはった。やっぱり喪服にしとこ。洋装のほうの、あっちの簡単なほうならおおげさにならへんし。あれはどこにしもたんやったかいな。

何箱かをしらべて「あっちの簡単なほう」の喪服を見つけ、京美は着た。と、黒いストッキングがない。

いや、どうしょ。お母さん、持ってはるかな。買《こ》うてこなあかんやろか。

家内電話をかけて母に訊《き》く。あるから、いまそっちへ持っていってやると言われた。

「おおきに。助かったわ」

「何時からや？　お通夜は」

「六時から」

「もう六時になるで」

「わかってる。なるべく早《は》よう帰ってことは思《お》もてるねん。正和さん、明日から出張やし」

「そうか。うちもまた明日から里美んとこへ子守に行こと思《お》もてるんやけど。うちのいいひんあいだ正和さんいはらへんのやったら、お父さんの相手頼むわな」

「うん。里美んとこに行くんやったんら、アリサの小《ち》いそうなった服、また持ってってやって。てきとうにさがしといて」

京美は黒いストッキングをたくしあげる。

「京美、不幸のあった家やけどな、あそこ、子供さんいてはらへんやろ。ふたり同時に死なはって、喪主はだれにならはるの？」

「クリーニングの前川さんとこで聞いたのでは、ご主人の弟さんやて。九州やったか北海道やったかから来《き》はるんやて」

「そら、ごうぎなことやなあ」

「そやなあ……」

喪服を着て、京美は通夜に行った。

その家にはすでに数人の町内会の婦人が集まっていた。喪主はふたつの棺桶《かんおけ》を前に、京美に背を向けてすわっていた。京美が彼に挨拶《あいさつ》をする前に、葬儀屋が彼の横に来て、告別式のだんどりのコピー用紙を見せた。

「それから、遺影はこっちに変えましてん」

「これ？」

「こっちにしてくれいうてうちに連絡がありましたんや。わざわざ送ってきてくれはったんどすわ。焦点もぴったりおうとるし、こっちのほうを」

「送ってきた？　だれが？」

「そやからさっき言うた東京の人から」

「そうか、なら、それで」

「晩年の写真とはちがうけど、こっちのほうがええやろて、さっき奥さんのほうの親戚《しんせき》の人も言《ゆ》うてくれはったし」

「そうだね。まかせますよ。兄もあんな死に方だし、すべてよろしくおまかせします」

ふたりの会話は京美にも一部、聞こえた。あんな死に方。それが、死んだ妻のあとを追って首吊《つ》り自殺したことを指していることは、京美にもわかった。

「それから、お坊さんへの御布施ですけどな……。だいたいこれくらいの額で……。それと、ご供養の品と仕出し料理の手配とお代金は……。請求書はどちらはんにおまわししたら……」

弔いの儀式の経済的な現実について葬儀屋は話しはじめ、長くなりそうだったので、京美は棺《ひつぎ》の置かれた部屋に入るより先に、町内会の婦人連が集まっている台所のほうにまわった。

＊

町内会婦人のひとりから湯飲み茶碗を洗って盆の上にそろえてくれないかと京美が頼まれているころ、関川高校の職員更衣室で、喪服に着替えている女がいた。

「真島先生、長命のほうへお通夜に行かはるて聞いたけど、わたし、車やし、今からちょうどあっちのほうへ行きますさかい、送ってったげましょか？　喪服で自転車に乗って行かはるんも……」

同僚の音楽教師から言われ、

「おおきに。そやけど主人が門のとこに迎えに来ててくれてますさかい……」

喪服の国語教師はことわった。

「そうですか、なら、お先いに」

出て行く音楽教師に頭を下げた喪服の女の、髪は短く、眼鏡はかけていない。コンタクトレンズをして、化粧品店の店員からすすめられるままに買った白粉《ファンデーション》と地味な色の口紅を濃く塗っているのが彼女の、いつものとおりのせいいっぱいの装いである。

県下で一番の進学校である北濱高校から、近畿地方では唯一の国立女子大に行き、現在は県立関川高校で国語の教師をしている真島愛は、おとしまで福江愛だった。

関川高校校門に車を停めて愛を待っている十歳年上の真島は県教委に勤めている。子供はまだいない。

愛は、通夜と告別式の日程を十一人の長中出身者に連絡した。中学の同窓会の案内はいままでに二回もらったが、二回とも欠席し、つい半年前にあった三回目にはじめて出席して、会で話をした十一人の連絡先はわかっていたのである。ただし十一人のうちひとりとは、すがたを見ただけで話さなかった。関川と長命と、住まいが近いためにすがたは前からたまに見かける。会釈だけをする。三ッ矢裕司。会の場所は「とっくり亭」だった。

「かんにん。待たしてしもて」

車のドアを開けると、真島はつけていたカーラジオを切った。

「今、言うとったで。〝七時からは藤原マミのイブニング・ロードです〟て。そん人やろ、同級生やったていうのんは？」

「そや」

マミは京都のFMラジオ局に勤めている。

「そん人にも連絡したんか？」

「マミちゃんからわたしに連絡があったんやわ」

「ふうん。お通夜に来《き》はんの？」

「告別式にはかならず行くようなこと言うてはった。そのレギュラー番組、生放送やもん」

北濱高校は愛の住む長命の自宅から遠かった。全学年の生徒が中学時代の秀才ばかりだった。授業についていくのに必死だった。通学と勉強に時間をとられ、長中卒業後の愛は、マミと年賀状のやりとりくらいしかしなくなった。が、ずっと年賀状を欠かさずやりとりしている同級生は、高校も大学も含め、マミだけである。彼女の番組を、というよりラジオというものを聴くことはめったにないが。

「先に入ってて。わし、車をあっちへ入れてくるさかい」

「忌」の紙の貼られた家の前で真島は愛を下ろした。

愛は先にひとりで家のなかに入った。

町内会の婦人が、玄関からつづく廊下の先の部屋を教えてくれた。

その部屋には棺がふたつあった。ひとつは上段に、ひとつは下段に。上段の棺には菊が何本も置かれ、蓋《ふた》を開けられぬようにしてある。死因が、遺体を人目にふれるべきものではなくしてしまったからだろう。

＊

棺の前にぽつねんとすわっていた喪主が愛をふりかえったころ、マミは放送局内の社員食堂で稲荷寿司《いなりずし》を食べていた。

放送業界用語でパーソナリティと呼ばれる肩書を持つマミは、音楽を中心にした生放送番組を月水金にレギュラー担当している。途中にいろいろなコーナーが入り、コーナー担当がそれぞれにいるが、七時から十時までの長い番組だ。

長中卒業後、京都にある私立のサクレクール女子大付属高校へ行き、同大学にそのまま行った。在学中に京都のタウン雑誌が主催する「ミス女子大生」のクィーンになったとき、このラジオ局のアシスタントをしないかと誘われ、月に一回だけのアルバイトをして、卒業後、試験を受けて局員になった。

小さなラジオ局なのでさしてサラリーがいいわけではないが、職場での人間関係にも恵まれ、他人が親切にしてやらずにはおれない生来の人徳で、たのしく日々を過ごしているうち今日になった。結婚制度に拒否感を抱いているわけでもなく、結婚したいと強く望んでいるわけでもないまま、今日になった独身の三十四歳である。

〈おまえ、皺《しわ》増えたなあ。無理なダイエットでもしたんちゃうのんか〉

ひとつきほど前、坂口にそう言われたときは、こつんと彼の頭を小突いた。坂口理容店あらため、「美容室・アトリエ・ススム」を開いたというダイレクト・メールが、週末に実家にもどったさいとどいていたのを見て行ったのだった。

ふーんだ、もう行かへんわ、坂口くんの店なんか。なにがアトリエ・ススムや、笑わしてくれるやんか。皺増えたて、レディに向かってなんやのん。これはゴルフ、シングルになったレディの勲章やわ。

三回だけあったらしい中学の学年合同同窓会には行ったことはない。サクレクール時代の集まりにはときどき行く。同年の友人に比して、テニスやスノーボードやゴルフといったおりおりの流行のスポーツをたのしんでいるために紫外線が皺を刻んでいたとしても、マミは格段に若く見える。挙動や表情、そしてなによりも洋服の着こなしや会話のセンスが時代の最先端にある。

あーあ、坂口くん、もうちょっと洋服をなんとかしたら。美容師のくせに、なんやの、あのダサい洋服。同じ年でもああもちがうかなあ。

目下の交際相手と比較する。関西を中心に活動するミュージシャンのこけた頬がマミは好きだ。スリムのジーンズの臀《しり》のラベルに押された29というインチ数も。

〈おいくらて。そんなもんいらんわ。あたりまえやないか、みずくさい〉

坂口はマミからカット料金をとらなかった。彼は憎まれ口をたたいても、どこかでいつもマミの下手に出てしまう。だがそれはマミにとって小学生のころから「当然しごく」の位置関係で、マミが坂口の行為を、やさしい配慮だと感じることはあっても、すてきだと感じることはない。

マミと坂口とは、長中を卒業後も、たまに道端などで顔を合わせていた。長中を卒業後、美容師専門学校へ行き、大阪の美容院に、三回店を替わりながら勤めたのちに、多くの店舗を持つ最後の店ではチーフにまでなった坂口は、五年ほど前に帰郷して、父母が開いていた理容店を美容室にしたのである。

〈ほんまは白で統一して、小物だけをブルーにしてアクセントつけたような店にしたかってんやけど、この町ではこんくらいのほうがお客さんが入りやすいて言われて……〉

同じく美容師の坂口の妻が、マミの髪を乾かしながら店のインテリアについて言った。

三人の子供の声と、それを叱ったりなだめたりする、叱ったりなだめたりすること自体がしあわせそうな坂口の母の声が、店の奥から聞こえていた。

ああいう生活もあるのだろうとは思った。が、自分があああいう生活を送るのはいやだった。姉のミカが選んだような生活を、マミは選ばなかった。ミカもまた子供が三人いる。三回の出産により皺が増えたとか身体の線が崩れたとかいうことではなく、むろん、そうしたことも多分にあるが、それよりも雰囲気が、どこから見ても、どうしても、どうやっても、姉は女ではなくお母さんになってしまった。

姉をそんなふうにしてしまったのは義兄のせいのような気がして、いまだにマミは、義兄が好きになれない。正月や盆ではなるべく義兄と接触しなくてすむように工夫をしている。

義兄といい、中島といい、体育の先生はみんな嫌い。大嫌い。稲荷寿司の入っていたプラスチック容器を、マミはごみばこに捨てた。

＊

「この声、マミやろ」

運転しながら太田は塔仁原に言った。

「そや。立派な名士になりよったがな」

名古屋から西に向かう高速道路をふたりは走っている。某代議士の選挙事務所で彼らは半年ぶりに再会した。すでに同窓会で近況は知っていたので事務所で再会しても意外ではなかった。代議士の政党は明価会系。県会議員（兄）とともに市会議員（弟）は挨拶に来たのだ。家に帰る弟を、太田は車に乗せてやったのである。

「そや。この局が入るんやから、そろそろインターチェンジか?」

「そやな。あそこからどう行くと近いんや、塔仁原、わかるか?」

「近づいたらわかると思う。たぶんな」

「ほんまかいな。おまえ、むかしっからええかげんやからなあ」

名古屋の国立大学法学部を出たあと、太田はそのまま名古屋に住んでいる。『クリーム・ロリータ』を出しているカロリング製菓。その本社は名古屋にあり、そこに就職した。会長の娘に見初められ、入社まもなく結婚した。子供は女の子がひとり。

地元の大企業であるカロリング製菓の重役の一員となった太田と代議士とは、高額所得者サロンのつきあいがある。明日、代議士の親戚《しんせき》の葬式に太田は出ることになっている。

「ええかげんなおまえが市会議員とはあきれるで。やっぱりポスターではにこっと笑《わ》ろて〝やさしさの市政〟とか聞いたふうなキャッチフレーズぬかしとんのか?」

「そら、ひととおりの常識はやるがな」

塔仁原は、来週から再出馬する長命市会議員選挙の運動を控えている。

「太田かて選挙事務所では俺としゃべってるときとは別人みたいに紳士になっとったやないか。センセイの御親戚でしたらボクの親戚も同じですわ、やて。ようぬけぬけとあんな調子のええことが言えるわ」

「さっきも言うたやろ。葬式にかこつけて北濱に行きたかったんや」

学年トップの成績だった太田は当然、北濱高校に進んだ。

「北濱に行きたかったんやないやろ、葬式にかこつけて、北濱にあるあの店に行きたかったんやろ」

「うっさいなあ。どや、この道からどっちへ入るねん、塔仁原」

「右やろ」

「ほんまか？　こんな地蔵さん、前、あったか？」

ふたりは、以前に数回行った店に立ち寄ろうとしている。ふたりがそろって行くのははじめてである。酒を出す店なので、ふたりともそれぞれ、以前に行ったときはタクシーを使った。ドライバーが店の場所をよく知っていたから自分で運転しようとすると道順がおぼつかない。

「電話かけえや、太田」

「知らんがな、番号。控えとかへんがな、そんなもん。そんなおそろしいこと、ようせんわ」

「手帳かなんかに書いてへんのか？」

「いっさい、そういうもんは記録を残さんようにしてる。うちのやつは手帳から電話からクレジットカードの控えからなにからなにまでぜんぶ調べよるんやで。そらもう、それがあいつのライフワークなんや。前に言うたやろが」

「そやかて、べつにやましいことをしてるわけやないんやさかい、ええやないか」

「やましいことになるかもしれんやないか」

「やましいことになりたいんやろが」

「それは、向こうがそう望んでるようやさかい、それには応じたるんが男たるもんやないか。それより、おまえが早よ、かけえや」

「俺かて知らんがな、番号。家に帰ったらマッチがあるわ。それでいつもかけてたんや」

「いつも？」

「二回だけ、行っただけやがな」

「頼ちゃんには隠して行ったやろ？　おまえかてやましい期待をしてるんやろが」

中宮高校から隣県にある私立の斎藤商科大学に行った塔仁原。同じく中宮高校から県内の公立短期大学に行った頼子。ふたりは学生結婚したのだが、子供ができない。

「いや、ちゃんと言うて行ったで」

「えーっ、それで頼ちゃん、許してくれるんか？」

「酒飲みに行くだけやないか。そんなことくらいでキイキイ言うてたら市会議員の妻なんかやってられへんがな。わたしからもよろしい言うといてねて、そんなもんや」

「頼ちゃんやさかいにや、それは。あの子はものわかりのええ嫁はんや。いわゆる美人っちゅうのとはちがうけど、男の気持ちを心得たええ女やがな。ええのんもろたなあ、塔仁原は」

「そんなことなんでわかるねん、おまえに」

「わかる。こないだの同窓会で出よて、俺、見なおしたもん。あんなにあちこち手出しして、なんであの子だけ抜かしてたんやろ。抜かしてへんかったら、おまえなんかにやらんかったわ」

「よう言うてくれるわ。俺かていろいろ努力してるさかい、あいつがええ嫁はんでいてくれるんやないか。俺のやさしさの成果や」

「よう言うてくれるのは、おまえのほうや。よう言うわ」

電話番号のわからぬまま、それでも車は「バー・統子」に着いた。なるべくしてか、椿統子はバーのマダムになったのである。

＊

黒いワンピースを着た統子が、太田と塔仁原に艶然《えんぜん》とほほえみかけて店のドアを開けているころ、京美は遺影を前にして目頭をおさえていた。

京美が知っている生前のその人の、美点をみんな集めたような写真だった。自分でも驚くほど不意に、つ、と涙が京美の頬をつたった。

頬に涙をつたわせる京美のとなりで、愛はあえかな声を出した。

「この写真……」

遺影に見入った。

＊

ふたりの喪服の女が遺影を前にしてハンカチをとりだしているころ、三ッ矢は喪服についたクリーニング店のタグをはずしていた。

「あそこの、告別式だけやのうてお通夜にも行かはるの？」

台所から妻が訊《き》いた。

「いや。告別式だけ。服だけ用意しとこと思《お》もて」

「言うてくれたら、出しといたげたのに」

「ええがな、それくらい。ふたりとも仕事持ってんのに」

妻は長命小学校に勤めている。三ッ矢は中宮中学に。担当教科は数学。

「これからちょっと寺内んとこへ行ってくるわ」

「寺内くん？　一回、うちに遊びに来《き》はったことある、あの登校拒否の？」

「そや。寺内がな、昨日、めずらしい学校へ来よってん。五時間目のぼくの数学のときだけ。そんで話したいことがあるさかい、今日は夜、家に来てほしい言いよったさかい、これからちょっと行ってやってこ思もて」

「そうか。あの子、しゃべってみると、すごええ子やのになあ」

「そやねん。ぼくとしゃべってるときは明るい。苛《いじ》められとるわけでもないし……と、思うんやけど、生徒は表面的なことだけではわからへんから」

三ッ矢は長中卒業後、関川高校へ行き、路加学院教育学部へ行き、あれほど嫌っていた教師になった。あれほど嫌っていた職業に就いた彼の誕生日には、毎年生徒から、とくに男子生徒から、たわいない品ながらプレゼントがたくさんとどく。年賀状は山ほどとどく。バレンタインデーにはすこしチョコレートももらう。バレーボール部の顧問をしており、夏休みも冬休みも春休みも日曜も祭日も、授業について来られない生徒には、自分の子供を姉宅にあずけて、自宅で補習してやっていた。

「そんなら、夕飯は遅《お》そなるね」

「そやな。もしかしたら寺内にファミレスかどっかでおごったるかもしれん。とにかくあいつにな、部屋から外に出る機会をできるだけ作ったりたいんや。そやから三人で、先に食べといて」

三ッ矢は自宅を出た。出るさいに、ちらばったズック靴をそろえた。子供はふたり。下の男の子が幼稚園で、上が小学校二年の女の子。近所に三ッ矢の父母と住む姉夫婦は、市教委に勤めている。よく弟の子供をあずかってくれる。

ひとつ年上の妻は、食事のしたくをしながらラジオをつけた。小学生女児にいやらしいことをした男が逮捕されたというニュースに、彼女は耳をそばだてた。

＊

ミネラル・ウォーターを飲んでいたマミもニュースに耳をそばだてた。

『イブニング・ロード』では、交通情報につづいて天気予報、それからジャストタイムごとにニュースが入る。交通情報と天気予報は外部受信だが、ニュースは、パーソナリティが男性の場合は女性が、女性の場合は男性が読むことでリスナーの耳をリフレッシュさせることになっている。

この間はパーソナリティの休憩時間である。スタジオには入っているが、防音ブースの外に出ていられる。マミはボトルから直接、水を飲みながらニュースを聞いていたところだった。

全国ニュースのあと、京都近県のローカルニュースになる。長命という地名が出てきたので耳をそばだてたのである。

中宮ならともかく長命がニュースに出ることなどめったにない。と、小学校の便所に忍び込んで女児の排泄《はいせつ》写真を盗撮して独自のルートで売っていた三十四歳の、自称冒険家の男が逮捕されたニュースだった。

「めずらしい長命がニュースに出たと思《お》もたら、こんな話題や……」

冒険家ってなんやのん、それ。長命に住んでる冒険家て。

「えっ？」

逮捕された男の名前を聞いて防音ブースのほうを見る。コニシカツヒロ？　たしか今、コニシカツヒロと。同級生にいいひんかった？　しょんべん小西とか言われてた子。あの子、小西勝博やなかったかいな……。ちがうわ、勝幸やった。ううん、やっぱ勝博や。いや、勝幸やったかいな……。

顔ははっきりと思い出せない。年中赤黒く焼けていた肌だけ記憶にある。

ああ、ええわもう。あんな子のことなんか思い出しとうもないわ。

＊

マミがやれやれと思うように、そのころ統子もやれやれと、内心では思っていた。

塔仁原はビールを一本飲んだあと、水割りを注文してくれているが、太田はグレープフルーツ・ジュースを注文したきり、〈車やがな〉と水ばかり飲む。なら、なにかつまみをとってほしいのだが〈乾きもんがなんでこんなに高いねん〉と、なにも注文してくれない。三姉と三姉の夫が交代で手伝ってくれているだけの小さなバーである。統子ひとりのときもままある。そういう日は調理せずともすぐに出せるものしかないのである。

そんなバーのマダムである統子にとって、酒を飲んでくれない客は金にならない客で、金にならない客は意味がない。艶然は酒を注文させるためのものである。

「ボトル、キープさしといてもらう？　そしたら、運転せんでもよいときに来てくれたら存分に飲めるし……」

「あかん、そんなん。こんなとこに、そんな形跡を残したら……」

「形跡なんて、ボトルを入れるくらいでおおげさな。太田は旧姓やろ。奥さんの名字になったんやろ。奥さん、もう太田なんていう名字は忘れてはるわ」

金曜はだいたいすぐ近くにあるカラオケ・スナックに客をとられるから、今日はすこしでも売り上げをのばしたい。

ソファにすわっている太田のほうに片肩を、接触するかしないかくらいに近寄せ、頭の中で扇子が開いていくさまを思い浮かべる。空想の扇子の上を視線で追う。するとほとんどの男に「色っぽい」と感じさせる目つきになる。中学生のころ、次姉から教わった。

長中卒業後、統子は中宮商業高校に行ったが中退して結婚した。相手は、義姉が勤めていた焼肉店店員の同郷の、統子と同い年の男だった。日本海の離島から同郷の先輩を頼って大阪に来たところ、先輩は大阪ではなく長命のトキワ商店街にいた。先輩は後輩を、出前持ちを募集しているうどん屋に連れていってやった。そこで統子と会った。そのとき統子はまぶたを真っ青に塗り、眉《まゆ》は細く、ロングサイズの細身の煙草を吸い、灰を、うどんの丼に落としていたが、離島から出てきたその男には統子がさびしそうに映った。

恋とは、するものではない。恋とは、落ちるものだ。どさっと穴に落ちるようなものだ。御誠実で御清潔で御立派で御経済力があるからしてみても、あるいは御危険で御多淫《たいん》で御怠惰で御ルックスが麗しいからしてみても、それは穴に入ってみたのであって、落ちたのではない。「アッ」。恋に落ちるとは、この「アッ」である。こんなことはめったにないのである。めずらしく落ちても、かたほうだけが落ちているだけで、その人間を落とした相手は落ちていないことが多い。ふたりして「アッ」と落ちるなどということはまずあるものではない。ルーレット一点賭《か》けなどおよびもつかない低い確率である。五台のルーレット台で一点賭けして、五台ともアタルくらいの確率。

よって統子の家族は、かわいい末娘の結婚に猛反対した。

〈あかんあかん。そんなもん、すぐに別れるに決まったる〉

家族のみならず親戚中から、友人知人からも反対されたが、アッと深い穴に落ちているふたりに聞こえるわけもなく、婚姻用紙は提出されてしまった。お嫁さんになる人とはじめてセックスをして以来、統子と彼の結婚生活は、猛反対したのを周囲がすっかり忘れるくらいの年月を経てもつづいている。子供はふたり。統子が店に出ているあいだは夫がめんどうをみる。統子の店が終わると、夫は屋台をひいてうどんを売る。いずれ資金がたまったら風格のある店がまえのうどん専門店を出すのが夢だ。

マークシート・チェック(①道であったらお辞儀をする ②ことばをかわす ③複数で食事をする ④一対一で食事をする ⑤手をつなぐ ⑥腕をくむ ⑦・⑧キスをする ⑨胸をさわる ⑩性器を舐める ⑪性器を挿入する ⑫精液を飲む……以下略)で①、②、③、④、⑤、⑥、⑦、⑧、⑨番まですべてOKで、⑩も⑫もOKな統子であるが、⑪番については夫だけと固く守っているバーのマダムである。

「な、ボトル、キープするだけ。うちの店、キープ期間は半年やけど、太田くんやったらサービスで一年にするし……」

架空の開けた扇子が閉じられるのを追う視線で、統子はすすめた。太田は、まあまあとにこにこ笑うばかりでうんと言わない。

もう、太田くんいうたら今やカロリング製菓の重役とちゃうのん。そやのにこんな田舎のバーにボトルをキープするくらいのこづかいも持ってへんの。そんなんでなにが逆玉やいうんや。名字も自由も失《う》しのうてまで……。傍若無人なとこがたまらんかったのに、なんやら性格まるうなってしもて。顔までまるうなったやんか。『クリーム・ロリータ』食べてるさかいとちがうの、その二重顎《あご》。その二重線がとれると、いまでもかっこいいのになあ。あーあ、太田くん、あんた〈ノーベル物理学賞とったる〉んと違《ち》ごたん……。

「そんなに酒が飲みたいんやったら、お統が飲んだらええやないか。それくらいは俺らがごちそうしたるがな」

「店のもんが酒飲んでたら主客転倒やんか。そや、薄い水割りは？　塔仁原くんの頭みたいな水割りをつくったげる。それやったら一時間もしたら運転だいじょうぶやんか」

それでも水割りの料金がとれるから、そのほうがありがたい。

「椿、その言い方はないわ。俺の頭みたいな水割りてなんや、それは」

旧姓で統子を呼んで、塔仁原は抗議する。

「だいたい、おまえなあ、こないだの同窓会での開口一番、俺のこと〈いやあ、在校当時はおせわになりました、立川先生〉て言うたん、一生忘れへんぞ」

「いや、かんにん……。そやかて……」

親愛の憎まれ口ではなく、ほんとうに統子は、塔仁原を立川道雄だと思ったのである。

ほとんどの女子はあまり外見の変化がなかった。木内みなみの体型が崩れたのと、今は塔仁原の妻である頼子がしっとりと落ち着いて、和服をふだんから着慣れたように着こなしていたのが、変化といえば変化だったくらいで、福江愛などは、統子は在校時にほとんどしゃべったこともなく、ずっと会っていなかったのにもかかわらず、「とっくり亭」の門から、玄関にいた彼女を見ただけで、そのシルエットから愛だとわかったくらいである。

それに比べて男子には、頭髪量と腹部が激変する者が出ていた。前者の最たる例が塔仁原だった。

「おまえに深々と頭下げられて、さいしょ、なんのことかと思《お》もたがな。おせわになりましたて、おせわしてもろとったんは太田やろがて言おと思もたら、立川先生、やて。俺はあのヘンタイと違《ち》ごて、元気やがな。あいつは病人みたかったやろが」

んまに、おかわりと、塔仁原は水割りを注文してくれた。おだてなくてはならない。

「むかしの塔仁原くんにはない落ち着きがそなわったさかい、知的な先生ふうに見えてしもたんやんか」

「なにが知的や。女はそらええわ、化粧っちゅうもんで誤魔化せるもんな。ズルや。それに耳やら首やら指やら腕やらにキラキラしたもんつけて、そっちに目逸《めえそ》らさせといて、ハイヒールはいて足首細《ほ》そ見せて、ふわっとした洋服着てたらウエストのあたりかて隠せるやないか」

そう言われてみればそうだと統子はマドラーを回転させる。自分はもう化粧なしでは、自然光のなかで他人には会えない。高校生のときから化粧していた。

しかし、統子の外見もさして変化はないのである。〈大人の女の人みたい〉と、よくハルに言われたように、もともと実年齢よりずっと上に見えるような顔だちだったために、今ようやく外見が実年齢に追いついたといえる。

「塔仁原くんの言うとおりやわ。なあ、考えてみたら、中学のときて、いっさいのフォローなしやったんやなあ」

あのころほど、男が男そのものであり、女が女そのものである時期はない。男が女に対する、女が男に対する欲望が、もっとも正確に、もっともそのままのかたちで、遠慮会釈なく表面に出る時期。化粧もアクセサリーも洋服も靴も時計も車も会社名も、その人間をラッピングしてはくれない。髪形でさえ校則規定があった。アルコールもインテリアも音楽も、雰囲気をラッピングしてくれない。ＤＮＡの出所と分散である親きょうだいの顔や職業、住んでいる家の大きさや建ち具合まで剝《む》き出しだった。実寸で、男は女を、女は男を、見ていたのである。思えばじつに中学校とは残酷な場所である。

「俺がこんどは同窓会の幹事や。どや太田、つぎの同窓会は、女子は全員、すっぴんでビキニ水着を着て出席してもらうっちゅうのは」

「あほ。女子が全員欠席するわ。想像しただけでおそろしなるわ。とくに木内みなみ。ありゃどういうこっちゃ。それこそシソ鳥が来《き》よったと思《お》もたがな」

女子のなかでは例外的に激変したかつてのベストスリーに、年月の哀愁を感じたのか、太田はウィスキーを注文した。

「もうええわ。今日は飲むことにする」

「待ってました。そう来てくれはらんと。木内さまさまや」

「むかしはあんなにかわいかったのになあ」

太田はロックでウィスキーを飲んだ。ぐぐ、といきおいよく飲んだ。

「男っぽい飲み方。やっぱり太田くんの魅力は、そのワイルドさやわ。太田くんがお嫁さんにしてくれへんさかい、うち、あてつけで今の亭主と結婚したんやもん。ちょっとはうちの傷心をなぐさめてもらわんことには」

こんなことは、バーのマダムになる前から、統子にはすらすら言える。ということは、バーのマダムではなくとも、すらすら言える人間が社会には大勢いるということだ。

「車なんか、うちの店の駐車場に置いといたらええやないの」

「そやな。その手があった。俺、運転せなあかんと思もてたから気がつかへんかった。タクシーで帰るわ。よう知らんなんとかはんの葬式が終わったら、ここにまた来るわ」

そうすれば今夜がだめでも、また統子に会う口実ができなくもないと太田は考えた。

〈おせわしてもろとったんは太田やろが〉と塔仁原はさっき言ったが、中学時代は最後までは、おせわさせてもらえなかった。大人になった今なら……。

太田の、漠然とした期待は、男のエロスのOperating《オー》 System《エス》によるものである。

女のエロスのOSでは、強い感情であろうが淡い感情であろうが、過去の感情は「ごみ箱」に行き、「ごみ箱を空にする」がクリックされて削除され、その後は検索しても「検出できません」と表示されるのみである。

たとえば女が「ちょっといいな」と思っていた男がいたとする。話すなりさわり合うなりなんらかの接近があったあと「やっぱり、そんなことなかった」になった。なるやいなや、その男はその女にとってどうでもいい存在である。

なにかの機会があって酒を飲んで、酔っぱらってキスなどしたとしても、彼女にとって彼は「ただ、たまたまそこにあった立像」でしかない。酒を飲んでいい気分になって踊りに行ったり、湯船につかって鼻唄《はなうた》が出るようなもので、男はゆめゆめかんちがいしてはならないのだが、男のOSはめでたく設計されており、いちど、おだてられると一生涯うぬぼれていられる。風呂場の鼻唄のつもりで女がキスしていても「フフ、こいつはまだオレに未練があるのだ」と、噴飯もののポジティブ・シンキングをする……傾向にある。

太田も、統子は二十年間、自分に未練を抱いていると信仰している。

問題は塔仁原をどうしたらひとりだけで帰らせられるか。

すこぶるポジティブに太田が考えていると、客がふたり入ってきた。ずっとあなただけを待っていたのよという顔で統子が、彼らのそれぞれを見つめて笑ったのを、入り口には背を向けていた太田は見なかった。

「そこで、カラオケやってきたんや」

ふたりの客は、カウンターにすわった。

「まあ、いっしょに行きたかったわあ。つぎはぜったい先にこっちへ来て、飲んで調子つけてから、うちも誘《さ》そて連れてって」

会話は太田にも聞こえた。

カラオケやて？　このあと統子とどっか行くにしてもカラオケはかなわん。

「……さんは、どんな歌、うたわはるの？」

「イアン・マッケンジー」

「えー、意外」

ほんまや。意外やで。あんなもっさいおやじがマッケンジーかよ。

「イアン・マッケンジーかあ。同級生に、大ファンやった女の子がいたわ」

イアン・マッケンジーは太田も好きだった。

「そや、隼キチはどないしてんねん、今」

太田は塔仁原に訊いた。

「知らん。みんな音信不通やて言うとった」

「家はまだ新朝日町のあそこにあるんやろ？」

「あるけんど、べつの人が住んでる。四年ほど前やったかなあ、お父さんが脳溢血《のういっけつ》で死なはってん」

「そな、お母さんは？」

「知らん。おやじは葬式に行ったけど、俺は店の用事があったさかい、行かへんかった。関川のほうであったんや。そやから二十年間、顔見てへんわ」

カウンターで、マッケンジーの『ｎｅｖｅｒ　ｓａｙ，ｎｅｖｅｒ　ｓｅｅ』をくちずさんでいる客から、統子は、離れたようにかんじさせぬように離れ、ソファのほうへ酒を作りに来た。

「隼子ちゃんのこと、縫製所に勤めてはるお客さんから、ちらっとだけ聞いたことがある。お母さんは今は再婚してマチに住んではるて言うてはった」

「うーん、そのとき聞いたけど忘れてしもた。東京とか大阪ではなかったけど、なんせ大きいマチや」

「マチて？」

「森本といっしょにか？」

「ちがうと思う、たぶん。ちがうようなことを、そのお客さん、言うてはったような……。隼子ちゃんの行った高校は、東京の大学の付属高校やったやろ。そやさかい東京に行かはったんちがうの？」

「なら今は東京におんのやろか」

「さあ、どうやろ。まるっきり音沙汰《さた》ないねん。だいたい中学校の途中でもう没交渉やったようなもんや。よう休んではったやろ」

「そやな……気の毒なことした」

「気の毒て？」

「森本にもなんか悪さしとったんか、おまえは」

統子と塔仁原は七組ではなかった。太田は七組だった。彼女と同じクラスだった。

「いや……」

二年の三学期のあの日のことを、太田は、澱《よど》んだできごととして、ぼんやりとだが、おぼえている。あのときなぜ彼女を助けてやらなかったのだろう。思い出さないようにしていた。思い出すと隼子とは無関係に自分自身が澱むのだ。

「あの先生はどないしはったんやろ」

「先生？」

「あの先生やがな、おまえが惚《ほ》れてた」

「いややわあ、太田くんが忘れさせてくれたんとちがうの？」

統子がわたしてきたグラスはダブル・ウィスキーになっていた。くいとグラスを傾ける。アルコールが体内にゆきわたる感覚がする。

葬式に出て名古屋に帰る前に、はんげ神社に行ってみようと太田は思う。

大学生のころも、カロリング製菓に入ったころも、結婚してからも内密に、何人もの女とセックスをした。ある時からだ。いつかはわからない。ある時からだ。ある時から、女とかかわるということには当然のこととしてこの行為が含まれるようになった。

しかし、中学生のころ、たかが安物のキーホルダーとアンクレットを交換するくらいの行為が、ノートを交換するだけの行為が、なぜあんなに重みを持っていたのだろう。一生懸命だった。すべてが充《み》ちていた重みがあった。あの質量感は、セックスをしてももう決して感じられない。

「お統、あれ、どないした？　あのアンクレット」

「さあ、なんのことやろね」

てしまった。
そんなものはさっさと捨てていた統子は、またマッケンジーファンの客のほうへ移動し

俺はどうしたんだろう？　太田には、統子と交換した金属をどう処理したかの記憶がない。あの質量ぶんの時間はごそっと抜け落ちてしまった。太田は不安になった。

「太田、俺はな、今でも、中学のとき嫁はんからもろたキーホルダー、持ってるで。入試のときも選挙のときも、あれは必携や」

塔仁原は自宅に電話をかけた。彼もすこし酔っている。「あ、俺や」「そうか」「今な、太田と椿んとこの店に寄ってんのや」「え、なんやて？」「だれから？」「いつや、それ」。塔仁原の、妻に対する話し方は、太田を羨望《せんぼう》させた。太田が不用意に落とした時間が、塔仁原と頼子をつなぐ小さな電話機のなかにはちゃんとあるようで。

「車、呼んで」

電話を切ると、塔仁原は統子に言った。

「俺、帰るわ。小山内先生が死なはってん」

石山の土地を京美の父母が買って駐車場にした翌年に、小山内先生の夫は死んだ。ずっと小山内先生に求愛しつづけていた医師がいた。五歳年下の彼と再婚して十七年目、小山内先生は縁側で死んでいた。庭に咲いたチューリップをながめながら眠るように。それがわかっているのは、そうだったと夫が、今回の喪主である自分の弟につたえたからである。

弟に電話でつたえたあと、自分も首を吊《つ》って死んでいるのを、翌日、北海道から長命に来た弟が発見した。

長命では住人の話題になっていたのだが、おとといから名古屋にいた塔仁原は訃報《ふほう》を知らなかった。今かけた電話で頼子から聞かされたのである。

「小山内先生て、あのやさしい美術のか？」

「そや……。俺、明日の葬式、出なあかん」

「塔仁原はあの先生とそんなに親しかったか？」

「ずっと会《お》うてへんかった……。太田は、本心ではちっとも親しゅうない代議士の、そのまた会うたこともない親類の葬式に出るやないか……。俺は、小山内先生には弁当をもろたことがある」

そやから帰ると、塔仁原は帰っていった。

＊

塔仁原につづくようにマッケンジーファンの酔客も店を出、太田が望みどおり統子とふたりだけになったとき、京美は夫の出張のしたくをしていた。

着替えのパンツとソックスをたたんで鞄《かばん》に入れながら京美は考えてみる。

もしわたしが先に逝《い》っても、正和さんは首なんか吊らはらへんやろなあ。吊らんといてほしい。おじいちゃんがいておばあちゃんがいたこの家。お父さんがいてお母さんがいる家。正和さんがいて子供がいて家族がずっとつづいている家。もしわたしが先に逝っても家族は永遠につづく。それがしあわせというもんや。

充ちたりたしあわせのなかで、だが、ふと京美は「もし」という架空を想う。もしべつの選択をしていたらと。

〈お忙しいところ、ありがとうございます。長中の卒業生さんですか？〉

夕方、小山内先生の遺影の前で、泣いている京美に気づいた喪主から訊かれた。

〈はい……。やさしくてかわいくて、生徒みんなに人気がありました〉

〈そうだろうなあ。一生涯独身で通すと言ってた兄が結婚したの、わかりましたよ、義姉に会ってみて〉

さいしょの夫にも、二番目の夫にも最愛の女でありつづけた小山内先生。その遺影は晩年のものではなかった。京美が長中に通っていたころのものだった。

π《パイ》。ベストスリー。体育の時間用のぴちぴちの白いトレーニングシャツを着たときの、男子たちのひやかし声。写真のなかのような小山内先生を毎日見ていた二十年前が、自分にはたしかにあったのである。

自分以外の女子生徒に本気で気を向けた太田を見限り、彼との交換ノートはすべて燃やしたのだった。

＊

びりびり破りながら自宅の庭で燃やしたことを京美が思い出しているころ、バーで、太田と統子はキスをしていた。

太田は統子の、喪服のように黒い、背中と胸の大きくあいたワンピースをたくしあげ、パンティのなかに手を入れ、乳房を揉んだ。

「あかんて。ドアに鍵がかかってるわけやないのに。お客さんが来《き》はるわ」

蒟蒻《こんにゃく》のように統子は彼の腕のなかから抜け出、衣服と髪の乱れをなおした。

「こんどはもっと、べつのとこでゆっくり会《お》うてえな。な、また来て」

きっとやで、約束。台本でも読むように統子にそう言われ、小指をさしだされ、太田はぼんやりとゆびきりをした。

＊

塔仁原といっしょに乗ればよかったと、太田が「バー・統子」の前からタクシーに乗ったとき、愛はまだ小山内先生の家にいた。通夜という名目の、近隣の男性連の飲み食いがはじまったので、近隣の婦人連を手伝って給仕にまわっていたのである。

何回目かの熱燗《あつかん》を座敷に運んでいったとき、北海道から急に出て来て顔みしりがだれもいない喪主が、座から離れて、遺影をじっと見ているのに気づいた。

愛は喪主のうしろに正座した。

「おたくは美術部だったんですか?」

喪主は愛をふりかえった。

「はい」

遺影は、小山内先生が五十代のときのものである。斜めの角度が額のまるみを見せている。美しく典雅にかわいらしくおっとりと小山内先生は、写真のなかでほほえんでいる。同じ写真を愛は持っていた。小山内先生が襟につけた仔馬《こうま》のブローチでわかった。

「この写真……」

「はい？」

喪主は愛の話を聞こうとする。

「この写真を……、この写真を撮ったときのこと、わたし、よくおぼえています」

仔馬のブローチは、愛とマミが小山内先生の誕生日プレゼントに贈ったものだ。先生はすぐに包みを開いてそれをつけてくれた。撮影者はマミである。

「え、そうなんですか？」

「はい。小山内先生にはひとかたならず、おせわになりました」

愛は、遺影ではなく、自分のアルバムに貼られた写真を、記憶で見る。

「手が写ってへんけど、先生はサンドイッチを持ってはるんです……」

サンドイッチは隼子からのプレゼントだった。

「中三の二学期に入ったばかりのころです。お昼でした」

四時間目までを欠席し、京美の父母の経営するベーカリーでサンドイッチを買い、変速機付の自転車をコニーの電話ボックスのうしろの看板の陰に隠して登校した隼子は、サンドイッチをマミと愛にもすすめた。

小山内先生は自分の弁当には手をつけずにサンドイッチを食べ、弁当は、たまたま愛に、伊集院からの連絡をつたえにきた塔仁原と富重が半分ずつ食べた。淡いピンクの、小さなタッパウェアが、同じく淡いピンクの布ナプキンでくるまれているのを開けるとき、塔仁原と富重は〈カノジョにお弁当を作ってもろて食べる気分や〉と言っていた。

「そうでしたか、そんなときに撮った写真やったんやなあ、これ」

「先生の写真、ほかにもようけあったやろに、これを遺影に選ばはったんは、おうちさんでしたの？」

「いえ、ちがいます。やはり美術部だったという方が、写真をコピーして葬儀屋さんに送ってくれて、それでこの遺影になったと夕方、聞いたんです。そしたら、真島さんの話からすると、その方、真島さんの同級生ですね」

そのはずである。この写真を持っていたのだから。

マミちゃんやろか。連絡してくれはったくらいやし。それとも、森本さん？　森本さんはどの同級生も音信不通やて、同窓会で聞いたけど……。

正確には、マミだけは隼子と音信不通ではなかった。だがマミも中学校の同窓会を欠席しつづけていたので、愛は、隼子の近況も、中学を卒業してからの消息も知らない。

「藤原さんという方ですか？　それとも森本さん？」

「えーっと、どうだったかな。東京に住んでいる方で、到着は遅くになるそうです」

東京？　ならマミちゃんとはちがう。なら森本さんは今は東京に住んではるのか。

「どや、そろそろおいとまさせてもらおやないか」

丁子麩《ちょうじふ》とにぎりめしをたくさん食べたらしい真島が愛の横にすわったので、愛は喪主に頭を下げた。

「明日の告別式では、わたしもお手伝いさせていただきます」

＊

愛を乗せて真島が車のハンドルをにぎったころ、マミの番組はラスト三十分のコーナーに入っていた。

「さて、みなさん。おまちかねのテーマ・リクエスト・コーナーです。今日のテーマは〝初恋〟。きれいですね。〝初恋〟。なんでこのことばって、きれいに聞こえるんでしょうね。汚い初恋もあっていいはずなのにね」

汚い初恋、という言い方に厚いガラスの向こう側にいるディレクターとミキサー係が笑っているのがブースから見える。マミはマイクの前に置かれた、リスナーからのリクエストのなかから、大判の封筒を選んだ。

封筒にはA4用紙が二つ折りにされて入っていた。機械で打たれた本文の上に【ラジオネームは山南敬助《やまなみけいすけ》でおねがいします】と肉筆で書いてあった。

「えー、ラジオネーム山南敬助さんからのおたよりです……」

山南敬助の、機械で打たれた中学二年時の初恋の思い出をマミは読んだ。

「……どうしてあのころは、廊下ですれちがうだけのことで気絶しそうになり、死ぬことまで考えるほど人を好きになれたのでしょう。あのころはなぜあんなに泣けたのでしょう……」

用紙はそこでおわり、マミは二枚目をめくった。『never say, never see』。二枚目にはリクエスト曲の訳詞が打たれていた。

二度と会わないとは、二度と言うな
ああ、青春よ、などと二度と言うな
青春は一度しかない、残りの年月はただそれを思い出すだけだと?
ジイドなんてやつは老いぼれだよ
二度と会わないとは、二度と言うな
そんなことは二度と言うな

マイクに向かって詞を朗読したあと、マミは五秒ほど沈黙した。BGMなしで五秒の沈黙はラジオではものすごく奇異である。ガラスの向こう側からディレクターが腕をまわして「しゃべり」をうながす。

「……でも二度と会えなくなっちゃったんですよね、イアン・マッケンジーには……。藤原が大学生のときでした、たしか……」

あわてて言った。マッケンジーはニューヨークのマンションで女に撃たれて死んでいた。だが、彼のとくにファンではなかったマミは、先の五秒に、その痴情事件を思い出して沈黙したわけではない。詩。『少女』。体育祭。フォークダンス。順番にふれてくる男子の手。あとひとりで富重だというところで終わる音楽。ひとりの頭をはさんで合った視線。等圧ゆえに一点で合ったまま動かなかった。合った視線は燃える燐《りん》のように中空にあった。あれほどまでに強い思いを、その後自分はだれかに抱いたことがあっただろうか。

「……では、敬助さんのリクエストで『never say, never see』。イアン・マッケンジーの最後の作詞作曲です」

生きていれば、死によって会えなくなる人間に出会う。芸妓《げいぎ》明里が切腹によって山南敬助に会えなくなったように、小山内先生にももう会えないのである。

大好きだったのに、あんまり小山内先生がいつまでも若くてかわいらしくてきれいだから、いつまでも生きていて、家に遊びに行けばいつでもすぐに出会えるような気がして、結果、長中卒業後はそんなには会わなかった。もっと足しげく遊びに行って、もっともっといろんな話を聞かせてもらえばよかった。

＊

『never say, never see』を朗読したマミの声は、愛と真島の車中に聞こえていた。

「ごっつきれいな先生やったんやなあ。あの写真のときで五十五やて？　信じられんがな。横で話聞いとってたまげたわ。長中にはあんなべっぴんの先生がいはったんか。わしが中学で習《な》ろた美術の先生なんかぶさいくなおやじやったで。なんちゅう不公平や。おまん、あんなきれいな先生に教えてもらえて、よかったなあ」

愛は答えずにフロントガラスのほうに顔を向けたままでいる。ハンドルをにぎる真島のほうが、ちらと妻を見る。

「なんや、今になって泣いとんのか……。まさしく恩師っちゅうわけなんやな」

真島の言ったことは、ごく正確ではない。小山内先生が恩師であることにはまちがいはないが、愛は、マッケンジーがジイドから引用してマミが朗読した、

【青春は一度しかない、残りの年月はただそれを思い出すだけ】

という部分に泣いたのである。小山内先生の遺影が、あの写真を撮ったころの時間の消滅を痛感させた。

「あのころは……あのころは……ほんまに……」

あのころはほんまにどうなのか、どう言いたいのか愛にはわからない。

だが、あのころを思い出したとしても、あのころはよかったなどとは言うまい。人は時間を、生きているかぎり先に進んで生きていくのである。十代のころにはわからなかった幸福を見つけるのである。愛はそう思う。

長中から北濱高校へは、太田と富重とあと三人の男子、それに女子では愛がひとり行った。高校時代も大学時代も、愛は異性とつきあうという行為とはほとんど縁がなかった。心ひかれる異性にはふたりめぐりあった。ふたりとも三ツ矢に似ていた。ふたり目とは大学四年のときに、短い期間、交際した。大学のあった町にある会社の、愛より二歳年上の会社員だった。

〈実家に帰ったかて手紙おくれな〉

〈ぜったい出す〉

〈せんせになるんやったら夏休みとか冬休みとか長いやんか、そんときはぜったい会《あ》おな〉

〈うん、ぜったいな〉

約束し、約束を果たしもしたが、しだいにやりとりはなくなってゆき、交際はフェイドアウトした。教師になってからは、異性と交際するどころか、ひかれる対象にすら縁はなくなった。だが仕事にうちこむ月日は、愛が本来持っていた美徳を前面にひき出した。手放しに両親《ふたおや》から愛《め》で慈《いつくし》まれた経験を有する者は本来的に愛らしいのである。そんなときに関川高校の教頭から、真島の写真と釣書を見せられた。

〈酒も煙草もパチンコもせんと将棋だけが好きっちゅうまじめな人でなあ、四十ちょい過ぎやけどまだ独身やねん。きみ、どや。相性ええんとちゃうか〉

そう言われ、おととし「とっくり亭」ではじめて会った真島は、三ッ矢には全然似ていなかった。どちらかといえば、半年前の同窓会で再会した太田に似ていた。

外見は現在の太田に似ているが、太田のように見栄をはるところがなく、服装にもかまわない、田舎の高校生がそのまま大人になったような真島との会食は、はじめて会ったのに前から知っていたように緊張することがなかった。そこを愛して結婚を承諾した。

「結婚してくれてありがとう。あなたと結婚して、ほんまによかった」

涙を拭《ふ》き、愛は真島に告白する。

「は？　なんや急にあらたまって。妊娠で感情が昂《たかぶ》っとんのかいな。びっくりして屁こきそうになるやないかいな。だいじにしてや、おなか」

真島は照れを隠すようにラジオの音量をあげた。愛は妊娠五ヵ月目だった。告別式の手伝いをするつもりでいたが、翌日はつわりがひどくて欠席することになる。

第八章　家

マッケンジーの曲で番組を終えたマミは、京都駅に向かった。

二十二時七分京都着の東海道新幹線。それに乗って隼子は来ている。

マミは隼子といっしょに長命に帰る約束をしていた。番組終了後すぐに局を出ても新幹線到着時刻には遅れるが、隼子はホームの待合室で待っていると言った。〈ラジオを聴いてるから〉と。

二十二時七分着の新幹線なら、車内でも番組のラスト三十分は受信できるはず。そう思い、マッケンジーの曲をリクエストしてきたリスナー、山南敬助の投書をマミは選んだのである。

隼子とはこの正月にも会った。ただし正月には必ず会うようになったのは、ここ四年である。

高校時代にはときどき電話で話したが、隼子が寮に入っているため、そう会いはしなかった。夏休みや冬休みにも、隼子は短いあいだしか帰省せず、大阪でアルバイトをしていた。大学時代は、彼女が東京に行ってしまったので、互いがそれぞれの新環境に手一杯で会わなかった。電話で話すこともめったになかった。

隼子は東洋芸術大学を卒業後、精密機械をメインに生産する企業に勤めていた。世界中にその社名とロゴが知られた大企業である。工場や事業所は製品別に、国外含め各所に点在している。都下、隣県との境界にあるオーディオ機器事業部の意匠部が、隼子の職場だった。

四年前、隼子の父親の葬式でマミは彼女に会った。このころマミは副司会として担当していた朝の番組にあまりやりがいを感じられず、中陰や初七日や忌明けなどの仏事でしばらく週末ごとに長命に帰っていた隼子を、なにか手伝うつもりでよく訪れ、逆に彼女に愚痴を聞いてもらった。以来、正月になると、能勢町の実家に姉とともにやって来る義兄と顔を合わせたくないマミは、この四年、三が日は京都の自分の部屋で隼子と過ごしていた。

小山内先生の訃報《ふほう》は、まず先生の夫から隼子に入り、その夫の自殺は、電話機のそばに彼が残したメモ用紙の電話番号を見た今回の喪主から、隼子に入った。夫妻の訃報を、隼子はマミにつたえ、マミが愛につたえたのである。隼子は小山内先生にだけは、不定期にではあるが連絡をしていた。

＊

新幹線ホーム。

自社製品からのびたイアホンを耳に入れている隼子を、マミは待合室に見つけた。喪服を入れてきたのであろう大きな防水性の鞄を足元に置き、鉄紺のジーンズと黒いウィンドブレーカー、眼鏡をかけて、メモ帳になにかを書いていた。帆布地の帽子は脱いで鞄の上に置かれている。

野球帽や麦藁《むぎわら》帽子、それに今日かぶってきたような帆布地の帽子。隼子の帽子のかぶり方が、マミは中学生のころからとても好きだった。かぶったすがたではなく（それもさまになっていたが）、かぶるときの動作が好きだった。頭におさまったときの見てくれや、髪の毛の乱れをまったく気にすることなく、鏡もガラスも見ずに、がっと帽子を摑み、ばさっと頭にのせるかぶり方が、彼女にだけ許された特権のようだった。

「隼子ちゃん」

マミが声をかけると、隼子は顔をあげた。頰にペンのインクがついていた。指摘し、マミはポケットからウェット・ティッシュを出して隼子にわたした。近くに鏡はなく、帽子をかぶるような無頓着《むとんちゃく》さで、隼子は顔全体を拭《ふ》いた。

「とれた」

マミが微笑すると、隼子もそうした。この人はいつも、こっちがこうしないと自分がそうするのを忘れている人だ。変わらない。マミは思う。

「行こよ、四十一分や」

マミが教えると立ち上った隼子は顔を拭いたティッシュを、所定のごみばこに捨てるべく、いったん椅子に置いてから足元の鞄の柄をにぎった。そのさい、マミはなにげなくティッシュに目をやった。成人女性、とくに三十歳を過ぎた女性が顔を拭いたウェット・ティッシュにはほぼ100％ついているはずの白粉《ファンデーション》の肌色が、そこにはまったく付着していなかった。そして隼子はばさりと帆布の帽子を頭にのせた。彼女は変わらない。マミは思った。

長命に着くとすぐに小山内先生の家に直行した。ハンバーガーやフライドチキンの世界的なチェーン店が駅前にならんでも、長命では通夜はいにしえからのとおり夜通しおこなわれ、亡き人の棺《ひつぎ》の近くで弔問者は酒を飲み、しゃべり、喪主は棺のある部屋で仮眠をとるのである。

マミと隼子の到着は、塔仁原と入れ違いだった。午前一時にマミは実家に帰り、隼子を泊めた。ふたりとも疲れていたのでほとんど話さなかった。

「あらー、隼子ちゃん、ようこそねー。お葬式なんかマミようわかってへんさかい、マミを塩梅《あんば》ようしたってねー」

朝になってマミの母は、中学生のころ隼子にいつも言ったような口調で、起きてきた彼女に言った。

お母さんがいちばん変わらへん。ウエスト以外は変わらへん。奇跡的なまでに首の皺《しわ》も目尻《めじり》の皺もあらへんしシミもあらへん。口紅まで二十年間、ビビアンの8番や。あの淡いピンクがまだ似合うんや。これでウエストがくびれてたらまだまだイケるのに。マミは思いながら喪服に着替えた。

※

告別式の空は曇っていた。

出棺《しゅっかん》のあと、さらに曇ってきた。

秀徳寺のあった場所には三階建てのアパートメントが建っている。

302号室のベランダで、空を気にしながら、喪服を来た女が洗濯物をとりこんでいた。

女児の洋服と男児の洋服。男児の洋服は女児のものよりわずかに小さい。

学校で姉弟は同じ校歌をうたう。さざなみの古き都に萌《も》える木々。光みつるみずうみのほとりの学舎《まなびや》。はずむ声、つどうわれらよ。ああ、長命小学校……は移転して秀徳寺跡に近くなった。

午前中に葬式に出たために、姉弟の母は、彼らを自分の母にあずけていた。

彼女は県立短期大学の幼児教育科を卒業したあと五年間、長命小鳩幼稚園に勤めていた。ある日、園長から「とっくり亭」の分店である中宮の「ボトルハウス」でランチをおごられた。園長は彼の甥《おい》も同席させていた。郵便局勤務の甥は彼女より二歳上で、甥の母と彼女の母は民生委員同士顔みしりだった。ほどなく彼女は小鳩幼稚園を寿退園し、この302号室に住んだ。

喪服を脱ごうかどうしようかと彼女が迷っているとき、電話があった。

「もしもし……」

「あ、ハルちゃん」

しかし、その声は頼子だった。喪服を着たままの温子が待っていた電話ではなかった。

「ハルちゃん、わたし、お焼香のあと、あそこで話しこんでしもて、お数珠《じゅず》をハルちゃんに持っててもろたまま忘れて家に帰ってきてしもたわ」

頼子に言われて、温子はハンドバッグのなかをたしかめる。あった。

「またこんど、持ってったげる。それより、あのあとどないしたん？」

「どないもせえへん。三ッ矢くんも太田くんも木内さんもすぐ帰らはったし、まだちょっと残ってはった人もいはったけど、うちとこも選挙の準備があるし、すぐ帰らしてもろたわ」

出棺のあと、霊柩車《れいきゅうしゃ》を見送った同級生数人は、裏門の脇で立ち話をしたのである。そのなかに、温子が話し終わるのを待っている男がいた。

彼からの電話を温子は待っていた。〈喪服のまま来たらどや〉。意味深長な笑みを浮かべて、男は小山内先生の家の廊下で、温子に耳打ちした。〈なに言うてんの、こんなとこで。

罰が当たるで〉。男を窘《たしな》めたのに、彼女は着替えるのをためらっているのである。

「塔仁原くんがあんなに泣かはるとは思《お》もわへんかったわ」

男からの電話がかかってくるのではないかと時計を気にしながら、温子は頼子に言う。

「中学校のとき、小山内先生からお弁当をもろたんやて。あの写真見るとその日のことから、あのころのいろんなことがありありと思い出されて、何回でも泣けるんやて」

「人情家なんやね、塔仁原くん。いい市会議員さんになってくれはるわ。うらやましいわ、頼子ちゃん。あんなやさしい旦那《だんな》さんで」

「なに言うてんの。ハルちゃんとこの旦那さんかて、やさしそうな人やんか」

うちとこの初恋の人は温子なのだと、頼子はよくからかう。そのたびに、塔仁原くんはそうでも、わたしのほうはちがう。わたしの初恋は塔仁原くんなんかとはちがうと言い返したいのをがまんする。失礼になると思い。

仲のよい女子のなかでは一番先に初潮を迎えたのに、だれがだれを好きだとか、アイアイガサだとか、片想いだとか両想いだとかふられたとか、あげくヤッたとかまだヤッてないとか、そうした色恋にかかわることに、温子は高校を卒業するまで関心がなかった。毛嫌いしていたわけではなく、異性への関心や好意というものがよくわからなかった。かわいい少女タレントや同級生や、きれいな音楽の先生や女優を、あんなふうになれるといいのにとあこがれて、髪形や洋服を真似ているうちに、周囲はどんどん自分を追い越して大人になっていった。自分より初潮がずっと遅かった者にまでさっさと追い越された。〈お兄さんやお姉さんのいる子はずるい。なんでも教えてもらえる。わたしなんか五歳下の弟と、七歳も下の赤ん坊の弟がいるだけや。世話ばっかりさせられて、あんなんなんにも教えてくれへん〉

いつも思っていた温子であったが、ふりかえれば、きっと自分の初恋は、今電話を待っている男だったと思うのである。自分は幼くて当時は気づかなかったのだと。

温子はまた時計を見る。電話すると彼が言った時刻が近づいている。温子が電話を切り上げようとする前に、頼子のほうから切り上げた。

「ハルちゃん……、森本さん、眼鏡かけてはったね。学生みたいに見えた。うち、そんなに親しいなかったけど……学校時代、あの人、かんじのええ人やった……。あんな噂、気にすることとなかったのに……」

そう言い残して。

立ち話に、隼子は加わっていない。出棺のあとは、香典類を喪主とマミとで整理していた。受付をしていたが、弔問客がつづいていたので頼子も温子も、挨拶《あいさつ》程度しかことばをかわせなかった。

ボックス・プリーツの喪服だった。それが制服のようだった。くすみのない透明感のある肌。髪をうしろで一本の三つ編みにしていた。小学校のときも中学校のときも、隼子は統子とはまたちがう大人びた雰囲気がしたのに、葬式でひさしぶりに見た隼子は、頼子の言ったとおり学生のようだった。

温子が名前を記帳したあとに、彼が記帳した。長中出身ではない彼は小山内先生を知らない。今日の密会の前に温子が葬式に出ることを言うと、〈森本も来《き》よるんか〉と訊いて、現在の隼子を見るために告別式に来ていた。父と長男と、長女と長女の夫と出向医とが、産婦人科と小児科と内科と皮膚科を受け持つ町の大きな病院から、長命の住人の告別式に弔問があるのは妙なことではない。受付台の前に立った彼を見ても、隼子はそれがだれかを思い出さなかった。

……思い出さはらへんかったはずや。たぶん……。名前を見るまでは……。

温子はそう想像する。玄関に入るさいに受付のほうをふりかえったが、そのときにはもうべつの弔問客が記帳をしていたので、隼子が彼の名前を見てどう反応したかまでは見えなかった。

彼の名前は佐々木高之。路加学院付属小学校から同校中学、高校へと進み、大阪の国立大学の医学部を出た。

母の代からのかかりつけの病院が休みの日に上の子が熱を出したので、前にいちどだけ診察してもらった女性小児科医のところへ連れていった温子は、その日にかぎり姉にかわって診察室にいた男性医師に会った。

白衣の医師がかつてヨコハマから来た少年だとすぐにわかったのは、そこが佐々木医院だったからである。そうでなければわからなかった。身長と体重のバランスは小学校当時とだいたい同じでも、絶対値が当時とはちがっている。オークル系の白くてふわふわだった肌は、青春期を通過して、その時期の情熱を象徴する分泌物の名残のために固くなり、髭《ひげ》も濃い。が、男児のころにはなかった野性味が知性と絶妙のブレンドをみせていた。〈喪服のまま来たらどや〉〈ええやないか、刺激あるがな〉。現在の佐々木高之のことばづかいとイントネーションには、二十五年前に〈気取っている〉〈すけこましのしゃべりかた〉とからかわれていた片鱗《へんりん》はない。

結局、温子は喪服を脱いだ。喪服に似たような黒いワンピースに着替えたとき、待っていた電話はなった。

佐々木から、待っている場所を指示されたあと、子供をあずかってくれている実母に温子は電話した。

「お母さん、かんにんやけど今日は夕飯もそっちで食べさせてくれる？」

※

ひとりの母親がひとりの女として３０２号室を出たとき、東京にあるライブハウスではイアン・マッケンジーの追悼式の準備がなされていた。

イベントの進行をしているのは、都内私立高校の音楽教師である。勅使河原孝《てしがわらたかし》という由緒ありげな名前を持つ彼は、東洋芸術大学付属大阪高校を経て、同大学音楽科を卒業していた。

勅使河原は、高校時代の隼子をもっともよく知っている人間のひとりである。付属高校は美術科と音楽科合同の少人数クラス編成だった。勅使河原と隼子に、あと男子もうひとりと女子もうひとりを加えて、四人で仲がよかった。ほかのふたりは卒業後も大阪に残ったが、勅使河原と隼子は東京にある付属大学に進んだので、さらに親しかった。

「隼子は今日、来てへんの？」

勅使河原が追悼式の進行をするというので、四人のうちのひとりの女子が上京していた。

「急にあかんようになったんや。おせわになった先生が亡くならはったんやて。行けんこともないけど、田舎の葬式のことやで、どうなるかわからへんさかい、今日はやめとくて」

東京の付属大学に入ってすぐに隼子のことばづかいは東のものに変わったが、勅使河原は断固として変えない。

妻を説得していずれは大阪に帰るつもりでいる。東京はどうしても、どこか肌に合わない。東京や横浜の男というのはどうも全員「つやをつけとる」かんじがして、すけこましに見える。言った冗談が場でうけなかった場合、鼻から牛乳を出してでも笑いをとろうとする社交の美意識に欠けている。

「亡くならはった先生な、親戚《しんせき》の人と絶縁状態やったさけ、告別式の受付を自分がするんやて電話があった」

「××××××。××××××」

テスト中のマイクがハウリングをおこし、勅使河原は同級生のことばが聞こえなかった。

「え、なに？」

耳に片手を当てた。

「そら明るい葬式やわ。あの子に受付なんかされたら死人も笑《わ》ろてしまうわ、て言うたんや」

「ロンドンでの葬式ちゃうさけ、かなしそうにしとるやろ」

勅使河原の符牒《ふちよう》に、ニューヨークでもジャカルタでもないしな、と彼女は返した。

高校時代の隼子は、よく人を笑わせるおもしろい女の子だった。〈ロンドンかニューヨークかパリかジャカルタかシドニーなどに住みたいとずっと思っていたので、このたびは大阪に住めてうれしいです〉という、高校一年の一学期の隼子の自己紹介はクラス全員を笑わせた。

〈そやろか？　ロンドンと大阪ではえらい差があると思うで〉と勅使河原が返して、さらにみなを笑わせたのが親しくなるきっかけだった。もうひとりの男子が〈パリとも差があるがな。ロンパリっちゅうくらいや〉と言って、当時流行《はや》っていたフローレンズのボーカルの顔真似をしてみせ、その彼のパフォーマンスをころあいのいいところでうまく止めてやった女子と、この四人で、グループというほど結束はせず、よく行動をともにした。

楽器を弾く者と絵を描く者とは、肩こりにいいというのでそろってバドミントン部に入った。芸大付属高校のバドミントン部だから気楽な部活動だった。放課後はいつもお好み焼きかきつねうどんを食べた。そのあとも、勅使河原は自宅で、ほかの三人は寮で夕食を食べた。あのころはとにかくよく食べた。

大阪城ホールでのイアン・マッケンジーの初来日公演に隼子と勅使河原はふたりで行った。公演後、興奮してしまったふたりは朝まで喫茶店でしゃべって、後日、寮長と風紀教師からこっぴどく叱られた。イアン・マッケンジーや喫茶店ではなく、ふたりの不純異性交遊を、寮長と教師は疑っているようだったので〈大人は不潔だ!〉というような怒りを、勅使河原も抱いたものである。今から思えば十代の通過儀礼である。

※

勅使河原がライブハウスの照明器具とマイクの配線をテストしているころ、隼子は長命から京都に向かうべく、私鉄電車に乗っていた。となりでマミはラジオを聴いていた。ウエストをねじって窓からの景色を隼子はながめた。ことこと走る電車の窓の向こうは、かつて色だけ見ればイギリスのゴルフコースのように一面のみどりであったが、現在は田んぼのなかに、にょきにょきと思い出したように新しいものが建っている。ゲームセンターや住宅や、なにか四角い大きな建物。

四月の夕方の、どこか悩ましい空気の匂い。どこか卑怯《ひきょう》そうな中途半端な気温。車窓から小山に沿った道が見えた。小山を一部えぐったように、蔦《つた》のからまる建物も見えた。

Mona。その建物の名前を、隼子はおぼえていた。装飾をほどこした斜めがかったイタリック体が青銅に彫ってあった。まだ営業しているのか、それともべつの目的の建物になったのか。

「ドミニク・コムズが十五年の刑を終えて刑務所から出てきたって。ニュースが入ったわ」

マミはイアホンを耳からはずした。ドミニク・コムズはアメリカ人の元女優。イアン・マッケンジーの最後の恋人である。彼女が彼をピストルで撃った。隼子がイギリスに旅行するためにパスポートの申請をしに行った日だった。ショックで旅行はとりやめた。

「そういえば、あのイギリス人の人はどうしたん？」

いつだったかの正月に彼女はイギリス人の男と京都に来ていた。隼子より五歳くらい上に見えたのに六歳も下だと知って驚いた白人。

「帰国しちゃったよ、とっくに」

いっしょに京都に来たのは、帰国前にKYOTO観光をしにきた彼のために、ガイド役をしただけだとそのときも言っていた。

「……の映画でカメラマンの役をやってた人に似てへんかった？　雰囲気とか」

「そうだったっけ。なんだかもう印象薄くて」

「オランダで撮った写真、たのしそうやったやんか」

イアンが殺されたショックでロンドン行きをとりやめたあと、すっかり気をそがれた隼子はその後もニューヨークへもパリへもシドニーへもジャカルタへも旅行しなかった。海外へは二回、仕事がらみでロサンゼルスと台北に行っただけだった。数年前、ふとオランダに行ってみたのは、幕末の出島についてのおもしろい随筆を読んだからである。ツアーの参加者のなかにイギリス人学生がいた。東京の大学に留学中で、オランダへは夏休みの旅行として来ていた。両親が裕福なのか、東京での彼の住まいは大きな一室だった。そこへ六回、隼子は泊まった。言語の壁によりたいした会話はできなかった。できないから、ダブリン生まれのイギリス人というところにイアン・マッケンジーを幻想することが、邪魔されずにできた。性的な行為というものは、一種の異空間でおこなうものであり、ならばそこでは、幻想はその行為の快楽を高めるために働いてくれる。

「手紙とか書かへんの？」

「終わったのになにを書くの？　しかもめんどくさい英語で」

電車は終点、中宮に近づきつつある。

隼子はまた窓の外に顔を向けた。マミは窓の外を見る隼子に顔を向けた。この町の、なにを彼女は見ているのだろう。この町に、なにを。

「隼子ちゃん……」

迷ったが、マミは同級生を呼んだ。

「うん？」

「恋してたんやないの？」

「コイ？」

同級生の表情は爽快《そうかい》だった。マミは先がつづけられなくなった。黙った。昨夜マイクの前で沈黙したように。

「コイって？」

「……イギリス人の人と……」

「ああ、まだ彼の話がつづいてたのか。好きだったよ。きれいな服を着ていればきれいだとか、あなたのどこそこは魅力的だとか、そういうことを本人に言うとなにか下心があると思われるのではないかっていう馬鹿馬鹿しい心配をしない人だった、のか、しない人種なのかよくわかんないけど、仲よくしてるときはたのしかった――」

しかし深浅にかかわらず、終わったことはすべて褪色《たいしょく》する。過去にはなつかしい場面も多くあるが、もどりたいとは思わない――。そう隼子はマミに言った。

「自分が状況や感情を処理する手段と力を持っていないのに、状況や感情に襲われてふりまわされる苦痛は二度とごめんだわ」

向かいの席の子供が開けた窓からの風で帆布の帽子が飛びそうになったのを、隼子は手でおさえた。

「過去は削除していかないと。さっと捨てなきゃ。荷物が多いのはごめんです、ってイアンもうたってたじゃない。済んだことは消えたこと」

そうかな。マミは同意できない。赤ん坊だった自分がいて小学生だった自分がいて中学生だった自分がいて高校生だった自分がいて大学生だった自分がいて局に入社したころの自分がいてレギュラー番組を持っているいまがあるのだと思うのである。富重との交際は卒業が清い終わりをもたらしたが、いまでも彼は海外の赴任先から年賀状をくれる。一年に一回、年賀状を見る一瞬だけマミは十四歳になる。キスどころか手もつながなかった、キスするよりも抱き合うよりも熱かった時間。空洞の上に現在があるわけではない。さまざまなかたちに積もった時間の上に現在はあるのだ。

お姉ちゃんのことを隼子ちゃんが好きやったのは、お姉ちゃんがみごとに時間の集積を忘れられる人やさかいで、あたし以上に隼子ちゃんはそれができひん人のような気がする。忘れられる人は、わざわざ捨てるなんてせえへんもん。忘れるんやから。

「そうかもね……」

だが、マミはなんとなく同意してから、ちゃんとおぼえている新幹線の発車時刻を隼子に訊くことで話題を変えた。

私鉄は終点で停まった。マミは隼子とならんでJR線への通路を歩く。〈恋してたんやないの？〉という自分の質問は、オランダで知り合ったイギリス人についてではなかった。

車中では、いや、車中でなくても、あの人について隼子に問うことははばかられる。二十年前の一月八日。自分は学校を休んだ。七日の夜、義兄のことで姉と口論になり、翌朝には義兄本人に憤懣《ふんまん》をぶちまけてひどい言い争いになり、とても学校に行く気分になれなかった。始業式のあとにあったことは九日の放課後に愛から聞いた。しかしほんとうはどうだったのか、二十年間マミは問えずにいる。

中宮。この駅を電車が離れてしまうまでマミは黙っていた。〈過去は削除していかないと。荷物が多いのはごめんです〉。この答えがきっと、この人の、あの人についての答えなのだろうと思い。

※

302号室を出た温子は、一台の車にピックアップされた。

佐々木高之は車をUターンさせて、ことこと走っている私鉄電車を追いかけるように中宮市のほうへ進む。

「このあたりも新しい家が増えたなあ。前はこのへん、一面の田んぼやったのに」

中宮高校へ、温子は自転車で通学していた。そのころはのどかな通学路だった。一カ所だけ、のどかさを破るところがあった。

「あのころは、なんや怖い建物やなあて思《お》もてた」

のどかな通学路は、長命と中宮とのちょうど中間地点で小山に沿った道となり、その小山を一部くり抜いたように、蔦のからまる煉瓦《れんが》の城もどきが建っている。Mona。ホテルの名前はそういった。

「むかしはここのこと、みんなで吸血鬼の館《やかた》やて言うてた」

観光客などいないのにホテルとしてやっていけるのだろうかとふしぎだった中学生のころ。

観光客が利用するわけではないことはわかったゆえに、恐怖感で外観がホラー映画じみて見えた高校生のころ。

そして週にいちどは、そんな吸血鬼の館に来るようになった現在。

「古いもんな、ここ」

佐々木は車のキーを抜き、ガレージから部屋へとつながる階段を先にのぼってゆく。

「そやけど、なんや風情があってぼくは好きや。古いけど掃除もゆきとどいたってええやんか」

佐々木は部屋に入ると冷蔵庫からビールを出して飲んだ。温子も飲んだ。

夫以外の男とのセックスは彼がはじめてではない。三人経験がある。三人とも新鮮さに興奮したが、肉体的な快感はほとんどなかった。

が、佐々木は前側位が好きで、温子も好きなのである。佐々木は膝座位《しつざい》が好きで、温子も好きなのである。佐々木は騎乗位が好きで、温子も好きなのである。もし佐々木が四肢《しし》位《い》が好きなら温子も好きだろう。膝肘廃位《しっちゅうはいい》が好きなら温子も好きだろう。懸縋位《けんついい》が好きなら温子も好きだろう。

つまり佐々木と温子は、体位の問題ではもちろんなく、肢体や顔のかたちの問題でもさしてなく、猥褻だと感じるベクトルが同じ方向へ同じ力で向いている男女なのである。性格も世代も知性も趣味も良俗の観念も似ているのに、このベクトルだけがまるでちがう男女もいる。温子と夫のように。

佐々木は結婚していないが、なぜもっと早くに彼と再会しなかったのだろうとは思わない。彼とはいっしょには暮らせない。経済的に豊かであることが前提であった環境で育った鷹揚《おうよう》な表情。それが温子は好きだが、そういう表情の彼とはいっしょには暮らせない。

「わたし、きっと佐々木くんのこと、はじめて見たときから好きやったんやと思う」

「はじめて見たときて、そんなもん二十五年も前のことやろ」

事前のベッドでふたりはヘッドボードにもたれ、ならんでビールを飲む。

「それにぼくは二年しか長小にはいいひんかった」

「そやけど……。印象は強かった。都会の人ていうかんじがした。さざ〜きの名、たかゆき……」

温子が小さく、そこまでうたっただけで、うわー、と佐々木は頭まで布団をかぶった。

「かんべんしてほしいわ。まだおぼえてんの?」

布団のなかから、くぐもった声がする。

「そやかて、佐々木くんかて、二年間しかいいひんかったのにおぼえてるやんか。あの歌は忘れへんわ。ほんまの歌詞よりおぼえてるわ」

さざきの名　たかゆき横浜　いい男
女にもてるキスされる　ほてりの学舎《まなびや》

手つながれて　気取る男よ
ああ　二枚目はつらい

「やめえ、て。ったく悪夢やったで、その歌うたわれたときは。塔仁原のやつ、一生恨んだるわ」

隣家同士の小学生は、そろって現在、町の名士同士である。かたほうはかつて、かたほうのマスクを取り上げた。

「どやった？　ファースト・キスの相手と二十五年目に再会した感想は」

「森本隼子か？」

「あーっ、やっぱり。やっぱりアイアイガサのとおり好きやったんやろ、隼子ちゃんのこと」

温子は布団をまくった。

「ちがうがな。今、そんな替え歌をうたわれたさかいにやがな」

給食当番だった九歳の日、今は市会議員の塔仁原に無理やり押しつけられたマスクに残った湿り気。佐々木はおぼえている。唇と唇をふれあわせたはじめての相手はほかにいても。

「好きやいうんなら、ハルちゃんのほうがずっと好きやった。三つ編みをうさぎみたいにおさげにして、かいらしかったやんか、あのころ。今もやけど」

佐々木は温子を両腕のなかに入れた。

「嘘ばっかり」

「嘘やない。森本隼子はかなんわ。かかわりとうなかった」

「えー、なんで？」

「なんでて、そう訊かれると困るけど……なんや、見とうないもんを見んとあかんはめになりそうなかんじがしていやや」

葬式で再会した感想というのであれば、小学生だったが自分の直感はまちがっていなかったというものになると、佐々木は言った。

「ふうん……」

温子は二十年前の噂を思い出す。

あの先生、なんていう名前やったかなあ。国語の……。すーっとした頬の。なんていわはったっけ……。あの人……。

「……あかん。思い出せへんわ」

思い出そうとしても、理科の教師の顔のほうが印象が強く、国語は濃い灰色系のスーツがぼんやりと浮かぶだけで、そのあとは、陸上部で練習もさしてせずにだべっていた日の、やたら広いグラウンドと木造の平屋校舎が見えてくる。

※

温子と佐々木がＭｏｎａで助走中のころ、三ッ矢の車は京都駅についていた。

三ッ矢は隼子を待っていた。〈何時の新幹線で帰るんや〉。葬式で会ったときは、知りたかったわけではない。なにか話さないといけないと思い、訊いただけだった。

〈そらあわただしい日程やなあ〉。それだけ言って三ッ矢は裏門から小山内先生の家を後にした。自宅で喪服を脱ぎ、ハンガーにかけ、ジャージの上下に着替えかけ、やめて、昨日、教え子の家を訪ねた服を着た。そして京都に向かったのである。

京都駅の、在来線から新幹線ホームへの乗り換え改札口は小さい。ここで待っていれば、隼子は来る。三ッ矢は彼女に謝りたかった。

「三ッ矢くん」

見つけたのは隼子のほうだった。喪服を脱いでいたので、見落としていた。

「葬式のとき、ろくに話できひんかったさかい待ってたんや」

もう新幹線が出ると言われたなら、それでいいと思っていた。隼子はしばらく黙っていた。

「荷物、持っててくれる？」

防水性の鞄を隼子は三ッ矢にわたし、身体の向きを変えた。変わらない。彼女のなつかしい言動だった。むかしも、過程を何段階も抜かして不意に結論を言ったり、したりした。

「チケットの変更をしてくるから」

ふりかえり、『みどりの窓口』をゆびさしたように、あとで過程を言うのである。

駅構内にある喫茶店で、三ッ矢と隼子は向かい合った。

「喫茶店てふしぎやな。こんなとこに入るくらいのことで、むかしはえらいおおごとやった」

なにを頼めばかっこいいか、どんなふうにスプーンをまわせば喫茶店に入り慣れているように見えるか、なにについて話せば相手に好印象を与えるか、些細《ささい》なことを些細な点まで悩んだ。もしあのころ、隼子とふたりで喫茶店に入ることになったなら、前日は徹夜してまで悩んだかもしれない。

「そういうことには森本はまるで悩まんかったやろうけど」

「そんなことないよ。三ッ矢くんより私のほうが、汚い手をいっぱい使ってたよ」

「汚い手？」

「そういう悩みって、ようするに実寸以上に見せる手段でしょ。汚くない？」

年をとるごとに手段を削ぎ落としていけるから、荷物が軽くなっていい。隼子は言った。

「そやな。ほんまにそや」

三ッ矢は同意する。自分にではなかったが、「汚い手」を隼子が使った相手もいたのだと思い、そう思ったことは、自分をかなしませはせず、ただなつかしく、そのなつかしさを自分はたのしめたからである。

「虎吉石屋、おぼえてるか？」

「おぼえてる。石山の」

「あそこの虎吉っさん、死なはってん。お葬式に行って、桐野さんに出よたわ。長命みたいな小さい町では、三十歳越すと、ひさしぶりに人と出会うのはみんな葬式や……」

このあと三ッ矢は気をつかった。ここで終わらせて隼子のほうから質問させぬよう、桐野が元気そうだったこと、結婚してふたりの子供の父であること、そのうち下の子は長命東小で、坂口進のいちばん下の子と同じクラスであることをつたえた。

「俺、関川高校でいっしょやったやろ。生徒会長やってはったわ、桐野さん――」

――森本は大阪の高校ではどないやったんや。三ッ矢はここでコーヒーに口をつけた。

＊

小瓶のビールに直接口をつけた勅使河原は、東洋芸大付属高校の同級生から訊かれた。

「今やさかい訊くけど、勅使河原くんと隼子は、高校のとき、なんもなかったん？」

「なかった」

質問をした同級生と、今日は来ていない男子同級生とはつきあっていた。隼子はだれともつきあっていなかった。さばけているようにふるまっているがじつは処女ではないのかと勅使河原は内心で推測していた。日常のなんでもないときに潔癖症的なしぐさや発言がぽろりと出たからだ。

「そう見られてるかもなあとは、ふたりでよう言うてたで。けど、なかった」

爾汝《じじょ》の交わりである。〈私はどうも母国語がだめで……〉。関西弁で話していると兄弟といっしょにいるようなかんじがしてしまい〈どうしても勃《た》たない〉と言われ、〈そうでっか、でっか、でっか、でんねん、でんねん、でんねん〉と言い返してやった高校の狭い屋上。

電車通学で出会う女子校の生徒に片想いしていた勅使河原の手紙を首尾よく彼女にとどけ、デートまでセッティングしてくれた隼子に無理やり食べさせられた納豆蕎麦《そば》。付属大学は東京だったから、さぞやすけこましとアムール、リーベとやってくれるのかと思い、そのときは相談でも協力でもしてやるつもりでいたのだが、〈泥酔してどうでもよくなったから〉というのが一件あり、その打ち明け話を聞いて以来は、隼子の色恋の事情を勅使河原はみな知っていた。彼のそれも彼女に知られていた。だが、先の一件と似たようなものがあともう一件か二件あっただけだった。

隼子がつきあった男というのは、今の会社に入社してずいぶんたったころにひとりだけだった。〈カレです〉と紹介された美術館の学芸員。同世代で似合いのふたりに見えたが、

〈ついてけない〉と言われてふられていた。〈ついていけないと思わせるようなことをしたおぼえはないんだけど〉と隼子は言っていたが。

勅使河原は、隼子の中学時代のことは知らなかった。

＊

京都駅構内の喫茶店。

「芸大付属のせいかみんなマイペースでね、他人のことをとやかく言わない、いやすい高校だった……。きっと向いてたんだろうな、とてものしかった。大阪の街も好きだった。小山内先生にはほんとうに感謝してる」

隼子は三ッ矢に、高校時代に笑ったできごとを二、三話した。それから小学校時代のできごとをひとつ話した。佐々木高之のことを。

「今からすれば、きっと佐々木くんのあれがよくなかったんだと思うわ」

いにしえのマスク媒体のキスの欲情は、すけこましのことばづかいの抗体になってしまった。西のことばづかいに誇り高い大阪の高校にいて、抗原の侵入はいっさいなかった。

＊

東京のライブハウス。

「隼子となかった？　ほんまに？」

同級生からもういちど同じ質問をされた勅使河原は、もういちど答えた。

「なかった」

「大学のときでも?」

「なかった」

あの女優がマッケンジーを殺さなかったら、あのとき予定をとりやめず、隼子といっしょにロンドンに行っていたら、非日常な異国で「あった」になったのだろうか。いや、こんな仮定は意味がない。「あのとき」というのはもう過去なのだから。時間の線は逆方向には歩けない。

「ほんまに?」

「ヒつこいなあ、もう酔うとんのか? とにかく、そういう仲とはちゃうんや」

音楽教師になったころ、勅使河原は大恋愛をした。それが現在の妻である。妻は隼子を心よく思っていない。目の敵にしていると言っても過言ではない。肉体関係のあったほかの女や、関係のできそうな女のことには目をつぶるのに、隼子のことだけははっきりと嫌う。

〈男同士の漫才コンビのようなつきあい〉であるとたとえ、〈なんでそんなに疑うんや〉と訊いたことがある。妻はそばにあった物をつぎつぎと投げて壊し、泣きわめいて答えた。

〈これっぽっちも疑ってなんかいない!〉と。

〈男女なのにそんな関係なのがいやなの! あたしが入れないから。あたしとはべつに対

等な高さにいるから〉

妻の答えは勅使河原には理解できないものだったが、世の中には、ある女とセックスをしたことよりも、セックスをしないことで、妻や恋人から怒られたり泣かれたりする男は存外、多いのである。

よって勅使河原は、会えば「バー・統子」に向かう車中での太田と塔仁原のような会話をするだけの隼子であるのに、甚だ理不尽ながら、彼女と会うことだけは妻にひた隠しに隠さねばならないのだった。

ぜんぜんわからへん。ならどうせえっちゅうんや。あいつとヤれっちゅうんか。そんなもん、いまさらできるか。

勅使河原のわけのわからなさや憤りを、イアン・マッケンジーはいつも掬《すく》いとってうたってくれた。彼は隼子に勝るマッケンジーのファンだった。あの譜面。彼の天才には、ピアノをじっさいに弾く者ほど、それも本格的に弾ける者ほどたちうちできないことを知らされる。

「ピストルでイアンを殺したドミニクとかいう女、なんちゅうことしてくれたんや、ワレは！」

ライブハウスのステージで、勅使河原は追悼式の口切りをした。

＊

京都駅構内の喫茶店。

テーブルの下で時計を見た隼子は、イアン・マッケンジーの追悼式がはじまったと思った。

「三ツ矢くん、中学校のとき、イアンのTシャツをくれて、どうもありがとう。まだ持ってるよ」

まだ持ってるよ。三ツ矢は、電話から聞こえてきた隼子の声を思い出す。二十年前の声のとおりに思い出せはしない。だが、現在を過去に重ねてみるのである。自分がもっとも醜かったあの日、隼子は電話で言った。〈まだ持ってるよ〉。ペンギンがかき氷を食べている暑中見舞いのカードについて。

あのカードも持ってるか、とは訊くまい。隼子はイアン・マッケンジーが好きだったのである。

「そうか。ずっとファンなんやな」

「ええ、音楽が。むかしのように彼の音楽と彼自身を同一視することはできなくなったけれど」

「そんなもん、できんようになってよかったやないか。そんなことといつまでもしとると、あいつを鉄砲で撃った女みたいになるがな。いくら恋人やったからて、どうかしとるわ、ああいうのは」

「……どうかしてることを恋というのよ」

わはは、ちょっと気障《きざ》だった？　わはは、の部分は読むように言って、隼子は立ち上がった。

「もう行く」

肯いて三ッ矢は伝票を持った。

「ここはぼくがおごるわ」

「いいよ。そんなの」

「〝ワリカンにしとこうよ〟て、たしか、そんな歌もあったな。そやけど、ここはぼくがおごらんとあかんねん」

三ッ矢はようやく切り出せた。

「あのときは悪かった」

隼子と立って向かい合い、三ッ矢は彼女に謝った。

「いいの」

隼子は帽子をかぶり、鞄を持った。

三ッ矢はコーヒー代をふたりぶん支払った。

「コーヒー、おいしかったよ」

新幹線ホームの乗り換え口手前で、隼子は三ッ矢をふりかえった。発車時刻にまではまだすこしあった。

迷った。二十年目のコーヒー代を彼の充足にすべきなのか、自分の充足にすべきなのか。彼の幸福はどちらなのか。

「始業式の日の黒板は今のコーヒーで消えた」

隼子にそう言われ、三ッ矢からようやく消えた。第一グラウンドと第二グラウンドのあいだにあった焼却炉に、泣きながら捨てた姉の下着と『交歓生活』が。

「それだけやない。ぼくは……」

「いいの。それだけで」

乗客の往来を避けて、隼子は壁ぎわに身をひいた。

「私、長中の卒業アルバム捨てたから」

硬い厚紙の表紙で装丁された写真集。それは容易に燃やせるものではなかった。いちども表紙をめくることなく、そのままごそっと捨てた。

「…………」

三ッ矢は迷った。卒業アルバムを捨てたという隼子の告白について。

積立金まで徴収されていた立派な写真集を捨てたのは、見たくなかったからである。見たくなかったのは自分なのか、それともべつの男なのか。捨てた理由が、前者と後者では正反対になる。

「桐野さんは学年がちがうから写ってへんで……」

そこまで言って三ッ矢は、後者が答えであることを知った。隼子の眉間《みけん》が寄り、鞄が床に置かれたことで。

「そうか」

「ええ。そう」

「あれから……」

あれから先生と連絡してへんかったんか。訊きかけて三ッ矢はやめた。連絡せず、どうしたかも知らないから彼女は卒業アルバムを捨てたのである。彼を忘れようとして。

「あれから……ほかの学校にも行かはらへんかった。ぼくとこは、そういうことはみんなわかるんや。あんなことしてしもて、ぼくのほうが気になって調べたけど、市教委ででも県教委ででも行き先はわからへんかった。たぶん、辞めてすぐに県外に引っ越さはったんやと思う」

彼も彼女を忘れようとしたのだと、三ッ矢は知った。

「行き先なんかどうでもいいの。すぐに顔を忘れたわ。写真持ってなかったから」

隼子は帽子を脱いでポケットに入れた。

「そんなことは削除したから、なくなったの。卒業アルバムを捨てたことを言ったのは、嘘をついているのに耐えられなくなったから」

こんどこそ行くね、と隼子は改札を抜けた。

「墓場まで持ってけってよく言うけど、二十年でギブアップだった。ドミニク・コムズさんだって十五年で刑務所を出られたんだから、もう時効だと許してもらおうって、いまだに汚い手を使ってしまった」

すみませんでした、と隼子はゲート越しに謝った。

「森本」

ゲート越しに三ッ矢は同級生を呼んだ。

「そら、あのときやったら嘘つくのがあたりまえや」

「ありがとう」

二十年前には夜毎に妄想した唇の両端が上がった。

恋をしていたあのころがあるから、妻を心から愛しているのである。隼子の微笑が三ッ矢にはなつかしかった。とてもなつかしかった。

※

新幹線の座席で隼子は、ペンギンがかき氷を食べているカードを思い出していた。

あのカードは焼いた。始業式の日、コニー文具店の脇に停めてあった自転車に乗って帰ってすぐに。

　あの日はそうでもしないと怒りが鎮まらなかった。あんな激昂《げっこう》はもう二度と味わいたくない。

〈あんな苦痛は二度とごめんだわ〉。私鉄電車でマミに言ったことは真実である。三十四歳になった三ッ矢と話せてよかった。カトリックがなぜああもヨーロッパで信徒を増殖したかがわかるような気がする。告解は凡夫を救う。

〈あれから……たぶん、辞めてすぐに県外に引っ越さはったんやと思う〉。三ッ矢は言っていた。消したのである。彼は自分を消した。自分も消した。

　にもかかわらず河村礼二郎という名前に期待した一瞬がなさけない。

　河村礼二郎。同姓同名の別人の写真を、隼子は社内報で発見した。先週である。新年度になった四月はじめ、各部の新入社員が紹介されていた。

　自分が大勢の中のひとりになってしまう都会に住みたいと願っていた隼子は、同じような理由で現在の会社の就職試験を受けた。母体規模が大きければ、社員は自分がごく小さな駒だと感じる。

　この企業の社員である意識すら希薄だったから、入社以来、ろくに社内報を読んだことがなかった。というより社内報そのものを見たことがほとんどなかった。個人ユーザー向けのオーディオ機器を扱う自分の職場には、一冊しかまわってこなかったのではないだろうか。

最新報にかぎって読んだのは、二枚二つ折り八ページの第一面に大きく【パーソナルソリューション事業第3本部・環境推進部】と印刷されていたからだ。

四月から隼子は【パーソナルソリューション事業第3本部・意匠部】に配属されたのである。

中期経営計画に基づく数年がかりの事業再編がおこなわれており、今年度は大幅な組織改正と人事異動が実施された。これまでは製品ごとに開発部やマーケティング・リサーチ部や販売促進部や意匠部などが設けられていた。だから隼子もオーディオ機器事業部のなかにある意匠部に通勤していたのである。隣室はオーディオ機器の販売促進部だった。敷地内の社員食堂では、アジアにある組み立て工場に送るマニュアルを製図している社員や顧客配送管理の業務をしている社員と出会うこともあった。だが同じ企業であっても、まったくべつの場所で仕事をしている、コンピューターの開発にかかわる社員にもステーショナリーにかかわる社員にも会わなかったし、法人ユーザー（学校、映画館、企業団体等）向けのオーディオ機器事業部の社員にさえ会うことはなかった。組織は縦断されていた。

それが今年度からは、むろんあるていど製品別の大きなグループわけがなされているものの、その大きなグループ内で事業分野を横断する組織体制になった。オーディオからゲーム機も含めた情報通信機器全般およびそのソフトウェアの開発企画から販売までの、個人ユーザーに特化した部門が【パーソナルソリューション事業第3本部】である。勤務地は、臨海の埋め立て地にある大手船舶会社所有ビルの23階。月曜からこの場所に通う。大幅な組織改正だったので移転作業がなかなか終わらなかった。

「環境推進部」は【パーソナルソリューション事業第3本部】が受け持つ製品の個人市場における普及を間接的に進めるための業務をしている部である。部署名はちがったが数年前から臨海のビルにおかれていたらしい。同じ企業の社員でありながら、社内報を読んで隼子ははじめて知った。読んでいる隼子の手元を覗《のぞ》きこんだ意匠部の上司が〈新旧メディアとのタイアップ製品やイベントの企画も多いから、これからはウチとは繋《つな》がりの深い部になるんじゃないの〉と教えたので、さらに読み進めた。そして新入社員の名前を発見したのである。

河村礼二郎。卒業アルバムを捨てても、その名前はCPUから削除されなかった。まさかと思い、社内報に印刷された文字に見入った。

あのときの期待を、時速250㎞で走る乗物のなかで隼子は恥じる。消したのに、なにを期待したのかと。隼子の羞恥を煽《あお》るように、河村礼二郎の写真がつるつるした上質紙に載っていた。いかにも若く明るい笑顔。記載された生年は、隼子よりひとまわり年下だった。同じ干支《えと》。もう自分はとっくに「若い女の子」ではなくなっているのだと痛感させられた。

【心はいつも太平洋ぜよ。龍馬と同郷。太平洋に近い職場でガンバるぜよ】二十三歳の男の子のコメントが、くりくりした大きな瞳《ひとみ》の写真の下についていた。このかわいい男の子に、月曜日には会っていっしょに仕事をするのである。『クリックしてわかる経済予測の基礎理論』。計量経済学の基礎や実践的な経済予測について書かれた本と、本の主旨をシミュレーションできるという著者監修のロールプレイングゲームをひとつにパッキングした商品のデザイン。これが月曜からとりかかる隼子の業務だった。

オーディオ製品を紹介するパンフレットや製品を入れる容器のデザインを多くてがけてきたので、隼子の読んでいた社内報を覗きこんだ上司が「環境推進部」に彼女を推薦したのだった。

「23階か……」

明日から通う職場の階数と、明日に会う新入社員の23という年齢の数字に隼子がためいきをついているころ、Ｍｏｎａで、温子と佐々木は心搏《しんぱく》数の高い息を吐き、汗をかいていた。

＊

すこし寒さを感じ、隼子はフックからウィンドブレーカーをとってはおった。時計を見る。勅使河原の追悼式の進行はうまくいっているだろうか。

〈なんでそんなことすんねん。そんな怪我までして。あとで自分がいやにならへんか〉

泥酔した深夜、病院で勅使河原に言われた。

その夜、隼子は男とホテルの部屋にいて怪我をした。フロントは119と110と両方に電話し、110から隼子の親戚として勅使河原に連絡が入り、従兄弟《いとこ》として彼は病院に来てくれた。

〈好きでもないのに、なんでそんなことをすんねん〉

〈好きでもないことない〉

〈同《お》んなじやろ〉

〈ちがう。この人なら、ってちゃんと考えた〉

〈この人なら、じゃあこの人なら、じゃあこの人では、と思《お》もたて言うんやろ。同んなじや。前に聞いたあいつとも、それにこないだのあれかて、怪我はせえへんかったけど、やってることは同んなじや〉

〈ちがうよ〉

〈なにがちがうちゅうねん、同んなじや〉

〈ちがうもん……〉

泥酔してそういう場所に行ったのは同じだが、勅使河原の言う「あいつ」とも「あれ」とも、ただ助走で終わった。もうひとりほかの「あいつ」とも、さらにほかの「あれ」とも。四人には平身低頭、謝った。四人とも喫煙者ではなかったが、飲食店やパチンコ店等で彼らの髪の毛には副流煙や、なにかを揚げる油や、魚を焼く煙の匂いがしみこんでいた。それが耐えられなかった。髪を洗ってくれ、歯をみがいてくれと頼めるだろうか。そういう場所で。自分が恋していないように相手も自分を恋してはいないことがよくわかっている相手に。

〈ちがったもん〉

ちがった相手とは行為に及んだ。彼は歯をみがき、風呂に入り、髪も洗ってくれたのである。

やさしい性格の男性だった。隼子は彼に中学時代の話をした。寒い日のできごとを、彼女はだれにも話したことがなかった。勅使河原にも。それを、知り合って日の浅い彼に話したのは痛飲のせいであり、が、痛飲していなければそういう場所には行けないのである。ビールグラスについだワインを、水を飲むように飲みながら話した。

セ氏三度の午後、中島に体育館に呼び出された。卒業式を目前に控えていたが、中学三年生時の隼子の出席日数では補習授業をいくつか受けないと卒業できなかった。英語と理科と数学は卒業考査前に受け、考査後に体育を受けた。

〈おまえらほんまに根性がたるんどるわ。けど、しょがない。縄跳びをしてもらおか。二重飛びを十五回連続で失敗せんとやれたら、三学期の体育はぜんぶ出席にしといたるわ〉

夏季用のシャツとブルマーで来るように指定されていた。体育館には、隼子のほかにも、病弱であったり家庭の事情で体育の授業を多く欠席した女子生徒が数人いた。彼女たちは、なんどか失敗したのにもかかわらず、ほどなく合格を出され更衣室に帰った。隼子はなんど跳んでも十四回目で足が縄にひっかかった。

〈あと一回や。失敗すんな〉

中島が大声で言ってはそばに寄ってくるため、プレッシャーがかかって足首に縄をひっかけた。セ氏三度の冬だというのに、汗びっしょりになった。

〈ゆれとる、ゆれとる。森本は何カップや〉

中島のにやにや笑いを無視するのに、よけいに体力を使った。やっと十五回跳んだ。

〈東洋芸大付属に合格したんやて？　なら卒業せんわけにはいかんやろ〉

ようやく中島は合格を出してくれた。

〈これ、かたづけとけ〉

ほかの生徒の縄跳びもいっしょに体育用具室に持って行かされた。

跳び箱とマットの向こう側に、たくさん縄跳びが入っている箱があったので、運んできた縄跳びを、まずたたまれたマットの上に置き、一本を、箱に入っている縄跳びの状態のように小さくまるめ、跳び箱の手前から箱に放り投げた。三本目をまるめようとしたとき、左右の上腕が締めつけられた。

ぐったりとしていた隼子は、さいしょ自分になにが起こったのかよくわからなかった。

顎を下げ、自分の胸部を見て白い縄が上半身を縛っていることがわかったが、そのときはバランスを失ってマットに倒れ、膝に痛みを感じた。動作緩慢になっている隼子の口に手が入り、前歯と前歯のあいだにタオルが入り込んできた。延髄でタオルが結ばれる音が耳につたわり、脂《やに》の臭いが鼻孔に流れ込んできた。背中に重みがのしかかった。

マットに押しつけられた顔をまげて自分の上に乗っている者を見た。恐怖や嫌悪といったなんらかの感情をおぼえる前に、意味がわからなかった。それは夏目雪之丞だったのである。まったく意味がわからなかった。彼がなぜここにいるのか、彼のような者がなぜこうするのか、意味がわからなかった。

〈さわぐな〉

〈東洋芸大付属に受かったんやろ。ここでさわいだら、せっかく受かった高校へ行けへんようになる〉

〈またああいう噂がたつだけや。大阪の高校でも〉

隼子の膝をまげ、ふくらはぎを撫でながら夏目は言った。彼の言い分は冷静になればおかしなものであったが、意味のわからなさに気が動転していた中学生には充分脅迫になった。

〈火のないとこに煙はたたん〉

濡れた舌がふくらはぎを這う感触がした。

〈ほんまはヤってたんやろ?〉

唇が耳をこすった。

〈おまえが誘《さ》そたんやろ。この足で〉

太腿《ふともも》を撫でまわされる気持ち悪さよりも、顔をマットに押さえつけられ、マットにしみこんだ数十年にわたる生徒の汗と、数十年にわたる生徒の上履きが踏んだ塵《ちり》の「臭い」への気持ち悪さのほうが隼子にとってははるかに強かった。顔と髪をエタノール液で洗いたくなった。が、

〈せっかく教員採用試験に受かったのにかわいそうに。人の人生を台無しにして。おまえのようなやつは何回でも縄跳びをさせられてたらええんや〉

こう言われたとき、隼子の意識は臭覚から逸《そ》れた。

〈この足で誘われたら、そら若い男なんか……〉

ひとたまりもないという意の、卑俗な形容を耳に流し込まれると、自己嫌悪感で全身に鳥肌がたった。夏目の発音の汚らしさは、自分が本当に汚らしい人間であるように中学生には感じられた。

ブルマーのゴムのあいだから夏目の手がなかにはいりかけたとき、ようやく自分にふりかかっている事態の全貌《ぜんぼう》を把握した。夏目を蹴《け》ろうとしたが、足首を摑まれ反転させられた。マットに仰臥《ぎょうが》したままなんとか腕を上にあげ、胸部に巻きつけられていた縄から抜け

た。とたんに夏目は真正面から抱きついてきた。その煙草の脂の臭いで胃の腑《ふ》のものがすべて喉から出そうになった。やみくもに腕をのばした。

指がなにか硬いものに触れた。それを握り、隼子は夏目の背中にふり下ろした。押さえつけられていた力が弱まった。もういちどふり下ろした。彼とのあいだにすきまができ、隼子はタオルで猿ぐつわをされたまま体育用具室から走り出た。出るさい、夏目の背中にふりおろした物がごとんと床にころがった。それは卓球部の練習で毎日使用した、ボウリングのピンをほそながくしたような謎の物体だった。

寒い日のこのいやなできごとは、だが、皮肉にも隼子の早熟な懊悩《おうのう》を救ったのである。解《し》ってしまった肉体の恍惚への切望を消失させた。結果的に彼女は〈高校を卒業するまでだれともヤるな〉を守った。

身を呈して教育的指導をしてくれた夏目先生でした、と、ホテルで隼子は男にセ氏三度の日のできごとを、細部は省略して話した。自嘲で話し終えたのは、〈自分が状況や感情を処理する手段と力を持っていないのに、状況や感情に襲われてふりまわされる〉年齢ではなくなった者の客観だった。

話を聞いた男は隼子の臭覚の潔癖症を理解してくれた。喫煙者だったが、彼女が喫煙自体を嫌っているわけではないことも、むろん天麩羅《てんぷら》や焼魚を食することを嫌っているわけでもないことを、ほほえみながら理解してくれた。だから歯をみがき、風呂に入り、髪も洗ってくれたのである。

ただ彼は誤解した。行為が助走から踏み切りへと進行し展開し、誤解によって暴力に至った。彼は、夏目の話を文学少女の複雑な初恋だと誤解したのである。

＊

Ｍｏｎａ。温子と佐々木は事後にシャワーを浴びて、ヘッドボードにではなく枕に頭をのせ、ならんで仰臥していた。

「隼子ちゃんとはずっと会《お》うてへんかったん。お父さんが死なはったときも、お葬式は関川やったし、うちの母親が葬式に行ったん。わたしは子供の手《てえ》離せへんかって……」

温子は園児や自分の子になんども読んでやった童話の主人公の名前を思い出した。【金色の鹿にまたがって朝の森を散歩するのがレイは大好きです】。さらに思い出した。

「思い出した。レイチャン。レイチャン先生」

「レイチャン先生？」

佐々木が首を温子のほうに向ける。

「生徒にそう呼ばれてはった先生がいはったん。国語の若い男の先生。それで、ちょっとようない噂がたって……」

「ようない噂？」

「うん、あんな……」

2—7だった陸上部の女子から二十年前に聞いた話や噂を、温子は佐々木にした。と、佐々木は温子の予想にまったく反して大笑いした。

「なにがおかしいの?」

「笑わいでか。んなもん、ヤってたに決まっとるやないか。森本隼子やで、相手は」

「なんでわかるの、そんなこと。小学校のときしか知らんくせに」

今朝、現在の隼子を葬式で見た。小学校三年の隼子を佐々木は克明におぼえている。十四歳の隼子は近くでよく見たことがない。にもかかわらず、現在から小学生時代の隼子を思い出すより、十四歳の隼子を想像するほうがはるかに容易である。十四歳の女が成熟していることを、彼は職業柄知っている。

「栴檀《せんだん》は双葉よりなんとかて言うやないか。あいつはな、ド助平や」

femme《ファム》 fatale《ファタル》をドイツ語に訳せば単純にfatale frauになるのかどうか。ともかく関西弁に訳せば確実にこうなる。

「えー、そんなかんじ全然せえへん。中学校のときかて、女の子だけのいやらしい話がはじまると隼子ちゃんは恥ずかしそうに逃げてしもてはったで」

自分も逃げていたことを付け加えて温子は当時を佐々木につたえた。彼は温子を抱きしめた。

「そらそやろ」

「なんで、そらそやろなん？」

「そやかて、そらそやがな」

スタッカートの息が温子の耳にかかる。

「トラックマラソンのトップとびりは、よう同《お》んなじとこ走っとるやろ」

「信じられへん。そう聞いたかてそうは見えへんわ。統子ちゃんと混同してへん？」

温子は統子の話をしたが、佐々木は彼女のことはいっさい忘れていた。

「そうは見えへんちゅうのは、ある種の、ある一定の種の男だけが反応するからや。それを本人が小学生のうちから自覚しとったかどうかは知らんが、しとらんならどっかでよう知っとったんや。そやからいややったんや」

「そんなん、みんなそうとちがうの？　好みのタイプにだけ反応するてゆうことやろ？」

温子が言うと佐々木はまた大笑いした。

「もう、なにがそんなにおかしいの」

「たいへんやで、あんな女のタイプになるのんは。ぼくはぜったい遠慮しとくわ」

葬式のあとに佐々木は笑いつづけた。二十年前に隼子が身を伏したベッドが設置されていた場所で。

あまり笑いつづけるので温子はすこし気味が悪くなった。

＊

となりの席の乗客のいびきのすさまじさに隼子はすこし気味が悪くなった。呼吸器になにか障害があるのではないのか。怪我をしてから数年後に知り合った美術館の学芸員も、すさまじいいびきをかいた。精密検査をすすめたがきいてくれなかった。親友の勅使河原も〈いいやつやないか。あれならいいわ〉と太鼓判を押してくれた男性だったが、別離を告げられた。〈ついていけない〉と彼から言われるようなことをしたおぼえはない。性格も世代も趣味も良俗の観念も、みな合っていた。温子と彼女の夫のように。一点をのぞいては。

※

西から隼子の乗った東海道新幹線が、東京まであと約三十分の距離に来たころ、北から河村礼二郎の乗った東北新幹線も同程度に東京に近づいていた。

二日間の出張の帰りである。『クリックしてわかる経済予測の基礎理論』の著者とゲーム作家である著者の友人は東北に住んでいた。

テーブルの上に開いた書類を河村は見つめる。ｌｏｇについての辞書からのコピーである。原稿に頻出したｌｏｇ。ｌｏｇａｒｉｔｈｍ。

【正の数aおよびNが与えられたとき、$N=a^b$という関係を満足する実数bの値を、aを底《てい》とするNの対数といい、$b=\log_a N$で表す。Nをbの真数という。10を底とする対数を常用対数といい、$\log_{10} N$で表す。対数を使えば、桁《けた》数の多い多数の数の乗除を加減法で行なうことができる】

　精密機器やコンピューター関連の商品を製造販売する株式会社の社員がすべて理学部や工学部を卒業しているわけではない。そういう者はむしろ少数で、そういう者は丸の内でも臨海でもないところにある、社の研究室にいるのである。

　文学部の受験のさいには sine cosine tangent を目にしなかったが、入学後も卒業後もなんらかの機会に目にすることがあった。現在でも、ある。だがｌｏｇは機会がない。さいしょ著者原稿でこれを目にしたとき、河村は射られたような郷愁をおぼえた。ああ、たしかに……。たしかにやった、これ。原稿を前にしてつぶやいた。

　通過した駅のように後方に行ってしまった時間のなかで、自分はたしかにｌｏｇを使った数学の問題を解いた。学生服を着ていた。黒板。埃《ほこり》の舞う放課後の教室。ブラスバンド部が練習する吹奏楽器の音。かまびすしい女子の嬌声。がちゃがちゃと筆記具をしまう音。そのころにｌｏｇは河村の日常に在った。

　学生服を脱いだｌｏｇのない日常には、海があった。山もあった。森も湖もゲレンデの雪もネオンライトも高速道路も。それらを背景にして、直進する欲望があたりまえのようにあった。

なのに多くのものが後方に行ってしまった。長いあいだ河村の時間にlogはなかった。

欲望がかなしみを湛《たた》えるようになるまで。

時速250㎞で走る乗物のなかで、河村は紙に印字された「log」を見つめていた。

※

月曜。

臨海のビルの23階から22階へ、隼子は意匠部の上司とともに階段で下りていった。

23階に入っていた電話会社の移転が遅れ、もとの事業部に所属していた意匠部の移転も
三回に分けておこなわれた。隼子がこのビルに来るのははじめてである。

「まいるよね、こんどの引っ越しは。さっさと終わってくれなくて困った」

先にこのビルに越してきていた上司は言った。

「そうですね。混乱しますね」

階段を下りながら隼子は肯《うなず》く。

＊

22階で、河村は出張中にあった連絡事項に目をとおしていた。

「意匠部の森本さんという人がもうすぐ来ますが」

連絡事項を箇条書きした用紙をわたしてきた青年が言った。

「もうすぐ？　明日じゃないのか？」

用紙には「火曜十一時。意匠部（森本）」と記されていた。出張先から電話したときも彼は火曜だと言っていた。

「すみません。今日です」

自分のミスをしきりに青年は詫《わ》びた。

もう来る。

河村は青年に背を向けた。

河村礼二郎。彼は東京都出身である。坂本龍馬と同郷なのはミスを詫びた新入社員で、彼の写真と自己紹介文の上に添えられた名前は社内報の誤植であった。なぜか本人と直属上司の名前が混同されてしまったのである。

＊

河村は長命中学を辞めたあと、東京にもどった。隼子から離れようとして。

二ヵ月、父親のマンションにやっかいになり、部屋を見つけ、いくばくかの退職金と失業保険と高校受験を主とする予備校の講師のアルバイトでその年を過ごし、この会社に入った。そのころ会社は、専門知識のある人間のためだけの道具だったコンピューターを一般の個人が操作しやすいものにする独自のソフトウェアを開発して高収益をあげていた。自社独自の操作キーボードも好調な売れ行きだった。これらの製品の開発と普及に大きくかかわったのが「情報通信機器事業本部」にあった「情報通信機器周辺―B室」という旧部署である。そこに河村は配属された。

だが日進月歩の商品を取り扱う以上、市場はめまぐるしく変化する。他社が数社結束して対抗した。海外を含む数社共通のソフトウェアが発売された。独自性は互換性を欠く憂き目となった。ならば、さらに対抗策を企業はとる。策は、要約するなら「うちも、まぜてえな」である。これが企業の社交である。と、精彩を失ってしかりだった「情報通信機器周辺―B室」だが、ここにはある社員がいた。河村のはじめての直属上司だった男性である。彼は、すでに確保した根強い個人ユーザーは手放さない販売ルートをうちたてた。彼は若々しい思考力の持ち主で、過去の成果にすがることなく、コンピューターのみに固執することがなかった。個人をユーザーとする製品を総合的に連動させて売る河村の企画にも、河村のキャリアの浅さを軽視せず、それどころか肩をならべて企画をつめ、すべて成功させ、臨海のこのビルにもうけられた【パーソナルソリューション事業第3本部】の総合部長になった。「環境推進部」はもとの「情報通信機器周辺―B室」から移った社員がほとんどを占める部署である。

組織改正により「環境推進部」と連携することになった「意匠部」の部長から、河村が電話連絡を受けたのは先週の木曜だった。

〈だれかいないかって、こないだ訊かれたあのゲーム付きの本ね、うちのモリモトくんって子にやってもらおうと思ってるんだけど。モリモトジュンコ。まだこっちのビルに机が来てないんだけどさ、来週には引っ越せるから〉

フルネームを聞いて、まさかと思った。字を聞いてさらにまさかと思った。出身地を訊《き》くと大阪だと言う。〈大阪？〉。河村が東京から出たことがなければ相手の言ったことを疑わなかっただろう。が、何年かは出ていた河村は疑った。だから社内電話の相手に彼の出身地を訊いた。彼は東京から出たことがないと答えた。ならば彼が、部下の出身地がどこであろうとも関西の府県はみな大阪だと記憶する可能性は高い。自分にも経験がある。

社内連絡のあと、すぐに人事部に問い合わせた。当然、プライバシーにかかわることにはいっさい沈黙された。

金曜。出張に行く前日、ためらったが、もとのオーディオ機器事業部のある都下のビルまで、河村は口実を作ってたしかめに行った。この事業所の販売促進部に「B室」から移った親しい社員がいる。以前、彼を訪ねたとき、パーテーションで仕切られたとなりは意匠部だと聞いたことがあった。

移転作業中でばたばたしているフロアで河村に留意する人間はだれもなく、積み上げられた段ボールが彼のすがたを隠してくれさえした。それでもパーテーションのすきまに目を当てるのを、またためらった。

〈森本さん、これ捨ててしまっていいの〉。パーテーションのすぐ向こうで声がした、河村は身を硬くした。そして聞いた。〈いいよ〉。かつてのとおり素っ気ない声。まちがいない。河村が知っている森本隼子である。

二十年前、自分はどうかしていたのだと河村は思ってきた。どうかしていた二十年前の、あのときの時間の密度は今の数倍ある。あのときの一学期は三年だった。一カ月は一年だった。どうかしていなくなったときに、どうかしていたときの相手を見るのは怖かった。客観に主観を容赦なく否定されることは怖かった。

そして、目をあてた。不安は感謝に変わった。思わず深い感謝の息を吐いた。何に対する感謝だったのかはわからない。感謝したのである。彼が見た人間は、たしかにもう少女ではなかった。芳紀も過ぎていた。だがあのころのかんじのまま、そのまま二十年を経てそこにいた。

佐々木高之が小学生時代の彼女を思い出すよりも容易に十四歳時の彼女を想像できたように、三ッ矢裕司が現在を過去に重ねられたように、河村は彼らとは逆に、過去を現在に重ねられた。

金曜日に、しかし河村は隼子に声をかけられなかった。現在の彼女を見たつぎには、現在の自分を彼女が見るのが怖かった。

＊

月曜の臨海は晴れている。まだ二十四時間の間があると思っていた。今日のうちに自分から隼子に連絡するつもりだった。

「河村さん？」

新入社員が後方から心配そうに呼んだ。またミスを詫びる。

「すみません、あの……」

「いや、いい。そのことじゃないんだ。ちょっとべつの考えごとをしてしまっただけだから……」

河村がふりかえると、青年は無邪気にほっとした表情を見せた。

もう来る。

果たして22階のドアが開いた。ドア近くの社員が自分の名前を呼ぶ。河村は資料を持ち、ドアのほうへ進む。うつむいて歩いてゆく。

＊

「環境推進部」の河村がフロアをこちらに歩いてくるのが隼子に見えた。

さいしょはグレー系のスーツが、それから脇にはさんだ茶封筒が、それからうつむいているためにすこしゆれている硬そうな量の多い髪が、そして顔が見えた。

「どうも、河村くん」

上司が彼に言った。

隼子は立ったまま、そのままほかになにもできなかった。歩いてきた男はひとまわり年下の新入社員ではない。すぐにわかった。〈いいの。すぐに顔を忘れたわ〉。また三ツ矢に嘘をついてしまった。

河村と隼子は向かい合った。ただ立っていた。

「どうしたの？　ふたりとも」

隼子の上司が互いにふたりの顔を見た。

「どうしたの？」

上司に肩を叩かれても、隼子は返事ができない。

ドアの脇にあるソファに上司はすわった。

「どうしたの？　すわろうよ」

彼に言われ、隼子が社内報で見た顔の青年が、立ったままのふたりを残し、遠慮がちにすわる。

「……龍馬と同じ出身地の人は……」

社内報に記されていた印象的な部分を、隼子はぼんやりと口にした。

「あ、ぼくです。鳥居《とりい》といいます。そうか社内報をご覧になってたんで驚かれたんですね。あれ、誤植なんです」

「社内報の誤植？」

ソファにすわった鳥居は社内報の話をし、隼子の上司はのびやかな笑い声をあげた。隼子と河村は立ったままだった。

「眼鏡かけるようになったの？」

ようやく河村は隼子に言った。それが二十年目の第一声だった。そしてすわった。

「森本くんも早くすわったら。話できないじゃない」

「はい……」

すとんと、隼子の身体はソファに墜《お》ちた。

デザインについての本題に入る前に、東北から新幹線を使わず、在来線を乗り継いで東京にもどるにはどうすればいいかを、鳥居が三人に教えた。彼は日本全国の在来線がどのようにつながっているのかをすべて暗記し、自分が通過した駅はすべて写真を撮っている。

「いろんな線がつながっていくのを見ているのはたのしい。だからぼくはこの会社に入社したんです」

コンピューターのCPUとディスプレイやキーボードやモデムや電話回線をケーブルでつないだり、ヴィジュアル機器とオーディオ機器をつないだりするのがひとえに好きだという鳥居の声は、二十年前の社会の授業中に倒れて保健室で聞いた校医の声のように遠いところで流れていた。

隼子は驚いていた。

葬式で温子と頼子に会った。みな、やさしいお母さんとおかみさんになっていた。三ツ矢はいい先生になっていた。みなそんなに風貌に変化はなかったが、雰囲気が変わっていた。塔仁原にも会った。佐々木高之にも会った。出棺後に来た太田にも会った。彼らは、雰囲気は変わらなかったが、風貌が変わっていた。木内みなみも来ていたと太田は言ったが、彼女は姓も雰囲気も外見も激変していたので、来ていたことに気づかなかった。その翌日に河村と再会したのである。再会したこと以上に彼が変わっていないことに驚いたくらいである。むろん二十年前とまったく同じではない。年月をたしかに経ている。しかし、かんじがまったく変わっていなかった。女体は胴のくびれに、男体は臀と腿を区切るラインに、女性の顔は目元と首の皮膚の皺に、男性の顔は耳朶《じだ》から顎にかけての肉の削げ方に、加齢の個人差が如実に出ることを、美大付属高校から美大に行った隼子は何十人ものモデルをデッサンしてよく知っていた。

「×××、××××××」

上司の声も遠くで流れていた。

「森本くん、聞いてる？」

上司の声が近くなった。

「え、ええ、聞いています」

背筋をのばし、隼子がそう答えても、もう河村はヘンリー・ミラーについて質問はしなかった。『ふるさとの葡萄《ぶどう》』を生徒に読ませていた日のようには。

※

同日。月曜。夜。

都区内にある鉄道模型の飾られたカレー屋で、鳥居は顔をしかめていた。うへ、まずい。カレーなんてもんは味が濃いき、だれが作ってもたいがいはサマになった味になるもんやが、どうしたらこんなまずいカレーになるがやろう。やけど、この模型はすごい。JR内房線の各駅舎が精巧に再現されちゅう。

鉄道ファン向けの雑誌で見つけた店である。出された皿の食べ物は半分残し、鳥居はばかでかいダイニングの大半を占領している鉄道模型に見入った。

〈鳥居くんて、雰囲気が部長に似てるよね〉

入社してすぐに、鳥居は河村からそう評された。部長というのは「第3事業部」の総合部長のことだ。だが、鳥居は河村のほうが部長に似ていると思う。社員にはなんとなく有名な旧「B室」出身の部長のことは〈PC周辺ではうちの秘密兵器なんだってさ〉と同期の人間から聞いている。五十歳になった現在も独身で、学生のような雰囲気を残している。

そんな雰囲気が似ている。似ていると思うのは〈あの人のつぎはけっこうあの人ができたりするんじゃないの〉という噂のせいもあるかもしれない。あの人というのは総合部長のことで、つぎのあの人というのは河村のことである。

もっとも、22階の環境推進部は大半が独身で、河村も含め、22階全員の社員が多かれ少なかれ、みな部長に似ている。〈とにかくあのキーボードが好きだったから入社した〉〈とにかくあのソフトのよさをユーザーに知らせたいから入社した〉と言う人間が多く、趣味と仕事がほぼ一致しているように、入社まだまもないが、鳥居には見える。

フレックス制の勤務形態をとる「環境推進部」はまったくの個人主義で、〈おまえんとこの部署はさ、社員旅行も忘年会も新入社員歓迎会も異動者壮行会もなくて、同僚同士が飲食することすらめずらしいんだってよ〉と、これも先の同期から聞いた。こうした社風ならぬ部署風になじめぬ者は冷たいと感じてすぐに辞めてしまうか、早々と結婚して自分の家庭にたのしみを見つけるのだそうである。

河村は入社理由を〈学閥がいっさいないと聞いたから〉だと言っていた。部長にも似ているが、自分とはちがって骨太で痩《や》せ型の外見が自分の兄にも似ている。社会に出てさいしょの直属上司が河村であったことを、鳥居は幸運に感じていた。

入社してはじめての業務のあと、個人的に居酒屋に連れていってくれたのも、郷里での成人式のあとに兄が同じことをしてくれたのを思い出させた。

大学の鉄道研究会でいっしょだった後輩にふられたばかりだった鳥居は、酒が進むにつれ、はじめての、しかも上司であるというのについ愚痴をこぼした。それを許してくれるようなものが河村にはあるように、酒のせいだったのかほんとうにそうなのかはまだわからないが、とにかくそのときはそう感じた。かなり恥ずかしいプライバシーまで告白したのに〈そうか〉と苦笑した河村の、その苦笑を鳥居は好きだと思った。

〈うちの部署って役職の人まで、独身多いですよね。先月まで学生だったからそのへんのころのことは俺にも想像つきますけど、河村さんは、社会人になってからはソレはどうなんです？　入社してから女関係はどうだったんですか？〉

こんなぶしつけな質問にも河村は答えてくれた。

そのとき鳥居は、串カツとカニクリームコロッケとちくわの磯辺あげとくじらベーコンを、河村が〈青年が食べれば？〉と、こちらが遠慮せずにすむすすめ方をしたのをいいことにすべて食べ、焼酎《しょうちゅう》サワーをずいぶん飲み、煙草もずいぶん吸い、アルコールとニコチンの相乗効果で相当酔っていたはずだが、心太《ところてん》と豆腐を食べながら氷を入れた焼酎を飲んでいた上司の答えはよくおぼえている。

〈底引き網漁業〉

これが河村の答えだった。

〈船尾からざーっと網をたらすだろ。それからだーっと海をまわるだろ。それから網を船上に引き上げるだろ。と、魚や貝や小さい烏賊《いか》やエビやそれにヒトデや、ゴミもだけど、どかっと捕まってるだろ。胃がはちきれそうになるくらい、食べられるだけ食べるんだよ〉

へえ、すごいですね、と「社会人としての社交」の辞令を言いかけてすぐ鳥居はものがなしくなった。

〈マダイを釣ろうとかシマアジが食べたいとか、そんなことを考える暇がないように満腹にすればいいんだよ〉

そこまではそれなりに、表現はちがえどもいままでにも、だれかからよく聞いたことだったし、

〈そうすれば、二年しか乗っていない車を二束三文で売ることもしないですむ〉

そんなメタファーも、河村同様文学部卒の鳥居にはどこかで読んだようなコメントだったのだが、そのあとに河村は言ったのである。

〈そうして手に入れた平穏で、俺は髪を染めてるんだよ――〉

染料含有の洗髪剤は、白髪部分がすこしずつ茶色くなるていどの効果でしかないかわりに、ベニスでタジオをながめながら額から黒い汗をたらしたアッシェンバッハの醜態をさらさずにすむ――と。

それは二十三歳の鳥居には実感がなく、やみくもに不安にさせるひとことであり、にも

かかわらず、河村を愛《いと》しく感じさせ、ものがなしかったのである。

カタカタと、まずいカレーを出す店主作製の模型電車が鳥居の眼前を通っていく。

それにしてもヘンだった。河村さんは、今日、なんかヘンだった。

社会人になってはじめて接した上司は、今日、ようすが妙だったと鳥居は思う。部長や兄に似ているのに、同輩のように見えた。

※

河村と隼子は、もうlogを用いての対数計算ができなかった。

再会しても、ふたりのあいだには二十年という歳月があるのである。ふたりは「どうかして」はいなかった。

logを用いるどころか、1からnまでの自然数をたんに和するだけでも、小学校三年生のガウス少年がおこなった $\frac{n(n+1)}{2}$ という加算法を、記憶から呼び出し、それを理解して実用する手間より、1からnまでを愚直に足していく単純を選ぶ。

でないと、生活のためのサラリーを得る会社から任命された処理すべき業務と、処理しかねる私情は両立させられない。単純を選ばなければ両者が混沌《こんとん》とする。社会で自活する一員は、大人の庇護《ひご》のもとに食べ物と被服と住居を得られる子供ではないのである。

連携した部署同士だからといって『クリックしてわかる経済予測の基礎理論』だけの作業を両部署はしているわけではない。この商品の担当者とデザイン担当者が頻繁に顔を合わせる用事はなかった。

最初の一回と、途中一回と最終デザイン案が決定したときの一回、この三回くらいだけで、河村と隼子が「いっしょに仕事をする」用事は終わった。

ただ同じビルに通う以上、ビル内でときに顔を合わせる。一階総合受付ロビーや、廊下や、22階と23階のあいだの階段や、エレベーターで。

高層ビルに何機もあるエレベーター。いちどだけ、ふたりきりになったことがある。1階から22階。しかくい鉄の籠《かご》が高速度で上昇する。気圧が変化する。耳が痛いと思う。そして、ふたりともなにも話さなかった。二十年は、短くない年月である。

「じゃ」

22階でエレベーターが開いたとき、河村は言った。

「じゃ」

閉まるとき、隼子は頭を下げた。

河村は22階で、隼子は23階で、二十年前を思い出す。

河村の目には、そうしたおりには決まって、彼女のジーンズをはく動作が浮かぶ。ベッドなり布団なりにぱたんと横になり、足をあげてその硬い生地をひっぱりあげていた。品のある行儀の悪さ。その動作をなつかしく思い出す。

隼子の目には、そうしたおりには決まって、彼の箸《はし》の持ち方が浮かぶ。女子家庭科調理実習ではできあがった料理を担任に出すことになっていた。ステンレスの流し台と水道のついた台が六台ならんだ調理実習室に呼ばれて来た彼は、隼子の斜め前にすわって煮魚を食べた。なんの関係もないときだった。その箸の使い方がきれいだったことをなつかしく思い出す。

二十年後の今、彼が箸を使うところを見るのは地下にある食堂である。いくつかの企業が入った高層ビルには、それらすべての企業の社員食堂と化している廉価な食堂が、地下2階にある。

ここで出会うとき、隼子は鳥居から声をかけられる。「あ、森本さん」とか「森本さん、こんにちは」とか「いっしょにどうです、森本先輩」と屈託のない若い声でひきとめられてふりむくと、そこにはいつも鳥居がいて、その横に河村がいる。

だから、隼子が河村とことばをかわすさいには常に鳥居がいる。彼らは常に三人で立ち、歩き、食べた。

線をつなぎあわせるのが好きな鳥居は、河村と隼子の、都電荒川線ほどの短い駅間隔のような会話をつなぎあわせて、ほどなく気づいた。彼らは互いになにかものを言うさい、相手を決して呼ばないことに。

本題に直接入るか、相手を特定して訊くときは「あの」とか「その」とかを使うか、てのひらをさしだすなり身体の向きを相手に向けるなりする。「河村さん」と「森本さん」を発するのを、あきらかに彼らは避けている。「きみ」や「あなた」も彼らのあいだにはない。

へんだと思うのだが、そんなふたりのあいだに立ったり、すわったりするのは、鳥居にはふしぎな心地よさがある。彼らはよそよそしいわけではなく、反目しあうわけでもなく、コンパニーなどで男女が気をひくための自己アピールをするぎこちなさもない。

三人で同席すると鳥居のまわりには靄《もや》がたち、上司と意匠部の先輩は靄の向こうにいってしまうのである。靄のなかにひとりでいるのは不安なのだが、エレベーターや車体の低い車で傾斜を下るさいの、下りかけるちょうどそのさいに、太腿の内側に感じる、あのひゅーっとした妙な甘さを、鳥居に与えた。

＊

連休の明けたつぎの週末の夜のことである。

三人は会社から最寄り駅に向かう道で会った。

石の道路を三人はならんで歩いた。

靄がたちこめ、鳥居の太腿の内側がひゅーっとしてくる。

最新の鉄道線の駅の、手前は広場になっている。中央に人造石で作ったメビウスの帯のオブジェのあるこの空間は、そう広いものではないが、幼いころに小学生向きの雑誌で見た、「きみたちが大人になったら」と題された「未来の都市」のイラストレーションのような広場である。柵《さく》のなかに植え込まれた植物も人工的に見える。柵の脇にポストがある。長いあいだ人々が慣れ親しんだ通信手段である郵便ポストの、自然界にはない赤色のほうが自然に見えるほど、柵の中の自然の植物は形を人工的に整えられている。

広場には照明はない。だが広場は青白く照らされている。昼夜なく仕事をしている人間がいる周囲のビルから洩《も》れる光が、箱庭のような「未来都市」に、偽の月のしずくをそそいでいるのである。狭いその空間は、夜、いかにも冷たかった。

「すこし、お酒、飲みませんか？」

広場から階段を下れるビルを、鳥居はゆびさした。

「地下にバーがあるんです。明日、休みだし、すこし」

鳥居が誘い、三人はバーに入った。木の床。木の椅子とテーブル。木のカウンター席にはすべて客がいた。五つあるテーブル席のひとつだけがあいている。人工的なこの界隈《かいわい》で、夜、酒を飲める店はかぎられているのである。階段を下りたところのテーブルに三人はすわった。

アイラ島のウィスキーを、鳥居以外のふたりはストレートで飲んだ。鳥居は氷を入れて飲み、ふたりがひとくちも食べない木の実とクラッカーとチーズを食べた。

「森本さんはお酒強いんですね。このシングルモルト、好きなんですか？」

「嫌い。救急箱みたいな匂いがするから」

「え、嫌いなんですか。じゃ、ほかのものにすればよかったのに」

「鳥居さんが頼んだから、飲んだことなかったけど、じゃあ飲んでみようと思ったの。どんな味がするのだろうと思って」

「そしたら、嫌いな味でしたか」

「ヨードチンキ飲んでるみたい」

そう言いながら、そのヨードチンキを隼子は飲みつづけた。グラスが空くと、同じものをまた注文した。

「あの、ほかのにすれば……？」

「もう好きになったからいいわ」

「そうですか、それならよかったんですが……」

鳥居はすこしまごついたが、隼子につづいて同じ酒を注文し、鳥居につづいて河村も同じ酒を注文した。

「森本さん、今日はなんとなくちがうと思ったら、眼鏡かけてないんですね」

「今日はバドミントンに行く予定でいたのでコンタクトレンズにした。仕事が長引いたので行けなかった。住んでるところの区民センターでバドミントン・サークルに入ってるの」

意匠部のこの先輩は、自分にだけ向かって話をするので、鳥居は河村にすまない気分になる。

「いつも眼鏡かけてたから気づかなかったけど、森本さんて睫毛《まつげ》長いんですね」

ねえ、と鳥居は河村に同意をうながしたが、「え、ああ」とてきとうに聞き流され、こんどは隼子にすまない気分になる。そのまごつきが、なぜかまた妙に甘い感触を鳥居に与える。

「長く見えるのは、会社を出がけにマスカラを借りたから――」

〈ちょっとこれ塗ってみたら〉と、意匠部の同僚が洗面所ですすめたのを塗ってみた。すると〈マスカラだけだとおかしい〉と、彼女は鏡のなかの隼子をうしろから見て、〈ちょっとこれも〉〈それからこれをこうして〉と言いながら目だけではなく口にも化粧品をたくさん塗った――。そう隼子は言った。鳥居のほうだけを見て。

「あの人、世話好きですよね。ぼくにもよく服装のことをアドバイスしてくれますよ。服装といえば、もう半袖《はんそで》でもいい季節になりましたね。二日と三日なんか夏みたかった」

「鳥居さんは連休にはどこかへ行った？」

「外房線の駅の写真を撮りに行きました」

答えてから、鳥居は河村に気をつかって、自分が隼子からされたのと同じ質問をする。

うな、答えの内容になにも興味のない形式的な音調で。すると訊かれた先輩も、
答えてから、河村が「行った？」と意匠部の先輩に訊く。間がもたなくなって訊いたよ
「いや、いつも行くところで泳いだくらいで」

「バドミントンをして洗濯と掃除をして、あとは寝てた」

と、素っ気なく答えるのだが、鳥居に向かって言うのである。

三人の会話にはまるで意味がない。意味がないから、三人はアイラ島産ウィスキーの杯を重ねる。鳥居が四杯、隼子と河村が三杯、消毒済の包帯のような匂いのするその酒が、三人の喉《のど》を通過してゆく。

空虚な会話がかわされるテーブルの前に、バーの従業員が立った。

「本日金曜日はレディースデーですので、女性のお客様にはこれを」

花模様のついたガラスの器に盛られたアイスクリームが、隼子の前に置かれた。

店員が立ち去ると、河村は当然のように器を鳥居の前に移動させた。

当然のように隼子も、アイスクリームを見ない。

「ぼくが食べていいんですか？　アイスクリーム」

鳥居は、当然のように自分の前に置かれたアイスクリームの不自然さにとまどう。

「ぼくが食べていいんですか？」

鳥居は再度、訊く。

「嫌いだから」

そう答えたのは、だが、隼子ではなく、河村だった。

なんで？　鳥居は思ったが、強いシングルモルトで頭の箍《たが》がゆるんでしまった。四十度のアルコールは、二杯も飲めば、それだけでたのしげな気分にしてくれるし、三杯目からは箍をゆるませるために飲む行為に変わってしまう。鳥居はなんだか知らないが目の前にまわってきた「アイスクリーム」を食べ、鯛焼きを思い出した。

「外房線にはひとつ、鯛焼きを食べられる駅があるんです」

そこでは餡《あん》入りの鯛焼きのほかにアイスクリーム入りの鯛焼きの二種が販売されているのだと鳥居はふたりに教えた。こんなことはふたりがとくに知りたくもない情報だろうと鳥居はわかっていたが、自分のよく把握する分野の話題はただたのしいのである。

「大学時代、海の家でバイトしたことがあったな、そういえば」

河村が言った。「外房線」から思い出して言ってみただけである。

しかし、鳥居は本人が期せずして曲者《くせもの》になった。「バイト」という語が出たので、彼は隼子に訊いたのだ。

「海の家でバイトねえ。時給は意外に安そうだなあ。森本さんは学生時代になにかバイトしたりしてました？」

「時給というか、らくでたのしくて効率がよかったのは……」

彫金専攻の同級生が自分で作ったアクセサリーを、ハードロック系の音楽を好む客が集まる服飾品店に置かせてもらって売っていた。隼子はその店の奥で、消毒液と針をならべて、ピアスを買った客に、客の希望する部位にピアス用の穴を開けるアルバイトを、学生などが常駐してすべきことではないのだが、していた。〈あそこの店のピアス開けはうまい〉という評判が客のあいだに流れ、他店よりも割高ながら皮膚科の医療機関でやるよりは安い穴開け料金をとったので、アルバイトとしては効率のいいものだった。

鳥居に「バイト」について訊かれたから、隼子は口を開いたのである。

「ピアスの穴開けのバイ……」

言いかけ、赤面した。

河村は目を逸《そ》らせた。

鳥居はわけがわからなかった。

かつて墜落したとき、男は女の足首に巻かれたメッキ金属をひきちぎった。所有していた物質をひきちぎられた女は、男の踝《くるぶし》の、甲へ至るまぎわの皮膚のゆとりに留め金のついたピンを刺した。女は、痛みを男にほとんど感じさせる間なく一瞬で皮膚を針で貫通させる才能にたけていた。十八金の高価な貴金属をどのように入手したのかと男が問うと万引きしたと女が答えたので、万引きを叱りながら（！）、後日には女のために十八金の金属の小さな環《わ》と針を買い、与えた。女は男の臍にそれを嵌めた。有機の組織を女に破壊された昂揚に屹立した肉体の部位を銜えるさい、かならず女は、自分の嵌めた金属に指をのばし意地悪く引いた。男の顔を男の下腹部の位置から見上げながら。金属は、洋服を着れば、靴をはけば外には見えず、先生は生徒に刺されたピンと環をスーッと靴で隠して授業したのである。

「ピアスの穴を開けるバイトがなにか？　ほんとは皮膚科の病院じゃないとやっちゃいけないバイトだから気にされたんですか？」

鳥居は自分の質問が、突然なまなましく男と女を舐めてしまったことに、当然気づかなかった。

隼子は席をたった。

「外で待ってる。ポストの前」

メニュー表から酒代を調べ、三杯ぶんの代金をテーブルに置くと、さっさと店を出ていってしまった。

「森本さん」

鳥居はあわてた。

「ぼく、なんか気を悪くさせるようなこと言いました？」

河村をふりかえる。

「言ってない。怒ったんじゃない」

河村はもう一杯、同じ酒を注文した。四杯のアイラモルトの威力もあっていよいよわからない鳥居の前で、河村はなんで？テーブルにとどけられた酒をすぐに飲み干し、立ち上がる。

「？」

河村のうしろで、鳥居は配線できない。隼子が置いた金と伝票を持って自分のぶんまで勘定を支払ってくれている河村に礼を言わなくてはならない。全額出してもらうわけにはいかない。やけど、怒ったがやない？　怒ったがやないて、森本さんが怒ったがやないってこと？　それをなんで河村さんが説明するがで？

配線できないまま、鳥居は河村のうしろから地上への階段をのぼる。とまる。河村が立ちどまったから。

「先に帰ってくれないか」

「え？」

「先に帰ってくれないか、できるだけ急いで」

「え、でも、森本さんが外で待ってるって……。あの、なんで森本さんは急に外に出てしまったんですか？」

「ずっと前から知ってたからだよ」

「前から知ってる？　前から河村さんと森本さんは知り合いだったたってことですか？」

「愛し合ってた」

「アッ……」

すべての線を鳥居は一気につなげた。

「……帰ります」

＊

ポストの前に隼子が立っていた。

「私、卒業アルバムを捨てたの」

河村と隼子はならんでポストにもたれた。

「死体でもないのに、あんなもの、捨てるなんてかんたんだと思ったわ。でも、意外にないの。あれを捨てる場所が。自転車であちこち走ったのよ。ほんとにないの。ああいう大きなアルバムを捨てる場所って。田んぼのあぜみちに捨ててみたら、装丁が立派でいやに目立ったんで、また拾って、今度ははんげ神社のごみばこに捨てたら、神主さんに見つかって、なぜ捨てるんだって訊かれて、また持って、また自転車で走って学校まで行って、プールの裏手の叢《くさむら》に捨てようとしたんだけど、長中の卒業アルバムなのにここに捨てたら、大掃除のときにだれかが見つけて、こんなものが落ちてたって職員室にとどけるんじゃないかって、それがめんどうな騒ぎになるんじゃないかって、それでやめて、そのときはそのときなりに真剣に考えて、〝木は森に隠せ〟っていう箴言《しんげん》を思い出して、そうだ、だから私は都会に住みたいんだって納得して、長命でいちばん都会なのはどこだろうって考えて、スピガにしたの。あそこの四階のごみばこに捨てた」

こんなところで出会うのなら、捨てなければよかった。親は積立金を払っていてくれたのに。あのころ、大人に庇護されていたのである。両親にも小山内先生にも。庇護されて暮らしていたのである。隼子は河村を見た。

「足にね、大きな傷ができた」

「傷？」

「大きな傷。二十五針縫った。だからもうスカートは穿かない」

ほら、と隼子は足をポストにかけて、ジーンズの裾《すそ》を膝までまくりあげた。ひきつれた傷跡が一本、ふくらはぎを長く走っていた。まくりあげられた綿布を、河村はおろした。

「あいかわらず、きれいだよ」

二十年前にはできなかった、思ったとおりのことを言った。とたんに隼子は泣き出した。文字どおり、あーんあーんと泣いた。

一月六日。河村の車から出たあと、自分がただ歩けたのは、若かったからである。最後の逢瀬だったとはわかっていた。わかっていたのに、またすぐに、冬休みの、暮れから五日までを、母親の実家と関川で苛々しながら過ごした程度の時間がすぎれば、またすぐに、彼にではなくても、彼に感じたように感じる人間にめぐりあえると、どこかで夢を見ていた。時間など、機会など、いくらでも人生にはころがっているのだと感じられるほど若かったのである。

たかが。彼をそう思っていた。今からすればふたりとも「たかが」だった。「たかが」のころ、ふたりとも怖いものがなかった。明日のことを考えなかった。一時間後のことすら。そのとき、その一瞬が、ただ在った。そのとき、その一瞬がただ在って、かけがえのない日々の尊さをまるで知らなかった。二度ともどることなきひとときの熱さにまるで感謝しない。若さのきらめきとは、そういうことである。

「はじめて見た、泣くとこ」

隼子に髪を切られたあの日。貴船に行った八月三十日。川床の席にすわって河村は隼子と、トーストを口にして遅刻しそうになりながら走る女子生徒が出てくるフィクションを嗤った。そうしたフィクションでは、女子生徒は必ず、まがり角で失礼な男の転校生にぶつかるのである。たかが。互いをそう思いながら恋に落ちる定番の展開を嗤った。自分たちがまったくこの展開のとおりに穴に落ちていることにも気づかず。

「足の傷……、馬鹿にするなと怒られて切られたの」

歯をみがき髪まで洗ってくれたやさしい加害者と密室にいたとき、相手は怒って隼子の飲み干したワインの空瓶をベッドのポールに叩きつけて割り、瓶の口を持って〈馬鹿にするな〉と叫び、そのまま腕をふくらはぎにふりおろした。瓶の割れ口がふくらはぎを裂いた。吹き出した血は赤いというより黒くなるほどシーツを汚した。枕を裂けた部分にあてがって這《は》い、フロントへ電話した。相手が怒った理由は、行為中に隼子が洩らした、先生、というひとことである。離れようとして、削除しようとして、切り捨てようとして、女はそれができなかった。「ごみ箱を空にする」がどうしてもクリックできなかった。

「なんで今日にかぎってマスカラを……」

泣きながら言う。なんで今日にかぎってマスカラを塗ったんだろう。アイライナーとアイシャドーまで。染料が涙で流れ、きっと汚い顔になっている。手の甲で顔をぬぐった。きっともっと汚くなっている。

「先生のことなんか、忘れたわ」

泣くまいとして泣く女を、男は抱きしめた。うつ伏す辰野みゆきちゃんが机を摑むよりも強く。

泣くまいとして女は泣いた。

「忘れられなかった。どんなに忘れようとしても。ずっと」

女は泣きつづけた。

「いまさら何」

いまさら。いまさら何。しゃくりあげてくりかえし、女は男にしがみついた。

勿論、このあとは電気イス級の激しいキスである。河村の口にもめちゃめちゃに口紅がつくのである。それが恋というもの。

了

あとがき

単行本発刊当時、本書は版元より恋愛文学だと紹介されました。まちがっています。と同時に、まちがっていません。

まちがっているというのは、恋愛文学だと紹介されて多くの人がイメージするであろう小説では全然ないから。まちがっていませんというのは、でも読めば、恋愛文学だと紹介されることに納得するだろうから。

当時本書を、群集劇だと評した人が多くいました。超児童文学だと評した人も多かった。他にも、教養小説、モダンコメディといった評があり、各人各様にカテゴライズしながらも、全員が外さなかったのが恋愛文学としての評でした。では、この面について作者から言及します。

『ツ、イ、ラ、ク』は「恋愛小説というより、恋愛なるものの小説」と紹介するのがもっともすわりがいいのではないでしょうか。

人はそれぞれの社会を背負っています。大人だけではない。子供にも子供の社会がある。社会に暮らす者は、平凡で退屈かもしれないけれども、全員が、ひとり残らず「みんな」

が、それぞれに、喜び、哀しみ、妬《ねた》み、怒り、笑い、悩んで生きているのです。『ツ、イ、ラ、ク』という物語は、そうした群衆を眺めてゆくところから始まります。空の高さではなく、天井くらいの高さ、時には帽子や、もっと低く肩あたりの高さから眺めてゆきます。一章〜三章は決して余談的な助走ではありません。タロットカードの暗示のような章です。なかには、人が大勢出てきて混乱する読者もいるでしょう。妙な言い方になりますが、どうか安心して混乱していて下さい。一章〜三章は、一台しかない8㎜カメラで「みんな」を撮ったような、ぐらぐら不安定に映し出される群像なのです。ぐらぐら映る群衆の中から、やがてただひとりが不安定に浮かび上がってくる。なぜひとりが浮かび上がるのでしょう？　この答えこそ、本書のこうした構成こそ、「恋愛なるもの」の本質であると思うのです。地上にはたくさんたくさんの人がいるのに、だれかひとりにとっては、だれかひとりでないといけないもの、それが恋ではないでしょうか。そして恋に不可欠なエロスの感受性は、大人になるまでもなく、すでに幼稚園か小学生のころにできあがっているのではないでしょうか。恋愛小説というよりは恋愛なるものの小説だと言うのは、こんな考えからです。

ゆえに『ツ、イ、ラ、ク』は、いわゆる恋愛小説が苦手な、あるいは苦手になってしまったところの、大人の読者にこそ強く訴える作品であると、私は信じています。もちろん若い人が読んで下さってかまわない。ただ（例外はありましょうが）、若い人が読むと、

「フルコース料理の、前菜とスープとサラダとデザートとコーヒーは飲食したが、メインディッシュの魚料理と肉料理はすっかり残した」ような読み方にならざるをえない場合もあるということです。

文庫になった今、書いていたころのことをなつかしく思い出します。いろんなことが思い出され、あとがきスペースに収めきれませんので詳細は公式サイトに続けることにいたします。元角川書店の宮脇眞子さんはじめ、たくさんの方にお世話になりました。あらためて御礼申し上げます。そして、伊集院学年主任、小山内先生、河村先生、桐野先輩、コニー文具店のおばちゃん、シツ鳥、辰野みゆきちゃん、統子ちゃん、塔仁原兄弟、富重くん、勅使河原くん、鳥居さん、夏目先生、ハルちゃん、福江愛さん、ヘンタイ立川、マミちゃん、三ツ矢くん、森本さん、ヨコハマ、頼子ちゃん等々、作中の登場人物全員に言いたい。みんな、本当にありがとう!!

二〇〇七年一月

姫野カオルコ

※本作品のスピンアウト集『桃　もうひとつのツ、イ、ラ、ク』も角川文庫収録

解説

斎藤美奈子

姫野カオルコの幾多の作品の中でも、『ツ、イ、ラ、ク』は彼女の代表作のひとつに数えられるだろう、傑作の名にふさわしい長編小説です。

姫野文学は、いつもある種の「異化効果」をもって描かれてきました。

「異化」とは、日ごろ慣れ親しんでいる現象に別の角度からの光を当てることで思いもよらなかった側面が浮かび上がる、くらいの意味ですが、姫野文学に親しんできた読者なら「その感じ」がすぐにわかってもらえるでしょう。

姫野文学初読の人には、べつの長編をどれか——デビュー作の『ひと呼んでミツコ』でも、あるいは処女三部作と呼ばれる『ドールハウス』『喪失記』『レンタル（不倫）』でも——をお読みになってみてください。いままで自分が読んできた「恋愛小説」とか「青春小説」とか呼ばれるものはなんだったのだろう……。そんな不思議な気分に、きっととらわれるはずです。年来の姫野ファンは彼女の作品の特質を「ヒメノ式」と呼んでおりますが、「ヒメノ式」とはすなわち、作家・姫野カオルコの知性と感受性と技術によってもたらされた、この「異化効果」のことなのです。

とはいうものの、『ツ、イ、ラ、ク』は、これまでの姫野作品とはいくらか趣を異にします。華麗な変化球を得意としてきた投手が、いきなりド真ん中に向けて直球を投げてきた感じ、といったらいいでしょうか。恋愛をもっぱら異化してきた作家による、ド真ん中の恋愛小説。しかし、そこは「ヒメノ式」の姫野カオルコです。キャッチャーミットにおとなしく収まる程度の球であるはずもなく、「姫野カオルコの最高傑作だ」と激賞する人も大勢いた半面、トンチンカンな批評も中には混じっていたのでした。たとえば「小学校の部分は不要」とするような意見がそれです。

はたしてこの小説に不要な部分などがあるでしょうか。

『ツ、イ、ラ、ク』の舞台は近畿《きんき》地方の田舎町であるところの長命市です。もちろん架空の市ではありますが、読み進むうちに、読者はまるで長命市が日本地図のどこかに実在し、なおかつ自分もこの市で生まれ育ったかのような錯覚におちいるはずです。

長命駅のたたずまいも、はんげ神社も駅前の商店街も、ちょっと歩けばそこに広がる青々とした（あるいは黄金色の）田んぼも、あなたには見慣れた景色です。長命小学校の校歌を聞けば、その替え歌が口をついて出、コニー文具店でノートを買ったことを思い出し、『北国の恋人』や『クリーム・ロリータ』が久しぶりに食べたくなり、イアン・マッケンジーの『ミセス・アイスクリーム』や『6ペンスで舐めて』が聞きたくなり……。そして、唐突に思うのです。ああ、懐かしいなあ。みんなどうしているかなあ。長命市が自分の町であるかのような錯覚！

ある意味それは当然の感覚だといえましょう。なぜってあなたはこの町で、小説の登場人物たちといっしょに、小学二年生から中学二年生までの時間を共有したのですから。そう、同じ長命小学校、長命中学の仲間として、です。

人が集まるところに必ずグループはできる。小説の語り手はそれを「サロン」と呼んでいますが、地域社会までを含めれば「コミュニティ」と呼びかえることもできましょう。この小説の陰なる主役は、学校内のサロンであり、人口四万人のコミュニティです。つまりあなたは長命市というコミュニティの一員として、この小説に参加したのであって、傍観者としてサロンの外から事件を覗き見ていたわけではないのです。

もうひとつ、『ツ、イ、ラ、ク』を読みながら、私は不思議な感覚を味わいました。何十年も忘れていた記憶が地面の底から「発掘」されるような感覚、いささか大袈裟《おおげさ》にいえば、記憶喪失から回復した気分とさえいっていいような感覚です。

私はその筋の専門家ではないので、正確なところはわかりませんが、この奇妙な感覚は記憶のメカニズムと関係があるように思います。

記憶には一時的に脳に保存される短期記憶と、一生保存される長期記憶があるといわれます。短期記憶を保管しておく場所が海馬であり、その中から必要と判断された記憶だけが大脳皮質の連合野に移されて長期記憶になるのだそうですが、問題は長期記憶もくり返し反復されないと、やがては忘れてしまうということです。

たとえばあなたは小学校二年生のときの恋愛体験を覚えているでしょうか。小学校低学年で恋愛体験なんかあるわけねーよ、とお思いかもしれません。でも、そんなはずはないのです。好きな男子や女子がいたんじゃないですか、本当は。それどころか小中学校時代には、恋愛体験というか恋愛妄想が、日々の関心事の中でもプライオリティのかなり上位を占めていたのではないでしょうか。第二次性徴期ともなれば、ここに具体的な変化への関心と性的な妄想が加わるわけで、「あんなこと」や「こんなこと」ばかり考えていたはずです。思えば辛く切ない苦しい時代でした。後から振り返ればなんと些細《ささい》な問題に身悶《みもだ》えしていたのだろうと思うにしても。

ところが、大人になった途端に、あるいは性的な体験を積み重ねていくうちに、そんな日があったことを、私たちはコロッと忘れてしまいます。コロッと忘れて「ああ、あの頃はあたしも(おれも)純だったなあ」なんて、捏造《ねつぞう》された記憶で満足してしまう。

そうなる理由は簡単で、子どものころ、思春期のころに保存された記憶の引き出しを開ける機会が、大人になると極端に少なくなるからです。そうこうしているうちに、かつてプライオリティの上位を占めていた生な感情は、大脳のどこかに置き忘れられ、人によっては忘れたままで人生を終えることになる……。

小説に話を戻せば、『ツ、イ、ラ、ク』がそんな記憶の引き出しを開ける、希有《けう》な長編小説といっていいでしょう。長期記憶のデッドストックを脳みその奥底からつかみ出してくるような力が、そこにはある。名前も顔も忘れていた小中学校のクラスメート、好きだった男（女）の子や仲良しだった女（男）の子、作品の中で象徴的に描かれる「アイアイガサ」や「交換ノート」、そしてあの頃の甘酸っぱい感覚。

長命市の仲間たちを「懐かしく」思い出すことと、自分の頭の中に沈められていた記憶の再現。それが同時に起こるのは、ちょっと矛盾しているようですが、じつは同じ作用によるものではないかと私は考えます。『ツ、イ、ラ、ク』という小説は、それ自体が記憶を植え付け、なおかつ記憶を喚起するような形で書かれているからです。

序盤、長命小学校二年二組で、あなたは、大勢のクラスメートと教師に出会います。マセた物言いをするリーダー格の椿統子、お金持ちで美人の岩崎京美、ひとりでいるのが好きな森本隼子、素直で奥手なハル、勉強もスポーツもできる学年のホープ太田、ちょこまかしているが天才詩人の塔仁原、横浜から転校してきた都会的な佐々木、あといろいろ。

そこではこれといった大事件は起こりませんが、小学校低学年生なりに「だれがだれを好きで……」みたいな相関図ができあがっています。

彼らが進んだ長命中学では、長命東小学校から来た新たなメンバーもまじえ、相関図はさらに複雑化して、思春期ならではの「サロン」が形成されます。美少女の誉れ高い藤原マミ、勉強ができて自尊心の強い福江愛、繊細さと不器用さをあわせもった三ツ矢裕司、幼稚さの抜けない坂口進、あといろいろ。物語はこの中学校編から急速に動き、やがて一組の男女の熱烈かつ残酷な恋愛事件へと発展していきます。

その詳細については興趣をそぐことになりますし、作者の「あとがき」でいい尽くされているので割愛いたしますけれど、それよりも私たちが考えてみるべきは、なぜこの恋愛事件（あえて事件と呼びますが）が、私たち読者の胸をしめつけるのかです。

それこそが植え付けられ、呼び覚まされた記憶の力である、といわなければなりません。なにしろ私たちは小説の流れに添って、この少女を「同級生のひとり」として記憶しているのです。と同時に忘れていた記憶の扉を開けられたために、彼女（たち）の気持ちを痛いほど理解しています。そうだった、あの頃ってこうだった、と。

一組の男女の恋愛を描くのに、姫野カオルコが取ったのは、町を学校をサロンを丸ごと捏造するという大掛かりな作戦でした。それはマンガやアニメでよく使われる「キャラの描き分け」とは少しちがっています。むしろ大勢の登場人物は、「キャラ」でいうなら性格がダブっていたり一人の人物でも矛盾を孕《はら》んでいたりして、いわゆる「キャラが立った状態」とはいえません。けれども、だからこそ細部まで計算づくで捏造されたこの小説は「物語」ではなく「生の記憶」に近い形で私たちの脳にインプットされるのです。脳の中の記憶は、物語のように整理統合されてはいないのですから。

『ツ、イ、ラ、ク』が物語ではなく記憶に似ているもうひとつの理由は、この小説の語られ方でしょう。三人称多元小説といいましょうか、この小説のナレーターはすべての人物の心の中を知り尽くし、しかも随所で批評的な言辞を吐く一言多い語り手です。〈だが体験してわかる。月経とはただ毎月出血するだけで、ブラジャーはたんに衣類だと〉とか、〈生きてゆく人間というものは二十三歳ののちに四十三歳になって知る。二十三歳の自分とはなんと若く、熱を帯びていたのだろうかと〉とか語るこの語り手は何者なのでしょうか。何者であるにしても、ひとついえるのは、記憶とはなべてこのような批評とともに呼び覚まされるということです。事実と語りの間にあるこの距離感が小説に余裕と笑いの要素を持ち込み、大人っぽい雰囲気にしていることに異論はありますまい。

この余裕は思春期が遠い過去になった人だけに許された特権です。

中学生の恋愛が描かれているからといって、その小説が中学生向けであるとは限りません。文庫版の「あとがき」で作者も遠回しに述べていますが、おそらく『ツ、イ、ラ、ク』をもっともよく理解できるのは、三十代、いや四十代以上の大人でしょう。小山内先生や河村先生を理解できるのは大人でしょうし、終盤で三十四歳になった長中の卒業生たちがそうであったように、記憶と余裕をもって戯れることができるようになるには、それだけの年月が必要なのです。

数ページ前に戻り、小説のラストシーンをもう一度読んでみてください。マスカラが溶けるに任せて泣きじゃくる女と、彼女を抱きしめる男。二十年ぶりに二人が再会するこの場面は、いわゆるよくある陳腐な恋愛小説の結末にそっくりです。

もちろん作者は異化効果をねらって、あえて陳腐にこの場面を設定しているのです。切ないのにおかしい。「それが恋というもの」だと。

この着地点にクスリと苦笑いすることができたあなたは大人の証拠です。どこがおかしいのと首を傾げたあなたはまだ若い証拠です。地団駄踏んで悔しがってください。大丈夫、いつかは理解できる日が来ます。その日まで、この本を大切に長期保存してください。『ツ、イ、ラ、ク』はいつ、どんな年齢で読んでも楽しめる小説なのですから。

著者紹介

（角川書店編集部作成）

姫野カオルコ（ひめの・かおるこ）

1958年滋賀県生まれ。幼少の一時期をキリスト教宣教師宅で過ごした。

青山学院大学文学部在学中にいくつかの雑誌でリライトやコラムを受け持っていたが、卒業後、画廊事務を経て、90年、出版社に直接持ち込んだ小説『ひと呼んでミツコ』がその場で採用され、単行本デビュー。「こまやかな批評意識のうえで／破壊的なスラプスティック精神が炸裂する／現代の日本文学において最も強烈な笑いをかきたてる」（中条省平）と絶賛された作品。

以降、作品のテーマごとに文体を自在に操る筆力をもとに、『ドールハウス』『喪失記』『レンタル（不倫）』の処女三部作、『変奏曲』『整形美女』『よるねこ』『ちがうもん（旧題＝特急こだま東海道線を走る）』など、ジャンルを超えた作品を次々に発表。作風は多様ながらも、生きることの哀しみと滑稽さを、つねに清明な視点で描きつづけ、多くの読者を獲得している。

「姫野さんの発想は真似できないものがある」（斎藤美奈子）、「不可能な超絶技に挑戦した果敢な小説／これだけ趣味（認識力のこと）がよくて、しかもその『趣味』による裁断を的確な言葉で表現できる物書きがいたとは」（鹿島茂）、「かなり生真面目な哲学的とでも形容すべき問題意識／純文学に分類される気がする」（米原万里）等、多方面からの評価がある。

97年の『受難』、03年の『ツ、イ、ラ、ク』、06年の『ハルカ・エイティ』が直木賞候補となった他、著書多数。

全著作・版元については下記に詳しい。

http://himenoshiki.com/（公式ＰＣサイト）

http://k.himenoshiki.com/（公式携帯電話サイト）